Début Sauvage

USA TODAY BESTSELLING AUTHORS

J.L. BECK & C. HALLMAN

Copyright © 2020 par Bleeding Heart Press

Beck & Hallman LLC

www.bleedingheartpress.com

Rédacteur en chef : Kelly Allenby

Concepteur de la couverture : C. Hallman

Photographe : Wander Aguiar

Modèle de couverture : Dina

Tous droits réservés.

Aucune partie de ce livre ne peut être reproduite sous quelque forme que ce soit ou par quelque moyen électronique ou mécanique que ce soit, y compris les systèmes de stockage et d'extraction de l'information, sans l'autorisation écrite de l'auteur, à l'exception de l'utilisation de brèves citations dans une critique de livre.

1

ELENA

Enfilant ma chemise de nuit, je m'assois sur le bord du lit et finis de sécher mes cheveux bruns en fredonnant une chanson pop que j'ai entendue à la radio un peu plus tôt.

J'ai demandé à mon père de nombreuses fois un téléphone portable ou un ordinateur mais il jure que c'est pour ma propre protection que je n'ai ni l'un ni l'autre, alors la radio est tout ce que j'ai. Je fais tomber la serviette et un frisson me parcourt l'échine lorsque mes longs cheveux mouillés frôlent mon épaule.

Je me penche pour la reprendre. Avant même que mes doigts ne la touchent, un coup assourdissant résonne dans la pièce. C'est si fort et inattendu que je pousse un petit cri.

Qui est-ce ?

Je jette un coup d'œil à l'horloge sur le mur et réalise qu'il est plus de onze heures. Mon père ne m'appelle jamais aussi tard et à part lui, qui cela pourrait-il être ? Personne. Depuis la mort de ma mère il y a deux ans, mon père est la seule personne qui me reste. Je n'ai pas d'autre famille ni d'amis, à cause de sa nature autoritaire.

Je n'étais même pas autorisée à aller à l'école parce qu'il jugeait trop *dangereux* de me laisser sortir. Tout ce que j'ai appris m'a été enseigné par le biais de l'école à domicile. Couvrant ma poitrine d'un bras, j'ouvre la porte et trouve Richi, l'un des gardes personnels de mon père, de l'autre côté.

« Mlle Elena, votre père veut vous voir dans son bureau. » Il y a un regard étrange sur son visage, un mélange de peur et de remords. Il ne m'a jamais regardé de cette façon. Voir à quel point il semble mal à l'aise me rend méfiante.

« Maintenant ? » Je demande, encore un peu choquée, vu l'heure. « Quelque chose ne va pas ? »

« Venez avec moi, s'il vous plaît. »

Oh non, quelque chose ne tourne pas rond. Je peux déjà le sentir, quelque chose se trame et ce n'est certainement pas à mon avantage. Ça ne l'a jamais été.

« Ok, laissez-moi m'habiller rapidement. »

« Je crains que nous n'ayons pas le temps pour cela », une voix profonde et pénétrante vient de derrière la porte, emplissant mes oreilles. J'ouvre la porte un peu plus grand pour voir à qui appartient cette voix et je manque d'être surprise. Il y a un homme en costume, un homme que je n'ai jamais vu auparavant, debout à côté de Richi.

Dans la faible lumière, il est difficile de distinguer l'homme mais de ce que je peux voir, il a l'air sinistre. Son regard perce le mien et ses lèvres se pressent en une fine ligne, l'impatience se dégageant de lui par vagues.

Maintenant, je suis vraiment inquiète, pourquoi un homme que je n'ai jamais vu ou rencontré avant est dans notre propriété et encore moins devant la porte de ma chambre.

« Qu'est-ce qui se passe ? » J'essaie de cacher la panique dans ma voix mais même moi, je peux entendre à quel point je suis nerveuse.

« Descendez, mademoiselle, assez de questions », ordonne l'inconnu et je sais qu'il ne sert à rien de discuter. Quand on vous dit de faire quelque chose, vous le faites, c'est ce que mon père disait toujours. Si mon père m'a appelée, alors je n'ai d'autre choix que de faire ainsi.

Croisant mes bras sur ma poitrine, je sors dans le couloir et serre les dents devant le froid qui embrasse mes pieds nus. La chair de poule s'étend sur ma peau alors que je marche entre les deux hommes, ne portant rien d'autre qu'une culotte et une fine chemise de nuit. J'aurais vraiment aimé qu'ils me laissent m'habiller.

La marche vers le bureau de mon père semble s'éterniser mais lorsque nous atteignons la lourde porte en bois, elle ne semble pas assez longue. Je ne sais pas encore ce qui se passe mais je sais que ça sent mauvais et que je ne suis pas prête. Mes tripes se serrent à cause de l'inconnu. J'ai eu assez de chagrin ces dernières années pour toute une vie.

Levant les yeux vers la porte, je ne prends pas la peine de frapper, sachant que mon père m'attend. J'attrape la poignée et m'arrête une seconde de plus, me préparant mentalement à ce qui m'attend de l'autre côté. Je ne sais pas pourquoi mais je jette un coup d'œil à Richi et à l'inconnu. Tous deux me regardent avec des expressions vides, ce qui n'est pas nouveau pour moi. Les hommes de mon père sont tous entraînés à me regarder comme ça. Pas d'émotions. Les sentiments vous font tuer.

En inspirant un dernier souffle, je pousse la porte et fais un pas à l'intérieur.

Dès que j'entrevois ce qu'il y a derrière la porte, je veux quitter la pièce. Par réflexe.

Depuis que je suis toute petite, mon père m'a formée, m'a dit de ne jamais l'écouter, lui et ses associés, parler. De ne jamais écouter quoi que ce soit concernant ses affaires. Donc, quand je le vois avec trois hommes dans son bureau, j'ai cet instinct primitif profond d'aller dans la direction opposée.

Je ne devrais pas être ici. Je ne peux pas être ici. Mes doigts tremblent contre la poignée de porte en laiton.

« Elena, entre », dit mon père, d'un ton sec.

Il n'en fait qu'à sa tête et même si j'ai très envie de m'enfuir de la pièce et de me réfugier dans ma chambre, je sais qu'il ne faut pas désobéir à mon père, surtout devant ses associés.

Avec des jambes tremblantes, j'avance vers son bureau, les bras toujours serrés autour de ma poitrine comme pour me rassurer moi-même.

« Prends un siège, nous avons quelques sujets à discuter », explique-t-il sans me regarder. Je déteste l'absence d'émotion dans sa voix et son regard, encore plus que d'habitude.

Deux hommes que je ne connais pas se tiennent sur le côté tandis qu'un troisième homme est assis au bureau en face de mon père. De la position où je me trouve, je ne peux voir que son dos, ses larges épaules et ses bras épais reposant contre le bras de la chaise tandis qu'il se penche négligemment en arrière.

Je détourne le regard, je garde les yeux fixés devant moi jusqu'à ce que je sois devant son bureau, puis je m'assieds sur la chaise libre, détestant la façon dont ma courte chemise de nuit remonte sur mes cuisses, exposant encore plus ma peau. Je me sens nue et je regrette plus que jamais de ne pas avoir insisté davantage pour changer de vêtements.

« Elena, te souviens-tu de M. Moretti ? » Mon père fait signe à l'homme à côté de moi. « Julian Moretti. »

Moretti ? Le nom me dit quelque chose mais je n'arrive pas à l'identifier tout de suite.

En jetant un coup d'œil à l'homme en question, mon cœur bat la chamade dans ma poitrine, essayant de mettre un visage sur ce nom. Immédiatement, nos yeux se verrouillent, son regard bleu glacial me pénètre comme une dague acérée... tout comme la première fois que nous nous sommes rencontrés.

Je m'en souviens bien et je connais la date exacte car la première fois que j'ai rencontré cet homme, c'était à l'enterrement de ma mère.

Comme la plupart des hommes que je connais, il porte lui aussi un masque d'indifférence. Son regard est vide, un mur soigneusement construit autour de lui, refusant de laisser voir l'homme qui se cache derrière.

« Vous étiez à l'enterrement de ma mère. » Je dis simplement.

« Oui. »

Sa voix est profonde et douce et ne correspond pas à l'énergie qui se dégage de lui. Tout le reste de son corps semble rugueux et irrégulier. Sa mâchoire est pointue, ses pommettes sont anguleuses et ses lèvres sont fermement serrées. Il est diaboliquement beau, il pourrait même être un top model, j'en suis sûre. Je devine qu'il est plus âgé que moi car il a cet air de maturité mais je ne suis pas sûre de l'âge qu'il a car il n'a pas de ridules autour des yeux, seulement un air renfrogné permanent entre eux.

Je me demande si cet homme a déjà souri un jour dans sa vie.

« Elena. » Mon père attire mon attention sur lui. « J'ai besoin que tu signes ici. »

Il pousse une feuille de papier sur le bureau en acajou et me passe un stylo.

« Qu'est-ce que c'est ? » Je baisse les yeux sur le document mais je n'arrive pas à déchiffrer les mots.

« Signe-le », ordonne mon père, le ton dur. La cruauté ne fait pas partie de ses habitudes à mon égard. Il n'a jamais été un bon père mais c'est à cause de son absence et de sa nature autoritaire, pas parce qu'il n'est pas gentil avec moi. Quoi que ce soit, ça pèse lourd sur lui.

Rapprochant le papier de moi, je saisis le stylo entre mes doigts moites et commence à signer mon nom en bas. La pièce est silencieuse et je peux entendre le stylo glisser sur le papier. Je ne suis même pas à la moitié de la signature que ma main se fige. Mon regard passe du document devant moi à mon père, puis revient.

Ce n'est pas possible.

Avec le stylo à encre qui plane sur le papier, je relis les premières lignes du document.

CONTRAT DE PROPRIÉTÉ

CET ACCORD CONFIRME *qu'à compter d'aujourd'hui, Elena Romero appartiendra pleinement et sans autre stipulation à Julian Moretti en échange de dix millions de dollars...*

« QU'EST-CE QUE C'EST ? » Je demande avec ferveur, laissant tomber le stylo en m'éloignant du bureau.

Un couteau se tord dans ma poitrine, le bord s'enfonçant plus profondément à chaque respiration.

Ça ne peut pas être ce que je pense.

« Ne pose pas de questions. Signe juste ce fichu document », grogne mon père, en tapant du poing sur le bureau et pour la première fois, il me regarde. La froideur qui se reflète en moi me fait frissonner. Je ne l'ai jamais vu comme ça et je ne comprends pas pourquoi il me vend à cet homme. Julian Moretti.

« Je... » Ma lèvre inférieure tremble et je la mords pour la calmer. « Tu ne peux pas faire ça... Tu ne peux pas me *vendre*. Je ne signerai pas ça. » Des larmes brouillent mes yeux devant la trahison qui me consume. J'ai envie de crier, de me battre de toutes mes forces mais je me sens impuissante. Il n'y a pas une seule personne dans cette pièce qui puisse m'aider.

Les mots ont à peine franchi mes lèvres que Moretti se penche vers moi et attrape ma main, englobant sa plus grande main dans la petite. La chaleur englobe ma main et c'est comme être brûlé par le feu. J'essaie de m'éloigner mais il ne fait que resserrer sa prise en forçant le stylo entre mes doigts et en ramenant ma main sur le papier.

« S'il vous plaît… ne faites pas ça. Vous ne voulez pas de moi. » J'essaie de retirer ma main de toutes mes forces, celle-ci palpitant alors qu'il resserre sa prise.

« Oh que si, Elena. » Il parle dans le creux de mon oreille.

Avec une force meurtrière, il appuie le stylo sur le papier et guide ma main, me forçant à écrire le reste de mon nom. Un sanglot s'échappe de mes lèvres et de grosses larmes coulent de mes yeux. L'homme qui me possède maintenant sourit comme un diable et relâche ma main avec facilité, la posant contre le papier.

« Père… je t'en prie ? » Je retire ma main du document et la presse contre ma poitrine.

« Le contrat est rempli », dit mon père en soupirant, en se penchant en arrière sur sa chaise. « Elle est maintenant à toi, fais-en ce que tu veux. »

Cette déclaration me fait davantage pleurer.

« S'il te plaît, ne fais pas ça », je gémis, en levant les yeux vers mon père, le suppliant.

Comment a-t-il pu me céder à quelqu'un que je ne connais même pas ? Me vendre pour de l'argent ? C'est comme si je ne le connaissais pas. Comme s'il n'était pas du tout mon père.

« C'est le business, chérie, ne le prends pas personnellement. » Il hausse les épaules et détourne son regard de moi, faisant à Moretti un geste, l'invitant à partir. *Nous* invitant à partir.

Ma bouche s'ouvre et je suis choquée, complètement choquée. Où est mon père aimant et attentionné ? L'homme qui m'a appris à faire du vélo, l'homme qui me lisait des histoires à l'heure du coucher, qui m'a prise dans ses bras quand ma mère est morte ? Il n'a pas toujours été le père parfait mais je ne m'attendais pas à ce qu'il fasse ça.

« Tu ne peux pas faire ça ! » Je siffle en me soulevant de ma chaise tout en frappant de mes poings sur son bureau mais cela ne fait rien d'autre que de faire palpiter ma main de douleur.

Il ne me voit pas, il s'en fiche.

« Ne t'inquiète pas, Romero. Je prendrai soin d'elle... Je veux dire... Je l'initierai en douceur » dit sombrement Julian à mon père. C'est comme regarder un requin et s'attendre à ce qu'il ne vous morde pas. La seule différence est que cet homme ne va pas seulement me mordre, il va me dévorer, lentement, morceau par morceau.

Julian se lève, lissant ses mains sur son costume. Mon cœur saute un battement et mes yeux passent par-dessus mon épaule. Je veux me précipiter vers la porte mais je sais que je n'y arriverai pas. Avant que je puisse élaborer un plan d'évasion, son bras puissant entoure ma taille. Il me ramène contre son torse dur et me guide vers la porte.

Je gémis comme un animal blessé, sachant que le pire est à venir. J'ai été vendue au diable, mon corps, mon esprit et ma vie sont liés par un contrat immuable.

2

JULIAN

Enroulant un bras épais autour de sa taille, je la tire du bureau de son père, ignorant ses larmes et ses petits gémissements. Il y en aura beaucoup plus les jours suivants.

« *Vous ne voulez pas de moi...* »

Ses mots résonnent dans mon oreille. Oh, comme elle a tort. Cela va au-delà de la vouloir... en fait, je la désire depuis très longtemps. *Des années.* Et maintenant, je les ai, elle et son père, exactement là où je les veux. J'ai observé, attendu, planifié de faire tomber Romero pendant les cinq dernières années. Dès qu'il a tué ma mère, m'enlevant la seule et unique personne qui ait compté dans ma vie, j'ai planifié sa chute.

Ce n'est qu'à l'enterrement de Lilian Romero que j'ai su exactement comment j'allais prendre ma revanche. Romero a replongé après la mort de sa femme, ses problèmes de jeu se chiffrant en millions. Il pensait avoir le temps de payer ses dettes, il était à l'aise et être à l'aise vous rend vulnérable.

Il a tout perdu maintenant, il ne lui restait plus qu'elle.

Maintenant, je l'ai enfin, mon prix. Ma Elena. Une beauté sombre aux cheveux de jais qui deviendrait bientôt ma femme. Comme si elle pouvait m'entendre louer son nom, elle tire sur mon bras, ses ongles s'enfonçant dans la chair alors qu'elle se bat pour s'éloigner de moi.

Oh, Elena, il n'y a pas d'échappatoire maintenant.

La relâchant une fraction de seconde, je l'attrape par la taille et la soulève, la jetant par-dessus mon épaule avec facilité. La chemise de nuit qu'elle porte se relève avec le mouvement, me donnant une vue de côté de son cul parfait et un aperçu de sa culotte de satin qui cache sa chatte vierge. *Elle aussi sera bientôt à moi.*

Markus, mon commandant en second et ce qui se rapproche le plus d'un ami, marche devant moi tandis que Lucca, l'un de mes meilleurs et plus brutaux hommes de main, couvre mon dos. On ne peut pas être trop prudent ici. Je viens de voler la fille de Romero, après tout. Et un contrat n'aura aucune importance si je suis mort.

Je la porte jusqu'à la voiture pendant qu'elle passe son temps à taper de ses poings contre mon dos. Croit-elle réellement pouvoir m'échapper ?

Lorsque nous atteignons le SUV noir élégant, Marcus ouvre la porte. En se retournant, ses yeux tombent sur Elena, qui se débat toujours comme un chat sur mon épaule, ses fesses remuant à côté de mon visage. La rage remplit mes veines et j'oublie un instant que Marcus est mon allié.

« Regarde-la encore une fois et je te crève les yeux. »

La plupart des hommes se recroquevillent de peur lorsque je fais une telle menace, car tout le monde sait que lorsque je fais une menace, ce ne sont pas seulement des paroles en l'air, c'est une promesse. Markus n'est pas la plupart des hommes, cependant, il comprend mes mots et me fait un signe de tête respectueux. Si je ne le connaissais pas mieux, j'aurais juré que ses lèvres s'étaient retroussées en un sourire.

Enfoiré.

Je la mets sur ses pieds mais je lui attrape le bras avant qu'elle ne puisse s'enfuir. Sa fougue ne fait que me donner encore plus envie d'elle. Elle couvre sa poitrine avec son bras libre, essayant de cacher ses seins qui ne sont couverts que par le tissu fin. Elle est magnifiquement naïve et le fait qu'elle essaie même de garder une once de pudeur dans cette situation le prouve.

Je la regarde rapidement. Ses douces jambes galbées que j'imaginais enroulées autour de ma taille sont bien visibles, son petit corps tremble comme une feuille, soit à cause du froid, soit à cause de la peur... peut-être les deux. Elle est petite, plus petite que dans mon souvenir et fragile, tellement fragile. Mon regard se pose sur sa gorge délicate, qui vacille lorsqu'elle avale.

Son visage en forme de cœur est rouge et ses yeux verts sont gonflés par les larmes. Ses cheveux de jais sont emmêlés et humides. Pourtant, c'est la plus belle femme que j'ai jamais vue. Belle et toute à moi, putain.

« Monte », j'ordonne.

Elle secoue simplement la tête. Je la regarde fixement, sachant très bien que je ne pourrai jamais la blesser comme j'ai blessé les autres qui me désobéissent, elle est la seule personne qui aura ma pitié. Bien qu'il y ait d'autres moyens de la discipliner.

En pinçant doucement son menton entre deux doigts, je l'oblige non seulement à entendre les mots que je prononce mais aussi à me voir les prononcer.

« Fais-le, ou je le fais pour toi et crois-moi, tu ne veux pas que je le fasse. »

Ses yeux émeraudes s'agrandissent de peur et elle doit entendre la menace dans ma voix car son corps se met à trembler furieusement. Se retirant, elle monte à contrecœur dans la voiture, se glissant sur la banquette arrière, allant à la place la plus éloignée. Il y a beaucoup d'espace entre nous et je décide de lui laisser ce petit espace, lui donnant ainsi un sentiment de contrôle puisque je viens de lui en retirer la majeure partie. Je devrais probablement me sentir mal pour la façon dont je l'ai arrachée des mains de son père, la déracinant sans avertissement du seul foyer qu'elle ait connu.

Un homme bon se sentirait mal mais la vérité est que je suis trop égoïste pour avoir des remords. Je ne ressens que la victoire à l'heure actuelle. J'ai attendu beaucoup trop longtemps, regardant la famille Romero se battre pour rester à flot.

« Où allons-nous ? » Elena me surprend avec sa voix douce et je la regarde. Elle a des yeux de biche, empli d'innocence. La briser était certainement un coup dur pour son père.

« A la maison. »

Elle enroule ses bras minces autour de son torse comme si elle se serrait contre elle avant de se détourner à nouveau de moi pour regarder par la fenêtre. Son petit corps tremble et je peux distinguer la chair de poule sur sa peau lisse et crémeuse.

« Monte le chauffage, Markus. »

« Oui, patron. »

Pendant le reste du trajet du retour, nous restons assis en silence, seuls le bruit du moteur et un sanglot occasionnel remplissant la cabine.

Le temps qu'on arrive à l'enceinte, je transpire abondamment sous mon costume trois pièces. Markus a dû énormément monter le chauffage. Dès que Markus ouvre la porte, je me glisse hors de la voiture.

L'air frais me rafraîchit et j'inspire un souffle rude dans mes poumons. Me retournant, je suis préparé à un combat, ou du moins à une lutte et je suis agréablement surpris de trouver Elena assise sur le bord du siège, attendant de sortir.

Peut-être que ce ne sera pas aussi difficile que je le pensais.

Les yeux baissés, elle se frotte nerveusement les mains sur ses genoux. En glissant du siège, ses petits pieds se pressent contre le gravier et j'envisage de la soulever pour la porter à l'intérieur lorsqu'elle grimace au contact. J'aime sa fragilité et je sais qu'elle aura besoin de moi pour survivre à tout ce que je lui réserve. Quand j'en aurai fini avec elle, elle comptera sur moi pour chaque chose qu'elle voudra ou dont elle aura besoin.

Manifestement, je suis bien trop confiant car elle me glisse dessus comme une petite souris. Elle s'est mise à courir à toute allure, a dépassé la voiture et a descendu l'allée. Je ne suis pas inquiet, cependant, puisqu'elle n'a nulle part où aller.

Elle ne va pas loin avant qu'un de mes hommes ne l'attrape, la tirant par le bras un peu trop brutalement. Je serre les dents, ma mâchoire se crispe alors que je me retiens de lui dire d'enlever ses putains de mains d'elle. La colère me traverse quand il la tire à nouveau et elle perd l'équilibre en tombant sur le sol, s'écorchant les genoux et les jambes au passage.

« Lâche-moi ! » Elle hurle, des sanglots s'échappant de ses poumons en succession rapide alors qu'elle tire sur la prise de Roger, essayant de se libérer. La bretelle de sa chemise de nuit glisse de son épaule dans le processus et elle montre presque un sein à mes hommes.

Putain. Personne n'a le droit de voir ce qui est à moi.

En m'approchant d'elle, je fais signe à Roger de la lâcher, ce qu'il fait presque aussi vite qu'il l'a attrapée, reculant de deux pas. Je m'occuperai de lui plus tard. Pour l'instant, je dois l'amener à l'intérieur et lui faire porter d'autres vêtements. Mes hommes l'ont déjà assez vue.

En regardant ses jambes exposées, je vois des éraflures dues à sa chute, je dois donc m'assurer qu'elle n'est pas réellement blessée. Je l'attrape par les hanches, sentant la chaleur de sa peau sous mes mains et la jette par-dessus mon épaule comme je l'ai fait plus tôt.

Un grognement se forme dans ma gorge quand je me rends compte qu'elle ne pèse presque rien.

Elle ne se débat même pas et reste immobile sur mon épaule tandis que je la porte dans la maison, traverse le foyer et monte les escaliers jusqu'à la chambre que nous allons partager. En poussant la lourde porte en bois, mes chaussures claquent contre le carrelage tandis que je traverse la pièce et la dépose sur mon lit... *notre* lit. Au moment où ses fesses touchent le matelas, elle lève les yeux et se décale vers l'arrière jusqu'à ce que son dos soit appuyé contre la tête de lit.

Ses grands yeux verts débordent de peur. Je pourrais lui dire qu'elle est en sécurité ici, que rien de mal ne lui arrivera. Mais ce serait un mensonge. Elle n'est pas encore à l'abri, surtout pas de moi.

« Reste ici, mets-toi à l'aise. Je reviens bientôt », lui dis-je en retournant lentement vers la porte. J'ai du sang à répandre avant de pouvoir m'occuper de mon nouveau jouet.

En regardant une dernière fois ma belle récompense, je ferme la porte et la verrouille derrière moi.

Je laisse la colère que je ravalais remonter à la surface en traversant le manoir et en me dirigeant vers la porte d'entrée.

En sortant, je trouve Edwardo qui garde le porche. Il se retourne pour me regarder, sa main prend son arme avant de reconnaître que c'est moi.

« Roger est toujours là ? »

« Oui, patron. Il fait une ronde au-dessus de la pelouse ouest. Est-ce que tout va bien ? »

« Ça ira mieux d'ici peu... » Je claque des doigts avant de partir dans la nuit.

3

ELENA

Blotti contre la tête de lit, je regarde la porte se fermer, la dernière parcelle de son visage disparaissant derrière le bois et le verrou s'enclenchant. Le son n'est qu'un rappel de la façon dont je suis piégée ici, comment j'ai été pris d'une cage et mis dans une autre.

Au moins avec mon père, je savais où j'en étais. Ou du moins je le croyais. Je savais ce qui allait se passer chaque jour et j'avais quelques libertés, pas beaucoup mais pas rien non plus. Maintenant, je n'ai rien. Aucune structure, aucune liberté, rien à dire sur quoi que ce soit... même pas sur mon propre corps.

Ma vie ne m'appartient plus. J'ai été vendue par mon père à cet homme.

« *Elle est maintenant à toi, fais-en ce que tu veux.* »

Les mots de mon père repassent dans ma tête. Je ne peux pas croire qu'il ait fait ça, me vendre à Moretti.

Des larmes glissent sur mes joues tandis que je fixe la porte. La pièce est somptueuse, virile et couverte de gris et de bleu foncé. Si les circonstances étaient différentes, je pourrais peut-être en apprécier la beauté.

Après quelques minutes à fixer la porte, je quitte le lit pour chercher un moyen de sortir de cette pièce.

En me dirigeant vers la première porte que je trouve, je découvre une armoire entière remplie de vêtements. Je baisse les yeux sur ma chemise de nuit partiellement déchirée. Qui aurait cru, en l'enfilant ce soir, que ce serait la dernière chose qui me resterait de mon ancienne vie ?

Je me sens exposée et vulnérable dans ce seul vêtement, alors je l'enlève complètement et le jette par terre. Rapidement, j'attrape une des chemises sur un cintre.

Je ne sais pas s'il va m'en vouloir de prendre ses affaires. Est-ce qu'il va me faire du mal si je le fais ? Me punir ? Décidant que le jeu en vaut la chandelle, je l'enfile par-dessus ma tête et la laisse tomber avant de passer mes bras dans les manches. La chemise ressemble plus à une robe et l'ourlet vient se poser contre mes genoux meurtris. Un frisson me parcourt l'échine à la vue de la différence de taille entre nous. Cet homme pourrait facilement me blesser, me briser le cou, ou prendre ce qu'il veut. Mes poumons brûlent et je réalise que je ne respire pas vraiment.

Calme-toi. Tout va bien se passer. Tu peux le faire, Elena.

Je saisis le col, je le porte à mon nez et j'inspire profondément, l'odeur du coton et du savon me chatouillant les narines. Je fais ça plusieurs fois jusqu'à ce que la brûlure dans mes poumons s'atténue.

En sortant du placard, je passe à la porte suivante, sachant que c'est une salle de bain avant même de l'ouvrir. C'est propre et organisé mais ça ne me donne pas envie de rester ici. Peu importe à quel point cet endroit est somptueux, peu importe ce qu'il m'offre, rien ne me donnera jamais envie de rester avec lui. Mais encore une fois, qui peut dire qu'il m'offrira quoi que ce soit. Il a payé dix millions de dollars pour moi, c'est sûrement moi qui devrais lui offrir quelque chose.

Je serre le poing dans ma main, la colère et la tristesse se développant comme un cancer au fond de mes tripes. Il faut que je sorte d'ici. Me dirigeant vers la porte que je sais être ma seule issue, je saisis la poignée en laiton, sans me soucier du fait que c'est probablement une impasse. J'ai entendu le verrou s'enclencher. Il n'y a peut-être aucune possibilité de s'échapper de cette pièce pour le moment mais cela ne va pas m'empêcher d'essayer.

Prenant quand même le risque, je tourne la poignée et pousse contre le bois aussi fort que je peux. Comme je le pensais, la porte ne bouge pas, pas même d'un pouce. Un sanglot s'échappe de ma gorge et je pose ma joue contre le bois froid, dans l'espoir d'entendre quelque chose. Je ne suis pas sûre de ce que j'écoute mais l'inconnu qui m'entoure est pire que de savoir ce qui va se passer. Si je savais à quoi m'attendre, je pourrais au moins m'y préparer mentalement.

Lorsque mes jambes deviennent lourdes, je me dirige vers l'unique fenêtre de la pièce et m'assois sur le sol en dessous. Je ne pourrai pas m'échapper. D'ici, je peux toujours voir la porte de la chambre, donc je peux regarder pour voir quand il revient. Il est hors de question que je m'allonge dans ce lit comme si j'étais une offrande à tous ses désirs.

L'obscurité dehors m'appelle et je me retourne pour regarder les étoiles qui flottent dans le ciel, puis la lune rougeoyante, jusqu'à ce que mes yeux deviennent lourds et que je me retrouve adossée au mur, l'épuisement faisant ses griffes en moi. Je me réveille au moindre bruit.

Mes yeux s'ouvrent et mon dos se redresse quand j'entends le verrou de la porte se déverrouiller. Mon sang ne fait qu'un tour, mon cœur a l'impression d'être serré entre deux mains. Dès que Julian entre dans la pièce, je me lève.

Je ne veux pas me retrouver par terre, me sentant encore plus petite et plus vulnérable que je ne le suis. Ma gorge semble se serrer et une terreur profondément ancrée explose en moi lorsqu'il se tourne vers moi et que je vois les tâches rouges de sang sur sa chemise blanche à boutons, ses mains et son cou.

Je ne suis pas sûre mais je ne pense pas que le sang soit le sien. Le regard affamé dans ses yeux vole l'air de mes poumons et je souhaite que le sol m'avale entièrement.

Il me fait un sourire en coin. « Tu m'as attendu ? Comme c'est gentil de ta part. »

Me tournant le dos, il verrouille la porte et range la clé dans sa poche avant de se diriger vers la table de nuit et d'y poser une bouteille d'eau.

Sans un mot de plus, il entre dans la salle de bains. Il ne ferme pas complètement la porte, la laissant entrouverte de quelques centimètres. Le bruit de la douche remplit la pièce et un moment plus tard, une vapeur s'y dégage.

L'épuisement me pèse comme une lourde couverture et je m'affale à nouveau sur le sol. Enroulant mes bras autour de mes genoux, je les ramène contre ma poitrine, souhaitant me faire suffisamment petite pour disparaître.

Il me faut beaucoup d'énergie pour garder les yeux ouverts. Je suis si fatiguée que j'ai juste envie de m'endormir mais je sais que ce serait trop beau pour être vrai. Je doute fort qu'il m'ait achetée, enlevée de chez moi et amenée dans sa chambre pour passer une bonne nuit de sommeil.

Je n'ai jamais pensé que c'était comme ça que je perdrais ma virginité. Les mariages arrangés sont normaux dans notre famille, alors je l'ai vu venir. J'avais toujours été consciente du fait que je n'allais pas avoir le choix de la personne que j'allais épouser mais j'étais sûre que mon père choisirait un homme bien pour moi. Quelqu'un qui ne me ferait pas de mal. Quelqu'un qui me ferait la cour, que je rencontrerais d'abord et avec qui je dînerais, pas quelqu'un qui viendrait m'arracher de chez moi au milieu de la nuit.

Je ne m'attendais pas à l'amour mais à la sécurité. Je réalise maintenant combien j'ai été naïve.

Posant ma tête sur mes genoux, j'écoute le jet de la douche, le laissant calmer un peu mes nerfs. Le son me rappelle une forte pluie et il se trouve que j'aime la pluie. J'aime la sensation qu'elle procure sur ma peau, son odeur et le bruit qu'elle produit lorsqu'elle s'abat sur le toit et les fenêtres.

Je suis tellement désorientée et épuisée que je ne me rends pas compte que je me suis encore assoupie jusqu'à ce que je sente une lourde main sur mon épaule. Mes yeux s'ouvrent et je découvre le grand corps de mon ravisseur qui me surplombe. Je sens l'odeur du savon et, en suivant mon regard le long de son corps, je m'aperçois qu'il est nu, à l'exception d'un caleçon.

« Va dans le lit », ordonne-t-il d'un ton bourru.

« Non. Je préfère dormir sur le sol. »

« Je n'ai pas demandé où tu voulais dormir. Je t'ai dit d'aller au lit. Je ne demande pas. »

Comme je ne bouge pas tout de suite, il grogne d'un air agacé et se penche, prêt à me soulever. Dès que ses mains me touchent, je perds la tête. Je ne peux pas le laisser faire ça sans me battre. Je ne peux pas. Ce n'est pas en moi. Je ne serai pas une victime. Ses mains se tendent à nouveau vers moi et je commence à balancer mes bras sauvagement, à donner des coups de pied à mes jambes et à agiter mon corps. Je fais tout ce que je peux pour le repousser.

Comme si je n'étais rien de plus qu'une gêne pour lui, il m'attrape par le haut des bras et me tire vers mes pieds, ignorant mes coups de pied vers ses jambes. En deux grandes enjambées, il me tire vers le lit et me pousse sur le matelas.

L'instant d'après, il est sur moi. Ma poitrine se soulève, la terreur me traverse tandis que son corps beaucoup plus grand s'abat sur le mien, me coinçant contre le matelas. Même s'il se retient avec un bras, il est si lourd que je peux à peine respirer. Plaçant mes deux mains contre sa poitrine, je pousse de toutes mes forces mais il ne bouge pas d'un pouce.

La terreur est décuplée et je me retrouve à perdre le contrôle. Avant même de savoir ce que je fais, je me jette sur lui, enfonçant mes ongles dans le côté de son visage, faisant glisser ma main vers le bas, griffant son visage et son cou avec frénésie.

« Putain », grogne-t-il et il attrape mes poignets, les coinçant au-dessus de ma tête. Je ne peux pas respirer. Je ne peux pas bouger. Je suis piégée et à la merci de cet homme horrible.

En chassant mes larmes, je lève les yeux vers son visage et je suis choquée. De multiples et larges éraflures marquent sa peau. Certaines sont si profondes que le sang s'accumule sur la peau.

J'ai fait ça. Je l'ai blessé.

Je regarde les entailles et ses yeux, le bleu pâle a presque disparu, ses pupilles sont tellement dilatées que ses yeux semblent noirs. Tout son corps vibre et une veine distincte ressort sur son front. Il est en colère, très, très en colère. Et je suis sur le point de ressentir cette colère.

La seule chose que je peux faire maintenant est d'espérer que je sortirai d'ici vivante.

4
JULIAN

Je ne peux pas croire qu'elle m'ait griffé. Comme un petit chaton en colère, elle m'a montré ses griffes. C'est une battante et j'aime ça. J'aime la façon dont elle me tient tête, même quand elle est effrayée comme je sais qu'elle l'est en ce moment. Elle a peut-être peur mais son instinct lui dit de se battre et ce combat est exactement ce dont j'ai besoin.

Son corps mince tremble sous mes pieds. Sa poitrine se soulève et s'abaisse si rapidement que je pense qu'elle fait de l'hyperventilation. En me penchant, je laisse mon visage planer à quelques centimètres du sien. Assez près pour que je sente son souffle sur ma peau et que j'inhale son parfum dans mes poumons. Noix de coco et quelque chose d'exotique, comme une île tropicale. C'est enivrant.

Ses yeux vert émeraude se fondent dans les miens, un océan d'émotions qui se reflète dans mon regard. Elle est vulnérable, si délicate mais elle n'a pas agi de cette façon. Pas jusqu'à maintenant. Ses yeux se ferment en signe de défaite et elle détourne la tête de moi. Je me penche davantage et laisse mes lèvres descendre sur son cou exposé. Je peux sentir le sang s'écouler dans ses veines sous sa peau soyeuse alors que je place quelques baisers à bouche ouverte le long de sa gorge. Je veux la goûter, la dévorer mais je ne peux pas, je ne veux pas. Pas encore, du moins.

Son corps se raidit et elle émet de petits gémissements, les yeux serrés. Je dépose un dernier baiser sur sa mâchoire avant de me détacher de son corps. Tout le sang de mon corps s'est dirigé vers ma queue, la tige est si dure que j'ai du mal à la bouger. Je veux la baiser, m'enfoncer profondément dans sa chatte vierge et envoyer les draps ensanglantés à son père et je le ferai... mais pas ce soir.

« Bois l'eau que je t'ai apportée, puis dors. »

Ses yeux s'ouvrent et elle tourne la tête pour me regarder. Ses sourcils sombres se rapprochent en signe de confusion. Elle pense que je mens. Elle pense probablement que je vais lui faire du mal, la prendre et même si je le pouvais, je ne le ferai pas. Pas comme ça en tout cas. Je veux qu'elle ait envie de moi, qu'elle ait besoin de moi et qu'elle dépende de moi. Ça n'arrivera pas si je lui fais du mal ce soir.

« Bois. » Je fais signe à la bouteille d'eau sur la table de nuit.

Elle se déplace et attrape la bouteille. *C'est bien.* Je la regarde dévisser le bouchon et boire quelques grandes gorgées avant de remettre la bouteille à sa place.

« Maintenant, allonge-toi et dors. »

Elle me jette un regard interrogateur mais fait ce qu'on lui dit. Ce n'est pas par confiance mais par simple instruction, parce que je ne lui ai pas fait de mal, elle a décidé de ne plus se battre.

En reposant sa tête sur l'oreiller, j'attrape la couverture et la tire sur nous en m'installant à côté d'elle. Je laisse volontairement quelques centimètres entre nos corps, lui laissant un tout petit peu d'espace. C'est tout l'espace qu'elle aura. Elle dormira dans mon lit tous les soirs.

En l'observant du coin de l'œil, je peux voir qu'elle essaie de garder les yeux ouverts mais ils se referment sans cesse. Sa force est rafraîchissante mais même si elle se bat, l'épuisement prend rapidement le dessus sur elle.

Bien sûr, les somnifères que j'ai mis dans son eau ont peut-être aussi aidé. J'ai pris l'eau et les pilules par précaution parce que je n'étais pas sûr de la retrouver endormie en revenant. Je veux pouvoir l'inspecter de la tête aux pieds et soigner ses blessures sans qu'elle se débatte.

En la regardant fixement, je vois son souffle s'apaiser et l'inquiétude s'estomper sur ses traits.

Quelques minutes plus tard, elle est dans les bras de Morphée. J'ai tendu la main à travers l'espace, j'ai touché son visage, traçant mes doigts le long de ses pommettes hautes et mon pouce sur ses lèvres pulpeuses.

Oui, elle ne se réveillera pas avant demain.

En repoussant la couverture, je me lève et retourne dans la salle de bains chercher la trousse de premiers soins. Quand je reviens, je pousse la couverture jusqu'à ce qu'elle soit complètement retirée de son corps, afin de bien voir ses genoux. Elle a quelques entailles de bonne taille, dont certaines ont encore du gravier collé.

Je prends mon temps pour nettoyer ses blessures, puis je mets de la pommade des deux côtés avant d'inspecter le reste de son corps. Elle porte une de mes chemises blanches unies, ce qui me fait sourire pour une raison quelconque. J'aime l'allure qu'elle a dans mes vêtements et entourée de mes affaires.

Je fais de mon mieux pour ne pas repenser à ma petite obsession pour elle. J'ai gardé un œil sur elle depuis l'enterrement, ce qui n'était pas facile puisque son père l'avait sous haute protection.

Heureusement pour moi, son cher vieux père a un problème de jeu, qui s'est aggravé après la mort de sa femme. Il pensait qu'en tant que chef de famille, il ne pouvait pas être à court d'argent mais il avait tort. Plus son père me prenait de l'argent, plus sa dette se creusait et plus elle était sur le point d'être à moi.

En regardant mon prix, je la regarde et je souris. Elle n'a pas dû voir les vêtements pour femmes que j'ai achetés pour elle de l'autre côté de l'armoire. Je doute fort qu'elle aurait choisi ma chemise exprès si elle avait su qu'il y en avait d'autres possibilités.

En remontant la manche de la chemise, je regarde son bras fin et je trouve quelques bleus qui se forment sur le haut de ses bras à cause de Roger qui l'a attrapée si durement. En serrant les dents, je ressens le besoin de le tuer à nouveau. Personne ne touche à ce qui est à moi et personne n'abîme sa chair. Tuer Roger était un avertissement pour mes hommes ce soir.

Si vous la touchez ou la blessez de quelque façon que ce soit, votre vie est finie.

Je remonte la couverture, je recouvre à nouveau son corps et je range la trousse de secours dans la salle de bains. Debout au bord du lit, je la regarde fixement.

Romero pensait qu'il pouvait tuer ma mère et que je ne chercherais pas à me venger. Il ne me voyait probablement pas comme une menace à l'époque, car je n'étais pas intéressé par l'entreprise familiale. J'étais jeune et stupide, laissant mon oncle diriger la famille après la mort de mon père d'une crise cardiaque. Romero était également un homme stupide de me sous-estimer et ce soir il a appris une leçon précieuse. Il m'a regardé prendre la seule chose qui comptait pour lui. Son unique enfant. Sa fille innocente et naïve.

Je sais qu'il s'attend au pire, tout le monde sait quel genre d'homme je suis devenu depuis que j'ai repris la famille Moretti. Les gens savent que je n'ai aucune pitié. Si tu me désobéis, si tu trahis la famille, alors tu es aussi bon que mort. Mon oncle l'a appris à ses dépens. Quand je l'ai tué.

Tout comme Elena, Romero pense que je vais la blesser, ce qui a toujours fait partie de mon plan. Je vais faire durer la douleur, enfoncer le couteau profondément et ensuite le tordre. J'ai eu une éternité pour penser à ce plan, pour m'assurer qu'il se déroule sans accroc.

En souriant, je pense à ce que je vais faire en premier. Le laisser se complaire dans sa misère, pensant que je fais toutes sortes de choses à sa fille, des choses inimaginables alors qu'il est assis chez lui, incapable de la sauver.

Après quelques semaines, je l'exhiberai et lui montrerai le contrôle que j'ai sur elle. Je l'épouserai et mettrai mon bébé dans son ventre. Mais la cerise sur le gâteau sera quand elle me désirera. Quand elle me choisira de son plein gré plutôt que lui. Ce sera le coup de grâce, le clou dans son cercueil. La simple pensée de la vengeance fait monter mon adrénaline.

Romero devrait être reconnaissant que je ne l'ai pas tué. *Encore.* Je ne voulais pas que ce bâtard meure avant qu'il puisse voir ce que je réserve à sa fille. Comme si ma douce Elena aux cheveux noirs pouvait entendre mes pensées, elle murmure quelque chose dans son sommeil, le son grave me tirant de mes pensées. Cette nuit a été très fatigante pour ma future épouse mais demain, je vais lui faire part de mon plan.

Quoi qu'il arrive, elle deviendra ma femme. Elle me donnera un héritier et elle se pliera à ma volonté et à mes règles, ou elle en subira les conséquences.

En rampant dans le lit et sous les draps, j'éteins la lumière et la tire contre ma poitrine. Comme si elle savait inconsciemment qu'elle a besoin de moi, que je suis sa seule chance de survie, elle se réfugie à mes côtés. Se blottissant contre moi comme si j'étais son salut.

La chaleur de son corps s'écoule contre le mien, s'enfonce en moi, me couvre. Câliner les femmes n'est pas mon truc, faire des câlins ou être proche. C'est trop personnel mais j'ai besoin qu'Elena s'habitue à moi et honnêtement, j'ai besoin de m'y habituer aussi.

Pendant un long moment, je suis resté allongé là, bien éveillé. En tournant la tête, j'ai enfoui mon visage dans ses cheveux épais. Pendant des années, j'ai envisagé de faire exactement cela. Inhalant son parfum dans mes poumons, le sommeil me gagne, le beau visage d'Elena défilant dans mon esprit alors que je ferme les yeux.

J'ai ma femme et peu importe qu'elle s'y oppose.

Elle m'aidera à me venger sans même le savoir.

5

ELENA

Lorsque je me réveille, je suis léthargique, mon esprit est une mare d'eau trouble et j'essaie de voir à travers. Il ne me faut qu'une seconde pour me souvenir des événements de la nuit précédente et mes yeux s'ouvrent en même temps que mon corps se soulève et se met en position assise. Pendant une fraction de seconde, le vertige m'envahit, puis s'estompe.

Frénétiquement, je regarde mon corps et constate que je suis toujours habillée. En serrant mes cuisses l'une contre l'autre, je ne ressens aucune douleur.

Il ne m'a pas touchée, du moins pas sexuellement.

Je regarde la place à côté de moi où *il s'est* allongé avant de s'endormir et je constate qu'elle est vide. Le soulagement inonde mes veines mais c'est de courte durée quand j'entends un raclement de gorge dans la pièce.

« Bonjour, Elena. » Sa voix profonde et rauque me fait frissonner.

En regardant lentement dans sa direction, je découvre qu'il est appuyé contre le mur, vêtu uniquement d'un short bas. Son torse musclé est bien exposé, avec un assortiment de tatouages gravés sur sa peau. Je peux sentir ses yeux sur moi, je sens qu'il observe le mouvement régulier de ma poitrine.

Quand je lève les yeux pour voir son visage, je vois les éraflures que j'ai laissées la nuit dernière. Je n'arrive toujours pas à croire que j'ai fait ça et j'attends toujours un châtiment.

Il y a un plateau de nourriture sur la table à côté de lui et mon estomac gargouille bruyamment quand je le regarde. J'ai faim mais je ne suis pas affamée.

« Tu as faim ? », demande-t-il, en entendant clairement mon ventre gargouiller. « J'ai demandé à l'une des servantes d'apporter le petit-déjeuner. Tu devrais manger pendant que nous discutons de ce qui va se passer ensuite. »

« Je n'ai pas faim », je mens et tire le drap plus haut.

C'est comme si, peu importe le nombre de morceaux de tissu ou l'espace qui nous sépare, j'avais toujours l'impression d'être exposée, à une seconde d'être complètement nue.

Haussant les épaules comme s'il ne se souciait pas que je mange ou non, il prend un fruit et le porte à sa bouche, en mâchant très lentement. « Comme tu veux. Veux-tu entendre ce qui va se passer ensuite, ou cela ne t'intéresse pas non plus ? »

Il m'appâte et même si j'ai très envie de me replier sur moi-même et de refuser de jouer son jeu, j'ai besoin de connaître le prochain mouvement de mon adversaire. Il est clair pour moi que c'est un jeu pour lui et je suis un pion.

« Dis-moi. »

Souriant, il semble heureux que j'aie mordu à l'hameçon. « Comme tu l'as lu dans le contrat, tu es à moi maintenant. Tu m'appartiens et je peux faire de toi ce que je veux. »

« Ce contrat ne veut rien dire. On ne peut pas acheter une personne et tu m'as forcée à le signer. Ça ne peut pas être légal si je ne l'ai pas signé volontairement. »

« Je sais que ton père t'a caché des choses et je sais que tu es naïve mais tu n'es pas stupide. Tu sais de quel genre de famille tu viens et tu sais que nous ne jouons pas selon les règles de la société. Tu fais partie de mon monde et dans notre monde, ce contrat est valable jusqu'à la mort. » Ses mots sont comme un couteau qui coupe toute once d'espoir que j'avais.

Je ne sais pas pourquoi j'ose poser ma prochaine question mais si je ne le fais pas, je ne saurai pas comment me préparer pour mon prochain combat.

« Que veux-tu de moi alors ? »

« Tout. A commencer par le fait que tu dormes dans mon lit toutes les nuits. Tu vas vivre ici avec moi et il n'y aura pas d'intimité. Pour l'instant, tu vas rester dans cette pièce. Si tu veux la liberté, tu dois la gagner et tu peux le faire en suivant les règles et en obéissant. Si je te dis de faire quelque chose, tu le fais. Il n'y aura pas de bagarre. »

« Bien sûr », je me moque. « Tu me kidnappes et tu t'attends à ce que je ne me batte pas quand tu essaies de me faire du mal ? Tu as raison... Je ne suis pas stupide. »

« Je ne t'ai pas kidnappée et je ne t'ai pas fait de mal... » Les mots s'arrêtent et son regard se concentre sur moi. Ma gorge se noue alors que j'avale la boule de peur qui s'y trouve. Je suis terrifiée et je fais de mon mieux pour ne pas le montrer. Julian est le genre d'homme qui vous dévorerait le bras lorsque vous tendez la main.

« Mais... », j'ajoute.

« Tu peux rester en sécurité et gagner des libertés tant que tu m'obéis. »

C'est comme si on se retrouvait à la maison. Piégée. Pas de liberté. Pas de joie. Mon estomac se noue et je pense que je vais vomir.

« Dans un mois, tu deviendras ma femme et tu seras alors complètement à moi. D'ici là, je veux que tu te soumettes complètement. Tu m'écouteras et tu me feras confiance sans poser de questions. »

Les larmes me piquent les yeux mais je les fais disparaître en serrant un peu plus les draps. Les larmes sont une faiblesse et je ne veux pas qu'il voie à quel point je suis faible, à quel point je me sens faible. Ma poitrine se serre et la colère me traverse.

Pourquoi mon père m'a-t-il donnée à cet homme ? Pourquoi l'aurait-il laissé me prendre sans droit ni raison ? Ce n'est pas comme ça que ça devait se passer. J'étais censée être donnée à un homme qui me garderait en sécurité, qui ne me ferait pas de mal. Je ne m'attendais pas à être aimée ou même à être l'égale de mon futur mari mais je ne m'attendais pas non plus à devenir un tapis sous ses pieds.

« Voyons voir si tu m'as bien écouté. » Il frappe ses mains ensemble et se dirige vers le lit. « Je veux que tu te lèves et que tu prennes une douche. »

Mon esprit s'emballe. Il doit y avoir un moyen de s'en sortir mais je n'ai rien à troquer, rien que mon corps qu'il possède déjà.

« S'il te plaît », je murmure doucement, souhaitant qu'il me voie comme un humain et non comme un objet. « Il doit y avoir quelque chose d'autre que tu veux. Quelqu'un d'autre que tu veux ? »

En penchant la tête sur le côté, il me fixe d'un air las, avant que son visage ne s'éteigne. Un instant plus tard, un sourire malicieux apparaît sur ses lèvres et je sais que je n'ai pas progressé.

« J'ai tout ce que je ne pourrais jamais vouloir. Argent, pouvoir, statut et maintenant je t'ai toi aussi. Je ne veux personne d'autre. Il n'y a rien de plus dans ce monde que je puisse vouloir ou dont je puisse avoir besoin. » Les ténèbres s'accrochent à chaque mot et je sens que je m'échappe lentement. La spirale est hors de contrôle, je dois gagner du terrain. Je ne peux pas le laisser gagner. Je ne peux pas.

En me précipitant hors du lit, je ne fais qu'un mètre avant qu'il ne soit sur moi. Comme un chat, il bondit, ses doigts trouvent et s'enroulent autour de ma gorge alors qu'il me pousse contre le matelas. J'atterris dans un tas, l'air s'arrachant de mes poumons à l'impact.

Encore une fois, je suis coincée entre lui et le matelas mais cette fois-ci, sa main est enroulée autour de ma gorge, sa prise est ferme mais pas meurtrière, ses yeux sont sombres et orageux. Il est calculateur et féroce.

Il détient tout le pouvoir et je ne suis rien de plus qu'un pion dans son jeu malade et tordu. Il n'a aucune raison de me vouloir. Un homme de sa stature peut avoir toutes les femmes qu'il veut.

« S'il te plaît », je croasse et je m'accroche à son poignet, essayant d'écarter sa main. Je crains qu'il me fasse du mal, qu'il prenne et prenne jusqu'à ce qu'il n'y ait plus rien à prendre. « S'il te plaît, ne fais pas ça… » Je ne suis pas sûre de ce que je lui demande de ne pas faire, tout ce que je sais c'est que je ne veux pas qu'il me fasse du mal ou qu'il me viole. Je ne suis pas sûre de pouvoir me remettre de ce genre de douleur.

Il se penche sur mon visage, son nez effleure le mien, c'est un geste si intime qui ne correspond pas à son comportement. Il m'observe prudemment alors que je tremble. Je ne peux pas me laisser séduire par sa douceur. Je dois me rappeler que c'est lui qui m'a blessée, qui m'a emmenée au milieu de la nuit.

Il recule d'un pouce et son regard d'acier parcourt mon visage. Je peux sentir la puissance qu'il dégage alors qu'il me maintient sur le matelas sans presque aucun effort.

Le poids de son corps, la tige d'acier entre ses jambes qui appuie sur mon ventre, un rappel de ce qui est à venir. C'est effrayant. Comment il pourrait facilement me briser le cou ou me voler ma vertu en me maintenant contre le lit.

« Alors ne m'oblige pas. Enlève tes foutus vêtements, va dans la douche et obéis. Je t'ai déjà montré plus de pitié que je n'aurais dû. Ne me force pas la main, Elena, ne m'oblige pas à te faire du mal, je te promets que ce ne sera pas quelque chose que tu oublieras facilement. Tu penses que je suis un monstre maintenant mais tu n'as encore rien vu. »

Je ne réalise pas à quel point je tremble jusqu'à ce qu'il se retire, libérant ma gorge et emportant la chaleur de son corps avec lui.

Pendant un moment, je reste allongée, la poitrine gonflée, la peur dans les veines. Ma main se déplace d'elle-même, appuyant sur la chair de ma gorge où j'ai l'impression qu'il me tient encore, sa poigne comme une entrave d'acier.

Il murmure : « Vas-tu obéir, ou veux-tu tester ma patience ? » Je décide de ravaler ma fierté et mon besoin de m'échapper pour le moment. Il y aura d'autres occasions où il vaudra mieux se défendre. J'ai besoin d'économiser mes forces.

En me redressant, j'arrive à me tenir sur des jambes tremblantes, à traverser la pièce et à entrer dans la salle de bains, en sentant sa présence dans mon dos tout le temps.

Une fois à l'intérieur de la salle de bains, les lumières s'allument et mes yeux brûlent. Je regarde le sol, mes doigts tremblent et la chair de poule me picote la peau quand j'attrape l'ourlet de sa chemise et la retire. Elle tombe sur le sol, tout comme mon estomac.

Je n'ai jamais été nue devant un homme. Je n'ai jamais montré aucune de mes parties intimes à un homme et maintenant je n'ai pas le choix. Si je lui force la main, je ne doute pas qu'il me fera du mal.

« Je n'ai jamais été nue devant un homme avant. » Mes joues brûlent à cet aveu.

« Il y a une première fois pour tout. Tu devrais t'habituer à être nue en ma présence parce que le mois prochain, nous serons mariés et je prendrai ta virginité. »

C'est difficile de ne pas tressaillir aux mots qu'il prononce mais j'y arrive.

En regardant le long de mon corps, je réalise que les éraflures sur mes jambes semblent avoir été nettoyées. Quand cela s'est-il produit ?

Julian s'éclaircit la gorge et ses yeux impatients se posent sur moi. Je le sais même si je ne le regarde pas. Je peux les sentir percer dans ma chair, me marquer, observer mes mouvements tremblants. En pressant mes lèvres l'une contre l'autre, je plonge mes doigts dans la ceinture de ma culotte et la pousse le long de mes jambes. J'ai l'impression de signer mon propre certificat de décès avec ce mouvement. Nue, il pourrait facilement me prendre. Il pourrait voler ma vertu, non pas que je pense que les vêtements l'arrêteraient mais ça reste une barrière, une sorte de sécurité.

Croisant un bras sur ma poitrine, je couvre mes seins et utilise mon autre main pour couvrir l'espace entre mes cuisses tout en refusant toujours de le regarder. Je ne veux pas voir la lueur de satisfaction dans ses yeux. Je ne veux pas qu'il pense qu'il a gagné car la bataille ne fait que commencer.

Les yeux de Julian s'assombrissent davantage ; des émotions que je ne comprends pas tourbillonnent dans leurs profondeurs.

« Baisse les bras », dit-il d'un ton bourru.

Obéissant, je laisse tomber mes bras le long de mon corps. Tremblante de peur, je sursaute lorsqu'il se rapproche de moi, me touchant presque lorsqu'il passe la main dans la douche derrière moi et l'allume. Je me détends mais seulement un peu quand il réapparaît à mes côtés, arrachant une mèche de cheveux de mon épaule, l'enroulant autour d'un doigt. Il l'inspecte comme si c'était un bijou rare.

Se penchant vers mon oreille, son souffle chaud chatouillant le lobe, il chuchote : « Tu seras une si belle mariée. J'ai hâte d'enfoncer ma bite au plus profond de ta chatte vierge et de te regarder saigner autour de moi. Je serai ton premier et ton dernier. »

Mes instincts les plus primaires se manifestent et je ressens le besoin de courir, de me cacher mais je ne peux aller nulle part. Nulle part où m'échapper. Au lieu de cela, tout ce que j'arrive à faire est de gémir.

« Va dans la douche et nettoie-toi », ordonne-t-il un moment plus tard, sa voix étant différente. En m'éloignant de lui, j'entre dans la douche, fermant la porte vitrée derrière moi. J'aimerais qu'elle ne soit pas en verre, pour avoir un peu d'intimité.

À travers la porte vitrée remplie de brouillard, je peux encore sentir ses yeux sur moi, le sentir me regarder à travers la vitre pendant que je me nettoie. Je devrais être reconnaissante, au moins il n'est pas avec moi, me tourmentant avec son corps, au moins il ne m'a pas blessé. *Mais.* Ce seul mot définit tout. Si je fais ce qu'il dit, que je me soumets, que je deviens un paillasson pour ses besoins, il ne me fera pas de mal. Si je me bats, il deviendra le diable que je sais qu'il est. Bien que je sois toujours restée en dehors des affaires de mon père, je sais qu'il ne faut pas croire que Julian est un homme faible d'esprit. Il a convaincu mon père de me vendre à lui. Ses hommes l'écoutent. Il est puissant, cruel et il utilisera sa force pour me rendre docile. Toutes ces pensées et émotions me donnent mal à la tête.

Fermant les yeux, je maintiens mon visage sous le jet d'eau, faisant de mon mieux pour l'ignorer et prétendre que je suis seule. Je ne sais pas pourquoi mais je suis choquée quand j'attrape le savon et découvre qu'il n'en a pas seulement pour lui mais aussi pour moi.

Il avait tout prévu et tout préparé.

Je me demande depuis combien de temps il planifie cela avec mon père, planifiant comment je vais passer le reste de ma vie. Je ne pourrai jamais oublier ce qu'il a fait et comment je suis arrivée ici. Dès que je baisserai ma garde, il me fera du mal.

Prenant mon temps, je me lave tout le corps de la tête aux pieds, surprise qu'il ne me dise pas de me dépêcher. Quand j'ai fini, je ferme l'eau et tourne sur moi-même, pour me retrouver face à lui.

Cette fois, je ne détourne pas le regard. Je le fixe avec le même regard sinistre qu'il me lance, le regardant s'appuyer contre le comptoir, les bras croisés sur sa poitrine nue tandis qu'il m'observe comme un faucon.

Quand je sors de la douche, il fait un pas vers moi. Le courage que j'avais quelques instants auparavant a fondu. Va-t-il me faire du mal maintenant ? La peur de l'inconnu me fait mal au ventre et mon corps se crispe. Il prend une serviette, la déplie et la tend vers moi.

En serrant les dents douloureusement, j'entre dans la serviette, incertaine du jeu qu'il est en train de jouer. Tendant l'échine, je reste là, les bras pendants sur les côtés, tandis qu'il me sèche. Frissonnant, il touche chaque partie de mon corps sans vraiment toucher quoi que ce soit, en gardant toujours la serviette comme barrière. Son toucher n'est pas sexuel ou lascif. C'est doux, presque maternel et ça me perturbe. Quand mon corps est sec, il laisse tomber la serviette humide et en prend une autre toute fraîche.

« Lève les bras. »

Je suis son ordre et lève les bras, même si tout en moi me dit de ne pas le faire. Je ne me rends pas compte de ce qu'il fait jusqu'à ce qu'il enroule la serviette moelleuse autour de mon corps, la repliant au-dessus de mes seins.

« Voilà », dit-il, en me parlant comme si j'étais un enfant. Ses yeux restent sur les miens et nulle part ailleurs. De toute évidence, il a eu sa dose. Je laisse tomber mes bras et le regarde chercher une troisième serviette. « Tourne-toi. »

Confuse une fois de plus, je me retourne, le corps tout entier raidi par la peur.

Que va-t-il faire maintenant ?

Je me détends légèrement quand je réalise qu'il veut juste me sécher les cheveux. Ses actions n'ont pas de sens. Rien de tout cela n'a de sens. Pourquoi me traite-t-il comme ça ? Une minute il me menace, me prend à la gorge, la suivante il me sèche les cheveux ? A quel genre de jeu joue-t-il ?

Je ne veux pas savoir. Tout ce que je veux, c'est sortir de là indemne.

6
JULIAN

*A*près l'avoir regardée se doucher et avoir contemplé son corps parfait couvert de savon, il m'était difficile de m'éloigner et de la laisser dans cette pièce sans la baiser - la lourdeur de ses seins, son ventre lisse et ses cuisses galbées. Je n'ai pas eu le meilleur aperçu de sa chatte mais ce n'était pas grave. Très bientôt, je ne ferais pas que la regarder, je la baiserais.

Je revois dans mon esprit la façon dont elle tremblait et réagissait à mon contact pendant que je la séchais. Elle ne savait pas si j'allais lui faire du mal ou la soigner et c'est exactement ce que je voulais, qu'elle soit à cheval sur la peur, anticipant à tout moment mon prochain mouvement. Je veux qu'elle ait envie de me toucher et de me désirer mais j'ai aussi besoin qu'elle m'obéisse et le meilleur moyen d'y parvenir est la peur.

Je ne lui ferais jamais de mal physiquement mais elle ne le sait pas. Quelques menaces bien placées devraient suffire à la faire rentrer dans le rang et si ce n'est pas le cas, j'ai un arsenal de punitions qui lui apprendront sans la blesser.

Si elle se comporte bien, je la récompenserai. Si elle désobéit, je la disciplinerai. C'est aussi simple que ça.

J'ai longuement réfléchi à la manière dont je la punirais si elle décidait de ne pas m'obéir. Une fessée ? Peut-être que ça lui plairait trop. Je devrais probablement penser à quelque chose de plus créatif.

L'enfermer dans la chambre est un bon début. L'isolement lui fera désirer ma compagnie, lui donnera envie de moi, même si elle ne le veut pas. Le silence et la solitude font des choses étranges à l'esprit humain.

Markus entre dans mon bureau sans même frapper, s'arrêtant une fois qu'il a atteint mon bureau. « Que diable est-il arrivé à ton visage ? »

Je souris, me rappelant les griffures qu'Elena a laissées sur ma peau. « J'ai joué avec un chaton la nuit dernière. Cette petite chose a des griffes. »

Apparemment peu intéressé par ma réponse, il change de sujet pour parler du père d'Elena. « L'espion que tu as au manoir Romero a rapporté que le père de la fille prévoit de venir pour elle. »

En souriant, je m'adosse à ma chaise. « Bien sûr. Je ne m'attendais pas à ce que ce soit si facile. Qu'est-ce qu'il a prévu ? » Je pourrais facilement envoyer certains de mes meilleurs hommes pour qu'ils l'achèvent mais où serait le plaisir ?

Je veux qu'il me regarde ruiner sa fille. Je veux ma vengeance et il ne va pas me la gâcher en me forçant à lui mettre une balle entre les yeux.

« Il n'avait rien d'autre à dire que ça. Je lui ai dit de rester à l'écoute et de faire un rapport dès qu'il entendrait quelque chose. »

« Super. J'ai un rendez-vous au club de strip-tease. Je vais collecter une dette. Appelle-moi si elle te pose des problèmes. »

Markus acquiesce, son visage est sans émotion comme toujours. C'est l'un de mes meilleurs hommes et je sais que si je peux faire confiance à quelqu'un pour ne pas la blesser, c'est bien lui. Il sait que le seul à pouvoir marquer sa peau, c'est moi, contrairement à Roger, qui en a payé le prix. Je l'ai utilisé comme un exemple pour mes hommes.

Je me lève et passe une main sur mon costume trois-pièces. Je me sens puissant et pas seulement parce que j'ai volé quelque chose de précieux, quelque chose d'inestimable. En quittant mon bureau, j'envisage de traverser le hall pour aller voir Elena. Je veux la voir trembler, attendant de voir ce qui va se passer mais plus que ça, je veux qu'elle ait envie de moi. Qu'elle ait envie de mon corps, de mon attention. Je veux qu'elle ait tellement envie de moi que ça lui fasse mal quand je ne suis pas là et ça n'arrivera pas si je me présente trop souvent.

C'est une leçon et elle doit l'apprendre.

Quand j'atteins la porte d'entrée, le SUV est garé à l'extérieur, je me glisse sur le siège arrière et vérifie l'heure sur mon téléphone, je pourrais envoyer n'importe lequel de mes hommes pour effectuer ce travail. Bon sang, Lucca adorerait faire couler du sang en ce moment mais parfois il faut prendre les choses en main. Roberto est un associé de longue date et est en retard sur ses cotisations et je dois avouer que je suis d'humeur à casser quelques os. La petite tentatrice enfermée dans mon manoir met ma patience à rude épreuve et je dois exprimer la tension accumulée dans mon corps.

C'est le jour de chance de Roberto.

Le diable va se présenter à sa porte.

Quand le 4x4 s'arrête chez Dimension's, je descends et me redresse, tout comme mon commandant en second, Lucca. Il est jeune mais a fait ses preuves à maintes reprises. Son père était un associé de mon père. Sur son lit de mort, j'ai promis de veiller sur Lucca. Il n'est pas né dans le même monde que le mien mais ça n'a pas d'importance pour moi. Il a gagné sa place.

Les deux videurs à la porte nous saluent d'un signe de tête et j'entre sans adresser un seul mot à l'un d'eux. Je n'ai pas obtenu la réputation impitoyable que j'ai en serrant des mains et en souriant. Il y a eu beaucoup de vies perdues, beaucoup de sang versé pour la famille Moretti.

Si mon père était vivant, je suis sûr qu'il serait fier de la façon sauvage dont je mène les choses. Il était aussi impitoyable que moi.

La naïveté et la virginité d'Elena n'auraient eu aucune chance contre lui. Il l'aurait prise sans pitié, aurait tué son père sous ses yeux. J'avais plus de pitié que ça ; après tout, elle était une innocente prise au milieu d'une guerre dont elle ne savait rien.

Mon père a toujours voulu que je prenne la relève après sa mort mais je n'étais pas sûr que ce soit ma voie, pas avant la mort de ma mère. Ensuite, tout a changé.

À l'intérieur, l'odeur de fumée et de sueur imprègne l'air, s'accrochant à mes poumons à chaque respiration. L'endroit n'ouvre pas avant quelques heures, donc je n'ai pas à m'inquiéter si des clients voient quelque chose qu'ils ne devraient pas voir. Des femmes nues s'écartent de mon chemin alors que nous traversons le bar et la scène faiblement éclairés. Le bureau de Roberto est juste au bout du couloir, donc c'est là que je vais.

Arrivé à la porte, je m'arrête une demi-seconde avant de tourner la poignée et de la pousser violemment, ce qui la fait s'ouvrir violemment. Que voulez-vous, j'aime faire une entrée remarquée !

Les yeux de Roberto s'écarquillent sous l'effet du choc et il se précipite de derrière son bureau, le choc cédant la place à la peur lorsqu'il me reconnaît. Ce n'est pas souvent que je me présente personnellement pour récupérer un dû mais aujourd'hui est son jour de chance.

« Julian... Je... J'ai votre argent, monsieur. »

En entrant dans la pièce, je le regarde fixement. Roberto est un petit homme au crâne chauve, au ventre proéminent et à l'hygiène sérieusement défaillante. Les cochons sentent meilleur que lui. Ses vêtements sont en lambeaux, sa chemise de ville couvre à peine son ventre.

« Je l'espère, plus les intérêts. »

« Oui... plus les intérêts. » La voix de Roberto tremble, ses yeux se détournent, non pas de peur mais d'autre chose. Il se passe quelque chose ici, mes tripes en sont convaincues. J'attrape mon arme en même temps qu'il se déplace derrière son bureau.

Un tiroir s'ouvre en grinçant et il jette un regard presque plein de remords sur son contenu.

Mon cœur fait un bruit sourd.

Qu'est-ce que ce connard essaie de faire ? Est-ce qu'il veut mourir ?

« Je suis désolé, M. Moretti », murmure-t-il.

L'adrénaline coule dans mes veines. Mon arme est dégainée, mon doigt sur la gâchette, au moment où il sort une arme de poing et la pointe sur moi. J'appuie sur la gâchette sans réfléchir et sans pitié, regardant la balle quitter la chambre et entrer dans sa poitrine, l'impact de la balle le faisant tituber en arrière et s'effondrer contre le mur. Le pistolet qu'il a sorti tombe au sol dans un bruit sourd et je me dirige vers lui, le repoussant d'un coup de pied. Il a glissé le long du mur et s'est effondré sur le sol. Il gémit faiblement, ses yeux sont frénétiques et effrayés. Il n'est pas encore mort mais il le sera bientôt.

« Tout ce que tu avais à faire, c'était de me payer », lui dis-je d'un air déçu en appuyant la mon arme sur sa tête.

« Je... » Les mots tentent de franchir ses lèvres mais les excuses ne vont pas le sauver. Quand on me doit de l'argent, il faut payer en liquide ou mourir. Tu veux faire des affaires sur mon territoire, tu paies ton dû. En appuyant sur la gâchette, je regarde la vie s'échapper de ses yeux tandis que son cerveau explose contre le mur.

Le silence règne dans la pièce et le plaisir euphorique bien trop commun de tuer m'enrobe les entrailles comme un baume chaud.

« Lucca, fais savoir au personnel qu'ils sont sous mes ordres maintenant. »

« Oui, monsieur », répond-il et j'entends ses pas disparaître dans le couloir. Appuyé contre le bureau, je regarde Roberto. Tout ce qu'il avait à faire était de payer ses putains de cotisations. Secouant la tête devant sa stupidité, je range mon arme dans son étui et je sors mon téléphone pour voir s'il y a des messages de Markus me donnant des nouvelles de mon petit captif.

Je fronce presque les sourcils quand je découvre qu'il n'y en a pas.

Décidant de la surveiller moi-même, je me connecte à l'application de mon système de surveillance. Pendant que je mettais mon plan à exécution, j'ai fait installer des caméras dans la chambre, afin de pouvoir la surveiller à tout moment. Une image granuleuse apparaît à l'écran et je souris en voyant ma belle future épouse perchée sur le bord du lit. Elle ne porte rien d'autre que la serviette que j'ai attachée autour d'elle avant de partir et a l'air d'être en état de choc. Je me demande à quoi elle pense. Peut-être qu'elle pense à quel point elle me déteste ?

On dirait qu'Elena se comporte bien. Je quitte l'application. Et dire que j'avais hâte de la punir, de voir ses belles joues blanches et crémeuses d'un rose tendre. Est-ce qu'elle pleurerait et me supplierait d'arrêter, ou est-ce qu'elle gémirait et me supplierait de continuer ?

Ma bite se durcit comme de l'acier dans mon pantalon juste en y pensant. Plaisir et douleur vont de pair dans mon esprit. Remettant mon téléphone dans ma poche, je sors de la chambre et entre dans le hall.

« Des problèmes ? » Je demande une fois qu'on est dans la voiture. Tuer était censé me faire sentir mieux mais ça n'a pas le même effet que d'habitude, pas maintenant qu'Elena a pris une place au premier plan dans mon esprit.

« Non, monsieur, le barman va gérer l'endroit jusqu'à ce que nous trouvions quelqu'un d'autre pour prendre la place de Roberto. J'ai déjà appelé l'équipe de nettoyage et ils seront là sous peu. » Je hoche la tête. Je ne m'inquiète pas pour les taupes, personne ne parle. S'il y en avait une, j'enverrais un de mes hommes pour s'en débarrasser. Tous ceux qui travaillent ici connaissent les règles.

« Conduis-moi à la prochaine entreprise », je dis à mon chauffeur.

Le moteur rugit et nous nous éloignons du trottoir. Même si j'ai très envie de retourner au manoir et d'effrayer ma petite épouse, il est important de la laisser seule. L'esprit humain peut être votre plus grand ennemi et je veux la rendre faible, qu'elle ait besoin de moi. Ce sera la meilleure vengeance contre son père, un homme qui devrait déjà être mort.

7
ELENA

Il me faut un certain temps pour me remettre mentalement de la douche que j'ai prise avec lui debout en train de me regarder. C'était intense, c'est le moins qu'on puisse dire. Julian est comme une bombe à retardement. Je ne sais pas ce que je dois attendre de lui. Va-t-il me montrer de la compassion ? Va-t-il me faire du mal ? Tout ce que je sais, c'est que je ne peux faire confiance à rien de ce qu'il fait ou dit et pourtant, tous les aspects de ma vie m'obligent maintenant à compter sur ses conseils.

Mes pensées tournent et tournent encore, le silence dans la pièce est total. Je suis sur les nerfs, comme s'il allait faire irruption par la porte d'un moment à l'autre, pour finir ce qu'il a commencé ce matin.

Cette pensée me fait réaliser que je suis toujours nue. La seule chose qui me couvre est la serviette enroulée autour de mon corps. Je dois trouver quelque chose à porter.

Il n'a pas eu l'air de se soucier de me voir porter sa chemise hier soir, ce qui fait que je retourne vers le placard avec un peu moins de crainte aujourd'hui. Je regarde les chemises, en passant mes doigts sur le tissu.

Au bout de l'étagère, je découvre une autre étagère complètement pleine mais avec des vêtements pour femmes.

Déconcertée, je vois les vêtements qui vont des robes de soirée aux tenues de sport. Il y a un article de vêtement pour chaque occasion ici.

Je fais une pause, je ne sais pas quoi penser. Ce n'est pas possible qu'il ait acheté toutes ces choses pour moi, n'est-ce pas ? Peut-être qu'une autre femme a vécu ici avant moi et que ce sont ses vêtements ? Peut-être qu'il les a achetés pour elle et maintenant il me les transmet. J'attrape une robe sur l'étagère, je regarde la taille et la laisse presque tomber - taille 4. Il y a beaucoup de femmes qui font du 4 mais quelles sont les chances que son ancienne petite amie fasse la même taille que moi ?

Il a acheté tout ça... pour toi.

Il me faut un moment pour me ressaisir. Je suis choquée. Après un moment, je regarde à nouveau les vêtements, en essayant de trouver la tenue la moins attirante. Quelque chose qui cacherait mes hanches et ma poitrine. J'ai pris un T-shirt sur un cintre et un pantalon de yoga ample, en espérant avoir choisi la combinaison la moins sexy possible. Je ne veux pas attirer son attention, je veux la perdre complètement.

En fouillant dans quelques tiroirs, je trouve des soutiens-gorge et des culottes à ma taille, tous assortis. Mes doigts traînent sur les articles en dentelle. Il y a du rouge, du rose, du bleu, du noir... Je choisis le soutien-gorge et la culotte blanche parce qu'ils sont les plus ennuyeux du lot. Non pas que Julian va me voir dedans.

Pas avec mon accord, en tout cas.

Laissant tomber la serviette, je m'habille en vitesse, détestant la façon effrayante dont les vêtements me vont. En tirant sur la chemise, je constate qu'elle n'est pas vraiment moulante mais qu'elle n'est pas ample comme je l'aurais souhaité. Quoi qu'il en soit, c'est mieux qu'une robe.

Une fois habillée, je me sens un peu moins exposée et je ferme le placard en jetant un coup d'œil au coin de la porte, en me demandant s'il va surgir de nulle part. Lentement, je me dirige vers le lit et m'assois sur le bord, souhaitant être à la maison avec mon père, ou vraiment n'importe où sauf ici.

Maintenant que le choc initial de la nuit dernière est passé et que j'ai eu le temps de rassembler mes esprits, je me souviens où j'avais entendu le nom de Julian Moretti auparavant. Mon père a toujours essayé de me protéger mais il ne pouvait pas tout me cacher. Je l'avais entendu parler de Julian, de la façon dont il reprenait l'entreprise familiale, en utilisant des méthodes que les autres n'approuvaient pas. Je ne voulais même pas savoir quelles étaient ces méthodes.

Le temps passe lentement quand on est confiné, ce qui pourrait n'être qu'une heure en paraît vingt ou plus. Le bruit de pas derrière la porte me fait bondir hors du lit. Serrant les mains en poings, je force mon regard vers la porte, observant la poignée en laiton qui tourne lentement et une dame en tenue de femme de chambre qui entre.

L'air dans mes poumons s'arrête et je laisse échapper un grand souffle quand elle apporte un plateau de nourriture et le pose sur le bord de la table. Je ne réfléchis même pas et me précipite vers elle, m'agrippant à son bras, espérant qu'elle ne soit pas corrompue.

« S'il vous plaît, aidez-moi. Je suis piégée ici et il va me faire du mal. »

La femme de chambre ne lève même pas les yeux et ne reconnaît pas ma présence ici. Retirant son bras de ma prise, elle retourne vers la porte et mes espoirs s'effondrent une fois de plus. J'envisage de la bousculer et de sortir de la pièce mais je ne veux pas affronter la colère de Julian. Je ne doute pas une seconde qu'il me punirait, alors je décide de ne pas le faire et je la regarde, impuissante, sortir de la pièce, la porte se refermer et le verrou se remettre en place.

Les larmes coulent mais je les fais disparaître en m'asseyant sur le bord du lit.

C'est tout ce à quoi ma vie s'est résumée.

J'ai été transférée d'une cage dorée à une autre.

Un oiseau qui ne chantera jamais, ne volera jamais librement...

∽

Je suis de retour au sol près de la fenêtre, les genoux serrés contre ma poitrine.

Mes yeux sont collés à la porte la plupart du temps pendant que j'attends qu'il revienne. Il est parti il y a des heures, me laissant seule avec rien d'autre que mes pensées.

Être seule n'est pas anormal pour moi mais j'ai généralement des livres ou quelque chose à faire. Je pourrais au moins errer dans la maison de mon père, me promener dehors, ou parler aux servantes.

Ici, il n'y a rien pour moi et la solitude et la peur s'installent profondément dans mes os. Est-ce que ce sera toujours comme ça ? Serai-je toujours enfermée dans cette pièce, rien de plus qu'une poupée dont il pourra se servir quand il le voudra ? Je me retourne vers la fenêtre, le soleil se couche lentement et j'ai tellement envie de sortir. Pour sentir l'herbe sous mes pieds, pour sentir la chaleur du soleil sur ma peau.

Des larmes coulent de mes yeux et je les essuie du revers de la main avant qu'elles ne coulent sur mes joues.

Julian dit qu'il ne me fera pas de mal tant que j'obéirai mais je ne suis pas stupide. Il me fera du mal quoi qu'il arrive, sinon à quoi bon m'enlever.

Plus je reste assise ici, plus je réfléchis, ce qui m'amène à penser à la facilité avec laquelle mon père m'a vendue à lui. J'ai l'estomac noué en me rappelant l'expression de son visage. Je pense qu'il me hantera toujours. Je ferme les yeux comme si cela allait m'aider à oublier. Comme si ma vie n'était pas un rappel constant du cauchemar qui est maintenant ma réalité.

Je me réveille quand j'entends des bruits de pas dans le couloir. Un moment plus tard, la serrure clique et je me redresse un peu.

La porte s'ouvre et la grande carrure de Julian apparaît. Il est énorme, il occupe presque toute la surface de la porte. Ses yeux bleus orageux trouvent les miens alors qu'il entre dans la pièce et ferme la porte derrière lui.

« Elena, j'espère que tu as passé une bonne journée. » Il sourit, sachant très bien que je n'ai rien fait de la journée. Quand je ne réponds pas, il penche sa tête sur le côté comme s'il m'examinait. « Pourquoi es-tu encore par terre ? »

En rompant le contact visuel, je jette un coup d'œil au lit. « C'est le seul endroit où je peux regarder dehors. Aussi, je ne veux pas dormir dans le lit avec toi. »

« Eh bien, tu ferais mieux de t'y habituer. » Observant prudemment, il commence à défaire sa cravate, la desserrant avant de déboutonner les deux boutons supérieurs de sa chemise de ville. « Demain soir, quand je reviendrai dans la chambre, tu seras dans ce lit à m'attendre. Sinon, je t'attacherai au lit tous les jours avant de partir pour m'assurer de ton comportement. »

J'inspire en tremblant, en disant presque quelque chose comme : Tu n'es pas sérieux. Puis, je me rappelle à qui je parle, un monstre fou. Il est très sérieux, je n'en doute pas.

« Maintenant, sois une bonne fille et lève-toi », ordonne-t-il en tirant sa cravate sur sa tête et en la jetant sur la chaise longue.

Mon corps bouge tout seul, se soulevant du sol. Je ne sais pas si je suis simplement effrayée ou si c'est parce que je suis déjà conditionnée à écouter. Dans tous les cas, je déteste ça, je déteste chaque aspect de cette situation. Un sourire se dessine sur ses lèvres devant mon obéissance. Son regard ratisse mon corps, prenant en compte ma tenue. « Je vois que tu as trouvé les vêtements que je t'ai achetés. »

Il me montre du doigt ce que je porte et je hoche la tête, détestant le fait que je sois soulagée qu'il me les ait achetés. Je ne devrais pas me soucier qu'elles appartiennent à une autre femme mais c'est le cas.

« As-tu mangé ce que la femme de chambre t'a apporté ? » Il regarde dans la pièce, à la recherche du plateau. Je n'ai pas fini toute l'assiette mais j'ai mangé ce que j'ai pu avec mon estomac noué. Honnêtement, je suis surprise de ne pas avoir tout vomi.

Il inspecte la nourriture à moitié mangée et hoche la tête, apparemment satisfait de la quantité que j'ai avalée. Il se retourne pour me faire face avant de faire un pas vers moi. Instinctivement, j'essaie de faire un pas en arrière mais mon dos est déjà plaqué contre la fenêtre.

Il ferme la distance entre nous en deux grandes enjambées, il se tient si près que je dois basculer mon cou en arrière pour le regarder en face.

« Donne-moi ta main », demande-t-il d'un ton bourru et encore une fois, j'obéis sans réfléchir. Je lui offre ma main et il la prend, englobant la mienne avec la sienne, beaucoup plus grande.

Sans un mot de plus, il se retourne et me traîne derrière lui.

« Où est-ce qu'on va ? » Je demande quand il se dirige vers la porte, l'excitation fleurissant dans ma poitrine à l'idée que je vais enfin pouvoir quitter la chambre.

« Dîner. »

Il ouvre la porte et me tire dans le couloir. Ses jambes sont beaucoup plus longues que les miennes et j'ai du mal à suivre ses grandes enjambées lorsqu'il me traîne dans les couloirs et les escaliers.

Pourquoi est-il si pressé ?

Lorsque nous arrivons dans la salle à manger, je me rends compte que nous sommes complètement seuls dans cette grande maison, ou du moins je ne vois ni n'entends personne d'autre. En regardant l'énorme table en acajou qui peut accueillir douze personnes, je constate qu'elle est déjà mise... pour deux. Il y a des bols et des plateaux couverts au centre de la table, ce qui me fait me demander si quelqu'un a préparé cela et est parti ou si Julian l'a fait pour nous.

Il sort une chaise et me fait signe de m'asseoir. Quand je m'assieds, il pousse la chaise et enlève les couvercles couvrant la nourriture. De la vapeur s'échappe de chaque plat et un éventail de saveurs emplit l'air.

Avant de pouvoir m'en empêcher, je demande : « C'est toi qui a préparé tout ça ? »

Julian a l'air d'avoir envie de rire. « Est-ce que j'ai l'air d'un chef ? »

« Non... je... ça ne fait rien », je marmonne, les joues en feu. Je me sens gênée et tout ça pour avoir posé une simple question.

Mon futur mari prend la cuillère de service et commence à remplir mon assiette avec un peu de tout avant de remplir la sienne.

« Merci », je dis, plus par réflexe qu'autre chose. Je ne devrais pas le remercier pour quoi que ce soit. Je devrais prendre mon couteau à steak et le poignarder dans la gorge.

J'attrape la fourchette et je perce une petite pomme de terre, en imaginant que c'est un des globes oculaires de Julian. Je n'ai pas vraiment envie de manger mais je sais que refuser est futile. Il me forcerait de toute façon. De plus, ne pas manger finira par jouer contre moi. J'ai besoin de ma force pour m'échapper, donc si manger me permet d'y arriver, alors je mangerai.

« Veux-tu un peu de vin ? » demande-t-il négligemment.

« Non, merci. » Il n'y a pas moyen que je boive une goutte d'alcool. Je suis déjà très désavantagée. Je ne vais pas ajouter quelque chose qui me rendrait encore plus faible.

« Comme tu veux. J'ai quelque chose pour toi », annonce-t-il en prenant quelque chose dans sa poche arrière. « Mets ça et ne l'enlève jamais. » Le ton de sa voix est ferme. Je lève les yeux de mon assiette et regarde le petit objet qu'il tient entre ses deux gros doigts. C'est minuscule comparé à son énorme paume - un anneau d'argent avec un diamant brillant bercé en son centre.

« Comme c'est romantique », je dis dans mon souffle en attrapant la bague de fiançailles.

« C'est soit ça autour de ton doigt, soit un collier autour de ton cou. Je me suis dit que tu préfèrerais ça. » Il hausse les épaules et j'ai envie de lui jeter cette stupide bague à la figure.

Au lieu de cela, j'acquiesce et je fais glisser la bague sur mon annulaire. Bien sûr, elle s'adapte parfaitement. Comment fait-il ça ? A-t-il demandé à quelqu'un de me mesurer de la tête aux pieds pendant que je dormais ? Je ne serais pas surprise, pour être honnête.

En essayant de ne pas regarder la bague, je continue à manger, en faisant comme si je ne la trouvais pas belle. La dernière chose que je veux, c'est qu'il pense que j'aime quelque chose qu'il m'a offert.

Pendant quelques minutes, aucun de nous ne dit rien. Je veux l'ignorer tout autant que le diamant étincelant qui orne mon annulaire mais je ne peux faire ni l'un ni l'autre. Sa présence est impossible à ignorer et le diamant scintille à chaque petit mouvement. C'est agaçant.

« Pourquoi tu m'as acheté cette bague ? Ce n'est pas comme si quelqu'un allait la voir. »

« *Je* vais la voir », dit-il d'un ton sec. Puis il continue sur un ton légèrement plus doux. « De plus, tu ne seras pas enfermée dans la chambre pour toujours. Juste jusqu'à ce que je sois sûr que tu ne me désobéiras pas. Le temps que cela prendra ne dépend que de toi. »

« Bien sûr... »

Nous mangeons le reste du repas en silence. Quand je ne peux plus prendre une autre bouchée, je pose la fourchette à côté de mon assiette et je m'adosse à ma chaise. Mon estomac est plein et je ne pense pas que je pourrais prendre une autre bouchée si j'essayais.

« Dessert ? »

« Non, je suis bourrée. » Les mots ont à peine quitté mes lèvres que Julian se lève de sa chaise. Il m'attrape par le haut du bras, me tire sur mes pieds et commence à me guider hors de la salle à manger.

Immédiatement, je suis alarmée. Pourquoi est-il si pressé de me ramener dans la chambre à coucher ? Je pensais qu'il voulait attendre que nous soyons mariés. Peut-être qu'il a changé d'avis ?

« Pourquoi tu trembles ? » Ses mots me prennent par surprise alors que nous atteignons les escaliers.

« Je n'avais pas réalisé que je tremblais. Pourquoi es-tu si pressé de me mettre au lit ? Je pensais... »

Julian ricane. « Tu pensais que j'étais un homme honorable qui allait attendre qu'on soit mariés ? »

« Oui... » Je ne peux qu'espérer en tout cas.

« Nous verrons bien. »

Nous verrons ? Qu'est-ce que c'est censé vouloir dire ?

Quand on arrive dans la chambre, je tremble encore plus. Je suis complètement seule avec un homme qui fait facilement deux fois ma taille. Il n'y a personne ici qui pourrait m'aider même s'il m'entendait crier. Je suis complètement impuissante, à la merci de cet homme impitoyable qui m'a achetée pour dix millions de dollars.

Il ferme la porte derrière nous et lâche mon bras. En reculant, j'ai l'impression de suffoquer en sa présence.

« Prépare-toi pour aller au lit. Je vais prendre une douche. »

« Une douche ? » Je bégaie, toujours tremblante comme une feuille et un peu choquée. J'étais tellement sûre qu'il allait me violer mais il...

« Oui, une douche. Tu veux te joindre à moi ? » Le ton moqueur qu'il prend me fait sortir du brouillard de peur qui m'entoure.

« Non », je l'ai lâché, ce qui l'a fait sourire.

« C'est ce que je pensais. Trouve un pyjama et mets-toi au lit », ordonne-t-il avant de se retourner et d'entrer dans la salle de bains. Alors qu'il disparaît de mon champ de vision, je me précipite dans le placard. Mon cœur s'emballe et mes mains tremblent lorsque j'attrape une chemise de nuit et un short de nuit.

Rapidement, j'enlève mes vêtements et j'enfile mon pyjama propre avant qu'il n'apparaisse par surprise derrière moi. C'est un monstre cruel et je dois rester en alerte.

En reculant sur la pointe des pieds, je retourne vers le grand lit. Mes yeux se posent sur la porte de la salle de bains, qui est entrouverte. De la vapeur s'échappe dans la chambre et la tentation monte en moi.

Il t'a vu nue. Pourquoi ne pas le voir nu à son tour ?

Je m'approche de la porte, je regarde par la fente et je me couvre la bouche d'une main pour étouffer le souffle qui tente de s'échapper. L'eau tombe en cascade sur son corps bronzé et sculpté, les muscles de son dos ondulent mais ce n'est pas sa nudité qui me fait haleter.

C'est la main enroulée autour de la barre d'acier entre ses jambes, le pompage furieux, en colère, qu'il fait avec sa main. Mes joues brûlent et ma gorge se serre alors que je le regarde se caresser. Je n'ai jamais vu un homme se toucher et je suis hypnotisée. Chaque caresse est pleine de colère et je ne peux pas détourner le regard, mes yeux se promènent sur ses cuisses épaisses qui sont comme des troncs d'arbre, ses biceps se gonflent et avec ses yeux fermés, il a l'air presque angélique. En me léchant les lèvres, je sens une chaleur s'insinuer dans mon corps.

Arrête. C'est ton ravisseur.

Comme s'il sentait que je le regarde, ses yeux s'ouvrent et ses yeux bleu foncé trouvent les miens instantanément. L'air de mes poumons s'échappe et je trébuche en arrière à cause de leur intensité. La honte m'envahit et mon visage brûle, tandis que ses lèvres se relèvent sur les côtés et qu'il ne perd pas une seconde et continue à se caresser.

En me précipitant hors de la porte, je manque de trébucher sur mes pieds dans ma fuite. Sautant sur le lit, je me glisse sous les couvertures et presse une main sur ma poitrine, essayant de faire cesser les battements de mon cœur.

Au bout d'un moment, ma respiration revient à la normale, à peu près au moment où l'eau de la douche s'arrête. Les secondes se transforment en minutes et je retiens ma respiration en attendant.

Des pas lourds s'approchent du lit, puis la pièce tombe dans l'obscurité. Mon corps est tendu par l'anxiété. Les couvertures sont tirées en arrière et le poids de son corps s'appuie sur le matelas. Je me sens comme une proie cachée dans les bois, espérant ne pas être découverte.

Je n'ai même pas le temps de me préparer à son contact, il passe un bras autour de ma taille et me ramène contre sa poitrine, m'enveloppant de sa chaleur. Une chaleur qui me traverse quand nos peaux se touchent.

« Au cas où tu te demanderais, je pensais à toi. Je pensais à ta chatte serrée, à la façon dont tu vas vibrer autour de moi et me supplier d'en avoir plus lors de notre nuit de noces. Je ne peux pas attendre de te déflorer. » Sa bouche est à mon oreille et je frissonne involontairement à sa confession.

Il laisse échapper un petit rire et s'installe derrière moi. Je ne dis rien et j'essaie de ne pas penser à ses paroles mais la vérité est que je n'arrive pas à chasser l'image de mon esprit et cela me fait le détester encore plus. Il me fait désirer quelque chose, il me fait avoir besoin de lui et je ferai tout pour prouver que je n'ai ni besoin ni envie de lui.

8

JULIAN

Travailler à la maison est une vraie plaie quand vous avez une belle femme au bout du couloir que vous pourriez baiser. C'est aussi impossible de se concentrer quand on n'arrête pas de vérifier son téléphone pour l'espionner et voir ce qu'elle fait. Peut-être que j'aurais dû aller avec Lucca aujourd'hui pour vérifier les expéditions, au moins comme ça je ne serais pas tenté par la beauté aux cheveux de jais.

La nuit dernière, elle m'a regardé pendant que je me masturbais devant l'image de sa chatte parfaite. Son regard était plein de choc et de curiosité. J'ai mis une éternité à m'endormir, me demandant ce qu'elle ferait si je la touchais. Je ne m'attendais pas à ce qu'elle m'espionne ou me regarde à travers la porte et me voilà surpris. Peut-être que c'était un jeu. Peut-être qu'elle essayait de me tester.

En me penchant sur ma chaise, je repense à ce matin et à la façon dont je me suis torturé davantage. Je me suis forcé à rester devant la douche et à la regarder laver son corps magnifique. Elle ressemblait à un putain d'ange et je déteste ça. Chaque fois que je la regarde, je vois une jeune femme que je veux briser et détruire. C'est de la vengeance, pure et simple. Toute trace de gentillesse est morte le jour où ma mère est morte.

Je vois son père se tenir au-dessus du corps de ma mère morte et j'ai honte de ne pas avoir réagi plus tôt. Je me sens comme un putain d'échec pour ne pas avoir protégé ma mère et je ne me permettrai plus jamais de ressentir cela. Elena est un moyen d'arriver à ses fins et lui briser le cœur est inévitable. Elle va devenir une victime de la guerre et il n'y a rien que je puisse faire à ce sujet.

Les minutes s'écoulent lentement et je passe en revue les livres de compte une fois de plus, vérifiant que j'ai bien reçu les cotisations de tous les établissements de mon territoire. Je vais devoir envoyer Markus dans les nouveaux commerces pour qu'il leur explique comment ça marche. Ils choiront soit de rester et de payer, soit de partir.

Je prends mon portable et j'appelle Markus. Le téléphone sonne deux fois.

« Oui, patron. »

« Il y a trois nouvelles entreprises en ville. Je t'enverrai les noms de chacun d'entre eux. Je veux que tu y ailles et que tu leur fasses comprendre les règles, que tu leur dises ce qu'ils doivent faire et que tu leur montres ce qui se passe s'ils désobéissent. »

« Bien sûr. » Je peux presque entendre la joie dans sa voix. Markus ne montre pas souvent ses émotions mais j'imagine qu'il aime bien jouer de son pouvoir.

« Fais-moi savoir s'il y a des problèmes », je lui dis et je raccroche.

En me reconnectant à l'application de sécurité, je trouve Elena assise sur le bord du lit, les jambes croisées. Elle est juste assise là, ne faisant rien, ne semblant pas affectée par le fait qu'elle est toute seule.

Cela me met en colère et m'intéresse tout à la fois.

Elle ne semble pas dérangée par le silence de la pièce et je me demande pourquoi ? Elle devrait devenir folle, frapper à la porte, me supplier de la laisser sortir.

Je savais que son père la gardait enfermée chez lui mais c'était peut-être plus que ça. Son père l'avait enfermée dans sa chambre, la gardant prisonnière comme elle l'est ici ? Clairement, elle est conditionnée, ce qui met un vrai frein à mon plan.

En regardant l'heure, je me rends compte que c'est presque le déjeuner. Je me lève de ma chaise et me dirige vers la cuisine où Martha, l'une des plus vieilles servantes, est en train de mettre tout sur un plateau.

« Je lui apporterai à déjeuner aujourd'hui », lui dis-je. Elle ouvre la bouche pour dire quelque chose mais elle change rapidement d'avis, ferme la bouche et hoche la tête.

En portant le plateau de nourriture, je traverse la maison et monte dans les chambres. Je me surprends à être impatient de la rejoindre et cette pensée me fait ralentir. Je ne peux pas la laisser m'atteindre comme ça. Personne ne peut me contrôler.

Je déverrouille la porte tout en équilibrant la nourriture avec ma main libre. Lorsque j'entre, Elena se lève d'un bond du lit. Ses yeux s'écarquillent alors qu'elle m'intercepte ; clairement, elle ne s'attendait pas à ce que je lui livre son déjeuner.

Elle ne dit rien pendant que je porte le plateau jusqu'à elle et le pose sur le lit à côté d'elle.

« Tu attendais quelqu'un d'autre ? » Je dis.

« Je pensais juste que ce serait la femme de chambre. Je ne savais pas que tu étais ici. »

« Tu as l'air déçue. »

« Juste surprise. » Elle hausse les épaules. Sans lever les yeux vers moi, elle prend le sandwich dans l'assiette et commence à le grignoter. Alors que je me tiens là, dominant la jeune femme, je suis accablé par le besoin de la comprendre.

« Tu sembles avoir l'habitude d'être seule. »

« Parce que c'est le cas », dit-elle simplement. « J'apprécierais de pouvoir me promener et explorer le terrain quand je le souhaite. »

« Comme je l'ai dit... »

« Oui, je sais. » Elle lève les yeux vers moi, ses cils épais en éventail contre ses joues. « Écouter, obéir, bien se comporter, puis viendra la liberté. Dans cet ordre. »

Je ne sais pas si je suis furieux ou impressionné qu'elle ait osé m'interrompre. Je ne me souviens même pas de la dernière fois où quelqu'un a fait ça sans mourir immédiatement après.

« Ton père ne t'a pas appris les bonnes manières ? »

Ses joues deviennent cramoisies. « Je suis désolée. »

Ses excuses sont sincères et je ne sais pas trop quoi en penser. Bon sang, je ne sais pas quoi faire de tout ça. Elle n'est pas du tout comme je l'attendais et je dois sortir de cette pièce et m'éloigner d'elle. Elle m'attire et je ne me laisserai pas ridiculiser, surtout pas par elle.

« Je reviendrai te chercher pour le dîner. »

Ses lèvres s'écartent et on dirait qu'elle va dire quelque chose mais son regard se détourne et les mots ne sortent jamais. Peut-être veut-elle que je reste. Que l'on parle. Mon plan fonctionne-t-il si bien ? Est-elle déjà avide de mon attention ?

Ne lui laissant pas le temps de comprendre, je quitte la pièce sans un mot de plus. Je ferme et verrouille la porte derrière moi avant de la fixer une seconde de plus que je ne devrais. Mon plan se déroule bien, même si ce n'est pas tout à fait comme je l'avais prévu, elle commence à dépendre de moi, néanmoins. Alors pourquoi ne suis-je pas heureux de ce succès ?

~

MA CHARGE de travail de l'après-midi est aussi douloureusement lente que celle du matin. Lucca et moi discutons de deux cargaisons de drogue qui ont disparu. Ça va nous coûter cher et c'est une erreur qu'un de mes hommes va payer. J'ai le sentiment que quelqu'un essaie de m'arnaquer. Se concentrer est presque impossible, sachant qu'Elena est à portée de main. L'avoir ici commence à me rendre fou et je me demande si je peux attendre la semaine prochaine pour la baiser.

J'arrête de travailler tôt et demande à Martha de mettre la table sur la terrasse. Elena s'est très bien comportée, autant lui donner une petite récompense. Je me sers un verre de whisky et regarde l'immense fenêtre qui donne sur la pelouse. Le whisky me calme, me réchauffe et c'est exactement ce dont j'ai besoin avant d'aller voir ma fiancée. Après avoir terminé mon verre, je quitte le bureau et traverse le hall.

Arrivé à la porte de la chambre, je souris de manière suffisante tout en sachant déjà qu'elle m'a écouté et qu'elle attend comme un chien prêt à voir son maître à la fin de la journée.

Lorsque je déverrouille et que j'ouvre la porte, je la trouve exactement là où je savais qu'elle serait - mon obéissante future épouse. Ses yeux verts rencontrent les miens avec sérieux et elle se lève et marche vers moi. Comme la nuit dernière, je prends sa main dans la mienne, détestant la façon dont elle se crispe et je la traîne dans la maison.

Je ne veux pas qu'elle se familiarise avec son environnement et je ne veux pas qu'elle voie les gardes ou les servantes, sauf si c'est nécessaire. Pour l'instant, elle est ma captive, pas une invitée et pas encore un membre de la famille Moretti. Elle verra ce que je veux qu'elle voie quand je l'aurai décidé.

Ses petites jambes peuvent à peine suivre le rythme de mes pas et j'envisage brièvement de la soulever. Principalement parce que je veux lui faire peur et en partie parce que je veux la toucher. Chaque fois que je suis en sa présence, je dois m'empêcher de la prendre, de plonger mes doigts dans sa culotte et de toucher ce qui m'appartient.

Prendre sa virginité maintenant ou le mois prochain n'a pas beaucoup d'importance pour moi mais je m'en tiens à mon plan. Ça m'aidera à ce qu'elle me fasse confiance.

Ça ne veut pas dire que je ne vais pas la goûter ou la toucher. Je n'ai pas payé dix millions de dollars pour la regarder et je suis loin d'être un saint. Elle a de la chance, beaucoup de chance, quelqu'un de bien moins innocent aurait été sur son dos dès le premier soir.

« Où allons-nous ? » Elena demande quand nous contournons la salle à manger et entrons par les portes françaises de la cuisine.

Je m'arrête juste derrière la porte, regardant en bas et admirant la beauté d'Elena dans le soleil couchant. Je sais pertinemment que je vais prendre un plaisir fou à la baiser et à planter ma semence en elle. C'est la deuxième meilleure partie de mon plan, la première étant de voir le visage de son père lorsqu'il réalisera que sa fille a envie de moi, peut-être même qu'elle m'aimera.

Sur la terrasse, les lumières extérieures sont tamisées et la table est mise pour nous deux.

L'espace est spacieux, immense avec une allée en briques et une petite fontaine au centre. Il y a un endroit pour cuisiner en plein air et si vous marchez un peu plus loin, il y a une piscine. J'ai acheté cette maison pour cela mais depuis que je vis ici, je ne l'ai utilisée qu'une ou deux fois seulement.

« C'est... c'est magnifique », murmure Elena.

« C'est le cas. Cette vue et cet espace sont les principales raisons pour lesquelles j'ai acheté cette maison. » Je ne sais pas trop pourquoi je viens de lui dire ça mais je la pousse à s'asseoir à la table. Je m'assois à côté d'elle et commence à découvrir tous les plats.

Elena me tend son assiette et je la remplis avant de remplir la mienne. Elle prend des bouchées délicates et boit de petites gorgées d'eau. Je suis affamé, alors je mange mon assiette de nourriture, puis une deuxième portion.

« Où vas-tu pendant la journée ? », demande-t-elle tout à coup.

Je lève les yeux de mon assiette. « Pourquoi ça t'intéresse de savoir ? »

« Tu réponds toujours à une question par une question ? » Sa remarque me fait sourire.

« Ça te dérange tant que ça ? » Je réponds à nouveau par une question, appréciant le froncement de sourcils et le petit roulement d'yeux qu'elle me fait. « Habituellement, oui. Si tu veux savoir, je fais des affaires pendant la journée. Parfois ici, à la maison et parfois je sors m'en occuper. »

Elle acquiesce. « Mon père ne m'a jamais rien dit sur le *métier*. Il disait toujours que c'était un travail d'homme et que j'étais destinée à être une femme au foyer un jour. Que je ne devais pas me salir les mains ou me mêler de ce dont je ne savais rien. »

« Donc, ton père t'a gardée à l'abri alors ? » Je le sais déjà, bien sûr mais j'aimerais entendre sa version et peut-être découvrir quelque chose que mes espions n'ont pas obtenu.

Elena rit mais c'est amer et sans humour. « A l'abri est un euphémisme mais ce n'est pas vraiment différent de la vie que je mène ici. J'ai simplement été déplacée d'une cage à une autre. La seule différence est mon gardien. »

Le sang dans mes veines s'échauffe quand je suis comparé à cette merde qu'elle appelle son père. Si elle savait comment il a brutalement assassiné ma mère, peut-être qu'elle chanterait une autre chanson, ou peut-être qu'elle ne me croirait pas du tout.

Décidant de changer de sujet avant de m'énerver davantage, je demande : « Veux-tu un dessert aujourd'hui ? »

Elle secoue la tête mais lève les yeux vers moi, ses yeux verts transperçant quelque chose en moi.

« J'aimerais cependant faire une petite promenade. » Ses yeux deviennent suppliants et bien que je sois tenté de lui céder puisqu'elle s'est si bien comportée, je ne le fais pas.

« Non, ça doit être gagné. Ta récompense ce soir était de dîner dehors. » Sa bouche s'ouvre et on dirait qu'elle va répondre mais je secoue la tête. « Ne perds pas ton énergie pour rien. Les larmes et les supplications ne marchent pas sur moi. » Je me penche un peu plus près d'elle, je remarque la façon dont sa respiration est saccadée, mes yeux parcourent sa gorge et descendent sur sa poitrine. Je la veux, je la veux tellement que je peux le sentir. « En fait, je prends mon pied dans la douleur des autres. Les larmes rendent ma queue dure et une queue dure mène à la baise. Tu veux que je te baise ? » Je demande à voix basse.

Elena détourne le regard et je peux voir l'inquiétude qui remplit ses traits.

« Je t'ai vue me regarder me branler. Ce n'est pas grave si ça t'intéresse. Je ne dirai pas à ton papa que tu me désires. » *Je ne le dirai pas, je lui montrerai.*

« Je suis prête à aller au lit », dit-elle, ignorant ma proposition.

« Comme tu veux. » J'acquiesce et me lève, la tirant sur ses pieds d'un seul mouvement. Elle halète de surprise devant ma rapidité mais ne se plaint pas.

Au lieu de lui tenir la main, je la place à mes côtés cette fois, en gardant mon bras serré autour d'elle pendant que je marche. Elle me surprend encore une fois par son comportement naturel, comme si elle n'avait pas peur de moi. Elle marche avec moi presque comme si elle appréciait ma proximité. Comme si j'étais le chevalier blanc et non le grand méchant loup qui se cache dans l'ombre.

Puis, soudainement, elle enfonce ses talons dans le sol.

« Attends ! »

Instinctivement, je la tire plus près, la tenant contre ma poitrine tandis que je scrute l'espace à la recherche d'un danger. Mon cœur bat la chamade dans ma poitrine alors que l'inquiétude m'envahit.

« Quoi ? » Je grogne quand je ne vois rien qui sorte de l'ordinaire.

Elle me regarde à travers ses longs cils de charbon, ses yeux me supplient. « On peut y aller ? » Elle pointe son doigt vers la porte ouverte que nous venons de passer.

La porte qui mène à la bibliothèque. « S'il te plaît, je peux choisir un livre ? Juste un ? Je deviens folle dans cette pièce sans rien à faire. S'il te plaît... » Elle supplie si gentiment et je me demande si elle supplierait aussi gentiment pour ma queue.

« Un livre ? Que ferais-tu pour ce livre ? » Je demande, un sourire en coin sur mes lèvres.

« Que veux-tu que je fasse ? »

Oh, mon Dieu, elle est si naïve. Qu'est-ce qu'elle croit que je veux ? La première chose qui me vient à l'esprit est une pipe mais je sais qu'elle n'acceptera pas ça. Je pourrais insister pour qu'elle me touche légèrement mais je ne suis pas sûr que cela m'aide à satisfaire mon appétit pour elle. Une autre idée me vient à l'esprit.

« Prends une douche avec moi. Je te laisse choisir un livre si tu acceptes de te doucher avec moi. Sans que tu te caches ou accélères le rythme. »

« Juste une douche ? » Elle se mordille nerveusement la lèvre inférieure.

« Je t'ai déjà vue nue. Tu m'as déjà vu nu », je fais remarquer. « Qu'est-ce qu'il y a à cacher ? C'est juste une douche. »

« D'accord », accepte-t-elle à contrecœur après un moment et cette fois, je ne peux pas cacher mon triomphe. Je souris.

« Vas-y, alors, choisis. »

Elle s'éloigne de moi avec hésitation, me regardant comme si je pouvais la saisir à tout moment pour l'entraîner. Quand je lui fais signe de partir, elle entre avec enthousiasme dans la bibliothèque et commence à regarder les étagères. Elle ressemble à un petit enfant le matin de Noël et je ne vais pas mentir, j'aime la voir comme ça. Son sourire est bien meilleur que son visage maussade.

Je m'attends à ce qu'elle fouille les étagères de haut en bas pour trouver un roman d'amour, un thriller ou peut-être même un roman policier. Mais je ne m'attendais pas à ce qu'elle s'arrête pour feuilleter mes vieux manuels scolaires. L'université n'était pas quelque chose dont j'avais vraiment besoin mais je voulais le faire même contre la volonté de mon père. Le jour, je prenais des cours en ligne et la nuit, je faisais couler le sang. C'était l'équilibre parfait.

Je l'observe avec curiosité, j'attends de voir ce qu'elle va faire.

« Celui-ci », annonce-t-elle en sortant l'un des livres les plus épais de l'étagère. *Mathématiques avancées*. Elle ne peut pas être sérieuse ? Ça doit être une blague.

En fronçant les sourcils, je demande : « Tu es sûre de vouloir lire ça ? Ou as-tu choisi ce livre en particulier pour me frapper à la tête dans mon sommeil ? »

« Quoi ? Non ! Je veux vraiment ça... et peut-être un crayon... et du papier ? » Elle baisse encore plus les yeux et tout ce que je peux me dire, c'est à quel point cette douche a intérêt à en valoir la peine.

« Bien mais si tu essaies de me poignarder avec le crayon ou de me faire regretter de t'avoir donné un de ces objets, je vais te... »

« Punir ? Je sais et je ne le ferai pas. Je le jure. » Je lui lance un regard sévère à cause de l'interruption. Peut-être que ce sont ses manières qui ont besoin d'être corrigées. Quoi qu'il en soit, je me dirige vers l'énorme bureau au centre de la pièce, sachant qu'il y a des morceaux de papier et des crayons quelque part.

Je trouve les deux articles avec facilité et je me moque presque d'Elena, qui semble avoir du mal à porter l'énorme manuel. Nous sortons ensemble de la bibliothèque, traversons le hall et entrons dans la chambre. A l'intérieur, Elena pose le livre sur la table en face de la chaise longue. Elle semble excitée, exaltée même mais avant d'avoir la chance de se plonger dans une tonne de problèmes mathématiques, elle doit payer.

« C'est l'heure de mon paiement. » Je souris en desserrant ma cravate autour de mon cou et en commençant à déboutonner ma chemise. Elena acquiesce et se lève, le sourire effacé de son visage maintenant pâle.

Oh, je vais en profiter pleinement.

9

ELENA

C'est l'heure de mon paiement.

Je dois me rappeler que ce n'est qu'une douche et qu'il m'a déjà vue nue. En plus, je l'épouse la semaine prochaine et à ce moment-là, il s'attendra à plus que des douches de ma part. Ça va se passer de toute façon. Je pourrais aussi bien en finir avec. J'attrape l'ourlet de ma chemise, je la remonte et la passe par-dessus ma tête.

Dès que l'air frais touche ma peau, je frissonne. Le regard pénétrant de Julian est posé sur moi et je me sens comme un agneau que l'on mène à l'abattoir.

Néanmoins, je fais sauter le bouton de mon jean et le fais glisser le long de mes jambes, en essayant de ne pas trembler. Je l'enlève d'un coup de pied, ma culotte passe ensuite, puis mon soutien-gorge. En levant les yeux du sol, je vois sur son visage une faim comme je n'en avais jamais vue auparavant. J'ai failli haleter devant ce regard intense mais je l'ai réprimé au dernier moment.

Il me fixe et commence à se déshabiller. En me mordillant l'intérieur de la joue, je regarde ailleurs que vers lui. Oui, nous allons finir par faire l'amour mais je ne suis toujours pas habituée à ce que quelqu'un me voie nue ou à ce que je voie quelqu'un d'autre nu.

« Tu as peur de regarder ? Tu as peur de voir quelque chose qui te plaît ? »

Déterminée à ne pas paraître froussarde, je lève mon regard et le fixe droit dans les yeux. Je le regarde de la même façon qu'il m'a regardée, en observant son physique bien bâti, les lignes et les crêtes dures et jusqu'au V musclé qui mène à son pénis épais. Ses cuisses ressemblent à des troncs d'arbre. Son image globale me donne des frissons. Il semble encore plus grand sans vêtements et je ne sais pas comment c'est possible.

« Tu es... agréable à regar... » Je déglutis en ayant du mal à sortir les mots.

« Agréable ? » Il glousse. « On m'a dit beaucoup de choses dans ma vie mais *agréable* n'en fait pas partie. » Je le crois. Je ne suis pas assez bête pour croire que c'est un homme agréable, ou qu'il est gentil.

« Je veux dire, ton corps est beau », je reformule.

Il ne dit rien, me lance un regard étrange et se dirige vers la salle de bains. Je le suis en silence. Il ouvre la porte vitrée, met en marche la pomme de douche et passe sous l'eau avant qu'elle ne devienne chaude. J'attends quelques instants que l'eau soit suffisamment chaude avant de le rejoindre.

Il allume l'autre pommeau de douche et je soupire presque en passant sous le jet chaud.

C'est une grande douche, facilement aménagée pour deux personnes et pourtant, l'espace semble minuscule et confiné lorsqu'on le partage avec quelqu'un d'aussi grand que lui.

Je fixe son dos musclé, observant ses mouvements, appréciant le spectacle qui s'offre à moi. Se tournant, il me tend un gant de toilette et me donne le savon. Je commence à me laver, en essayant de garder mes yeux sur le carrelage mais je sais qu'il observe tout ce que je fais.

Du coin de l'œil, je vois son lourd membre se balancer entre ses jambes, grossissant et se raidissant de minute en minute. Lorsque son pénis est si dur qu'il est recourbé vers le haut, pointant vers son nombril, je jette un coup d'œil furtif vers lui et je découvre que ses yeux sont rivés sur moi, une faim sans pareille se reflétant dans les profondeurs bleues.

C'est juste une douche...

Nerveusement, j'attrape le shampooing, en faisant de mon mieux pour garder un peu d'espace entre nous. Malheureusement, ce faisant, je déplace mon poids maladroitement et je perds pied. Mes pieds glissent sur le carrelage savonneux et je crie, sachant que je suis sur le point de frapper durement le sol impitoyable.

En fermant les yeux, j'attends que la douleur s'empare de mon corps mais au lieu de cela, Julian m'attrape par le bras et me tire vers le haut, contre sa poitrine. Mes mains s'envolent pour se presser contre son torse et je ne sais pas si c'est pour le rapprocher de moi ou le repousser.

En sentant sa longue érection se presser contre mon ventre, je décide que c'est la deuxième option. Je me pousse loin de lui mais ses bras se resserrent autour de moi, m'attirant plus près. Comme des sables mouvants, je suis piégée dans son étreinte, semblant m'enfoncer davantage à chacun de mes mouvements. Mes tétons se durcissent tandis que je me débats dans ses bras, quelque chose comme la peur se développant dans mes tripes.

Un profond gémissement gronde dans sa poitrine, me rappelant un grizzly. Je n'ose pas lever les yeux. Au lieu de cela, je garde les yeux sur son torse, qui monte et descend à un rythme régulier.

« Je veux que tu fasses quelque chose pour moi. »

« Tu... tu as dit juste une douche... » Mes lèvres vacillent. Est-ce que je me suis fait avoir en lui faisant confiance ?

En se penchant en avant, son nez frôle ma gorge et je sens un filet de chaleur dans mon ventre. « C'est vrai mais je veux plus... »

Je ne devrais pas demander. C'est chercher les ennuis mais en réalité, ai-je le choix ?

Ravalant ma peur, je demande : « Quel genre de plus ? »

« Je sais que je t'ai dit que ce n'était rien d'autre qu'une douche mais t'avoir si proche me donne envie de te prendre jusqu'à ce qu'il ne reste plus rien. Je suis un homme de parole et je ne te baiserai pas avant notre nuit de noces mais je veux ta main délicate sur ma queue, me branlant jusqu'à ce que je couvre le carrelage de sperme. »

« Oh... ok », je murmure, ne sachant pas trop quoi dire ou faire d'autre. Il n'a pas l'air de me laisser le choix. Ou peut-être que si ? Est-ce que je veux vraiment avoir le choix ? Il serait plus facile de me dire que j'ai été forcée mais peu importe à quel point il est cruel et horrible, je ne peux pas nier ma curiosité et comme je l'ai dit, cela devait arriver, d'une manière ou d'une autre.

En plaçant deux doigts sous mon menton, il me force à lever les yeux vers lui. « Est-ce que tu es d'accord pour faire ça ? »

En avalant bruyamment, je regarde la longueur palpitante coincée entre nos corps. La tête est d'un rouge furieux et enflée. Elle semble presque douloureuse. C'est maintenant un choix qu'il a fait et je me retrouve à hocher la tête sans réfléchir. En levant les yeux, je vois une lueur sombre dans le regard de Julian, qui laisse tomber sa main et la fait glisser entre mes seins avant de la prendre.

L'anxiété m'envahit et la chaleur s'épanouit sur mes joues lorsqu'il guide ma main vers sa queue, le muscle se contracte sous ma main et je fixe l'appendice avec admiration. C'est doux et épais et si incroyablement chaud. C'est différent de tout ce à quoi je m'attendais.

Plaçant sa main sur la mienne, Julian me guide, un sifflement franchissant ses lèvres fermes à ce mouvement. Mordant l'intérieur de ma joue, je me demande si je fais bien les choses. Ma main tremble, rendant chaque mouvement saccadé. Il est si épais que ma main n'arrive pas à l'envelopper entièrement.

« Plus fort », grogne Julian, sa main se resserre sur la mienne et je serre un peu plus fort, mon pouls battant dans mes oreilles. Hypnotisée par les mouvements, je regarde Julian se déhancher en avant comme s'il baisait quelqu'un.

Comme ça, livré au plaisir, il a l'air plus animal qu'humain.

« Plus vite. J'en ai besoin. »

Son grognement est animal et il me fait peur mais ce n'est rien comparé à la façon dont il serre ma main, si fort que je grimace. Son toucher est meurtrier et la douleur traverse ma main.

« Tu me fais mal », gémis-je en essayant de retirer ma main. Sa force est impressionnante et je sais qu'il ne me lâchera que lorsqu'il le voudra.

Il faut un moment pour que le brouillard autour de sa tête se dissipe mais dès que c'est le cas, je regrette. Il lâche ma main et se tourne vers moi si vite que je fais un pas en arrière pour me protéger, mon dos heurtant le carrelage.

Les dents serrées, il ricane : « Fous le camp d'ici et va t'habiller. »

Les larmes coulent dans mes yeux et la déception s'accumule dans ma poitrine.

« Je... Je suis désolée. Je n'ai pas... Je n'ai pas... »

La main de Julian se serre en un poing à son côté et la peur me parcourt. Est-ce qu'il va me frapper ?

« Même en regardant la peur dans les yeux, même après que je t'ai dit de partir, tu restes là. » Se penchant en avant, il retrousse ses lèvres et grogne : « Sors. »

Je ne réfléchis pas et n'essaie pas de m'expliquer. Je me précipite hors de la douche, glissant presque sur le carrelage dans ma hâte. La chambre n'est pas mieux pour moi, car je me rappelle que je serai très bientôt dans son lit. En me précipitant dans le placard, j'essaie d'éloigner ma peur et mes larmes mais elles refusent de se calmer. Je laisse tomber ma chemise de nuit deux fois avant de l'enfiler et il me faut une éternité pour trouver mon équilibre en enfilant ma culotte.

Mon cœur se serre dans ma poitrine et je ne comprends pas pourquoi. Pourquoi suis-je si contrariée qu'il m'ait repoussée ? Pourquoi cela me dérange-t-il ? Au fond de moi, je sais que c'est parce que je voulais lui donner du plaisir... Je voulais lui montrer que je savais ce que je faisais mais je n'ai fait que l'énerver et me ridiculiser.

En sortant du placard, je me dirige vers le lit et j'essuie mes yeux, en essayant d'éloigner les larmes.

Cette soirée se passait si bien et puis j'ai tout gâché. Est-ce qu'il va me punir pour lui avoir désobéi ? J'ai essayé d'expliquer que je ne sais pas ce que je fais mais il n'a pas voulu l'entendre.

L'eau s'arrête de couler dans la salle de bain et la pièce tombe dans un silence inquiétant. Le calme avant la tempête, on pourrait dire. Perchée sur le lit, je me glisse sous les couvertures comme si elles pouvaient me sauver de sa colère. Des larmes brillent dans mes yeux et je lèche mes lèvres sèches.

Je fixe la porte pendant un long moment, je regarde, j'anticipe. Il apparaît dans l'embrasure de la porte, une serviette autour de son bassin, qu'il laisse tomber au sol lorsqu'il atteint le lit.

Je sais que je ne devrais rien dire, que c'est de la bêtise que d'envisager d'ouvrir la bouche en ce moment mais je ne peux pas m'en empêcher. Non, je ne l'ai pas choisi comme mari et j'ai été achetée à mon père, comme du bétail mais il sera mon mari. Je dois vivre avec cet homme pour le reste de ma vie et je ne peux pas le faire en ayant constamment peur.

« Je suis désolée, Julian. Je ne sais pas... » J'essaie de ne pas montrer à quel point je suis bouleversée mais c'est plus difficile à cacher. Debout, cul nu, il me regarde avec un dédain à peine contenu. Comme si j'étais une sale petite bestiole.

« Arrête avec les larmes. Rappelle-toi ce que je t'ai dit tout à l'heure... tes peurs me donnent envie de te baiser et si tu pensais que je faisais mal à ta délicate petite main tout à l'heure, alors tu vas avoir la surprise de ta vie lors de notre nuit de noces. Je ne vais pas seulement te faire mal... Je vais te faire saigner, ma petite femme naïve. » Le sourire mauvais qu'il me fait promet la douleur et je frissonne, souhaitant qu'il ne m'ait jamais demandé de le toucher. C'est de sa faute et pourtant je sanglote silencieusement alors qu'il grimpe dans le lit et éteint les lumières.

Je me marie avec un monstre et il n'y a rien que je puisse faire pour l'empêcher.

10

JULIAN

J'ai toujours su quel genre de personne j'étais, un bâtard impitoyable, cruel et égoïste qui ne pense qu'au pouvoir et à la vengeance. Il y a eu une obscurité au fond de moi aussi longtemps que je me souvienne mais cette obscurité a toujours été tenue à distance par ma mère. Elle était la seule bonne chose dans ma vie, la seule personne qui m'aimait, peu importe à quel point j'étais dérangé.

Le jour où elle est morte, le mal en moi s'est répandu comme un putain de cancer et il n'a pas cessé de croître depuis. Il y a des fois où je pense que c'est tout ce qui reste. L'obscurité est la seule chose qui reste, c'est tout ce que je suis et tout ce que je serai à jamais. Aujourd'hui, j'ai des doutes sur cette théorie, car en ce moment, je ressens quelque chose que je n'ai pas ressenti depuis très longtemps... des remords.

Elena dort dans mes bras, son corps est recroquevillé sur lui-même, essayant de s'éloigner de moi, même dans son sommeil.

J'ai perdu le contrôle hier et j'ai manqué à ma parole. Je lui ai dit que c'était juste une douche mais je n'ai pas pu contenir mon désir pour elle. J'ai demandé plus, sachant très bien qu'elle ne pouvait pas me donner ce que je voulais.

Je n'arrête pas de me dire que je suis en colère contre elle, que je suis en colère parce que ça perturbe mon plan mais la vérité, c'est que je suis en colère contre moi-même. C'est de ma faute.

En m'éloignant d'elle, je me déplace lentement, pour ne pas la réveiller. Après le fiasco d'hier soir, je ne l'obligerai pas à prendre une douche ce matin. Je vais la laisser faire la grasse matinée, je n'ai pas besoin de me torturer à la regarder et de penser à comment réparer cette merde.

Je me dirige vers le placard et m'habille rapidement. Quand je sors de la chambre, elle est encore profondément endormie. Je m'arrête et prends un moment pour la regarder. Ses cils sont collés et ses joues sont rouges. Je sais qu'elle a pleuré la nuit dernière, qu'elle s'est endormie en pleurant pendant que je la tenais.

Secouant la tête, je sors discrètement de la pièce, repoussant tous ces sentiments indésirables. Je dois me concentrer sur le jeu, me concentrer sur ce qui est important. Ses sentiments devraient être le dernier de mes soucis.

Silencieusement, je ferme la porte derrière moi et tourne le verrou. J'ai besoin de me vider la tête. Ce qui signifie que j'ai soit besoin d'un verre, soit de tuer quelque chose. Je sors mon téléphone, je vérifie l'heure. Il est 7h30... trop tôt pour boire. Tuer, oui.

LE SANG n'a pas la même apparence quand il éclabousse le sol, quand il s'écoule du corps de vos victimes. Le frisson que je ressens en tuant est tordu mais c'est quelque chose dont je n'arrêterai jamais de me délecter. Je n'avais que quatorze ans quand j'ai tué mon premier homme. Mon père a mis le pistolet dans ma main et m'a dit de mettre une balle entre les deux yeux du gars. Je n'ai pas hésité, je ne me suis pas posé de questions. J'ai juste fait ce qu'on m'a dit. Depuis ce jour, j'ai appris à apprécier le fait de tuer. J'aime l'adrénaline que ça me procure. C'est comme prendre de la drogue mais en mieux. Qu'est-ce que ça dit de moi moralement, que je ne me soucie même pas de la vie que j'arrache à la terre ? Tuer fait partie du travail, bien sûr je n'ai pas à faire le sale boulot moi-même. J'ai des hommes qui le font pour moi mais je ne suis pas paresseux. J'aime une bonne chasse, une chance d'enfoncer un couteau dans la poitrine d'un connard.

En arrivant au manoir, l'effet endorphine de la torture de ma victime s'estompe lentement. En regardant mes mains et ma chemise tachées de sang, je me rappelle qu'une quantité importante de sang me recouvre.

Le visage d'Elena me vient à l'esprit et je sais que si j'entre dans notre chambre habillé comme ça, il y aura une pléthore de questions qui me seront posées. Les affaires sont les affaires et ça n'a rien à voir avec mon mariage avec elle. Je ne suis pas obligé de partager avec elle ce que je fais pendant la journée.

J'entre dans l'une des chambres d'amis et je prends une douche pour enlever le sang, en le regardant tourbillonner dans la canalisation. Aujourd'hui a été une bonne journée, frustrante parce que j'ai dû suivre une cargaison de drogue qui a disparu mais épanouissante quand j'ai enfoncé mon couteau dans la gorge du traître et que j'ai regardé le sang gicler sur le trottoir.

En terminant ma douche, je me sens poussé à aller voir Elena. La quitter ce matin était difficile, même si ça n'aurait pas dû l'être. En me séchant, je mets une serviette autour de ma taille et attrape mon téléphone, en entrant dans l'application de la caméra de sécurité.

Je regarde les événements de la journée à travers la caméra. Elle ressemble à la belle au bois dormant car elle reste au lit presque une heure entière après mon départ. Puis elle se réveille, regarde autour de la chambre, désorientée, comme si elle allait me trouver tapi dans l'ombre. Sa peur de moi me fait sourire.

Je la regarde se lever du lit et aller dans la salle de bains. Peu de temps après, elle sort nue de la salle de bain et une faim brute et primitive me traverse à l'image de la nudité devant mes yeux. J'ai tellement hâte de la prendre avec force.

Elle se précipite dans le placard, s'habille, puis se dirige vers la chaise longue où elle reste une bonne partie de la matinée. Il y a quelque chose chez elle, quelque chose que je n'arrive pas à cerner. Elle utilise le papier et le crayon pour écrire des problèmes de mathématiques et les résout l'un après l'autre. Hier, à la bibliothèque, je m'attendais à ce qu'elle choisisse un livre d'amour, ou peut-être un thriller mais comme toujours avec cette fille, elle me plonge dans le silence.

Son adaptation au changement et la façon dont elle reste forte même dans ses moments les plus faibles. Elle est féroce et audacieuse et elle ne le sait même pas.

Elle résout les problèmes de maths pendant un moment jusqu'à ce que Martha apparaisse dans la chambre avec son déjeuner. Le visage d'Elena s'illumine de joie en la voyant et elle se lève et se dirige vers elle. J'ai donné des instructions explicites à Martha pour qu'elle apporte son déjeuner à Elena.

Ne lui parlez pas et ne lui offrez aucune forme d'aide ou vous le paierez de votre vie.

Martha semble écouter jusqu'à ce que je la voie se pencher en avant et ses lèvres bouger lentement. C'est subtil et j'ai failli le manquer mais Elena regarde la main tendue de Martha et je la vois passer quelque chose dans la main d'Elena.

Une colère rougeoyante me traverse et je grogne en serrant mon téléphone dans ma main. Rien n'est plus horrible qu'un traître. Je trouve un costume de rechange dans l'armoire et m'habille rapidement, mes mains tremblent de rage alors que je quitte la chambre et me dirige vers la cuisine.

Martha est une employée de longue date et l'une des préférées de mon père. La tuer va faire mal mais c'est ainsi. Si elle m'a trahi, alors elle ne peut pas vivre.

Dès que j'entre dans la cuisine, Martha lève les yeux de la casserole qu'elle remue et me fait face.

« M. Moretti. » Elle regarde le sol en parlant comme le font la plupart des employés de cette maison.

« Arrête tes conneries, Martha. » Je crache, la forçant à reculer contre le comptoir. Ma main est sur mon arme, attendant que je la dégaine. « Qu'as-tu donné à Elena quand tu as déposé son déjeuner ? »

Ses lèvres tremblent et elle se frotte les mains dans son tablier avant de lever les yeux vers moi. La peur remplit ses yeux, elle sait ce qui va se passer.

« C'était juste un mot, monsieur », dit-elle et mes dents se serrent, ma mâchoire se crispe et me fait mal. Son salaud de père a trouvé un moyen d'entrer et s'est infiltré chez moi.

En fronçant les lèvres, j'ai entouré ma main autour de la gorge de Martha et je l'ai serrée. « De qui ? » Je demande, même si je le sais déjà. Je veux simplement qu'elle l'avoue à voix haute.

« Son père », murmure-t-elle, le visage buriné par la honte. « Juste un mot de son père. »

« Tu sais ce que signifie ta trahison ? » Je serre sa faible gorge un peu plus fort.

Elle acquiesce. « Oui, monsieur. Cela signifie la mort. »

11

ELENA

Je fixe le papier froissé dans ma main, je le lis pour la centième fois et je ne sais toujours pas si c'est réel ou non. Et si c'est réel, qu'est-ce que je vais en faire ?

Elena,

Je viens te chercher, ma chérie.

Sois forte, papa

La note est écrite à la main, le lettrage me dit que c'est bien mon père qui a écrit cette note. La question est, pourquoi ? Vient-il vraiment me chercher ? Est-ce que je veux vraiment qu'il vienne après qu'il m'ait vendue comme un objet ? J'ai eu des jours pour réfléchir à la cruauté avec laquelle il m'a laissée partir, me donnant comme si je n'étais rien.

Ma vie ici est pire que celle passée chez mon père mais honnêtement, pas de beaucoup. J'avais un peu plus de choses à faire à la maison mais pas beaucoup. Selon Julian, j'aurai plus de liberté à un moment donné, donc être ici semble être la meilleure option.

Julian attend des choses de moi, des choses que je ne suis pas sûre de pouvoir lui donner mais quels sont mes autres choix ? Si je parviens à rentrer chez moi, je serai soit seule pour le reste de ma vie, soit mon père me mariera à quelqu'un d'autre. Y a-t-il des hommes dans le monde de mon père qui me traiteront différemment ? J'en doute. Chaque homme est un mafieux endurci avec de la haine et de la rage brûlant dans ses veines.

Alors, lequel est le moindre mal ?

Je plie le papier jusqu'à ce qu'il ne reste plus qu'un minuscule morceau de tissu. Je le range au fond de mon tiroir à sous-vêtements, en espérant que quel que soit le chemin que prendra mon avenir, je serai un jour libre.

Le reste de la journée, je m'occupe des maths. Julian ne vient pas me chercher pour le dîner aujourd'hui. Au lieu de cela, une autre femme de chambre m'apporte de la nourriture dans la chambre. Je me demande pourquoi il n'est pas encore là mais j'essaie de ne pas y penser. Au lieu de cela, j'enfouis mon visage dans les pages du manuel.

Julian a été surpris par mon choix mais c'était une évidence pour moi. Si j'avais choisi un roman d'amour, je l'aurais lu en quelques heures. Après cela, j'aurais été de retour à la case départ, sans rien à faire.

Je ne sais pas si j'aurai la chance de choisir un deuxième livre, alors je devais faire en sorte que celui-ci compte. Ce livre va m'occuper pendant un long moment.

Je n'ai qu'un seul problème. Même si j'écris aussi petit que possible, je n'aurai bientôt plus de papier. J'ai déjà utilisé le recto et le verso. Sans papier, je ne peux pas résoudre ces équations et je ne veux pas écrire dans le livre.

Je remplis le dernier espace sur le papier, ressentant une petite vague d'accomplissement. Ce sentiment est rapidement noyé par des sentiments moins agréables.

En posant mon crayon, je regarde la pièce et constate qu'une fois de plus, je n'ai rien à faire.

J'ai passé la plupart de ma vie seule, j'ai l'habitude d'être seule mais là c'est différent. C'est un isolement de niveau supérieur. J'aimerais avoir une radio, au moins ça ne serait pas si silencieux.

J'ai envie de prendre une douche mais ça me rappelle le spectacle d'hier soir. Je sais que je ne lui dois rien et pourtant, je me sens comme une déception, même pas capable de lui faire une simple branlette. Je me demande s'il regrette déjà de m'avoir achetée.

Mes pensées et mes questions sont vite oubliées lorsque j'entends des pas lourds s'approcher de la porte. La porte fait un cliquetis et je me redresse un peu. Un instant plus tard, Julian entre en claquant la porte derrière lui. Le bruit sourd me fait sursauter et le nœud dans mon estomac s'agrandit.

Il est fou, évidemment. Mais pourquoi ? Ça pourrait être à cause de la nuit dernière. Ou il pourrait avoir découvert la bonne mais je ne sais pas comment. Peut-être qu'il a juste eu une mauvaise journée ?

Sans me saluer ni rien dire d'autre, il entre dans la chambre et dépose quelque chose sur le lit devant moi. Puis il se retourne et se dirige vers le placard.

En jetant un coup d'œil à ce qu'il a jeté sur le lit, je réalise que c'est un livre... un carnet, je pense.

Il m'a acheté un cahier !

En passant mes doigts sur la couverture lisse, je suis émerveillée. C'est du cuir noir avec des broderies de fleurs dorées. C'est très joli, simple avec une touche féminine et c'est quelque chose que j'aurais choisi pour moi.

Je l'ouvre en le retournant. Des pages vides et des lignes m'accueillent et je les feuillette, découvrant qu'il y a de quoi écrire pendant un long moment. Je pose le carnet sur la couette et je le regarde fixement. Je ne sais pas quoi penser de son cadeau.

D'un côté, j'apprécie qu'il me l'ait offert. Ce n'est certainement pas quelque chose qui traînait sur son bureau, ce qui me dit qu'il pensait à moi. Il a fait l'effort de me l'acheter alors qu'il n'avait pas à le faire et ça veut dire quelque chose.

D'un autre côté, il a pris ça pour m'occuper pendant que je suis enfermée dans sa chambre. Il y a du bon et du mauvais dans tout ça et je ne suis pas sûre de ce que je dois attendre de lui maintenant.

« Tu aimes ? » Sa voix est coupée, comme s'il luttait pour maîtriser sa colère, pour la retenir. Peut-être que sa colère n'est pas dirigée contre moi ?

Il revient dans la pièce un instant plus tard, vêtu seulement d'un caleçon et ma bouche devient soudainement sèche.

« Oui, c'est magnifique. Merci... » Je suis sur le point de lui demander ce que je dois faire en retour, car rien n'est gratuit dans ce monde mais je me mords la langue au dernier moment.

Je suis surprise quand il ne prend pas de douche avant de se glisser au lit.

Je sens le savon sur lui.

Il s'est déjà douché ailleurs.

Ne voulait-il pas se doucher dans notre chambre à cause de ce qui s'est passé hier soir ? Je pose le cahier sur la table de chevet et m'allonge, en lui tournant le dos.

Réprimant le besoin de lui demander, je dis autre chose à la place.

« Je suis désolée pour hier soir », dis-je, sachant très bien que ce n'était pas ma faute mais ressentant quand même le besoin de m'excuser.

Je me retourne pour le regarder, son visage est incroyablement proche du mien et mes yeux se posent sur ses lèvres. L'idée de l'embrasser me frappe directement à la poitrine. Je me demande s'il me laisserait faire.

De qui je me moque ? Julian n'a pas l'air du genre à embrasser et je ne pense pas qu'il me laisserait l'embrasser après l'incident d'hier soir.

Ses yeux bleus orageux parcourent mon visage, ses traits s'adoucissent brièvement. « Considère le carnet comme un cadeau. Je n'ai pas tenu parole envers toi hier soir. Ça ne se reproduira pas », dit-il simplement et je me demande si c'était censé être sa façon de s'excuser.

« Dors. » Il pousse doucement mon épaule pour me faire rouler sur l'autre côté, face à lui. Puis il abaisse sa main sur ma hanche et me tire contre son torse.

La position est étrangement familière maintenant, presque naturelle. Comme si on était censés dormir comme ça, ce qui semble ridicule. Je ne suis là que depuis quelques jours mais on a dormi comme ça toutes les nuits.

J'ai encore beaucoup de questions qui tourbillonnent dans ma tête. Je ne sais toujours pas où j'en suis avec Julian, ni si je suis en sécurité mais pour ce soir, pour le moment, je me sens satisfaite.

12

JULIAN

Chapitre douze
Julian

« **C**omment ça avance ? » Markus demande en entrant dans mon bureau, son visage est impassible. S'il peut voir à quel point je suis tendu, alors mes autres hommes le peuvent sûrement.

Dans la mafia, tout type de faiblesse est comme un fil défait. N'importe qui peut tirer sur cette faiblesse jusqu'à ce que vous vous défaisiez, et qu'il ne reste plus rien. C'est pourquoi je ne me suis jamais permis le plaisir d'avoir une faiblesse, pas avant que la petite beauté aux cheveux de jais n'entre dans ma vie.

« Ça se passe bien. J'ai besoin que tu trouves un remplaçant pour Martha. Il s'avère que c'était une traître. » Je m'étire dans mon fauteuil et repense à la façon dont Elena a agi hier soir et pourtant, je ne pouvais pas me résoudre à être en colère contre elle.

Oui, elle a pris le mot de son père, l'a lu et l'a caché mais elle ne m'a pas désobéi directement, pas quand je ne lui ai pas posé une seule question à ce sujet. De plus, après avoir lu le mot, il était clair qu'Elena ne savait rien, elle n'essayait pas de s'échapper et c'est vraiment ce qui m'aurait mis en colère.

Je suis cependant curieux de savoir si elle me le dirait si je lui demandais directement. Bien sûr, j'aurais pu le faire mais il est préférable pour elle de supposer que je ne sais pas, du moins pour le moment. Si je lui dis que je sais, il y a des chances pour qu'elle fasse le rapprochement et réalise que j'ai une caméra dans la pièce. Je préfère qu'elle ne sache pas qu'elle est surveillée.

Le poids de ma colère a été transmis à Romero - qui aura ce qu'il mérite, je tiens le compte de ses péchés, je suis un homme patient - et à la femme de chambre maintenant décédée qui m'a trahi. Faire du mal aux femmes n'a jamais été une joie pour moi et quand le travail devait être fait, je le passais généralement à l'un de mes hommes mais la trahison de Martha était personnelle.

C'était moi ou rien, alors j'ai sorti mon arme et j'ai appuyé le canon sur sa tête. Elle n'a pas supplié ou plaidé et c'était fini en un éclair. La vie a été donnée et prise dans un seul souffle.

Elle attendait la mort pour sa trahison et je l'ai livrée.

« Que comptes-tu faire avec Romero ? Nous savions qu'il allait lui tendre la main et maintenant il l'a fait... peut-être qu'il essaie de nous distraire pour pouvoir attaquer ? »

« J'en doute et nous n'allons rien faire *pour l'instant*. Nous attendons jusqu'après le mariage. S'il nous frappe en premier, alors évidemment, nous riposterons. J'ai tout prévu. Ce week-end à la vente aux enchères, je vais montrer Elena. Son père sera là et je m'assurerai qu'il voit à quel point elle dépend de moi. »

« Et après ? » demande Markus et l'agacement remonte à la surface.

« Après je te fous mon pied au cul. Ne me pose pas de questions stupides. » Je secoue la tête et passe mes doigts dans mes cheveux en signe de frustration.

Un sourire en coin se dessine sur ses lèvres. C'est le plus proche d'un sourire que personne ne pourra jamais avoir.

« Il est évident que tu ne baises pas avec ta future femme, vu la tension qui se dégage de toi, tu devrais peut-être envisager d'aller au club de strip-tease pour te défouler. »

Ce que Markus ne montre pas en émotion, il le met dans le ton de sa voix.

Clignant lentement des yeux, je le transperce de mon regard d'acier. « Ne mentionne plus jamais ma future femme ou le fait que je la baise dans la même phrase. »

Markus est mon second, un ami et le plus proche d'un frère que je n'aurai jamais mais je suis un connard possessif et personne ne parle d'Elena à part moi et surtout pas de la baiser.

« C'est noté mais je pense que tu devrais quand même envisager d'y aller. Tu as bien trop bossé ces derniers temps et les hommes commencent à le remarquer. »

Les choses changeaient un peu. Je passais plus de temps à égorger et à tabasser des gens que je ne l'avais jamais fait auparavant, principalement pour m'empêcher de prendre ma femme et pour mettre de l'espace entre nous. En sa présence, je pourrais m'adoucir et ce n'était pas une option.

L'idée d'aller au club de strip-tease et de trouver une pute à baiser n'était pas non plus attrayante, pas quand j'avais Elena au bout du couloir mais il y avait très peu d'options pour le moment. J'allais attendre jusqu'au mariage mais si je voulais tenir jusqu'à la fin de la semaine et du week-end, j'avais besoin de me défouler.

Le fait que Markus ait raison était irritant.

« Je devrais te trancher la gorge », je grogne.

« Tu pourrais mais alors qui serait là pour te casser les couilles ou te dire les dernières rumeurs qui circulent dans nos troupes ? »

« Ferme-la et sors de mon bureau. Va tuer quelqu'un, occupe-toi l'esprit, merde. »

« Tu vas aller au club ? Si oui, j'irai avec toi. »

Markus n'a jamais cherché le plaisir, jamais. Si je ne le connaissais pas personnellement, je pourrais même penser qu'il était vierge mais je savais qu'il ne l'était pas.

« Pour quoi faire ? » Je hausse un sourcil en signe d'interrogation.

« J'ai besoin d'un trou chaud pour s'y enfoncer. »

« Je ne me souviens pas de la dernière fois où tu es allé quelque part pour de la chatte. »

« Je ne me souviens pas de la dernière fois où tu t'es retenu de prendre quelque chose qui te revient de droit. » De toute évidence, il fait référence à Elena et une fois de plus, son commentaire me faisait rager. Il peut s'estimer heureux si je ne le bute pas avant la fin de la journée.

« Je suis toujours ton patron, Markus. Je fais les règles et je dis ce qui doit être fait. Ou tu as oublié, peut-être ? » Je siffle et me pousse de ma chaise. Je n'étais pas sûr de pouvoir tuer Markus. C'était un ami qui a toujours assuré mes arrières.

Il n'y a pas une once de peur sur son visage quand je m'approche de lui, la main sur mon arme. Markus voyait la mort de la même façon que moi. Elle viendrait à notre porte quoi qu'il arrive. C'était inévitable. Le seul problème, c'est qu'on ne sait jamais quand elle arrivera.

« Putain, allons-y avant que je ne te tue », dis-je en le poussant et en sortant.

En appelant le chauffeur, il arrive dehors en même temps que Markus et moi. Nous montons dans le SUV noir et nous nous rendons à Dimension. Markus et moi sommes silencieux pendant le trajet, ce qui me permet de faire le vide dans ma tête.

Lorsque nous arrivons dans le bâtiment délabré, je décide qu'il n'y a pas de meilleur moment que maintenant pour prendre des nouvelles du personnel.

« Vérifie avec le barman et vois comment tout se passe. Dis-leur que nous allons bientôt faire venir quelqu'un », dis-je à Markus en consultant mon téléphone, mon doigt se posant sur l'application caméra. La regarder ne va pas calmer mon besoin ou aider les choses. J'ai besoin de baiser quelqu'un, quelqu'un qui peut supporter un coup dur. Dieu sait que si je baisais Elena comme je le veux, elle se briserait en deux sous mes coups.

Markus acquiesce, reconnaissant ce que je lui ai demandé de faire et nous entrons ensemble, les deux gardes qui surveillent habituellement les portes ne sont pas en place, ce qui me met en colère. En entrant, j'observe le bar ; il y a quelques clients et sur scène, quelques hommes sont assis et observent la fille qui danse. La musique bat son plein et une strip-teaseuse travaille la barre, en frottant son cul contre elle comme si c'était une queue.

« Je vais vérifier les salles de visionnage, voir si je peux trouver une chatte disponible », dis-je à Markus, qui me fait un signe du menton et se dirige vers le bar.

Le long hall à droite de la scène est l'endroit où se trouvait le bureau de Roberto et où se trouvent toutes les pièces pour les danses privées. Et par danses privées, j'entends les séances de baise.

De nombreuses portes mènent à différentes salles d'observation et en marchant dans le couloir, j'essaie de décider dans quelle salle entrer.

Mes boules me font mal et ma bite est toujours raide depuis qu'Elena est arrivée. Peut-être que j'ai besoin de me détendre.

Une porte s'ouvre et une strip-teaseuse brune, à moitié habillée, passe devant moi et je ne réfléchis même pas, je réagis. Je l'attrape par le bras et je la tire brutalement vers la porte par laquelle elle vient de sortir. Elle laisse échapper un souffle, qu'elle couvre d'un sourire séducteur quand elle réalise qui l'a attrapée.

Les femmes se pâment devant moi, se jettent sur moi, me supplient de les baiser et heureusement, les femmes ici savent comment j'aime ça. Dur et rapide.

« M. Moretti », ronronne-t-elle lorsque j'ouvre la porte et que j'entre, son corps se frottant au mien comme un chat se frotterait à la jambe de quelqu'un. La relâchant comme si son corps était du feu, je fais un pas en arrière. Elle sait pourquoi je l'ai attrapée et elle sait que si elle se débrouille bien, elle recevra un bon pourboire.

« Mets-toi à quatre pattes », grogne-je et je la regarde s'exécuter avec empressement, se précipiter sur le lit sans poser de questions, quelque chose qu'Elena ne ferait pas. Sachant à quel point elle est innocente et naïve, je parie qu'elle pleurerait et que je devrais la forcer.

L'agacement se répand dans mon esprit comme une traînée de poudre à cette idée. Je veux mouiller ma queue, car je sais que je devrai attendre la semaine prochaine, au minimum, pour baiser ma fiancée vierge. Mon agacement déborde et se transforme en pure colère. Je ne comprends pas pourquoi chacune de mes pensées ramène à elle.

La brune à genoux me regarde par-dessus son épaule et lèche ses lèvres rouges en battant des yeux.

« Je vais te baiser fort et vite et tu ne vas pas gémir, pleurer ou dire un mot. Est-ce que tu comprends ? »

Elle hoche la tête et je déteste l'excitation qui remonte à la surface devant son obéissance. Je regarde son cul rond, des globes pas tout à fait fermes. Sa chatte est bien exposée, ses fentes brillent dans la lumière tamisée, me faisant savoir qu'elle est prête pour moi, bien que cela n'aurait pas d'importance si elle ne l'était pas. Je l'aurai baisé à sec ; après tout, elle est ici pour mon plaisir et rien d'autre.

La pute est jolie mais rien comparé à ma future épouse.

Il n'y a pas une once d'innocence ou de peur chez cette fille et je déteste ça.

Elle attend ma colère, elle l'accueille. *Putain.* Faisant claquer le bouton de mon pantalon, je me dirige vers le lit, grimpant derrière la pute. Je prends ma queue dans ma main, je caresse la bête, puis je sors un préservatif de mon portefeuille.

Au froissement du paquet, la femme se retourne. « Je suis propre et je prends la pilule. Vous pouvez me baiser à vif si vous voulez. »

Gloussant sombrement, je l'attrape par la hanche et enfonce mes doigts en elle.

« Je suis beaucoup de choses mais la stupidité n'en fait pas partie. Maintenant ferme ta gueule et pose ta joue sur le matelas. » Je suis bien conscient de ma nature sinistre mais ici, je peux être moi et avec Elena, c'est comme si j'étais quelque chose d'entièrement différent.

En laissant mes yeux se fermer, j'essaie d'éloigner Elena de mes pensées mais fermer mes yeux ne fait que les faire revenir. Ses joues tachées de larmes, ses yeux suppliants, son corps tremblant alors que je la prends. Des souvenirs de la façon dont elle gémissait quand j'appliquais simplement une pression sur sa main pendant qu'elle me branlait apparaissent dans mon esprit.

Ma queue se dégonfle dans ma main et je sais que je ne peux rien faire pour changer cela.

La seule personne que ma queue veut est la seule personne que je ne suis pas encore prêt à prendre. Il y a un plan, un ordre et je dois le suivre, putain. Pourtant, son visage en forme de cœur parfaitement sculpté et ses yeux vert émeraude me hantent comme un fantôme.

Je suis énervé, je brûle de rage. Je ne peux même pas baiser quelqu'un sans penser à elle. Ce n'était déjà pas dingue avant, toutes les fois où je devais l'envisager pendant que je baisais les autres par derrière ou que je leur enfonçais ma queue dans la gorge. Maintenant qu'elle est piégée dans ma toile, entièrement à ma merci, mon corps sait que je n'ai pas à me priver mais je dois me calmer encore un temps.

Enervé, je fais un pas en arrière. « Habille-toi, putain », j'ai grogné, ayant envie de frapper quelque chose.

« Quoi ? Je pensais que vous vouliez... » Elle tourne pour me faire face.

J'ignore sa question et son expression confuse, j'enlève le préservatif et je reboutonne mon pantalon. Je sors un billet de cent dollars de mon portefeuille et je lui tends l'argent. Elle me regarde puis regarde l'argent avant de me l'arracher des mains.

« Vous êtes sûr, M. Moretti ? » ronronne-t-elle en battant des yeux une dernière fois et je serre ma main en un poing serré. « Je vous laisserai faire tout ce que vous voulez de moi. »

L'offre est tentante étant donné que mes goûts sont rudes et un peu sombres mais faire durcir ma queue pour quelqu'un d'autre qu'Elena va être impossible. Elle a jeté un putain de sort sur moi et ne s'en rend même pas compte.

« Stop. Je ne veux pas de toi. L'argent était pour ton temps. J'ai changé d'avis, va trouver quelqu'un d'autre. »

Frustré et agacé, je sors de la pièce, laissant la porte ouverte derrière moi. Elena a capté toute mon attention et je ne sais pas si c'est une bonne ou une mauvaise chose. Pour elle comme pour moi.

13

ELENA

Les heures s'éternisent et je me retrouve à attendre comme un chien le retour de mon maître. C'est une analogie horrible mais c'est la vérité. Je regarde le coucher de soleil par la fenêtre, me sentant plus isolée du monde réel que je ne l'ai jamais été de toute ma vie. Pire, je me sens fondre au contact de Julian.

La bonté, c'est ce qu'il m'a montré hier soir quand il m'a tendu ce petit carnet. C'est la chose la plus gentille qu'il ait faite depuis mon arrivée ici et cela m'a donné envie de voir s'il y a plus de bonté en lui. C'est tellement naïf de penser qu'un homme qui tue, vole et achète une personne a du bon en lui.

L'obscurité commence à recouvrir la pièce et je me déplace pour allumer une des lumières au moment où la porte s'ouvre. Je retiens un petit cri et je suis presque déçue quand je vois que c'est juste une femme de chambre qui entre dans la pièce et pas Julian. Celle qui m'a donné le mot n'est pas revenue depuis ce jour. C'était quelqu'un de nouveau à chaque fois et je me demande pourquoi elle n'est jamais revenue. Je suis sûre que Julian ne sait pas pour le mot puisqu'il n'a rien dit. S'il le savait, il m'aurait puni ou quelque chose comme ça.

Il n'est pas non plus venu me chercher pour dîner ce soir, tout comme hier soir. Pourquoi a-t-il arrêté ?

La servante - que je n'ai jamais vue auparavant - pose le plateau avec précaution, presque comme si elle avait peur. Ses cheveux sont longs, blonds et tressés. Ses traits sont délicats et elle semble jeune, proche de mon âge.

Brièvement, je me demande si je ne devrais pas poser des questions sur l'autre femme de chambre mais je repousse l'idée quand elle commence à se diriger vers la porte.

Parle-lui, idiote.

« Bonjour, je suis Elena », je dis.

Elle me fait un sourire penaud. « Je m'appelle... Marie. On m'a dit de ne pas vous parler. »

« Personne ne saura que nous avons parlé, juste toi et moi. » Je souris, aspirant à une certaine forme d'amitié ou de compagnie à ce stade.

« Je dois y aller. Désolée. » Elle se faufile hors de la pièce et ferme la porte derrière elle. Comme un ballon, je me dégonfle. Mon estomac grogne, m'alertant de la faim, alors je me dirige vers le plateau et le porte jusqu'au lit. Tout en mangeant, je m'imagine courir dans l'herbe et sentir les gouttes de pluie sur ma peau. J'aspire à la normalité, même si le monde dans lequel je vis ne le permettra jamais.

Alors que je mange en silence, je me rends de plus en plus compte qu'il se fait tard et je me retrouve habillée pour aller au lit, sous les couvertures, les genoux serrés contre ma poitrine.

Où est-il ? Quelque chose lui est arrivé ? Travaillait-il encore ? L'inquiétude s'installe dans mes tripes, même si elle ne devrait pas. Je ne devrais pas me soucier de mon sauvageon de futur mari. En fait, je devrais souhaiter sa mort, peut-être serais-je renvoyée chez mon père mais j'en doute. Je serais donnée à un autre mal, j'en suis sûre.

Après ce qui semble être des heures, mes yeux commencent à devenir lourds. La porte s'ouvre et Julian entre en titubant. Ses cheveux bruns sont ébouriffés comme s'il avait mis ses doigts dans une prise, sa cravate est desserrée et les deux premiers boutons de sa chemise sont défaits.

Le sommeil quitte mon esprit quand il entre et ferme la porte derrière lui. Il se dirige vers le lit et manque de tomber dessus. En regardant dans ses yeux bleus, je les trouve injectés de sang et affamés. Je peux sentir l'odeur différente qui embaume son corps. Il y a aussi autre chose, un soupçon de quelque chose de féminin, du parfum et cela déclenche quelque chose de vicieux en moi. Je suis bien consciente que les hommes ont des besoins mais je suis blessée et agacée qu'il ait cherché quelqu'un d'autre, me laissant enfermée dans cette fichue pièce pendant qu'il le faisait. Ça ne fait que me rappeler encore plus à quel point je suis une déception pour lui.

« Si tu dois aller coucher avec une autre femme, tu pourrais au moins avoir la courtoisie de te doucher avant de rentrer comme tu l'as fait hier. » Je croise mes bras sur ma poitrine. Je ne veux pas regarder son visage stupidement beau mais il n'y a pas d'autre endroit où regarder.

Julian me fait un sourire timide. « Jalouse ? »

« Dégoûtée est un meilleur mot. » Je sais qu'il ne faut pas être jaloux. Mon père aimait tendrement ma mère et même lui l'a trompée. Je sais que dans notre monde, ça fait simplement partie du mariage mais ça ne veut pas dire que je dois aimer ça.

« Tu n'as pas l'air dégoûtée, tu as l'air jalouse. Jalouse à mort. » Il fait une pause et penche la tête sur le côté comme s'il examinait mon visage. « Ça te dérangerait tant que ça si j'étais avec une autre femme ? »

« Oui », dis-je en me choquant moi-même. « Mais pas à cause de ce que tu penses. Je suis jalouse parce que tu m'enfermes ici pendant que tu emmènes une autre femme faire je ne sais quoi. » Je ne veux même pas penser à cette partie. Il l'a emmenée dîner avant de la baiser ? Ça me fait mal d'y penser. Le fait que j'attendais qu'il dîne avec moi alors qu'il était avec une autre. J'ai attendu comme un chien à la porte qu'il se montre et il m'a laissée tomber, pas une fois mais deux.

Il secoue la tête et commence à se moquer de moi. Il se moque de moi et j'ai envie de le frapper, de faire disparaître ce sourire stupide de son visage. « Je pense que tu as une idée très irréaliste de ce que je fais avec les femmes quand je *sors avec*. »

La colère remplit mes veines. J'en ai assez d'être la petite fille naïve. Fatiguée d'être à l'abri et isolée du monde.

« Alors dis-moi. Qu'est-ce que tu fais ? Que faisais-tu pendant que j'étais enfermée ici à t'attendre ? As-tu dîné ? Avez-vous... fait l'amour ? » Ma gorge se serre à chaque mot que j'essaie de parler. Je ne m'attendais pas à me marier entièrement par amour mais je pensais que peut-être, juste peut-être, j'épouserais un homme qui m'aimait un peu, qui me désirait suffisamment pour passer du temps avec moi et ne pas m'enfermer comme le faisait mon père.

« Tu aimerais bien savoir. »

Dans un élan de confiance momentané, je lève le menton et me dresse devant lui. « Je veux savoir. Dis-moi. »

Les yeux de Julian pétillent et il fait glisser un doigt sur le côté de mon visage. Son toucher n'est rien de plus qu'une caresse mais je le sens au plus profond de mon âme. « Il n'y a pas de rendez-vous. Pas de dîners. Pas de sexe doux et tendre. Il n'y a que de la baise dure, profonde et rapide avec des gémissements occasionnels. »

Mes yeux sont si grands que je crains qu'ils sortent. Qu'est-ce que je suis censée répondre à ça ? C'est ce qu'il veut de moi ?

Soudain, le fait qu'il m'achète a plus de sens. Il ne veut pas de rendez-vous, d'amour et de compagnie. Il veut juste quelqu'un pour le sexe... rien de plus et je vais l'épouser. On me force à faire un mariage qui est voué à l'échec dès le départ.

« Et elles... veulent ça ? »

Il hausse les épaules. « Ce sont des putes et c'est leur boulot, donc je suppose que oui. » Son ton est moqueur et m'agace encore plus. Il a cherché une pute avec qui coucher, pour revenir ensuite dormir dans le lit avec moi. Je me sens malade et même si je sais que je ne suis pas prête à coucher avec lui, je ne peux pas empêcher mes émotions de remonter à la surface.

« Donc, Tu es allé voir une prostituée pour du sexe ? » Je me débats alors avec mes émotions, réalisant que c'est ce que je suis. Il l'a achetée pour le sexe, donc en gros, je ne suis pas différente des femmes avec lesquelles il couche maintenant. Ma poitrine me fait mal en y pensant. *Pute.* Ma mère serait tellement honteuse et triste si elle était en vie en ce moment.

« Préfères-tu que je vienne à toi, douce Elena ? »

Je sais qu'il se moque de moi, qu'il m'incite à jouer son jeu. Je devrais être plus forte que ça, tendre l'autre joue mais en ce moment, je suis déjà trop blessée. Tout ce qu'il me reste, c'est de m'en prendre à lui. C'est comme si tout me pesait à la fois être confinée dans cette pièce, enchaînée à un homme dont je ne sais rien, pas même son agenda. Je suis seule et fatiguée... tellement fatiguée.

En le regardant droit dans les yeux, je rassemble tout le courage dont je dispose.

« Tu as déjà payé pour ça, n'est-ce pas ? Tu as payé pour que je sois ta pute personnelle. Alors pourquoi aller dépenser plus d'argent sur d'autres femmes quand je suis juste là ? »

Pendant un minuscule instant, j'ai vu de la surprise sur son visage. Ses yeux bleu pâle deviennent sombres et avant que je ne le sache, il est sur moi. Une main s'enroule autour de ma gorge et il me pousse contre le matelas, tandis que l'autre se faufile sous ma chemise de nuit pour saisir ma chatte. Mes yeux sortent de ma tête et je me débats, haletant pour respirer, paniquant à l'idée qu'il me prenne maintenant. Je n'aurais pas dû le pousser. J'aurais dû me taire. Les larmes brouillent ma vision. Il a l'air sauvage, c'est comme ça qu'il est maintenant et je suis piégée dans sa rage brûlante.

Se penchant sur mon visage, il grogne : « Tu crois que tu pourrais supporter mes besoins sombres et sinistres ? Pourrais-tu supporter que ma bite possède tous les trous de ton corps ? De t'étouffer avec moi alors que je remplis ta gorge de mon sperme ? C'est comme ça que tu veux que je te traite ? Comme une pute ? »

Secouant la tête, un gémissement de peur s'échappe de mes lèvres lorsque je sens ses doigts sonder mon entrée. Je veux qu'il me touche. Je veux qu'il ait envie de moi, qu'il me voie mais pas comme ça. Je ne veux pas de sa haine et je ne veux pas que ça fasse mal.

« S'il te plaît. » J'ai du mal à parler.

La froideur envahit ses traits et je sens ses doigts déplacer ma culotte sur le côté, l'un d'eux effleurant mes plis. Je frissonne contre lui et enroule une main autour du poignet qui est entre mes jambes, tirant dessus pour l'arrêter.

« Je pourrais te baiser en ce moment même et tu ne pourrais pas m'en empêcher. » Il mordille le lobe de mon oreille et je commence à trembler, ressentant une peur comme je n'en ai jamais ressenti en sa présence. « C'est ça que tu veux ? Tu veux que je te traite comme une pute ? Parce que je le ferai. Je vais te baiser tout de suite... »

« Non », dis-je en croassant, au moment où son doigt s'appuie sur mon entrée, glissant un peu à l'intérieur. Se plaignant de l'intrusion, j'essaie de serrer mes jambes mais on ne peut pas lutter contre un homme aussi grand que Julian. Ses bras puissants me maîtrisent avec un minimum d'effort.

Mouillant sa lèvre inférieure avec sa langue, il dit : « Tu es sûre ? Ta chatte est humide... »

« S'il te plaît, ne fais pas ça... » Je le regarde droit dans les yeux, le suppliant comme je ne l'ai jamais fait auparavant. « S'il te plaît, Julian... »

C'est alors qu'il se réveille, secouant la tête comme s'il était en transe. Il relâche sa prise sur ma gorge et retire lentement sa main de ma culotte, me regardant avec un mélange de regret et de colère. Je me recule contre la tête de lit et je fais en sorte que mon corps cesse de trembler.

Julian retrousse ses lèvres et enfonce ses poings dans le matelas en me regardant de travers.

« Ne me tente pas, Elena. Je ne suis pas un homme bon et si tu me tends la main, je prendrai ton bras entier. Je te veux et peu m'importe comment je t'obtiens. Mais retiens mes mots, la prochaine fois que tu me nargues, je prendrai ce que je veux et je ne m'arrêterai pas. »

Tout ce que je peux faire, c'est hocher la tête, pour lui dire que je comprends. L'avertissement est clair, il clignote comme un néon lumineux. Il ne me laissera pas m'échapper à nouveau si je ne peux pas garder ma bouche fermée.

Je me mets en boule, je tire la couette sur moi et j'attends qu'il me rejoigne dans le lit. La seule chose que je ne comprends pas, c'est pourquoi il me veut en premier lieu ? Il dit qu'il veut du sexe brutal mais aussi que je ne peux pas lui donner ce qu'il veut. Si c'est le cas, alors pourquoi suis-je ici ? Pourquoi veut-il m'épouser ?

14

JULIAN

Les pensées d'hier soir tournent dans ma tête comme des poissons dans un bocal. Je n'aurais pas dû la toucher, la narguer ou la laisser m'énerver mais je n'avais pas le choix. Elle est trop naïve pour son propre bien. Me dire de la prendre, me rappelant que j'ai payé pour elle, comme si je pouvais l'oublier.

Trop de besoins refoulés combinés à l'alcool dans mon organisme m'ont empêché de me contrôler et c'est pourquoi j'ai craqué.

Je la voulais, je la voulais tellement et pourtant je me suis arrêté au bord de la falaise.

Tout ce que je pouvais voir, c'était sa peur qui se reflétait sur moi. Ça m'a frappé en plein dans la poitrine et j'ai eu du mal à respirer. Je ne pouvais pas me résoudre à continuer, à lui faire du mal, même si je savais que bientôt, c'est ce que je ferais. Mais une partie égoïste de moi voulait continuer, voulait goûter, même contre sa volonté.

Le sexe viendra bien assez tôt et le fait que je la doigte sera le dernier de ses soucis.

Comme si elle pouvait entendre mes pensées, Elena remue à côté de moi. Ses yeux s'ouvrent et elle tourne la tête pour voir si je suis là ou pas. A part la nuit dernière, je l'ai tenue dans mes bras tous les soirs depuis qu'elle est arrivée ici. Je n'ai pas pu me résoudre à le faire hier.

Me détournant, je disparais près du dressing pour m'habiller. Quand je reviens, elle est toujours dans le lit, la couverture remontée sur sa poitrine et ses grands yeux me regardent comme si j'étais un prédateur qui s'apprête à lui sauter dessus.

Elle n'a pas tort.

« Habille-toi, nous prendrons le petit-déjeuner ensemble sur la terrasse. »

Ça la fait se réveiller un peu. Elle jette la couverture de son corps délicat et se précipite dans le placard en passant devant moi. Quelques instants plus tard, elle revient vêtue d'une tenue décontractée, un jean et un T-shirt. Je suis à moitié tenté de lui dire d'enfiler une robe pour que je puisse voir ses jolies jambes mais cela arrivera bien assez tôt.

De plus, je ne sais pas si je peux supporter une dispute avec elle si tôt dans la journée.

Prenant sa main dans la mienne, je marche à un rythme plus régulier pour qu'elle puisse me suivre. Elle marche à mes côtés en silence et lorsque nous atteignons la terrasse, elle pousse un faible soupir. J'entends sa respiration et je la regarde, observant comment elle aspire l'air frais dans ses poumons et sourit.

Elle n'est pas faite pour être en cage, c'est évident mais la laisser libre n'est pas une option dans notre monde. Pas maintenant et peut-être jamais.

Nous nous asseyons et je la vois déjà regarder la papaye fraîche que j'avais commandée juste pour elle. Je sais que c'est sa préférée. Mes espions m'ont bien informé de ce qu'elle aime et n'aime pas. Je me demande si elle a remarqué qu'il y a toujours quelque chose au menu dont elle raffole.

Comme je m'y attendais, elle prend d'abord les fruits, puis ajoute du yaourt et du granola dans son assiette. Je remplis la mienne avec une omelette avant de nous verser à tous les deux un verre de jus d'orange fraîchement pressé. Je la regarde prendre quelques petites bouchées, puis je décide qu'il est temps de lui faire part de nos projets pour le week-end.

« Il y a un événement ce samedi. Tu devras m'accompagner. »

La fourchette lui échappe des mains et atterrit sur l'assiette avec un bruit sourd. Ses yeux s'écarquillent et elle me regarde.

« Tu... tu me sors ? » Je ne manque pas l'excitation et l'espoir dans sa voix. Quelque chose à ce sujet me plaît. Savoir qu'elle est heureuse de sortir avec moi signifie que tout se passe comme prévu.

« Oui, c'est une vente aux enchères. Ton père et tous nos associés seront là. Tout le monde te verra à mes côtés. »

Son visage s'affaisse, le scintillement dans ses yeux qui était là il y a un instant disparaît plus vite qu'il n'est apparu.

« Je vois. Tu veux montrer ton nouveau trophée. » Elle se penche en arrière sur sa chaise, les yeux rivés sur quelque chose dans la cour.

« Je pensais que tu serais heureuse que je t'emmène. »

« Et je le serais si tu le faisais pour les bonnes raisons », dit-elle sans se retourner vers moi.

« Comme je l'ai dit, je ne dîne pas avec les femmes. Tu ne devrais pas t'attendre à ça de ma part. »

Croisant ses bras sur sa poitrine, elle tourne son corps encore plus loin de moi. Elle se tortille sur sa chaise comme si elle était physiquement malade de me savoir près d'elle.

« J'ai perdu l'appétit. Je peux retourner dans la chambre maintenant ? »

« Tu es sûre que tu ne veux pas en manger plus ? Tu n'as pris que quelques bouchées. »

« J'en suis sûre. »

« Comme tu veux. » Je laisse tomber ma propre fourchette et mon couteau avant de me lever de ma chaise. Elena se lève en même temps.

Je lui prends la main et la tire à travers la maison comme je le fais toujours mais cette fois, c'est différent. C'est la première fois qu'elle veut aller dans sa chambre. Elle préfère passer du temps seule plutôt qu'avec moi sur la terrasse, ce qui me fait enrager à plus d'un titre.

« Tu me fais mal à la main. » Elena grimace. Je relâche ma prise, sans me rendre compte à quel point je serrais ses doigts.

Une excuse se trouve sur le bout de ma langue mais je la ravale. Je n'ai pas besoin de m'excuser à qui que ce soit, même pas à elle.

Après avoir enfermé Elena dans notre chambre, je suis descendu à la salle de gym au sous-sol. J'ai besoin de me défouler et comme je ne peux pas le faire avec ma future femme, je dois laisser le sac de frappe subir ma colère.

Je perds la notion du temps à la salle de sport. Tout ce que je sais, c'est que lorsque j'ai terminé, je suis trempé de sueur et j'ai mal aux articulations. Je déballe mes mains et je réalise qu'elles sont enflées. *Merde.*

Je prends une douche rapide, dans la salle de bain attenante au gymnase et je m'habille avec des vêtements de rechange que je garde ici.

Je déverrouille mon téléphone, je vérifie la surveillance vidéo de la chambre. Le flux s'affiche, me montrant ma chambre. Elena est sur le lit, portant les mêmes vêtements que ce matin. Elle est sur le ventre, son visage caché dans l'oreiller.

Soit elle s'est rendormie, soit elle fait encore la tête pour ce matin. Peut-être les deux.

Je mets mon téléphone dans ma poche et je monte dans mon bureau. Je ne suis même pas à mi-chemin des escaliers quand je l'entends. Un cri aigu venant de la cuisine. Faisant deux pas à la fois, je monte les escaliers en courant et descends le long couloir menant à la cuisine.

Une fois entré, je trouve Lorelei, ma cuisinière, sur le sol. Son corps sans vie est immobile et ses yeux sont ouverts mais complètement vides. Marie, la nouvelle servante, se tient au-dessus d'elle en sanglotant, la main serrée sur sa poitrine.

« Je... est... elle... » Elle bégaie.

« Oui, elle est morte. » Je n'ai pas besoin de vérifier son pouls pour savoir qu'elle est morte. La couleur bleutée de sa peau et la vacuité de ses yeux en disent long. « Que s'est-il passé ? » Je demande en sortant le téléphone pour envoyer un message à Markus.

Moi : Va dans la cuisine. Maintenant.

« Je... je ne sais pas. Elle allait bien quand je suis allée au magasin. Je viens de revenir et je l'ai trouvée. »

Ce n'est que maintenant que je remarque que les courses se sont répandues sur le sol. La femme de ménage a dû faire tomber les sacs quand elle est entrée.

Markus arrive derrière moi un moment plus tard. « C'est quoi ce bordel ? »

« La bonne a dit qu'elle était partie un moment, qu'elle est revenue et qu'elle l'a trouvée », j'explique.

« Que faisait-elle quand tu es partie ? » Markus demande.

« Rien. » La femme de chambre hausse les épaules. « Elle devait juste manger les restes du petit-déjeuner. » En hoquetant, elle désigne le recoin dans le coin de la cuisine.

Mon regard se pose sur l'assiette qui contient les restes de fruits. Une pomme rouge à moitié coupée et une peau de papaye verte. Rien qui n'explique ce qui s'est passé ici.

Je reporte mon attention sur le cadavre sur le sol de la cuisine - un sentiment horrible me ronge au fond de mon esprit. Il y a quelque chose qui ne va pas, qui ne va pas du tout.

En inspirant, je laisse les pièces du puzzle se mettre en place. Je connecte les points dans mon esprit. Elena, papaye... morte.

« Putain ! » Je crie avant de sortir de la pièce en courant.

« Quoi... » J'entends Markus crier après moi mais je suis déjà dans le couloir.

Mon cœur martèle contre ma cage thoracique et mes poumons refusent de se remplir d'air alors que j'essaie d'ouvrir la porte. J'ai probablement tort et je sur-réagis complètement. Elena est juste en train de dormir, il ne peut pas y avoir de lien entre la mort de Lorelei et le putain de fruit qu'Elena a mangé aussi.

Ce sont toutes les pensées qui me traversent l'esprit alors que je me précipite dans les escaliers, dans la chambre et à ses côtés.

« Elena, lève-toi. » Je lui tape sur l'épaule mais elle ne réagit pas. Un sentiment similaire à celui que j'ai eu la nuit de la mort de ma mère menace de m'emporter.

Je l'attrape par la hanche, je la retourne et c'est là que je sais... que mes soupçons étaient fondés. *Merde !*

Son visage est pâle, d'un blanc fantomatique avec une teinte presque verte. La sueur perle sur son front tandis que je déplace son corps mou. La seule raison pour laquelle je ne perds pas complètement la tête en ce moment est le fait que je sais qu'elle est vivante grâce à ses respirations rauques et superficielles.

En la tournant sur le côté, elle gémit de douleur avant de commencer à s'étouffer et à avoir des haut-le-cœur, alors je la soulève et la berce contre ma poitrine.

Markus fait irruption dans la pièce au même moment. « C'est quoi ce bordel ? »

« Appelle le docteur », je grogne en me dirigeant vers la baignoire.

Je n'arrive qu'à mi-chemin avant qu'elle ne commence à vomir et je la tourne dans mes bras, pour qu'elle ne s'étouffe pas. Ses yeux s'ouvrent brièvement mais elle est tellement dans les vapes que je ne pense pas qu'elle comprenne ce qui se passe. Je dois la pencher au-dessus des toilettes alors qu'elle continue à vomir. Tout son corps est en train de convulser. Au moins, elle le fait sortir, son corps combat ce qui l'a empoisonnée.

En y pensant, une rage brûlante monte en moi. Qui a osé essayer de blesser ce qui est à moi ? Je dois trouver qui a fait ça mais pour l'instant, je dois me concentrer sur elle.

Lorsque la première vague de vomissements est passée, ses yeux s'ouvrent à nouveau mais ils restent brumeux. Ses cheveux noirs sont collés à son front en sueur et de la salive coule au coin de sa bouche. En regardant le long de son corps, je vois que du vomi est collé à ses vêtements et à sa peau.

Je dois la nettoyer.

Avec précaution, je la soulève et l'allonge dans la baignoire, où je commence à la déshabiller de ses vêtements souillés. Ses yeux larmoyants rencontrent les miens quand je retire son soutien-gorge et pendant un moment, je pense qu'elle revient à elle. Son regard se pose sur ma poitrine et elle marmonne quelque chose qui ressemble à des excuses. Quand je baisse les yeux pour voir où elle regarde, je réalise qu'elle m'a aussi vomi dessus.

« C'est bon, j'ai eu pire. »

Une fois qu'elle n'a plus que sa culotte, je retire ma chemise et je jette tout dans un tas. J'ouvre le jet d'eau et je commence à la laver avec un gant de toilette savonneux.

Elle entre et sort de sa conscience pendant que je la nettoie et je maudis silencieusement le docteur de ne pas être encore là.

Pendant que je la rince, j'entends la voix du docteur qui vient du hall. Markus est là aussi. Je ne peux pas comprendre tout ce qu'ils disent mais on dirait qu'il est déjà en train de le mettre au courant de tout ce que nous savons.

J'attrape une serviette, je l'enroule autour de son petit corps et je la soulève. Elle émet un petit son de détresse, puis enfouit son visage dans le creux de mon cou.

Je la pose sur le lit, en m'assurant que la serviette couvre sa chatte et ses seins pendant que deux autres hommes sont dans la pièce.

« Markus, trouve qui a fait ça. Ça doit être la papaye que j'ai achetée pour elle. Quelqu'un a essayé de la tuer. Quelqu'un qui savait que c'était sa préférée. » Bien sûr, il n'y a qu'une seule personne dans mon esprit en ce moment mais pourquoi son propre père voudrait-il la tuer ?

« Je m'en occupe. » Markus disparaît de la pièce et je me retourne vers le médecin, qui a déjà commencé à l'examiner.

« A-t-elle vomi ? »

« Beaucoup. »

« Elle n'a peut-être pas besoin d'un lavage d'estomac mais je vais quand même lui donner quelque chose pour qu'elle vomisse davantage. Je vais aussi lui donner des fluides en IV. C'est vraiment la seule chose que je puisse faire pour le moment. Je dois faire des analyses de sang pour en savoir plus. »

« Faites votre boulot. »

Croisant mes bras devant ma poitrine, je le regarde travailler méticuleusement sur Elena. Il installe une perfusion de fortune avant de la piquer avec une aiguille. Il fait une prise de sang et accroche une poche de fluide à son bras et le fait qu'elle ne bronche pas m'inquiète. Quand il a fini, il me tend deux flacons de pilules avec des instructions.

« Appelez-moi si quelque chose change. Elle pourrait encore vomir, ce qui serait bien. Je reviendrai demain pour voir comment elle va, avec les résultats de l'analyse de sang, j'espère. »

J'acquiesce, même si tout ce que je veux c'est lui hurler dessus pour qu'il me donne le résultat maintenant. Le truc, c'est que Doc n'accepte aucune merde de quiconque, même de moi. Il travaille pour la famille depuis plus longtemps que ma propre existence. Non seulement il est le meilleur dans ce qu'il fait mais je sais qu'il fait ça aussi vite qu'il peut.

Il disparaît de la pièce, nous laissant seuls, Elena et moi. Elle émet un petit gémissement mais ses yeux restent fermés. Pendant un long moment, je reste là à la regarder, ne sachant pas quoi faire.

Pour la première fois depuis très longtemps, je me sens... impuissant. Ce sentiment m'est étranger. Je suis le chef de famille, je fais tout ce que je veux, j'ai toujours le contrôle, toujours... mais je ne peux pas contrôler ça. Je ne peux pas faire disparaître sa douleur, je ne peux pas faire en sorte que les résultats sanguins arrivent plus vite et je ne peux pas trouver qui a fait ça et rester à ses côtés en même temps.

Elena roule sur le côté et sort presque du lit. Je me déplace rapidement, l'attrape au dernier moment et la renverse sur le dos. Ses petites mains se tendent vers moi, ses doigts fins s'enroulent autour de mon poignet pour me tirer plus près.

« Julian... » Mon nom s'échappe de ses lèvres dans un souffle, doux et silencieux mais il me frappe comme un coup de poing au foie.

« Shhh, c'est bon. Tout va bien », je la rassure, regardant ses yeux se fermer une fois de plus.

Son mouvement a fait bouger la serviette de son corps et je me souviens qu'elle porte encore sa culotte, maintenant trempée. Je la retire de ses jambes, en essayant de ne pas regarder la vallée entre ses cuisses. Je me fiche de savoir si elle est malade, elle reste belle et je ne cesserai jamais de la désirer.

En prenant soin de ne pas arracher la perfusion, je déplace Elena au centre du lit, j'enlève mes chaussures et me glisse à côté d'elle.

Elle se tourne vers moi, remuant son corps comme si elle essayait de se rapprocher.

Je glisse mon bras sous son corps et la soulève doucement pour qu'elle s'allonge sur moi. La joue à plat sur ma poitrine. Son souffle se répand sur ma peau. Sa respiration est encore un peu saccadée mais elle commence à se calmer, la couleur revient sur ses joues et je sais qu'elle va s'en sortir.

D'un air distrait, je fais courir une main le long de son corps nu, appréciant les petits frissons que je lui arrache chaque fois que je touche un endroit précis de ses côtes. Pendant un moment, je laisse son corps me distraire, je laisse sa beauté et sa douceur m'attirer. Je l'écoute respirer et je la regarde dormir.

Je dois trouver qui a fait ça. Qui a osé essayer de me la prendre. Je dois trouver le responsable, pour rappeler à tout le monde pourquoi on ne touche jamais à ce qui m'appartient.

15

ELENA

J'ai l'impression que mon cerveau est passé au mixeur. Non, en fait j'ai l'impression que tout mon corps est passé au mixeur. Je ne sais pas ce qui est en haut ou en bas. Tout ce que je sais, c'est qu'à chaque fois que je lève la tête, la pièce entière tourne. En essayant de trier mes souvenirs des dernières vingt-quatre heures, je ne suis pas sûre de ce qui est réel ou inventé.

Qu'est-ce qui ne va pas chez moi ?

Je me souviens que Julian m'a prise dans ses bras, que j'ai vomi sur lui, qu'il m'a donné un bain et que le médecin est venu. Tout ça n'était pas un rêve, n'est-ce pas ? Le fait que Julian me tienne contre sa poitrine semble être une idée inventée mais je sens encore ses bras m'entourer et me tenir fermement contre sa poitrine. L'histoire du bain était probablement un rêve aussi.

Ouvrant les yeux, je me concentre lentement sur la table de nuit, la lampe, le matelas avant de laisser mon regard se déplacer dans la pièce à un rythme encore plus lent. Mon estomac est toujours noué et la bile remonte dans ma gorge, menaçant de sortir.

Mon bras me fait mal comme s'il avait été piqué et je l'inspecte. Il y a de légères contusions et à ce moment-là, je n'arrive pas vraiment à rassembler les morceaux dans mon esprit.

« Vous êtes réveillée. » Marie rayonne depuis sa place au bord du lit.

Depuis combien de temps est-elle assise ici ? Où est Julian ?

« Je me sens morte. » Ma voix est rauque et ma gorge est à vif. J'attrape la bouteille d'eau que j'ai repérée sur la table de nuit mais ma main la rate et je l'attrape à nouveau mais je la rate aussi. « Qu'est-ce qui ne va pas chez moi ? » Je demande à voix haute.

Marie s'écarte du bord du lit, attrape la bouteille d'eau et me la tend. « M. Moretti a dit que vous étiez malade et m'a demandé de rester avec vous jusqu'à son retour. Est-ce que vous vous sentez mieux ? Vous voulez encore vomir ? »

« Pas vraiment et je ne pense pas. J'ai l'impression que mon cerveau a grillé. »

Marie fronce les sourcils à ma réponse alors que je tourne le bouchon et prends une petite gorgée d'eau. J'ai envie de boire toute la bouteille mais je sais que je vais tout vomir si je force. En remettant le bouchon, je m'affaisse contre les oreillers. Ma peau est chaude et moite.

« Où est Julian ? » Je demande, grimaçant au son de ma propre voix.

« Je ne sais pas mais il a dit qu'il serait bientôt de retour. »

J'acquiesce, ou du moins je le pense. Je ne peux pas en être sûre.

Pendant les deux heures qui suivent, Marie reste avec moi tandis que je flotte dans l'obscurité. Mon cerveau refuse de s'éteindre complètement et pourtant, avoir les yeux ouverts me fait plus de mal que de bien. Qu'est-ce qui peut bien m'arriver ? Ce n'est sûrement pas la grippe. Je l'ai eue une fois ou deux dans ma vie et je ne l'ai jamais ressentie comme ça.

C'est différent. Comme si mon corps essayait de purger quelque chose en lui.

Je me souviens que le médecin m'a fait une prise de sang et a dit à Julian qu'il nous faudrait attendre les résultats d'analyse. Ou peut-être avais-je mal entendu ? Je ne savais pas ce qui était réel ou non ? Quelque temps plus tard, je me réveille à nouveau, me sentant à peine mieux.

Lorsque j'ouvre les yeux, ma tête bat la chamade mais je n'ai pas l'impression d'être désorientée ou de faire des montagnes russes sans fin. Je m'assois et passe une main sur mon front.

« Bon retour », la voix grave de Julian m'accueille et je le trouve perché au bord du lit, les traits cachés dans l'ombre. Il est assis à l'endroit où Marie s'était assise plus tôt. *Marie.* Immédiatement, l'inquiétude pour la servante me remplit les veines.

« Où est Marie ? » Je croasse.

Julian sourit, un côté de sa lèvre se soulève. Il a l'air du prédateur qu'il veut que les gens voient en lui. « Probablement en train de dormir puisqu'il est tard. »

« Oh... ok. »

« C'est surprenant que tu t'interroges sur elle alors que c'est toi qui étais allongée dans ton lit, à moitié morte toute la journée. »

« Mes pensées sont confuses. Qu'est-ce qui ne va pas chez moi ? »

Julian me regarde, son regard se durcit. « Je ne sais pas encore mais tu sembles aller mieux, après avoir reçu des fluides en IV et des médicaments. Le médecin va bientôt me transmettre les résultats d'analyse. Bien que nous soyons presque sûrs que quelqu'un a essayé de t'empoisonner. »

« Du poison ? Pourquoi quelqu'un voudrait-il m'empoisonner ? » Je n'ai jamais fait de mal à une mouche de ma vie. Je ne peux pas me faire à cette idée.

« C'est ce que je vais découvrir. Ma cuisinière, qui est dans la famille depuis des années, a également été empoisonnée. Nous avons trouvé son corps dans la cuisine hier matin. Elle avait mangé les restes du petit-déjeuner. Plus précisément, *tes* restes de petit-déjeuner. »

L'horreur me frappe comme un éclair. Quelqu'un a essayé de me tuer... et ce n'était manifestement pas la cuisinière puisqu'elle est morte elle aussi. Cette nouvelle information est troublante et me laisse un sentiment de gratitude pour avoir sauté le petit-déjeuner ce matin-là. Si j'avais mangé davantage, je serais probablement morte.

Je ne sais pas trop quoi penser de tout ça.

En regardant Julian, mes pensées changent... Je ne peux m'empêcher de voir à quel point il est différent aujourd'hui de ce qu'il était l'autre nuit. Est-ce que le fait que je sois empoisonnée a changé quelque chose en lui ? L'a rendu plus humain ou peut-être lui a-t-il fait voir à quel point j'aurais pu facilement lui être enlevée ? Je repense à mon état délirant, aux mouvements de va-et-vient, aux vomissements, aux crampes d'estomac. Il était là. Je me souviens l'avoir vu et je suis certaine qu'il m'a prise dans ses bras et m'a dit que tout allait bien se passer mais peut-être que ce n'était pas le cas. Peut-être que j'ai complètement inventé sa gentillesse. Ce n'est pas si exagéré de chercher du réconfort quand on a l'impression de mourir.

Pourtant, je dois savoir si c'était réel.

« J'ai peut-être halluciné mais je jure que tu as pris soin de moi quand j'étais malade. Tu m'as prise dans tes bras... pas vrai ? »

Julian se tourne vers moi, le visage vide de toute émotion et pourtant, quelque chose se prépare lentement dans son regard glacial. « Je te tiens dans mes bras tous les soirs quand on s'endort. »

« Oui mais c'était différent... » Plus intime en quelque sorte. D'habitude, je lui tourne le dos et il a un bras autour de ma taille, me retenant contre lui comme s'il craignait que je m'enfuie dans mon sommeil. Hier, son emprise était douce, comme s'il me tenait juste pour me réconforter au lieu de me garder prisonnière.

« Tu vas être ma femme. Peu importe comment tu es arrivée ici mais le fait que je prenne soin de toi fait partie du marché. Tout comme le fait que tu me fasses plaisir en fait partie. »

Bien sûr.

Ayant besoin d'espace, je rejette les couvertures. En regardant mon corps, je me rends compte que je suis dans un pyjama que je ne me souviens pas avoir mis.

« Je t'ai habillée. Je ne voulais pas que le personnel te voie nue. » Une image de Julian m'habillant pendant que j'étais dans les vapes me vient à l'esprit mais je la chasse rapidement. C'est trop effrayant pour y penser. Je sens que Julian me regarde et tout ce que je veux, c'est m'éloigner de lui. Il m'a déjà tout expliqué. Je ne suis rien qu'un objet qui n'est pas censé être entendu et à peine vu.

Mais mon corps a d'autres plans, car dès que je pose mes pieds sur le sol et que je pousse le lit pour me lever, une sérieuse vague de nausées et de vertiges m'envahit. Mes genoux se dérobent, je m'accroche à la table de nuit, mes ongles s'enfoncent dans le bois pour tenter de me stabiliser mais ce n'est pas suffisant. Mes jambes sont faibles et un flash me montrant en train de frapper le sol apparaît dans mon esprit.

Je suis choquée lorsque le bras puissant de Julian entoure ma taille et qu'il me serre contre son torse chaud. Mes muscles se tendent mais une partie de moi se sent protégée dans son étreinte.

« Tu es si têtue », murmure-t-il dans le creux de mon oreille.

« Je n'ai pas besoin de ton aide », j'essaie de lutter contre sa prise mais mes muscles sont comme de la gelée et ma tête tourne comme si j'étais dans un tourbillon.

« Si tu le dis. » Il me relâche et je commence à retomber sur le sol.

En gloussant, ses mains entourent à nouveau ma taille, me tenant fermement contre sa poitrine et la chaleur me traverse, s'infiltrant lentement dans mon corps.

Mes joues sont brûlantes mais je doute qu'il puisse les voir. C'est juste la maladie, je n'aime pas vraiment ses mains sur moi. « On dirait que tu as besoin de mon aide », me taquine-t-il.

Je roule les yeux, voulant le nier mais je sais qu'à la seconde où il me lâchera, je vais me retrouver par terre, sans aucun doute.

« Je ne veux plus prendre de douche avec toi. La dernière fois, ça s'est mal terminé. »

« Ma version de l'horreur et la tienne sont très différentes. » Il sourit et nous guide dans la salle de bain. Doucement, il me tourne dans ses bras et m'aide à m'asseoir sur les toilettes. Puis il ouvre la porte de la douche et fait couler l'eau. Je ne prends pas la peine de lui cacher mon corps et commence à me déshabiller sans poser de questions.

Je fais de mon mieux pour détourner mon regard pendant qu'il se déshabille mais c'est si difficile, au sens propre comme au figuré. Un homme aussi cruel que lui ne devrait pas avoir le droit d'être aussi beau. Musclé, tonique et bronzé. Il ressemble à un mannequin.

Il est complètement nu maintenant alors que j'ai encore mon pantalon de pyjama. Je regarde mes pieds et je prends sa main lorsqu'il me la tend, faisant tout ce que je peux pour ne pas regarder cet organe mammouth entre ses cuisses.

Il m'aide à enlever mes vêtements, me relève et nous entrons ensemble dans la douche, une de ses mains restant sur ma hanche pour me stabiliser. Son engin se presse contre ma cuisse et je siffle à ce contact.

« Il ne te mordra pas, Elena. »

« Dit le propriétaire de la bête. » Je ravale la boule dans ma gorge et commence à me laver le corps. Mes mouvements sont lents et il me faut une éternité pour me laver vraiment. Pendant tout ce temps, Julian reste à côté de moi, me soutenant et ne faisant rien d'autre que de s'assurer que je ne tombe pas.

« Tiens, assieds-toi. « Il me guide vers le banc dans le coin de la douche et je m'assois, appuyant mon dos contre le carrelage frais.

« Pourquoi y a-t-il un banc ici de toute façon ? Ce n'est pas pour les personnes âgées ? »

Un petit rire gronde dans sa poitrine, un son rare auquel je pourrais m'habituer. « La douche fait aussi office de hammam. »

« Oh... »

« Je te laverai les cheveux dès que j'aurai fini de me laver », dit-il. Je veux objecter et je devrais, car j'ai appris que sa gentillesse a toujours un prix mais je suis désespérée de voir quelqu'un prendre soin de moi, désespérée que l'homme qui va m'épouser veuille vraiment de moi.

Mes tétons se durcissent douloureusement tandis que je regarde l'eau tomber en cascade sur son dos. Il est la perfection absolue et je suis jalouse du chiffon de lavage qu'il utilise sur son corps sculpté.

Tu ne veux pas de lui. Il ne s'intéresse même pas à toi. Je me rappelle.

Je me mords la lèvre en frissonnant et c'est à ce moment-là qu'il se tourne vers moi. À cet instant, il est à la fois monstre et homme, ses yeux parcourent mon corps, laissant un chemin de chaleur dans leur sillage.

Je dois délirer parce que ce n'est pas possible que cela se reproduise.

« Tu me regardes comme si tu voulais que je te baise », dit-il en passant une main sur son visage. Je sens la sueur perler sur mon front et je ne sais pas si je dois lui dire que je veux qu'il me touche ou non. Je ne suis pas censée avoir envie de lui, c'est mal mais je suis si seule et si fatiguée de me battre.

« Je veux que tu... me touches », je murmure.

Julian sourit et sépare l'espace entre nous en un pas : « Tu veux que je te touche mais pas que je te baise ? »

Je hoche la tête. « Juste toucher. »

« Tu veux me toucher aussi ? » murmure-t-il en prenant mon menton entre deux doigts. Je frissonne devant le besoin intense dans ses yeux et la sensation de ses doigts sur ma peau. Julian me regarde pendant une longue seconde et je suis presque sûre qu'il va me dire de partir mais au lieu de cela, il relâche mon menton et fait un pas en arrière.

« Écarte les jambes », ordonne-t-il et j'obéis. Je jette un coup d'œil entre mes cuisses pour voir ce qu'il voit en ce moment. « Les yeux sur moi à tout moment. Je veux te voir quand tu jouis et je veux que tu me regardes posséder ton corps comme moi seul peut le faire. »

Un nœud de peur se resserre dans mon ventre mais je hoche quand même la tête, voulant aller jusqu'au bout.

« Touche-toi », ordonne-t-il en enroulant une main autour de sa longueur. Comme la fois où je l'ai regardé sous la douche, je suis hypnotisée par lui. La façon dont sa main entoure sa grande queue... la façon dont il se caresse.

Ma propre main descend le long de mon ventre jusqu'à mes plis. Je me suis déjà touchée auparavant mais bien sûr jamais devant quelqu'un. C'est mal, trop intime mais c'est aussi bien, comme si je partageais quelque chose de spécial avec lui.

« Maintenant, frotte ton clito pour moi. » Sa voix bourrue vibre en moi alors que je porte mes doigts à mon clito et commence à dessiner de petits cercles autour. Le plaisir fleurit au fond de mon ventre alors que je le regarde se caresser tout en me regardant en retour.

« Mmmh », je gémis doucement tout en accélérant la vitesse, frottant mon clito plus furieusement. Le plaisir est là mais ce n'est pas suffisant pour me faire jouir. Laissant tomber ma main, je lève les yeux de l'entrejambe de Julian pour le regarder dans les yeux.

« Je ne pense pas que je puisse faire ça. Je veux que tu me touches », j'admets, sachant déjà que c'est une idée terrible.

« Tu es sûre ? », se moque-t-il tandis qu'il se rapproche à nouveau. Se penchant, il pince un de mes tétons entre ses doigts. L'action est douloureuse mais une secousse de plaisir s'ensuit, me faisant mordre la lèvre pour étouffer le gémissement qui veut sortir.

À bout de souffle, je dis : « Oui. »

Il me pince à nouveau le téton et j'écarte un peu plus les jambes, l'invitant à venir là où je le veux. En gloussant doucement, il se met à genoux, pour que nous soyons les yeux dans les yeux. Il glisse une main entre mes cuisses, effleurant la cerise entre mes cuisses. Quelque chose se met à pétiller dans mon ventre à son contact et tout ce que je sais, c'est que je dois le sentir à nouveau.

« Encore. » Je lève les yeux, je le supplie de me regarder dans les yeux.

En serrant les dents comme s'il souffrait, il fait tourner deux doigts sur ce point magique et je laisse échapper un faible gémissement. En gardant mes yeux sur lui, une chaleur lente commence à monter dans mon ventre et plus il bouge son doigt, plus elle monte. Appuyant plus fermement sur ce point, il bouge de plus en plus vite et je monte en puissance, mes muscles se tendent, mes hanches se soulèvent, cherchant à en savoir plus jusqu'à ce que j'atteigne le sommet.

« Je suis... » Je frissonne contre le banc, chaque fibre de mon corps s'effiloche alors que le plaisir me déchire, envahissant mes sens.

« Tu vas jouir. Jouis sur ma main », grogne Julian alors que l'orgasme m'envahit.

En se retirant, il se lève. Prenant la même main qui était entre mes cuisses, il porte les deux doigts à ma bouche.

« Ouvre et goûte-toi pendant que je me masturbe. Tout en sachant que tu es la seule à me faire ça. Seulement toi, Elena. »

En ouvrant ma bouche, ses doigts se glissent à l'intérieur et ses pupilles se dilatent, le bleu devenant presque noir. Je miaule autour de ses doigts, je goûte mon excitation sur eux, ce n'est pas un mauvais goût, si ce n'est qu'il me donne faim pour plus.

Je lèche goulûment ses doigts, faisant tournoyer ma langue autour d'eux, écoutant et regardant comment il se perd dans le plaisir. Il bouge durement et vite, comme il l'a dit, à tel point que ses mouvements et sa prise semblent presque douloureux.

En serrant les dents, les mots sortent avec rage. « Oh, j'ai hâte d'être à l'intérieur de toi, d'exploser ma charge dans ta chatte vierge. Tout à moi. Chaque centimètre intact de toi est à moi. »

« Mmmh », je dis autour de ses doigts.

« Ecarte tes jambes. Je vais te marquer », me dit-il et je m'exécute, voulant le voir exploser et s'effondrer. Il m'a vue faible tant de fois. Je veux le voir quand il cède au plaisir, quand il est à la merci de sa propre volonté.

Écarté au maximum, il accélère le mouvement, ses yeux passant entre mon visage et mes jambes écartées. En suçant plus fort, je savoure le sifflement qui s'échappe de ses lèvres et je regarde avec étonnement comment il penche la tête en arrière, montre ses dents. Les cordes de son cou et de ses abdominaux se resserrent. Il est absolument magnifique et je veux le voir comme ça encore une fois. J'en ai envie, j'en ai besoin.

Un moment plus tard, il se libère et des giclées de liquide blanc et chaud atterrissent sur moi. Je les regarde fixement, sans me sentir dégoûtée mais marquée, exactement comme il l'avait dit. Les secondes passent et il retire ses doigts de ma bouche. Sa poitrine se soulève et s'abaisse rapidement, comme la mienne.

Quand il me regarde à nouveau, il y a ce regard brumeux sur son visage et je souris parce que j'ai contribué à cet état. Pour la première fois depuis que je suis ici, je ne me sens pas complètement inutile.

« Tu étais gentil », dis-je en essayant de me lever mais mes jambes ressemblent plus à de la gelée maintenant qu'avant.

« Reste assise pour que je puisse te laver les cheveux et ne suppose pas que ce sera toujours comme ça, tu es malade et je ne voulais pas te faire mal », ricane-t-il sur la dernière partie et je peux dire que c'est un mensonge dès que les mots passent ses lèvres. S'il avait voulu me blesser, il l'aurait fait. Il avait tout le pouvoir à cet instant et tout ce qu'il a fait, c'est me donner du plaisir.

Il y a cette paix qui semble nous envahir. Quelque chose a changé mais je ne peux pas dire exactement ce que c'est.

Le reste de la douche, on est tranquille, il me lave les cheveux et les rince. Puis il se sèche et me sèche avant de m'aider à enfiler une chemise de nuit et une culotte.

Il tire les couvertures, m'aide à me mettre au lit et je me sens un peu mieux après ma douche. Je n'ai plus l'impression que ma tête va exploser et mon estomac n'est plus retourné. En m'enfonçant contre les oreillers, le son de la sonnerie du téléphone de Julian me fait sursauter.

Julian jure dans son souffle et se dirige vers la table de nuit, où se trouvent son arme et son téléphone. Il regarde l'écran et passe un doigt dessus.

« J'espère que vous avez des informations pour moi », dit Julian, devenant soudainement le sombre mafieux qu'il est.

Observant attentivement, son expression change, devenant meurtrière lorsque la personne à l'autre bout du fil parle.

« Ok et oui, elle va mieux. C'est une bonne chose qu'elle n'ait presque rien mangé. » Son regard trouve le mien et je détourne les yeux, le moment me semblant trop intense. Ils parlent encore un peu, puis il met fin à l'appel. Il s'assied sur le bord du lit, son téléphone à la main, comme s'il pouvait le briser en mille morceaux.

Ce ne sont pas mes affaires mais je veux savoir qui l'a appelé et ce qu'ils ont dit puisque cela avait manifestement un rapport avec moi.

« Qui était-ce ? » Je demande doucement.

« Le doc, il a confirmé nos suppositions. C'était du poison. »

« Mais qui voudrait m'empoisonner et pourquoi ? »

Julian ne me répond pas et se glisse sous les couvertures, me tirant à son côté. Je me sens chaude et protégée mais au fond de moi, il y a une peur tenace. Quelqu'un veut ma mort... et je ne sais pas pourquoi.

« N'inquiète pas ta jolie petite tête. Tu es à moi et je protège ce qui est à moi. Celui qui t'a fait ça va le payer cher. Je peux te le promettre. » Et je le crois, je sens la justice de ses mots me traverser. Julian est peut-être un homme mauvais mais au fond de lui, il est autre chose et je vais continuer à creuser jusqu'à ce que je trouve la personne qu'il peut être.

16

JULIAN

Jeudi, Elena est redevenue elle-même et je me suis demandé si je n'avais pas commis une erreur en la touchant sous la douche. La voir se désagréger sous ma main, c'était la chose la plus exaltante qui soit. Ça a libéré une faim qui n'a pas encore été assouvie.

Voir ma libération sur sa petite chatte rose, ça m'a vidé, ça m'a donné envie de faire n'importe quoi pour la revoir et c'était dangereux. Je ne peux pas développer de sentiments ou m'attacher et pourtant, chaque jour, j'ai l'impression que c'est ce qui m'arrive.

Mon cœur revenait lentement à la vie, battant avec une joie retrouvée et je le détestais. Je voulais l'arracher de ma poitrine parce qu'il n'y avait pas de place pour lui dans ma vie. Les sentiments étaient une déchéance et je l'ai compris quand ma mère est morte. Mais quand j'ai pensé qu'elle pourrait être partie, cette peur est revenue décuplée.

« Tu vas porter ce truc pour Elena ? », se moque Markus en entrant dans mon bureau, pointant sa tête vers la robe que j'avais choisie pour ma future femme.

« Dis encore une connerie et je te coupe un de tes putains de doigts. » Je dis en grognant dans mon café, dans lequel j'ai versé une forte dose de whisky.

Je regarde la robe accrochée à la porte du bureau. C'est un bout de tissu scandaleux et je déteste plus que tout l'idée de la lui faire porter mais il doit en être ainsi. Son père sera là et je ne peux pas lui laisser croire que sa fille est traitée comme autre chose que mon esclave. Je veux le frapper là où ça fait mal et malheureusement pour Elena, elle est son maillon faible.

« Tu crois qu'elle va porter ça ? »

« Je suppose que nous allons le découvrir, n'est-ce pas ? » Je hausse les épaules. « Non pas que je lui laisse le choix. C'est la robe, ou elle peut y aller nue. »

« Comme si tu allais la laisser y aller nue », taquine Markus. J'en ai marre de ses conneries, je me lève et fais le tour du bureau. J'attrape la robe sur la porte, je la tiens en l'air et je la regarde fixement. Elle va à peine couvrir son cul.

Putain. Tout ce qui la concerne ces derniers temps me rend possessif. Je la veux, tout le temps. Par tous les moyens, je peux l'avoir. Mais elle est trop douce et naïve à mon goût. J'ai le pouvoir de la briser juste dans ma main.

« Je reviens », dis-je à Markus en quittant le bureau et en marchant dans le couloir jusqu'à la chambre. Je récupère la clé et ouvre la porte pour la trouver assise sur le lit, le journal que je lui ai acheté ouvert, un stylo à la main.

La surprise envahit ses traits et elle referme le cahier, ses joues devenant cramoisies comme si elle avait été surprise en train de faire quelque chose qu'elle n'aurait pas dû.

La fierté remplit ma poitrine. « Tu écrivais dans le cahier que je t'ai offert ? »

Elle acquiesce et je peux voir sa gorge s'agiter pendant qu'elle avale. Depuis la nuit où je l'ai touchée, l'envie de le faire à nouveau me tenaille. Quelque chose a changé entre nous cette nuit-là, quelque chose qui l'a poussée à me faire confiance. Comme je l'avais prévu, elle compte sur moi, elle me fait confiance pour prendre soin d'elle. Je ne m'attendais pas à développer des émotions ou des sentiments envers elle. Elena était spéciale, cependant, refusant de voir uniquement le mauvais côté de quelqu'un. Le seul problème, c'est qu'elle cherchait le bien chez la mauvaise personne.

« Qu'est-ce que c'est ? » demande-t-elle en désignant la robe que je tiens dans ma main. La robe que j'avais complètement oubliée jusqu'à maintenant.

« C'est ce que tu porteras samedi soir. »

En fronçant le nez, elle dit : « Tu n'es pas sérieux. Ça ne couvrira même pas mes fesses. »

Je fais de mon mieux pour ne pas me laisser abattre. « Je suis très sérieux et ça couvrira tout ce qu'il faut, tout en donnant à tout le monde une petite taquinerie. »

Les yeux verts d'Elena se remplissent de déception. « Pourquoi voudrais-tu taquiner quelqu'un ? Je pensais que j'étais à toi ? »

Ma mâchoire s'ouvre et je me demande si elle peut sentir à quel point je suis ennuyé, à quel point je ne veux vraiment pas qu'elle porte cette putain de robe. Il n'y a rien que je puisse faire, cependant. « Oui, c'est pourquoi tu vas la porter et ne pas te plaindre, sinon tu peux y aller nue. A toi de choisir. » Jamais de la vie je ne permettrais ça mais elle ne le savait pas.

« Je ne veux pas porter ça. Je ne serai pas à l'aise. C'est trop décolleté et tout le monde va me regarder. Je ne peux pas porter autre chose ? »

« Non et c'est le but. Je veux t'exhiber, que tout le monde sache ce que j'ai qu'ils n'ont pas. Je veux tous les regards sur toi. Je veux qu'ils te désirent et qu'ils soient jaloux. »

Elle baisse les yeux sur ses mains et se détourne de moi mais je ne manque pas la crainte et la déception sur ses traits. « Alors, je suppose que je vais la porter. Ce n'est pas comme si j'avais le choix. »

Au moins, elle a appris cette leçon.

« Correct », dis-je et je pose la robe sur le lit. « Comment te sens-tu ? »

« Bien. Juste un petit mal de tête aujourd'hui. »

Je me dirige vers la porte, je saisis la poignée en laiton et je parle par-dessus mon épaule. « Bien. Je serai de retour dans un petit moment pour te prendre pour le dîner. »

Il y a une légère pause, puis Elena se racle doucement la gorge. « Tu as trouvé... qui nous a empoisonnées ? » demande-t-elle avec hésitation. Elle a peur et je comprends pourquoi mais elle doit savoir qu'il n'y a pas d'endroit plus sûr qu'ici.

« Je t'ai dit de ne pas t'inquiéter. Tu es en sécurité avec moi et je vais m'assurer que celui qui a fait ça paie. Quand j'en saurai plus, je te le dirai. » Elle acquiesce et je sors de la chambre en fermant la porte derrière moi. Je tourne le verrou en place et retourne à mon bureau.

Markus est assis sur l'un des sièges en face de mon bureau, un air suffisant sur le visage. J'ai envie de lui refaire le portrait.

« Comment ça s'est passé ? »

« Bien. Tu n'as pas du boulot, toi ? »

Il hausse les épaules. « Si. Mais je voulais te parler. Voir où tu en es. C'est toujours une question de vengeance, non ? »

« De quoi d'autre s'agirait-il ? »

Les yeux de Markus se rétrécissent. « Tu es différent avec elle... »

Je le suis ? Je suis toujours un connard sans pitié. Je lui fais porter la robe même si elle ne le veut pas. Elle est à moi... mais le besoin de vengeance, de faire du mal à son père l'emporte sur ça. Je ne peux pas mettre ma vengeance de côté pour épargner Elena. Ça n'arrivera jamais. Je ne peux pas le permettre. Romero va payer pour avoir tué ma mère et Elena sera un dommage collatéral.

« N'importe quoi. Maintenant fous le camp de mon bureau et arrête de me remettre en question. J'ai des choses à faire. » Je fulmine, en m'installant dans mon siège.

« Je ne te remets pas en question, je me demande juste si tu as trouvé quelqu'un pour relancer ce vieux truc rouillé dans ta poitrine. »

« Dit le connard presque sans émotion en face de moi », je réplique.

Markus secoue la tête, se lève et sort sans un mot de plus. Avec lui, hors de ma vue, je pense à l'événement de ce soir. Ça pourrait être une occasion pour elle de s'échapper et dès qu'elle verra son père, elle essayera. Je le sais.

J'ai besoin d'une sorte d'assurance, quelque chose pour la faire obéir, pour qu'elle obtempère. Je pense à toutes les choses différentes que je peux lui offrir : la liberté de se promener dans la maison, les promenades à l'extérieur de la propriété. Bien sûr, ces libertés, elle les gagnera aussi en s'échappant. J'ai besoin de quelque chose qui lui fasse peur, qui lui donne envie de m'obéir parce que les conséquences seront graves si elle ne le fait pas.

Elle qui m'avait parlé de Marie...

Peut-être que cela fera l'affaire.

17

ELENA

Comme une horloge, la serrure tourne et la porte s'ouvre à midi moins le quart. La femme de chambre entre dans la pièce avec mon déjeuner. Portant un plateau de nourriture, elle marche jusqu'au lit et me le tend.

« Voulez-vous que je reste pendant que vous mangez ? »

Le plateau a failli me glisser des mains à cette suggestion. « Ah, j'adorerais mais... » *Julian pourrait te tuer.*

« Je vais rester, alors », gazouille-t-elle, en prenant un siège sur le bord du lit.

« Je ne sais pas si c'est sûr. Julian n'aime personne ici. » Je me demande ce qu'elle pense de ma relation avec Julian. Elle sait évidemment qu'il me garde enfermée ici.

« Il m'a dit lui-même que je pouvais entrer et te parler pendant que tu mangeais. »

« Oh... » C'est surprenant. Tellement surprenant que je ne sais pas si je dois la croire. Peut-être que je devrais lui dire de partir juste pour sa sécurité. D'un autre côté, si c'est vrai, j'aimerais avoir de la compagnie.

Je me sens déjà liée à elle, sachant qu'elle était là quand j'étais malade. Nous n'avons pas beaucoup parlé à l'époque, car j'étais surtout inconsciente mais il y a toujours une certaine familiarité entre nous.

« Si tu es sûre, j'aimerais beaucoup que tu restes. » Je souris. « Tu en veux ? » Je montre mon plateau. « Il y a toujours beaucoup plus que ce que je peux manger et je détesterais m'asseoir ici et manger devant toi. »

Elle sourit largement et tend la main vers les raisins, ses doigts les effleurent à peine quand l'image d'une personne morte étalée sur le sol de la cuisine me vient à l'esprit.

« En y réfléchissant, peut-être que tu ne veux pas manger ma nourriture. La dernière personne qui l'a fait est morte. » Je rigole à moitié, même si ce n'est pas drôle.

« Oh, je ne suis pas inquiète à ce sujet. M. Moretti a tout fait tester avant de vous l'apporter. Il a doublé toutes les sécurités autour de la maison aussi. »

« Ah oui ? » Ça me fait réfléchir.

« Oui, il est toujours très soucieux de votre sécurité. »

J'acquiesce simplement, sans vouloir la corriger. Il n'est pas inquiet pour *moi*. Il s'inquiète que quelqu'un prenne ce qui lui appartient. Si elle voyait la robe qu'il voulait que je porte, ou si elle connaissait la moitié de l'histoire de ma présence ici, je doute qu'elle pense que ça l'intéresse.

Pendant le reste du déjeuner, j'essaie d'éviter le sujet 'Julian' et pose plutôt des questions à Marie sur elle et sa vie. Elle me parle de ses frères et sœurs et de ses parents, qui sont arrivés des Philippines en Amérique alors qu'elle n'était qu'une petite fille.

« Je me demandais d'où vous veniez, vous avez l'air si exotique mais vous n'avez pas d'accent. »

« C'est parce que nous avons déménagé quand j'étais en maternelle. Mes parents ont des accents », explique-t-elle pendant que je prends la dernière bouchée de mon sandwich.

« C'était délicieux. »

« Je suis contente que vous ayez apprécié votre déjeuner. C'était agréable de passer du temps avec vous mais je dois retourner au travail maintenant. »

Mes épaules s'affaissent en signe de déception. J'ai pris mon temps pour manger, en faisant durer cela aussi longtemps que possible mais je savais que cela se terminerait plus tôt que tard. « Avec un peu de chance, on pourra refaire ça. »

« Je suis sûre que oui. » Elle attrape le plateau maintenant vide et se dirige vers la porte. « Au revoir, Mlle Elena. » On se fait un petit signe de la main pour se dire au revoir avant qu'elle ne ferme la porte et la verrouille derrière elle.

Instantanément, je suis envahie par la culpabilité. Est-ce que Julian est vraiment d'accord pour qu'elle entre ? Peut-être qu'elle mentait, ou qu'elle l'a mal compris ? Et si c'était un test ?

Oh, mon Dieu. Et si Marie était blessée à cause de mon besoin égoïste de compagnie ?

JE SUIS SI nerveuse pour le reste de la journée, je n'arrive même pas à me concentrer sur les maths. Je n'arrive pas à me débarrasser du sentiment que Marie est en danger et que c'est ma faute.

Quand Julian vient enfin me chercher pour dîner, je suis sur les nerfs. Dès qu'il entre, je le bombarde de questions.

« Est-ce qu'elle va bien ? Marie, je veux dire. Tu ne lui as rien fait, n'est-ce pas ? »

« Pourquoi tu me demandes ça ? Je lui ai dit qu'elle pouvait entrer. »

« Je pensais... »

« Tu pensais que je l'avais tuée ? » Il arque un sourcil en signe d'interrogation.

J'ai honte de l'admettre mais j'acquiesce puisqu'il n'y a aucun intérêt à lui mentir. Julian est cruel, sinistre et je sais qu'il n'hésiterait pas à tuer quelqu'un. Homme ou femme.

« Je ne l'ai pas tuée... mais ta préoccupation pour son bien-être est intéressante. »

« *Intéressante* ? »

« Ce n'est peut-être pas le bon mot. Commode serait mieux. »

« Qu'est-ce-que c'est censé vouloir dire ? » J'ai presque peur de le découvrir.

« A l'événement auquel je t'emmène, j'ai besoin que tu te comportes bien. J'ai besoin que tu agisses d'une certaine manière et que tu fasses des choses que tu n'as peut-être pas envie de faire mais tu les feras parce que si tu ne le fais pas, Marie pourrait être blessée. » Les mots entrent lentement dans mon esprit et je reconstitue le puzzle.

« Tu l'utilises contre moi », je grogne avec colère.

« Oui mais je ne lui ferai pas de mal si tu te comportes bien et je te récompenserai. Je te donnerai plus de liberté. Tout ce que tu as à faire, c'est de me prouver ta valeur. »

« Prouver ma valeur ? Qu'est-ce que ça veut dire ? » Je jette mes mains en l'air. « Je n'ai jamais rien fait pour que tu ne me fasses pas confiance. J'ai joué à tous tes jeux, je ne me suis jamais battue contre toi sur quoi que ce soit. Je t'ai laissé me garder dans ta chambre sans me plaindre. Je pense que j'ai suffisamment fait mes preuves... peut-être que c'est toi qui as besoin de faire tes preuves. »

Dès que la dernière phrase sort de ma bouche, je regrette de l'avoir dite. Pas parce que c'est faux mais parce que je ne veux pas provoquer Julian.

Ses bleus cristallins deviennent orageux et mes yeux se déplacent vers ses mains qui se recroquevillent en poings serrés. Parfois les choses semblent si parfaites et je pense que je peux peut-être l'atteindre et puis il dit ou fait quelque chose et je suis de nouveau sans espoir.

« Ne t'ai-je pas prouvé que je peux être gentil ? Que je prendrai soin de toi ? Que tu peux me faire confiance ? T'ai-je menti ? T'ai-je fait du mal ? »

« Non... » Mes épaules s'affaissent et je détourne la tête, incapable de le regarder plus longtemps. Non, il ne m'a pas fait de mal physiquement et il m'a montré de la gentillesse à sa manière mais je ne peux m'empêcher d'en attendre plus. Peut-être que c'est mon problème. Je ne devrais pas en attendre plus d'un homme qui m'a achetée.

Tout ce qu'il fait, c'est pour s'assurer que je me comporte bien et maintenant il utilise Marie comme une assurance supplémentaire. Je n'aime pas du tout tenir la vie d'une autre personne entre mes mains mais quelle option ai-je ? Dans tous les cas, Marie sera blessée et je ne pourrai jamais dormir la nuit en sachant que j'ai coûté la vie à quelqu'un d'autre.

« Je te l'ai déjà dit. Ce ne sera pas toujours comme ça. Tu ne seras pas toujours enfermée dans cette pièce mais j'ai besoin de savoir que je peux te faire confiance et cet événement va être le moyen parfait pour que tu gagnes cette confiance. »

« Je comprends mais je suis ici depuis des semaines. Je n'ai pas essayé de m'échapper... J'ai écouté. » Raisonner avec Julian, c'est comme essayer de raisonner un taureau. C'est inutile et tu finiras probablement mort avant d'arriver à quelque chose.

Le regard de Julian s'adoucit à mes mots.

« Fais ça pour moi, d'accord ? Comporte-toi bien, ne te bats pas et je te donnerai plus de liberté. »

« D'accord », je dis, ma voix dégoulinante de défaite.

« Tu as faim ? »

« Oui, très. Il est tard. » Je me lève du lit et attrape naturellement sa main. Je sais qu'il ne me tient la main que lorsque nous traversons la maison, pour que je ne m'enfuie pas. Il aime que je sois ancrée à lui. Pour qu'il puisse me contrôler mais aujourd'hui, j'imagine qu'il me tient simplement parce qu'il en a envie. C'est la seule chose qui me fait sentir que je ne suis pas seulement sa prisonnière.

Il me conduit à travers la maison et dans la salle à manger. Il fait déjà sombre dehors et probablement froid avec le coucher du soleil. Donc, je ne suis pas surprise que nous restions à l'intérieur.

La table est mise, comme toujours, avec les plats couverts et prêts à être mangés. Il tire une chaise pour moi et je m'assois tandis qu'il prend celle à côté de moi. Comme toujours, il me sert la nourriture, du saumon grillé et une variété de légumes ce soir.

En posant mon assiette devant moi, il demande : « Veux-tu du vin ? »

« Je ne suis pas assez mature pour boire », réponds-je.

Il rit et fronce les sourcils. « Tu es assez vieille pour te marier mais pas pour boire un verre de vin ? »

Décidant de sortir de ma zone de confort, je prends le verre de vin devant moi et le lui tends. Ses yeux pétillent d'amusement et je suis presque sûre que j'aime ce regard plus que tous les autres qu'il m'a donnés.

Faisant sauter le bouchon de la bouteille de vin, il verse le liquide rouge et onctueux dans le verre, le remplissant à moitié avant de me le rendre.

Amenant mes lèvres sur le bord du verre, je prends une petite gorgée, fronçant le nez à l'odeur fruitée qui envahit mes narines. Un petit goût amer subsiste sur mon palais après avoir avalé et je frissonne, ne sachant pas si j'aime ça ou pas.

« Il faut du temps pour développer un goût pour le vin », dit simplement Julian, en prenant un morceau de légume avec sa fourchette. Il mange aussi vicieusement que je suppose qu'il tue et ce n'est pas l'image que j'ai besoin d'évoquer dans mon esprit en ce moment.

« Ce n'est pas mauvais mais c'est différent », dis-je en fixant le liquide rouge. « Je ne sais pas encore si j'aime ça ou pas. »

« Bois un peu plus, je suis sûr que ça va te plaire. »

En hochant la tête, je bois un peu plus entre deux bouchées de nourriture. À chaque gorgée, mes joues se réchauffent. En fait, tout mon corps est chaud, comme si j'étais enveloppée dans une couverture chaude.

Le verre est bientôt vide et je regarde Julian pour voir si je peux en avoir un autre.

« Je croyais que tu n'aimais pas ça ? » Il me taquine et c'est le côté de lui que j'aime le plus. Le côté où il me montre des aperçus de qui il est sous toutes les couches de mort et de vengeance. C'est pour ça que je ne peux pas le laisser tomber.

« J'ai changé d'avis. » Je ricane, le vin aidant à évacuer la tension en moi.

« Bien, encore un demi-verre et c'est tout. On a une longue journée demain et crois-moi, tu ne veux pas avoir la gueule de bois à cause du vin. »

Avec un grand sourire, je lui tends mon verre et le regarde le remplir. Je sens ses yeux sur moi, qui me boivent et je suis curieuse de savoir ce qu'il pense.

Je savoure ce dernier verre, en aimant la façon dont il me fait me sentir... libre, comme un papillon.

En descendant le reste du verre, je me pousse brusquement de la table pour me mettre debout, oubliant que je n'ai jamais bu de ma vie auparavant. Le monde bascule et mes genoux s'entrechoquent. Je m'agrippe au bord de la table pour essayer de me stabiliser mais je suis reconnaissante en voyant Julian s'approcher et passer un bras protecteur autour de ma taille.

Debout, face à face, poitrine contre torse, je me redresse pour le regarder. Je peux sentir la chaleur de son corps se dégager de lui. Ses yeux sont flamboyants, ses joues sont hautes et sa mâchoire est marquée. Son nez a un léger angle, ce qui le rend parfaitement imparfait. Mes yeux se dirigent vers ses lèvres, elles ont l'air appétissante et je me lèche les lèvres, ce besoin étrange de l'embrasser m'envahit.

En posant mes mains sur ses biceps, il me lance un regard confus et je profite de ce moment pour me mettre sur la pointe des pieds et effleurer ses lèvres.

Je n'ai jamais embrassé avant et dans des circonstances normales, je n'envisagerais même pas de sortir du rang comme ça mais le vin me donne un nouveau courage.

Une décharge électrique me traverse et je me serre sur ses bras, pressant mes lèvres un peu plus fermement contre les siennes. Ses propres lèvres bougent contre les miennes, se moulant à moi. Je ressens tellement de choses dans ce seul mouvement de ses lèvres, le besoin, la possession et le pouvoir. J'ai l'impression d'être son égal, pas une pièce sur un échiquier.

Puis, comme s'il sentait un changement en moi, en lui-même, il s'éloigne, enlevant son bras de ma taille et me tenant à bout de bras.

Ses yeux deviennent durs et je frissonne sous son regard. « A quel jeu joues-tu ? »

Mes lèvres tremblent, les répliques du baiser me traversent encore.

« Je ne joue pas », dis-je en croassant, bien que pour une fois, je n'aie pas peur de lui. Je me sens en sécurité dans ses bras, même si je sais que je ne devrais pas, même si je suis certaine qu'il va me conduire directement à l'abattoir quand tout sera fini. « Je voulais juste t'embrasser... »

Julian secoue la tête, ses traits se tordent en une expression particulière. Il a l'air plus jeune maintenant, vulnérable et je veux graver ce moment profondément dans mon esprit.

« Je n'embrasse pas », répond-il doucement.

« Tu viens de le faire », je chuchote en retour.

Son regard pénétrant parcourt mon visage, à la recherche de quelque chose dont je ne suis pas sûr. « Tu es en train de tout gâcher et tu ne le sais même pas. »

Je ne suis pas sûre de ce que ça veut dire et je n'ai pas envie de le découvrir. Julian m'a embrassé et c'est une victoire pour moi.

18

JULIAN

« Sors, Elena », ordonne-je, devenant plus impatient à chaque seconde. « Maintenant, ou je vais entrer. » Elle est dans la salle de bain en train de se préparer depuis plus d'une heure. La porte n'est pas verrouillée, donc je pourrais facilement faire irruption mais je reste dehors par courtoisie pour elle. Marie est là-dedans avec elle, faisant ce que les filles font pour se préparer.

« Ok... » La porte s'ouvre lentement et je jure que mon cœur bat à tout rompre. Elena se dévoile derrière la porte.

Je suis déjà dans mon smoking, il est taillé sur mesure pour moi mais soudain il me semble trop serré. Ma poitrine se gonfle de fierté, sachant qu'elle sera bientôt ma femme. En la prenant dans mes bras, je ne peux pas détacher mon regard d'elle, même si j'essayais.

Elle porte un maquillage léger, juste assez pour mettre en valeur sa beauté naturelle. Ses yeux semblent plus grands et le vert qu'ils contiennent est plus vif. Ses lèvres pulpeuses sont teintées de rose et sa peau bronzée sans défaut est toute lisse. Ses cheveux tombent sur ses épaules en ondulations sombres et soyeuses et j'ai envie de passer mes doigts dedans pour sentir à quel point ils sont doux. J'ai envie de tirer sur les mèches, de les enrouler autour de ma main pendant que je...

merde, je ne peux pas penser à ça maintenant. Il n'y a pas de place dans ce costume pour une queue dure.

Mon regard se pose sur son corps parfaitement sculpté, un corps qui s'affiche pleinement dans la robe que je lui fais porter. C'est une robe vert émeraude qui correspond parfaitement à la couleur de ses yeux. La robe n'a pas de bretelles, ses seins sont maintenus en place par un bustier intégré qui donne une belle poussée au gonflement de ses seins, même si elle n'en a pas besoin.

Le reste de la robe est ajusté autour de sa taille et le long de ses jambes mais la meilleure partie de cette robe est que les deux côtés, le long de ses côtes et de l'extérieur de ses cuisses, sont faits d'un tissu transparent. Un tissu plus épais recouvre le devant et le dos en forme de sablier, ce qui ne fait que souligner la forme de son corps. Mais comme les côtés sont transparents, tout le monde saura qu'elle ne porte rien en dessous.

Comme si elle pouvait lire dans mes pensées, elle me fixe du regard.

« Quelles sont les chances que tu me laisses au moins mettre des sous-vêtements ? »

« Aucune », j'ai lâché.

Le froncement de sourcils sur son visage ne fait que s'accentuer mais je sais qu'elle n'apprécie pas cette tenue. Je me souviens de la nuit où je l'ai emmenée et à quel point elle était gênée par la chemise de nuit.

Ce qu'elle porte maintenant est encore plus révélateur. Je peux dire simplement à l'expression de son visage et à la façon dont elle enroule ses bras autour de son buste qu'elle est mal à l'aise mais je n'y peux rien. Elle va devoir faire avec pour une nuit. Elle survivra.

La vraie question est : est-ce que je vais survivre ? Serai-je capable de rester là et de laisser d'autres hommes regarder ce qui est à moi ? La regarder et en saliver comme si c'était un steak d'aloyau.

Je suppose que je vais devoir faire avec si je veux faire mal à son père mais ça ne se fera pas sans une sérieuse retenue. Le premier connard qui me demande si elle est à vendre, ou s'il peut passer quelques heures avec elle, va se prendre un couteau dans la poitrine. Je ne partage pas ce qui est à moi.

Je regarde Elena enfiler ses sandales à talons, en se tenant au cadre de la porte.

« Je te préviens, je ne suis pas douée pour marcher en talons. »

Son avertissement me fait sourire. « Ne t'inquiète pas, je te tiendrai la main toute la nuit. Mais... avant de partir, j'ai quelque chose pour toi. »

« C'est une veste ? Parce que j'adorerais ça. »

« Non, ce n'est pas une veste mais ne t'inquiète pas, je te tiendrai chaud. C'est ça. » Je sors la boîte en velours noir de ma poche et je l'ouvre en la retournant. C'est un collier de diamants en or blanc que j'ai choisi pour l'occasion. Comme prévu, elle ouvre la bouche et ses yeux s'agrandissent mais je ne sais pas si c'est de la surprise ou autre chose.

« Tu aimes ? »

« Est-ce que c'est... un bijou ou un collier pour chien ? »

« C'est un collier ras du cou mais si tu préfères le voir comme un accessoire pour chien, je t'en prie. Tu veux que je mette une laisse avec ? Avec des diamants, peut-être ? » Je souris comme un connard.

En secouant la tête, elle tend la main comme si elle allait me la prendre. « Bien. Je vais le porter. »

« Laisse-moi le plaisir de te le mettre. »

Elle laisse tomber ses mains et lève le menton en attendant que je bouge. Je sors le collier de la boîte et défais le fermoir. En le plaçant autour de son cou fin, je fais exprès de faire glisser mes doigts le long de sa clavicule, aimant la façon dont tout son corps frissonne à mon contact. J'aimerais pouvoir faire ça toute la nuit mais il y a des choses plus importantes à régler.

Le fermoir s'enclenche et je fais un pas en arrière pour examiner le résultat. Le collier s'adapte parfaitement à son cou fin, comme s'il était fait pour orner cette beauté. Elle a l'air réclamée et soignée, peut-être un peu trop soignée. Je doute que son père s'y intéresse de si près, pas quand il la verra dans sa robe à peine moulante.

« Parfait », je lui dis, en lui tendant la main. Elle la prend, presque avec confiance et je la fais sortir de la pièce. Je l'ai accompagnée dans la maison, en m'assurant de ne pas aller trop vite. Elle ne plaisantait pas, elle ne peut pas marcher avec ces talons de strip-teaseuse.

Je pense la prendre et la porter jusqu'à la voiture mais ce n'est pas comme si je pouvais la porter pendant la fête. Dès que nous sortons, une rafale de vent froid s'abat sur nous et Elena s'entoure de son bras libre, visiblement gelée. Elle monte dans la voiture en un seul morceau mais pas sans avoir une prise de fer sur ma main pour se stabiliser. Je n'aurai certainement pas à m'inquiéter qu'elle s'enfuie avec ces talons. Je la tire vers moi et l'aide à s'asseoir sur la banquette arrière de la voiture avant de me glisser à côté d'elle.

Quand je lâche sa main, elle enroule ses deux bras autour d'elle dans un effort pour se réchauffer. Ses lèvres tremblent et la chair de poule perle sur sa chair.

« Viens ici », je dis un peu trop sèchement.

Lentement, elle se déplace sur le siège et s'enfonce dans mon flanc. Enroulant un bras protecteur autour d'elle, je la tiens serrée contre moi. Son doux parfum emplit mes narines, envoyant une bouffée de plaisir brûlant directement dans ma queue.

Elle se moule à moi comme si elle était destinée à être là, la pièce manquante et je ne veux pas le reconnaître, pas quand je suis sur le point de l'exhiber devant une salle entière de trous du cul assoiffés de sang. Pas quand il ne peut s'agir que de vengeance.

« Que va-t-il se passer à cet événement ? » demande-t-elle une fois qu'elle ne frissonne plus.

« C'est une vente aux enchères organisée par un de mes associés. Il est important que tu joues le rôle de ma femme. Ne parle pas sauf si on te parle. Ne regarde personne, les yeux toujours baissés et reste à côté de moi tout le temps. J'ai plus d'ennemis que d'amis dans cet endroit. Markus sera là, il est la seule autre personne en qui j'ai confiance. »

« D'accord », dit-elle, la voix tremblante.

« Si tu t'échappes et que je ne peux te retrouver, des hommes bien pires que moi pourraient t'attraper et crois-moi quand je te dis qu'ils me feraient passer pour un ange. »

« Tu as dit que mon père sera là. Je peux lui parler, n'est-ce pas ? » L'espoir remplit ses traits tandis qu'une rage brûlante me déchire. Même après tout ce que nous avons traversé, ce que j'ai fait pour elle, comment je ne l'ai pas blessée même quand j'aurais dû et elle veut encore voir l'homme qui me l'a offerte sur un plateau d'argent ? Non pas qu'il ait eu le choix, bien qu'il aurait pu se battre, ce qu'il n'a pas fait.

En serrant les dents, je parviens à peine à maîtriser ma colère. « Non, même pas lui. Tu dois te rappeler de ce que j'ai dit. Tu n'aimeras peut-être pas tout ce que je dis ce soir, ou ce que je fais ou comment je te traite mais tu dois me faire confiance. Désobéis-moi et quelque chose pourrait arriver à Marie et ne pense pas que j'hésiterai à le faire. J'ai tué l'autre servante pour t'avoir simplement donné un morceau de papier et je tuerai Marie aussi si je le dois. »

Elena s'éloigne pour me regarder, ses yeux verts débordant de surprise. « Tu as tué l'autre femme de chambre ? »

Bêtement, la façon dont elle me regarde me donne envie de lui dire que c'est un mensonge mais ce n'est pas le cas. Je ne peux pas lui cacher qui je suis. Pas quand je suis et serai toujours comme ça. Je suis un tueur né, élevé dans cette vie, destiné à diriger l'entreprise familiale jusqu'au jour de ma mort. Une petite beauté brune ne va pas changer ça.

« Oui. Je sais pour le mot qu'elle t'a donné de la part de ton père. Elle a avoué. »

« Pourquoi... pourquoi tu n'as rien dit ? »

« Qu'y a-t-il à dire ? Ton père ne peut pas te sauver. Tu es liée à moi par un contrat, donc à moins qu'il ne me tue, ce qui n'arrivera jamais, d'ailleurs, il ne pourra jamais te récupérer. Et tu ferais bien de te souvenir de ça aussi. Si jamais tu me fuis, je te retrouverai. Il n'y a aucun endroit sur cette planète où tu peux te cacher sans que je vienne te chercher. »

Elena acquiesce et je jure que je peux la voir déchanter. Au fond, je ne veux pas qu'elle ait peur de moi mais la peur garde les gens dans le rang, elle les empêche de faire des choses stupides.

Je n'ai pas à lui faire savoir que c'est une ruse. Je dois juste la faire obéir et c'est ce que je prévois de faire.

Le reste du trajet jusqu'à la vente aux enchères passe rapidement et Elena reste à mes côtés. Lorsque nous nous arrêtons devant la porte d'entrée, elle devient raide comme un piquet à côté de moi, sa poitrine se soulève et s'abaisse rapidement et ses mains sont serrées en poings à côté d'elle.

Elle regarde nerveusement devant moi et par la fenêtre les personnes, principalement des hommes, qui marchent à l'intérieur de la salle.

« J'ai peur », murmure-t-elle sans me regarder. Un petit sentiment de culpabilité frappe ma poitrine mais je le repousse.

« Fais ce que je dis et rien de mal n'arrivera », dis-je en prenant sa main dans la mienne et en la serrant doucement pour qu'elle sache que je la tiens.

Une partie irrationnelle de moi veut la ramener à la maison, l'envelopper dans une couverture et lui dire que tout va bien se passer. Mais rien de tout cela ne fonctionnerait avec mon plan. Non, j'ai attendu cette nuit depuis très longtemps. Elena pourrait ne pas aimer ça mais elle ira bien. Elle ne sera pas blessée et ses ressentiments passeront éventuellement. Ce qui va durer, c'est ma vengeance.

Lucca fait le tour de la voiture pour nous laisser sortir et je lâche la main d'Elena et sors du SUV, ajustant mon smoking. C'est un événement important pour moi. Il y a des marchands d'armes ici, des amis et des ennemis. Ne pas se montrer n'était pas une option, ne pas se montrer avec elle encore moins une option, surtout en sachant son père présent.

Si je suis chanceux, je montrerai à Romero combien sa petite fille a changé et je finirai avec un marché ou deux. Tout ce dont j'ai besoin c'est qu'Elena obéisse.

Je lui prends la main une fois de plus et l'aide à sortir du 4x4. Elle se tient sur des jambes tremblantes et frissonne dans le vent froid, avant de passer une main sur le reste de sa robe. La soirée se déroule dans un ancien casino récemment rénové mais non ouvert au public. Les seules portes qui permettent d'entrer dans cet endroit sont placées devant et elles sont gardées par deux hommes gigantesques.

À l'intérieur de cet endroit, tout type de combat est interdit et je me sens nu de devoir laisser mon arme dans le SUV mais je n'en ai pas besoin pour faire des dégâts. Je ne fais pas de la musculation et des combats illégaux depuis tout petit pour rien.

Elena se penche plus près, cherchant la chaleur de mon corps. Lorsque nous atteignons les portes, les deux hommes me regardent avant de déplacer leurs regards vers Elena. Soumise, elle baisse les yeux et les hommes la dévorent des yeux et comment ne le pourraient-ils pas dans la robe qu'elle porte.

Ils regardent un peu plus longtemps que nécessaire et ma mâchoire se serre alors que je me mords la langue pour m'empêcher de leur dire de ne pas la regarder.

Qu'est-ce qui ne va pas chez moi ? C'est moi qui l'ai mise dans cette robe, c'est moi qui veux attirer l'attention sur elle. S'ils la regardent, c'est de ma faute et pourtant, j'ai envie de poignarder tous les connards qui osent admirer sa beauté.

Après un moment, ils ouvrent la porte et nous font signe d'entrer. Elena s'accroche à moi, ressemblant à l'esclave obéissante et sans défense que je veux que tout le monde voit en elle. En la regardant, mes yeux sont attirés par la bague en diamant à son doigt qui brille dans la lumière. *Elle est mienne.* Tout à moi. Tout homme qui essaiera de faire une offre sur elle ce soir mourra. Je les tuerai, pas ici mais après.

En entrant, l'odeur de la fumée de cigare s'infiltre dans mes poumons. L'endroit est déjà bondé, les hommes échangent dans une conversation tranquille tandis que des femmes à moitié nues se promènent dans la salle en portant des plateaux avec des boissons.

Il y a quelques femmes avec des hommes mais elles sont rares. La plupart n'amènent pas leurs épouses à ce genre d'événements. Les femmes n'ont pas vraiment de place dans notre monde, sauf sur le dos, les cuisses écartées. C'est un événement professionnel mais c'est aussi l'occasion de montrer ma future épouse.

Tout, de la vente de chair et d'armes, aux jeux d'argent, en passant par l'organisation de mariages et de combats illégaux, a lieu entre ces murs. Ce sera le premier plongeon d'Elena dans mon monde sombre et espérons-le, le dernier.

En examinant la salle, je constate qu'elle est divisée en trois espaces. Un énorme bar en fer se trouve au fond de la salle. La scène où se déroule la vente aux enchères est à l'avant de la salle et de nombreuses tables et chaises jonchent le centre, en faisant la pièce centrale. Sur l'une de ces tables, j'aperçois Markus, il est arrivé tôt comme je le lui avais dit. Nos regards se croisent brièvement et il me fait un signe de tête, me faisant comprendre que tout se déroule comme prévu.

En me dirigeant vers le grand bar, je lui lâche le bras et tire un tabouret. Elle s'assoit sans poser de questions, serrant ses cuisses l'une contre l'autre au point de faire trembler ses jambes. En gardant la tête baissée, elle place ses mains sur ses genoux, comme je le lui ai demandé. J'ai envie de voir ses beaux yeux verts mais je repousse cette idée.

Je prends le siège à côté d'elle et regarde autour de moi, surveillant la pièce. Bien sûr, la plupart des gens autour de nous sont des hommes et regardent Elena. Ils la dévisagent ouvertement et avec la façon dont elle est assise, une grande partie de ses jambes sont exposées, le tissu remontant le long de ses jambes, si près de sa chatte, que son cul nu touche le siège. Elle est pratiquement nue et effectue le travail que je lui demande mais ça ne veut pas dire que j'aime ça.

« Je n'aime pas ça », murmure-t-elle à côté de moi comme si elle pouvait lire dans mes pensées.

« Ne parle pas », je la repousse et je fais signe au barman. « Whisky sec et de l'eau. »

« Oui, monsieur. »

Au moment où nos boissons sont servies, le premier groupe d'hommes ose venir me parler.

C'est Boris, un marchand d'armes bien connu dans notre milieu et deux de ses hommes. C'est un petit bâtard suffisant avec un complexe de Napoléon mais il a les meilleures armes du coin, donc il est sage de rester de son côté.

« Julian, content que tu aies pu venir. Et tu as amené ta dernière acquisition, à ce que je vois ? » Les yeux de Boris ratissent Elena et je lutte contre l'envie de les écarter de mes mains nues.

« Je me suis dit que j'avais payé assez cher pour elle, pourquoi ne pas l'exhiber ? La partager avec le monde entier. » Je bois une gorgée de mon whisky, me concentrant sur la brûlure dans ma gorge et la chaleur qui s'installe dans mon estomac. Je vais avoir besoin de beaucoup plus de whisky pour passer cette nuit.

« Partager, hein ? Combien ça coûterait de la partager avec moi pour quelques heures ? » Boris se lèche les lèvres et je jure que je vois la poitrine d'Elena se lever et s'abaisser plus rapidement.

« Voyons d'abord ce qu'ils ont à vendre ce soir. S'il y a quelque chose à mon goût, j'en achèterai une autre et tu pourras garder celle-là pour la nuit. » Elena laisse échapper un souffle audible à côté de moi, ce qui fait ricaner Boris.

De l'autre main, je saisis sa cuisse exposée et la serre fermement. C'est un avertissement. Ailleurs qu'ici, elle pourrait avoir une réaction mais si elle n'obéit pas, elle forcera ma main à la maintenir en place.

« J'ai hâte d'y être », s'exclame Boris, ses yeux de fouine parcourant une dernière fois sa chair.

« Je te le ferai savoir bientôt. » Les mots sont comme de l'acide sur ma langue.

Il n'y a pas assez d'argent dans ce monde pour que je la vende à quelqu'un et encore moins pour qu'il l'utilise pour une nuit. J'ai fait beaucoup de conneries mais je ne vendrai ma future femme à personne.

« Oui et peut-être que nous pourrons discuter de certaines armes. »

« Bien sûr », dis-je avant de prendre une autre gorgée de mon whisky.

Boris et ses hommes s'éloignent de nous et entament une conversation avec un autre homme qui, j'en suis sûr, est l'un de ses clients, rien qu'à la façon dont il le salue.

« S'il te plaît », pleurniche Elena en tirant sur mon bras. Sa peur est palpable dans le tremblement de sa voix. « S'il te plaît, ne me donne pas à lui. Tu as promis... »

Mes traits se transforment en pierre et je sais qu'elle me regarde. Même si je ne veux pas lui faire de mal, c'est soit moi, soit un autre connard dans cette pièce.

« Je t'ai dit de ne pas parler », je grogne dans mon souffle et je serre mon verre un peu plus fort, me forçant à ne pas la regarder. Elle me rend faible, tellement faible et je ne peux pas être vu comme ça. Sa peur devra patienter en elle parce que je ne peux pas la consoler ici.

Comme si elle savait que ma détermination est sur le point de s'effondrer, elle tire une nouvelle fois sur mon bras.

« Tu as promis que personne ne me ferait de mal. »

Incapable de tenir en place une seconde de plus, je laisse tomber sur mon visage le masque froid et sans vie que je porte lorsque je suis loin d'elle.

Je me tourne vers elle et lui dis : « Encore un mot et il arrivera malheur à Marie. »

La peur brille dans ses yeux à la dureté de mes mots et je repousse ses sentiments, je repousse ses pensées, ses désirs ou ses besoins au second plan. Rien d'autre ne compte.

Rentrant sa lèvre inférieure dans sa bouche, elle acquiesce et baisse les yeux. Elle lâche sa main de mon bras et ses épaules se recroquevillent.

Il doit en être ainsi. Pour son bien et pour le mien.

19

ELENA

J'ai beau essayer de contrôler ma respiration, j'ai l'impression de suffoquer. La panique s'est emparée de moi et refuse de me lâcher. Je déteste cet endroit, ce qu'il représente et tous ceux qui s'y trouvent.

Ces hommes, la façon dont ils me regardent comme si je n'étais rien de plus qu'un morceau de viande qu'ils peuvent acheter. Je ne peux pas les regarder directement mais je peux les voir m'observer du coin de l'œil et je peux sentir leur regard de prédateur sur moi. Comme des chiens, ils salivent, attendant un os. Le fait que je porte un bout de tissu en guise de vêtement ne m'aide sûrement pas. Julian me voulait exposée et vulnérable et me voilà.

Je pense à Marie et à son avertissement et pourtant, je ne peux empêcher la panique de monter. Même si sa vie est en jeu, je ne peux pas comprendre qu'il me refile à quelqu'un d'autre. Mon Dieu, était-il sérieux ? Il va me vendre à cet homme ? C'est pour ça qu'il n'a pas encore pris ma virginité ? Peut-être qu'il a l'intention de la vendre, ou de me prostituer ? Il n'y a aucun moyen de permettre cela et pourtant, comment pourrais-je l'arrêter ?

Du mieux que je peux, j'essaie de garder les yeux baissés mais je ne peux m'empêcher de les laisser errer, ressentant le besoin d'être consciente de mon environnement et sentant un danger proche.

De ma main tremblante, je saisis mon verre et le porte à mes lèvres sèches. Au moment où l'eau fraîche frappe ma langue, je regarde droit devant moi et mes yeux trouvent une paire de yeux verts familiers.

Mon père.

Mon cœur se serre dans ma poitrine et je me retrouve à me tortiller contre le siège, voulant courir vers lui. Mon père est vraiment là. La prise de Julian sur ma cuisse se resserre, détournant mon regard de celui de mon père et il se penche vers moi, ses lèvres effleurant mon oreille.

« N'y pense même pas... »

« Julian ! » Quelqu'un crie, nous interrompant. Nous nous redressons tous les deux mais je baisse à nouveau la tête et trouve un point sur mes genoux à regarder.

« Aldo, ça fait un bail », Il salue Julian.

« Et ça doit être la fille Romero. Peut-être que si je l'avais vue en personne, j'aurais payé les dix millions de dollars. » Il glousse. « Tu sais, il m'a proposé le même marché mais je ne pensais pas qu'une chatte valait autant. Maintenant qu'elle est en face de moi, je pense que j'ai peut-être fait une erreur. »

« Peut-être, effectivement. » Julian hausse les épaules. « Je peux te dire qu'elle vaut bien le prix. Un peu inexpérimentée mais sa chatte sait quoi faire. »

« Mmm, juste ce que j'aime entendre. Alors, qu'est-ce que tu en dis, je peux l'avoir pour une nuit ? Voir par moi-même. Bien sûr, je te dédommagerai en conséquence et je ne la briserai pas trop. »

La bile monte dans ma gorge et je suis presque sûre que je vais vomir. Pourquoi Julian dirait-il quelque chose comme ça ? Agir comme si nous avions déjà couché ensemble. Pourquoi agit-il comme si je n'étais rien d'autre qu'un morceau de chair ? Les questions s'accumulent, tout comme mon anxiété.

« Tu n'es pas le premier à demander aujourd'hui. »

« Intéressant, peut-être qu'on peut organiser une fête privée ? Réunir quelques gars et la partager ? Putain, on sait tous les deux que Romero va péter les plombs. On pourrait même lui envoyer une vidéo après, ça lui ferait plaisir. »

Oh mon dieu. S'il te plaît, dis non. S'il te plaît, dis non.

Tordant mes mains sur mes genoux, je respire par le nez pour éviter l'hyperventilation. Je me rappelle ce qu'il m'a dit quand je lui ai dit que j'avais peur avant de quitter la voiture. *Fais ce que je dis et rien de mal n'arrivera.*

« Je vais y réfléchir. J'aimerais attendre un peu pour voir combien d'offres je reçois. »

« Donner une crise cardiaque à Romero n'a pas de prix, hein ? »

Il va y réfléchir ?

Il est évident qu'ils veulent m'utiliser pour faire du mal à mon père mais je ne comprends pas pourquoi. Tout ce que je savais quand on m'a enlevée, c'est que mon père m'avait vendue pour dix millions de dollars. Je ne savais pas pourquoi et je ne pensais pas qu'il m'avait offert à plus d'un homme. Une aigreur se répand dans mes tripes, sachant que les intentions de mon père n'étaient pas aussi pures que je le pensais. Mais il m'a prouvé, en m'envoyant ce mot, qu'il allait essayer de me sauver et je m'accroche à ce petit bout de papier avec plus d'espoir que je ne le devrais.

« Ce serait le cas mais si je dois donner une chatte aussi bonne que la sienne après avoir payé dix millions de dollars, je veux au moins récupérer une partie de mon investissement. »

« Je comprends mais tu me laisserais au moins la regarder, peut-être même me permettrais-tu de la toucher ? »

Si Julian ne bluffait pas et allait vraiment permettre à cet homme de me toucher, je n'étais pas sûre de pouvoir le supporter. Il avait expliqué les règles et promis que personne ne me ferait de mal mais il n'avait jamais parlé de tout cela.

Du coin de l'œil, je vois la mâchoire d'acier de Julian se contracter. « Tu ne vois pas assez d'elle ? Je l'ai mise dans cette robe et tu peux voir tout ce que je veux que tu voies. Si tu veux plus, ça va te coûter cher. »

« Toujours un homme d'affaires avant tout. » Son ami rit. « Je suppose que je ne peux pas te blâmer, c'est un business après tout. Je vais voir à quoi ressemble le programme de ce soir. Peut-être qu'il y a quelque chose qui peut me divertir jusqu'à ce que tu me fasses goûter à elle. »

« Bien sûr, bien sûr. Prend ton temps. Tu sais comment je suis, je ne peux pas m'en débarrasser avant de les avoir brisées. » Julian ricane.

« Evidemment. » Son ami rit à nouveau et je soupire presque contre le bar quand il s'éloigne de nous.

Je n'aime pas la façon dont Julian agit et je ne sais pas si c'est sa vraie personnalité ou si c'est une mise en scène. Une partie doit être un spectacle puisque nous n'avons jamais fait l'amour avant mais le reste, ma potentielle vente, permettant à ces hommes sales de me toucher. Est-ce que tout ça c'est pour la frime ?

En levant un peu les yeux, je regarde une fois de plus la pièce pour voir si je peux repérer mon père mais tout ce que je vois, c'est une bande d'hommes qui rient, boivent et font la fête.

« J'ai besoin d'aller aux toilettes », je murmure dans mon souffle. Ce n'est qu'un demi-mensonge. Je n'ai pas besoin de faire pipi mais j'ai vraiment besoin de sortir d'ici, même si c'est juste pour quelques minutes.

« Je t'accompagne », grogne Julian. Il termine sa boisson avant de claquer le verre vide. Il se pousse de son siège et me fait signe de me lever aussi. Ses yeux sont sombres, féroces et je me demande si le simple fait de demander à aller aux toilettes est le dernier clou de mon cercueil.

Apparemment, je ne bouge pas assez vite car, l'instant d'après, il m'attrape par la main et me tire du tabouret, ne laissant pas à mes jambes flageolantes et à mes pieds déséquilibrés le temps de s'adapter. Il suffit d'un pas pour que je perde pied et que mon corps entre en collision avec son dos ferme, ma joue reposant contre le tissu lisse de son smoking.

Son corps entier se tend, vibrant de rage ou peut-être d'autre chose. Je ne serais pas surprise de savoir qu'il a vraiment décidé de me vendre à ce stade.

Au moins, il me laisse un moment avant de se remettre à marcher. Je regarde le sol tout le long du chemin vers les toilettes, je m'assure de ne pas trébucher à nouveau sur mes propres pieds. Quand il s'arrête, je réalise que nous sommes arrivés aux toilettes.

Il lâche ma main et me lance un regard impatient quand je lève les yeux vers lui. La froideur de ses yeux me glace jusqu'à l'os et j'entre dans les toilettes sur des jambes instables, faisant de mon mieux pour me tenir droite.

Soupirant de soulagement, je me place devant l'immense miroir, en posant mes mains sur le bord du lavabo qui a l'air lui-même luxueux. La salle de bain est complètement vide, non pas que je m'attende à ce qu'il y ait beaucoup de femmes ici, pas quand l'endroit entier est rempli d'hommes.

En prenant quelques respirations calmes, je me concentre sur mon reflet. Mon visage est magnifiquement maquillé mais tout le reste de mon corps crie 'regardez-moi'. J'ai envie de brûler la robe que je porte et de jeter les chaussures que j'ai aux pieds dans une rivière. Je déteste tout de cette soirée et encore plus la façon dont Julian m'a traitée. J'ai les larmes aux yeux mais je les fais disparaître. Je ne peux pas ruiner mon maquillage en pleurant, car Julian saura que j'étais ici à bouder et à ne pas aller aux toilettes et avec l'humeur qu'il a en ce moment, je ne doute pas qu'il menacerait de blesser Marie pour quelque chose d'aussi petit que ça.

Redressant mes épaules, je me prépare à sortir de la salle de bains lorsque la porte s'ouvre et qu'une petite blonde entre. Je suis choquée de la voir mais je suis encore plus choquée quand elle ouvre la bouche.

« Elena, ton père m'a demandé de te donner ceci », dit-elle à voix basse, suffisamment pour que Julian ne puisse pas l'entendre de l'autre côté de la porte. Pourtant, mon premier instinct est de regarder la porte et de m'assurer qu'il n'est pas en train de courir à l'intérieur.

En détournant le regard de la porte, je regarde ce qu'elle essaie de me donner. Dans la paume de sa main repose une clé en argent.

« C'est quoi ? » Je chuchote.

« La clé de ta chambre. Prends-la. » Elle me fourre la clé dans la main, le métal argenté froid reposant froidement et avec le poids d'une brique sur ma paume.

La femme se retourne vers la porte avant de me regarder à nouveau. « Ton père veut que je te dise que Julian a essayé de le tuer. Depuis que tu as été enlevée, il essaie de trouver un moyen de te sauver mais il craint que si Julian réussit à le tuer, tu seras la prochaine. Tu dois t'enfuir maintenant avant qu'il ne soit trop tard. »

« Mais... »

« Pas le temps. Pars juste à la première occasion. Bonne chance. » Et sur ce, elle fait demi tour et sort des toilettes, me laissant là, la bouche béante.

Qu'est-ce que c'était que ça ?

Je regarde la clé dans ma main, essayant de digérer tout ce que cette femme vient de me dire. Comment mon père a-t-il eu la clé de la chambre dans la maison de Julian ? Pourquoi Julian essaie-t-il de tuer mon père alors qu'il m'a achetée pour dix millions de dollars ?

J'ai tellement de questions à poser et personne pour y répondre.

« Elena ! » La voix bourrue et étouffée de Julian filtre à travers la porte fermée et me tire de mes propres pensées. Je fourre rapidement la petite clé dans le soutien-gorge intégré de ma soi-disant robe.

« J'arrive », je l'appelle.

En frottant ma paume moite sur ma robe, je me regarde une dernière fois dans le miroir. *Tu peux le faire.* En ouvrant la porte, je trouve un Julian en colère de l'autre côté.

« Que faisais-tu là-dedans ? » Il pousse la porte davantage pour regarder à l'intérieur.

« J'avais juste besoin d'une minute... » Je commence à expliquer mais Julian ne semble pas vraiment intéressé par ma réponse. Il attrape mon poignet et commence à me tirer loin de la salle de bain. C'est grâce au destin que je ne trébuche pas sur mes propres pieds.

« Moretti », appelle une voix familière, le son me fait mal à la poitrine et mon estomac se retourne. Julian s'arrête dans sa course, ce qui fait que je me heurte encore une fois à lui. Il tient ma main plus fermement, comme s'il s'attendait à ce que je m'enfuie.

« Qu'est-ce que tu veux, Romero ? » Julian grogne.

« Fallait-il que tu l'amènes ici ? En portant ça ? Ce n'est pas une pute. » La voix de mon père fend l'air comme un couteau trempé dans l'acide. J'ai tellement envie de le regarder, de lui dire que je vais bien mais je me souviens des paroles de Julian. *Désobéis et Marie le paiera.*

« Elle ne te concerne plus. Dix millions t'ont suffi. En fait, je la déshabillerai, je la ferai monter sur scène et je l'enculerais devant tout le monde si je voulais et tu ne pourrais rien y faire. »

« Bon sang, Moretti, qu'est-ce qui ne va pas chez toi ? »

Julian répond en gloussant. « Ni plus ni moins que n'importe quel autre homme dans cet endroit, y compris toi. Sais-tu combien d'offres j'ai reçues pour partager ta fille ce soir ? Peut-être que je vais accepter certaines d'entre elles. La faire circuler. Si tu as de la chance, je t'enverrai une vidéo. » Le ton de Julian n'est pas seulement froid mais moqueur et sa prise sur ma main se resserre de plus en plus jusqu'à me faire mal.

« Je veux la racheter. J'ai l'argent. »

« Non. »

« Non ? Je dis que je te rends tes dix millions. Tu t'es amusé, maintenant je veux récupérer ma fille. »

« Pour que tu puisses la vendre à quelqu'un d'autre ? » Du coin de l'œil, je vois Julian secouer la tête. « Où as-tu trouvé une telle somme d'argent de toute façon ? Tu étais fauché la dernière fois que j'ai vérifié. »

« Est-ce que ça compte d'où je l'ai eu ? Je l'ai, c'est tout ce qui compte. Allons-y, Elena, nous rentrons à la maison. »

Mon père me tend la main et mes doigts tressaillent, désireux de saisir la sienne mais je me force à rester immobile, à garder le regard fixé au sol.

« Qu'est-ce que tu lui as fait ? » Le ton accusateur de mon père s'adresse directement à Julian.

« Je l'ai entraînée. Elle ne te parlera pas, ni à toi ni à personne, car elle sait ce qui se passera si elle le fait. Et ton offre ne signifie rien pour moi. Elle est à moi. Tu savais à quel genre d'homme tu la vendais quand tu as accepté mon offre. »

« Je ne te laisserai pas lui faire du mal. Elle est pure et innocente... »

« Plus maintenant », interrompt Julian, faisant trembler mon père de colère.

« Elle n'est pas faite pour ce monde. Rends-la moi. »

Julian fait un pas menaçant en avant, m'entraînant avec lui et mes genoux tremblent. Des vagues d'incertitude me traversent tandis que mon ravisseur et mon père, l'homme qui m'a vendu, sont côte à côte.

« Elle est à moi, donc si je veux la blesser, je le ferai. Si je veux utiliser chaque trou de son corps pour mon plaisir, je le ferai. Va te faire foutre et un petit conseil. Si tu essaies à nouveau de t'infiltrer chez moi ou de faire le moindre effort pour me la reprendre, je n'hésiterai pas à m'en prendre à toi. Un marché est un marché, Romero. Tu sais comment ça marche. Respecte-le, ou je serai obligé de faire couler le sang. »

Julian ne donne même pas à mon père l'occasion de répondre.

En le dépassant, il m'entraîne à ses côtés et j'ai l'impression que mon cœur est traîné dans la boue derrière moi. Mon père était à portée de main et je ne pouvais même pas le regarder. Les larmes me piquent les yeux et je cligne rapidement des yeux pour m'empêcher de pleurer.

Lorsque nous atteignons le bar, Julian lâche ma main et me ramène sur le tabouret sur lequel j'étais assise auparavant. Je me frotte le poignet, le sang circulant enfin à nouveau dans ma main. Le barman nettoie un verre, attendant comme s'il savait que nous allions bientôt revenir.

« J'ai besoin d'un autre whisky et d'un verre de vin rouge », dit Julian avec sang-froid, comme si de rien n'était.

Le barman nous apporte nos boissons et j'attrape le verre de vin dès qu'il est posé devant moi, en prenant une petite gorgée, en espérant que ça va calmer mes nerfs chaotiques.

« Messieurs, puis-je avoir votre attention, s'il vous plaît. D'ici peu, notre vente aux enchères va commencer. Ce soir, nous n'avons que quatre filles à vendre mais croyez-moi, c'est la qualité avant la quantité ce soir. Appréciez et que le meilleur enchérisseur gagne. »

Est-ce qu'il vient de dire, les filles ? Je n'ai pas pu entendre ça correctement. La curiosité prend le dessus et je regarde dans la direction d'où venait la voix. L'horreur m'envahit quand je vois qu'il y a une énorme scène, avec quatre piédestaux dessus.

Cela ne peut pas arriver. C'est pire que ce qui m'est arrivé... à moins que les filles soient ici de leur plein gré. Oui, ça doit être ça.

Un instant plus tard, cette pensée s'évapore dans l'air lorsque les filles sont amenées sur scène. Une foule d'hommes s'est rassemblée autour de la scène et l'endroit est rempli de sifflets et de cris forts lorsque les filles à moitié nues sont placées sur un piédestal.

Toutes les filles ont l'air plus effrayées les unes que les autres, les yeux écarquillés par le choc, le corps tremblant mais le pire, c'est qu'elles sont enchaînées. De vraies chaînes. Il y a des colliers autour de leur cou et une chaîne pendante reliée à leurs mains menottées, qui pendent devant elles.

C'est une blague. Comment peuvent-ils vendre un autre humain comme ça ? Les attacher comme des animaux et les exposer comme si c'était un cirque. La rage brûle dans mes veines.

L'hôte commence à parler, présentant la première fille mais mon esprit est en plein chaos, je ne peux même pas comprendre ce qu'il dit. Les hommes commencent à enchérir et j'ai l'impression que je vais devenir malade. Je veux demander à Julian comment arrêter cette absurdité mais je n'arrive pas à faire bouger mes lèvres.

« Bois ton vin », la voix de Julian perce la brume épaisse. Il tient devant moi le verre de vin rouge que j'avais oublié à force de regarder cet horrible événement et je le prends en pilote automatique. « Bois », ordonne-t-il comme si cela allait m'aider à comprendre ce qui se passe.

« Vendu, au numéro six-un ! » Le commissaire-priseur appelle juste au moment où je porte le verre à mes lèvres.

« Putain de merde ! » Julian grogne, « Je dois parler à Markus. Je vais te laisser ici, au bar. Ne te lève pas, ne va nulle part, même pas aux toilettes et ne parle à personne. Je serai à distance et te regarderai tout le temps. Si tu essaies de t'enfuir, non seulement je blesserai Marie mais je te punirai. Compris ? »

En avalant un peu plus de vin, j'acquiesce. La peur d'être laissée seule remonte le long de ma colonne vertébrale et me serre les tripes. Même si la vente aux enchères a lieu, je sais que quelqu'un va venir et essayer de me toucher mais Julian ne semble pas se soucier de ce que je veux. Peut-être que tout ce qu'il a dit ce soir est vrai ? Peut-être qu'il va me vendre ou laisser quelqu'un me prendre ? Je m'imagine déjà sur cette scène.

Oui, être avec Julian n'a pas été facile mais ce n'est sûrement pas comparable à ce que ces filles ont vécu. Je serre un peu plus fort le verre de vin rouge et le regarde prendre son verre et se diriger vers l'endroit où se tient Markus.

En jetant un coup d'œil par-dessus mon épaule, je regarde l'endroit où il se tient et l'homme aux cheveux noirs à qui il parle. Je ne l'ai vu que deux fois, y compris la nuit où j'ai été enlevée. Je pense que Julian fait exprès d'éloigner ses hommes de moi.

Ils semblent se disputer, le visage de Markus n'est absolument pas affecté, même si Julian lui grogne dessus.

Lorsque les yeux de Julian se lèvent pour rencontrer les miens, je panique et je regarde à nouveau le sol, en essayant d'ignorer tout ce qui se passe autour de moi. Ignorer que des femmes sont vendues, ignorer que des hommes me regardent comme si j'étais à vendre et surtout, ignorer le fait que je ne peux rien y faire.

Je pensais savoir ce qu'était la mafia... J'avais tort, tellement tort. Mes doigts tremblent contre le verre et j'ai vraiment l'impression que je vais vomir. Julian doit se dépêcher parce que je ne sais pas combien de temps je vais pouvoir continuer cette mascarade.

« Bonjour, Elena », une voix inconnue me salue. Je ne réponds pas ou ne lève même pas la tête mais du coin de l'œil, je vois quelqu'un prendre place à deux places de moi. « C'est bon, tu n'as pas besoin de dire quoi que ce soit, écoute simplement. » Il parle juste assez fort pour que j'entende.

« Tu sais, j'ai failli t'avoir. J'étais si proche mais Moretti a surenchéri. Dis-moi, à quel point ta chatte est serrée ? Je veux dire, elle est vraiment si serrée et rose ? Elle vaut dix millions, tu crois ? »

Je veux me lever, m'éloigner mais je me rappelle ce que Julian a dit.

« Sincèrement, je n'aurais jamais payé autant... mais pendant une seconde, j'étais si sûr de t'avoir. Quand ton père a lancé un appel d'offre, j'ai fait préparer une salle de jeu pour toi. J'ai acheté des chaînes et des fouets et un butt plug si gros qu'il aurait déchiré ton petit trou du cul serré mais pas avant que ta chatte vierge n'ait saigné sur ma bite. »

« S'il vous plaît, allez-vous-en », je chuchote, je veux juste qu'il arrête. Je me fiche que Julian me punisse. Je ne peux plus écouter un seul mot qui sort de la bouche de cet homme. Je me sens dégradée comme de la terre sous ses pieds.

« Elle parle. » Il glousse, me faisant sentir visqueuse et sale. « Tu crois que Julian me laisserait t'avoir pour une nuit ? Me laisserait baiser ta chatte et ton cul, me laisserait posséder ton corps ? » En se penchant plus près, il murmure : « Je veux dire, il n'est pas là en ce moment, alors qui peut m'arrêter ? »

Quelque chose de grave va se produire, je le sais. Je ne peux pas voir son visage, principalement parce que je refuse de lever les yeux mais je vois sa main couverte de tatouages s'approcher de moi. Rien que l'idée qu'il me touche me donne la chair de poule.

En me penchant loin de lui, j'essaie de mettre de la distance entre nous mais il m'atteint facilement, ses doigts touchant presque ma cuisse. Je sursaute, me tordant dans mon siège pour m'éloigner de lui mais il se penche plus près.

Un cri s'élève dans ma gorge mais à quoi bon ? Personne ne s'en soucierait ou essaierait de m'aider. Ici, je ne suis rien pour personne, pas même pour Julian.

« Jouer les durs à cuire, j'aime ça. J'aime quand elles me supplient d'arrêter pendant que je les baise. » Ses doigts effleurent ma peau cette fois, ses ongles ratissent ma peau, s'enfoncent dans la chair et c'est là que je perds pied. Je me fiche de ce que Julian me fait pour avoir désobéi. Je me fiche qu'il me punisse. N'importe quoi est mieux que cet homme qui me touche.

Je me précipite hors de la chaise, manquant de coincer mon talon sur le tabouret de bar. L'inconnu ricane de ma tentative de m'enfuir en vitesse mais à ce stade, je m'en moque. Je me tourne vers Julian et le trouve en train de discuter avec Markus, tellement impliqué dans sa conversation qu'il est complètement inconscient de la conversation que je viens d'avoir.

Mes pieds me portent vers lui aussi vite que je peux les faire bouger sans m'écraser sur le sol. Je ne pense qu'à le rejoindre parce qu'au fond, même si je crains qu'il me vende ou me donne à quelqu'un d'autre, une partie de moi se sent protégée quand je suis dans ses bras et c'est ce dont j'ai besoin en ce moment. Sa protection. Qu'il me dise que tout va bien parce que pour l'instant, je suis tout sauf bien.

20

JULIAN

« Comment ça, des vacances ? Tu ne peux pas prendre des putains de vacances ! Tu es mon second. Tu es dans la mafia. »

« Je peux et je vais le faire », me dit Markus, les bras croisés sur sa poitrine. De tous mes hommes, Markus est la dernière personne que je m'attendais à voir faire un truc pareil.

Qu'est-ce qui lui prend d'acheter cette fille et de partir en *vacances* ? Il est dans la mafia, on ne prend pas de putain de vacances.

En pinçant l'arête de mon nez, je grince des dents et inspire profondément. « Markus- » Je commence mais je suis coupé court par quelqu'un qui m'attrape le bras. Tout mon corps se tend et je serre les mains en un poing serré, prêt à me battre mais quand je regarde mon bras, je trouve les petites mains d'Elena enroulées autour.

Son visage est pâle, ses grands yeux verts sont vitreux et débordent de peur. Immédiatement, je sais que quelque chose ne va pas. Ses petits ongles s'enfoncent dans ma peau, même à travers ma veste de costume. C'est comme si elle se frayait un chemin jusqu'à moi, effrayée à l'idée de me perdre. Je regarde au-delà d'elle, scrutant les environs à la recherche d'un quelconque danger mais il n'y a rien, il n'y a que des gens au bar, qui boivent et discutent. Lev, l'un des fournisseurs d'héroïne, également le fils de l'un d'entre eux, Vladimir Volcove, regarde dans notre direction mais il pourrait regarder n'importe quoi. Il sait qu'elle est à moi et il ne serait pas assez bête pour la toucher.

« Qu'est-ce qui ne va pas ? » Je demande doucement.

« Je ne me sens pas bien, pouvons-nous, s'il te plaît, rentrer à la maison. »

Elle peut peut-être tromper quelqu'un d'autre mais pas moi. Cela n'a rien à voir avec le fait qu'elle *ne se sente pas bien*. Elle ressemble à l'Elena de cette fameuse nuit où j'ai failli céder à mes besoins égoïstes. Est-ce que quelqu'un a essayé de la blesser ? De lui parler ? De la toucher ? Une rage aveugle s'empare de moi à cause de l'inconnu.

« Que s'est-il vraiment passé ? ! » Je grogne, refusant d'accepter son mensonge.

Elle secoue la tête, ses yeux rebondissent sur Markus, puis reviennent sur moi.

Je tourne mon attention vers Markus, sachant très bien que je dois faire sortir Elena d'ici si je veux comprendre ce qui s'est passé.

« On en rediscutera plus tard », dis-je et les lèvres de Markus ont à peine tressailli.

« Il n'y a rien à dire. Je prends un peu de temps libre. Lucca est plus que capable de prendre la relève. »

J'ai envie d'étrangler Markus mais ça n'arrivera pas, pas avec Elena qui s'accroche à mon bras comme ça.

« Appelle la voiture pour moi », ordonne-je.

Markus sort son téléphone et appelle la voiture. Serrant les dents, je fais un signe de tête à Markus avant de porter toute mon attention sur Elena.

« Allons-y. »

Avec Elena accrochée à moi, je traverse la foule aussi vite que possible sans la faire trébucher dans ses talons hauts. Lorsque nous arrivons à la sortie et que personne ne nous prête attention, je me penche pour la soulever, afin de pouvoir marcher plus vite.

Ses bras fins s'enroulent autour de mon cou et de mes épaules pour me tirer plus près. Enfouissant son visage dans mon cou, elle se met à pleurer, de petits sanglots secouant son corps dans mon emprise. Qu'est-ce qui s'est passé là-dedans ? Ce putain de Markus qui me lâche cette bombe de *vacances m'a* distrait pendant quelques minutes. Je devrais le tuer mais alors je devrais lui trouver un remplaçant permanent, ce qui serait encore plus chiant.

Au moment où je sors, Lucca gare la voiture. Il saute dehors et ouvre la porte arrière pour moi. Il n'est pas chauffeur d'habitude mais j'avais besoin de mes meilleurs hommes avec moi ce soir. Lucca est assez intelligent pour ne pas me poser de questions stupides. Il me regarde simplement monter sur la banquette arrière en tenant Elena contre mon torse, avant de fermer la porte après nous.

Il se remet à la place du conducteur et s'éloigne du lieu de rendez-vous.

C'est ce que j'aime le plus chez Lucca, toujours si calme, sans jamais me remettre en question, peut-être qu'il sera un excellent second, après tout.

Un autre sanglot secoue le petit corps sur mes genoux et mon attention est ramenée sur elle. « Dis-moi ce qui s'est passé. » J'essaie de garder la voix calme mais c'est difficile à faire quand tout ce que je veux est d'exiger une réponse. Je n'ai pas l'habitude de devoir demander ou déchiffrer les émotions de quelqu'un.

« Je voulais juste partir. »

« Ne me mens pas. Il s'est passé quelque chose. Dis-moi. »

« Je suis restée silencieuse comme tu me l'as dit. Je n'ai pas parlé jusqu'à ce qu'il me touche. Je lui ai seulement dit de partir mais ça le faisait juste rire encore plus. »

Tout mon corps se tend, chaque muscle de mes membres se fléchit, prêt à tuer quelqu'un. « Qui t'a touché ? »

Au lieu de me répondre, elle continue à divaguer : « Je me fiche que tu me punisses, tu peux me faire ce que tu veux mais ne fais pas de mal à Marie, s'il te plaît. J'ai essayé de t'écouter mais il s'approchait toujours plus près... et quand ses ongles se sont enfoncés dans ma peau... »

« Ne t'inquiète pas pour Marie, elle va s'en sortir. » C'est le gars qui a osé toucher Elena qui devrait prier pour sa vie. « Dis-moi à quoi ressemblait ce type. »

« J'ai gardé les yeux baissés vers le sol. Je n'ai pas vu son visage. » *Putain.* « Mais j'ai vu sa main. Un de ses doigts était tatoué d'une couronne. Il portait aussi des bagues en or et sur son poignet il y avait une toile d'araignée rouge... »

Lev. Je sais que c'est lui, simplement à cause du tatouage.

« Je suis désolée... »

« Il n'y a pas à être désolée. Tu as été super ce soir. »

Lorsque je l'ajuste sur mes genoux, ses jambes s'écartent un peu et j'ai beau essayer de détourner mon regard, pour ne pas être un salaud fini, mes yeux se collent sur sa peau douce où trois longues griffures rouges courent parallèlement le long du sommet de sa cuisse.

Je vais le tuer. Je vais le faire sortir. Je le ferai payer pour l'avoir touchée. En passant une main sur ses cheveux et le long de sa colonne vertébrale, je la serre un peu plus fort, je veux qu'elle sache qu'elle est en sécurité avec moi. En sécurité pour toujours avec moi.

En me retirant, je regarde une larme couler sur sa joue. « Est-ce que tu... est-ce que tu le pensais vraiment ? Tu vas me vendre ? »

J'ai envie de rire mais cela n'apaiserait pas la tension ou l'inquiétude en elle, alors je choisis de ne pas le faire. Avec Elena, je dois faire les choses autrement et être doux et gentil.

Je prends sa joue et tourne son visage vers moi. Un souffle rauque quitte ses lèvres et il est douloureusement évident à quel point les événements de ce soir l'ont brisée. Son père avait raison en un sens. Elle n'était pas faite pour ce monde. Elle est fragile et si je ne fais pas attention, je vais la briser. Je ne veux pas faire ça.

« Si je ne voulais pas de toi... si j'allais te vendre, tu crois que tu serais dans cette voiture avec moi en ce moment ? »

En hoquetant, elle secoue la tête. « Non mais... on aurait dit que tu... que tu allais le faire. »

Je ne peux pas empêcher mes lèvres de se retrousser sur les côtés. « Je te l'ai dit, tu n'aimes peut-être pas certaines choses que j'ai dites ou ma façon de me comporter mais je t'ai promis qu'aucun mal ne te serait fait. Tu m'as cru ? »

La réponse à ma question est évidente mais je veux encore l'entendre. Comme d'autres, elle s'attendait au pire de ma part, même si j'ai prouvé encore et encore que je n'avais pas la force de lui faire du mal. Techniquement, elle ne le savait pas vraiment parce que j'avais besoin de sa peur, qu'elle ait peur de moi, qu'elle se conforme mais au fond, je sentais qu'elle pourrait se sentir en sécurité dans mes bras.

« Je ne savais pas quoi croire. Je ne sais pas si je suis faite pour ça, pour être ta femme. » Elle a reniflé et ses mots ont fait sortir les griffes de la bête possessive qui se cache juste sous la surface.

« Que tu sois faite pour ce monde ou non n'a pas d'importance. Tu seras ma femme et il n'y a rien qui puisse changer cela. » Ma réponse est définitive. Je ne vais pas la laisser partir, pas moyen. Elena Romero est à moi. A moi de la corrompre. A moi de la revendiquer.

La voiture s'arrête devant la maison... *notre* maison. Lucca ouvre la porte et je sors en gardant Elena dans mes bras. Je la tiens contre moi, m'assurant qu'elle ne donne pas un spectacle à Lucca pendant que je l'amène à l'intérieur. Elle s'accroche à mon cou comme si j'étais sa bouée de sauvetage et peut-être que dans un sens, je le suis, la gardant à flot et en vie dans ce monde de ténèbres.

« Tu as faim ? » Je lui demande alors qu'on passe devant la cuisine.

« Non, je veux juste prendre un bain et aller au lit. »

En hochant la tête, je la porte jusqu'à notre salle de bains, où je la pose sur ses pieds avant de faire couler l'eau. Elle s'assoit sur le bord de la baignoire et glisse hors de ses talons. Elle a l'air épuisée et je veux apaiser cette tension, apaiser ses peurs et sa douleur. *C'est quoi le problème avec moi ? Je deviens mou, bordel.*

« J'ai besoin d'un petit moment... d'utiliser la salle de bain. »

J'ai failli intervenir, en lui faisant remarquer qu'elle a utilisé les toilettes il n'y a pas si longtemps mais je décide de lui laisser une minute à elle. Je suis sûr qu'elle a besoin d'un temps pour rassembler ses pensées et tout remettre en ordre. En entrant dans la chambre, je ferme la porte derrière moi et je sors mon téléphone pour envoyer un message à Lucca.

Moi : J'ai besoin de tout ce que tu peux trouver sur Lev Volcove.

Lucca : Ok.

En soupirant, je passe une main dans mes cheveux avant de serrer le poing. Lev Volcove est un homme mort et il ne le sait pas encore. Je me fiche de savoir qui est son père. A quoi pensait cet enfoiré quand il a touché ce qui était à moi ?

Un soupçon de quelque chose d'étranger et d'inhabituel remplit ma poitrine. C'est une émotion que je n'ai pas ressentie depuis mon enfance. Je reconnais ce sentiment comme une épine dans mon pied. *La culpabilité.* D'avoir détourné mon regard d'elle seule dans ce bar, d'avoir laissé cela arriver. Je ne sais pas comment digérer ce que je ressens, alors je décide de ne pas y toucher du tout.

Après avoir laissé Elena un peu plus longtemps dans la salle de bains, j'enlève ma veste de costume et la jette sur la chaise longue. Mes chaussures y passent ensuite et je commence à déboutonner ma chemise, me sentant mieux avec chaque pièce de vêtement contraignante que je perds. Avec mon pantalon de ville et ma chemise boutonnée, j'ai l'impression de pouvoir respirer à nouveau.

J'attends encore quelques instants avant d'entrer dans la salle de bains et de trouver Elena complètement nue, grimpant dans la baignoire. La robe qu'elle portait est sur le sol, à côté des toilettes. Je ramasse le bout de tissu et le jette dans la poubelle à côté du lavabo.

Quand je me retourne pour lui faire face, elle est en train de s'enfoncer dans l'eau. Je l'ai vue nue plusieurs fois maintenant mais ça ne devient jamais plus facile. Tout ce que je veux, c'est arracher mes propres vêtements et la monter comme un animal sauvage. Mordre sa peau et la regarder se tordre sous moi. La douleur dans mes couilles est permanente et un rappel constant de ce que je me refuse quotidiennement.

Je n'ai pas été capable de faire l'amour avec quelqu'un d'autre, principalement parce qu'à chaque fois que j'ai essayé, l'image d'Elena a surgi dans ma putain de tête. Elle joue avec mon esprit et ma bite. Ma queue ne veut qu'elle et personne d'autre.

« Tu as fait du bon travail lors de l'événement et je suis fier de toi. Je veux te récompenser. Jouer ton rôle n'était pas facile et voir ton père n'était pas facile non plus, j'en suis sûr. »

Elle acquiesce mais il y a un regard hésitant dans ses yeux verts.

« Quelle est ma récompense ? »

« Tu verras quand tu sortiras. »

Je l'aide à se laver et à se rincer les cheveux et elle utilise un gant de toilette pour se démaquiller. Une fois qu'elle est propre de la tête aux pieds, je la sors de la baignoire et je la fais sécher. Je laisse les serviettes humides en tas sur le sol et ramène Elena dans la chambre.

« Ne mets pas encore de chemise de nuit. Allonge-toi sur le lit, face contre terre. »

Elena s'arrête et me regarde, le choc se lit sur son visage mais heureusement, elle n'a pas peur.

« Pourquoi ? »

« Ne t'inquiète pas. Je t'ai dit que c'était une récompense. Tu vas aimer ça. Fais-moi confiance. » Je lui fais signe de se mettre sur le lit et elle le fait, même si ses mouvements sont hésitants.

Je prends l'huile de massage dans le tiroir de ma table de nuit et en verse une quantité généreuse dans ma paume. Sa tête se tourne vers moi et elle regarde ce que je fais avec un vif intérêt. Lorsque je reviens de son côté du lit, elle tourne à nouveau la tête.

Ses yeux attentifs ne me quittent jamais et maintenant la curiosité s'est transformée en excitation.

Assis sur le lit à côté d'elle, je frotte mes mains l'une contre l'autre pour réchauffer l'huile avant de planter mes paumes sur son dos. Dès que je commence à masser ses épaules, elle émet un gémissement silencieux et haletant. Un son qui, d'une certaine manière, est en ligne directe avec ma queue. *Putain.* Je dois aimer me torturer.

Ses muscles sont raides, son corps tendu mais plus je fais pénétrer mes doigts dans sa chair, plus elle se détend, s'enfonçant davantage dans le matelas.

« Je te l'avais dit, tu vas aimer ça. »

« Ça fait vraiment du bien », murmure-t-elle, se transformant en pâte à modeler dans mes mains.

Lorsque le haut de son corps est bien massé, je descends vers ses jambes, passant mes mains sur ses fesses nues au fur et à mesure. Je m'attends à ce qu'elle se crispe à nouveau, peut-être même à ce qu'elle serre ses fesses l'une contre l'autre mais au lieu de cela, elle gémit dans l'oreiller. Si confiante, si seulement elle savait les choses que mes mains ont commises. La mort qui les recouvre. Voudrait-elle encore les avoir sur elle ?

En cambrant son dos, elle pousse ses globes parfaits dans mes paumes. Elle ne se rend probablement pas compte de l'invitation qu'elle m'envoie, ce qui me donne encore plus envie d'elle.

« Je suppose que tu veux un massage *complet* ? »

« Mmmh... »

« C'est un oui ? » Je demande, en massant l'intérieur de ses cuisses. Sa douce petite chatte se frotte contre le matelas, cherchant un soulagement qu'elle ne comprend pas, que je suis le seul à pouvoir lui donner.

« Oui, ne t'arrête pas », supplie-t-elle, en secouant ses hanches alors que je me rapproche de son sexe. Le drap est humide sous elle et sa douce excitation recouvre l'intérieur de ses cuisses, dégoulinant comme du miel de sa chatte.

Je me lèche les lèvres. Je veux la goûter, la mordre. Je veux la dévorer, sentir son pouls autour de ma langue. Baiser les femmes ne m'a jamais plu mais je veux tellement Elena que je peux le sentir dans mes os, le sentir dans chaque battement de mon cœur.

Je ne peux pas encore la réclamer avec ma queue mais je peux la réclamer avec ma bouche. Avec finesse, je l'attrape par la jambe et la fais rouler sur le dos.

Un souffle choqué s'échappe de ses lèvres et ses yeux verts rencontrent les miens, un air timide envahissant ses traits. Je la regarde, ses seins nerveux, qui se lèvent et s'abaissent, les tétons rose foncé durcis qui demandent à être sucés et pincés.

« Tu veux que je continue ? » Je demande d'un ton bourru.

L'air entre nous s'échauffe et je peux sentir le courant électrique qui me traverse. Nous sommes deux aimants à attraction opposée. Nous ne devrions pas nous vouloir l'un l'autre mais il n'y a pas d'autre moyen. Dans tous les cas, elle est à moi.

« Oui », répond-elle avec beaucoup plus de confiance dans les yeux qu'elle ne devrait. Je l'avais déjà prévenu, je lui avais dit que si elle me tendait la main, je prendrais tout. Ne sait-elle pas que le diable se tient devant elle ou n'a-t-elle plus peur ?

En me déplaçant entre ses jambes, j'effleure son genou d'une main douce, poussant ses jambes vers le haut et les écartant. Je ne peux pas m'en empêcher, la bête en moi est enchaînée depuis bien trop longtemps. Mon regard se pose sur son monticule et ma bouche salive.

Les lèvres de sa chatte sont pratiquement nues, à l'exception d'une petite bande de poils au centre. Je ne réfléchis pas et passe une main entre ses jambes pour écarter ses lèvres, trouvant le diamant au centre. Son minuscule clito me supplie de le sucer, de l'effleurer et de le torturer, tout comme il me torture.

« Qu'est-ce que tu fais ? » Elena demande à bout de souffle. En la regardant d'entre ses jambes, je m'aperçois qu'elle s'est redressée sur ses coudes et qu'elle me regarde, les yeux grands, curieux et dilatés. Elle veut ça et elle le veut tout autant que moi.

« Te manger. Je vais te baiser avec ma langue comme je veux te baiser avec ma queue », dis-je, puis j'enfouis mon visage dans sa chatte.

Je lèche cette petite perle, en faisant glisser ma langue dessus, encore et encore, aspirant chaque goutte d'excitation jusqu'à ce qu'Elena commence à soulever ses hanches et que ses mains s'enfoncent dans mes cheveux, me maintenant en place, ses ongles coupant mon cuir chevelu, m'incitant à continuer.

Ses muscles se contractent, ses jambes tremblent mais si elle pense que j'en ai fini avec elle, elle se trompe lourdement. Je n'ai même pas commencé.

« Julian », elle gémit mon nom et je jure que le sperme coule du bout de ma queue dans mon caleçon. Putain, ce serait tellement facile de baisser mon pantalon et de la baiser tout de suite.

Pour la prendre et l'amener au bord du plaisir et de la douleur. Je la veux tellement, me perdre dans sa chair douce, la baiser et la posséder.

Enfonçant mon doigt, je la soulève, la rapproche et plonge ma langue dans son entrée dégoulinante. Elle bondit sous moi comme un cheval sauvage et j'ai hâte d'apprendre son corps, d'apprendre ce qui la rend folle.

Je gémis dans sa chair, le son vibre dans la pièce. J'entre et sort d'elle, me régalant d'elle, m'émerveillant de son goût doux et mielleux. Il n'y avait tout simplement rien comme elle et c'était une réalité surprenante qui m'a frappé en plein dans les tripes.

« Oh mon dieu... oh mon dieu... » Souriant contre sa chair humide, je me délecte de ses gémissements et je veux la faire crier de plaisir encore plus.

En grognant une fois de plus, j'accélère le mouvement, mon toucher devient meurtrier mais Elena ne semble pas s'en soucier, elle est au bord de la félicité totale et je vais lui donner le coup de grâce.

Elle rejette sa tête dans les oreillers, ses ongles ratissent mes cheveux une fois de plus, « S'il te plaît, ne t'arrête pas... »

Elle ne savait pas que ça me serait impossible. Rien n'allait l'éloigner de moi. Je brûlerais le monde, tuerais et détruirais quiconque oserait la toucher. En relâchant l'une de ses fesses, j'utilise deux doigts pour pincer son petit clito et une seconde plus tard, elle s'effondre.

Comme un tissu qui se déchire aux coutures, elle se déchire en plein milieu tout en jouissant sur mon visage, sa chatte s'agitant autour de ma langue, ma queue plus qu'envieuse.

Je reste entre ses jambes, léchant chaque goutte de sa libération avant de me retirer. J'ai mal aux couilles et ma queue est si raide que je ne suis pas sûr de pouvoir marcher mais je vais m'occuper de moi sous la douche.

En me redressant, je regarde Elena, qui se mord la lèvre, les joues cramoisies. Comment peut-elle être si timide maintenant alors que j'étais juste entre ses jambes, en train de la dévorer ?

En se redressant, elle demande : « Est-ce que je... » Son doigt délicat désigne la tente proéminente que j'arbore entre mes jambes.

« Non. Ce soir, c'était pour toi. Pour te montrer que tu peux me faire confiance, pour te dire combien j'apprécie ce que tu as fait. »

Elle acquiesce comme si elle comprenait et lâche sa main mais continue de fixer ma queue avec de grands yeux curieux.

« En plus de ça, je te permettrai de choisir les livres que tu veux et je te laisserai du temps dehors au bord de la piscine. »

Ses yeux se sont élargis et elle semble choquée, ce que je ne comprends pas. Ne s'attendait-elle pas vraiment à ce que je tienne ma parole ? « Vraiment ? Je peux aller dehors ? »

Je hoche la tête et elle frissonne, me rappelant qu'elle est complètement nue. J'attrape la couverture, je la tire doucement vers le haut et sur son corps, regardant sa chair douce et soyeuse disparaître sous la couverture. Je la veux tellement mais sa confiance était importante pour moi, son désir, son besoin de moi. J'ai besoin qu'elle se fie à moi et elle y est presque. Bientôt, elle sera ma femme et n'aura aucun moyen de s'échapper, sauf dans la mort et je ne permettrai jamais que cela arrive.

« Je vais prendre une douche », je dis et je me pousse du lit.

J'ai besoin d'espace entre elle et moi et de ma main enroulée autour du lourd organe entre mes jambes. Juste un peu plus longtemps et mon plan sera complet. Le seul problème maintenant est que tout ce que j'ai travaillé, construit, va s'effondrer quand Elena découvrira que ce n'était rien de plus qu'une vengeance ?

Voudra-t-elle toujours que je la touche ? Cherchera-t-elle toujours ma chaleur ? Elle sera toujours ma femme mais est-ce qu'elle en profitera... sera-t-elle heureuse ? Je ne connais pas les réponses à ces questions et pour la première fois de ma vie, j'envisage de faire quelque chose de différent.

L'image du corps sans vie de ma mère remplit mon esprit, le regard vide dans ses yeux. Il m'a pris la seule bonne chose que j'ai eue et donc je l'ai prise à lui. On ne peut pas changer quelque chose qui était destiné. Je ne peux pas la laisser entrer dans ma peau. Je ne peux pas me permettre de me soucier d'elle.

Elle est une faiblesse que je ne peux pas me permettre.

21

ELENA

Les jours passent et nous tombons dans une nouvelle sorte de routine. Julian prend le petit-déjeuner et le dîner avec moi tous les jours, il me laisse même choisir où. La plupart du temps, je choisis la terrasse, bien sûr, parce que le plein air m'appelle.

Pour le déjeuner, Marie vient manger avec moi. Parfois, elle reste plus d'une heure et nous ne faisons que parler. Julian me permet aussi de choisir plus de livres à la bibliothèque et de commander plus de livres en ligne de mes auteurs préférés. J'en ai tellement que je lis maintenant un roman d'amour différent chaque jour. J'ai essayé de le convaincre de me laisser avoir une liseuse mais il n'a pas voulu.

C'est une distraction agréable pour les souvenirs qui me hantent de la nuit de la vente aux enchères. Je ne sais pas ce qui était le pire, regarder impuissante ces filles être vendues, voir mon père essayer de négocier pour me racheter, ou voir cet homme ignoble me parler et me toucher.

J'ai essayé d'oublier toute cette nuit, de me cacher de ces pensées de la même manière que j'ai caché la clé que mon père m'a donnée sous le lavabo de la salle de bain. Je ne sais vraiment pas quoi faire. Je n'arrive pas à croire que Julian essaie de tuer mon père et encore moins qu'il essaie de me tuer.

Il a été gentil avec moi, doux même. Il ne m'a jamais menti, du moins pas à ma connaissance. Chaque fois qu'il m'a donné sa parole, il l'a tenue. Cela m'a prouvé une fois de plus ce que je savais déjà, qu'au fond de lui, il était bon.

C'est presque l'heure du déjeuner lorsque je termine le livre que j'ai commencé hier. Au moment où je passe à la dernière page, j'entends quelqu'un s'approcher de la porte. Un instant plus tard, le verrou se débloque et la porte s'ouvre.

Je suis sur le point de saluer Marie mais à la place, je vois Julian entrer dans la pièce. Mon cœur se serre dans ma poitrine. Il n'est vêtu que d'un pantalon de ville et d'une chemise blanche à boutons, dont les manches sont retroussées, laissant apparaître ses avant-bras. J'ai l'eau à la bouche et je serre les cuisses l'une contre l'autre, me rappelant les choses qu'il m'a faites avec sa bouche, me demandant quelle autre magie il peut faire.

Comme s'il savait ce que je pense, son blues orageux se rétrécit.

« Salut. » Je couine.

« Tu as l'air surprise de me voir. »

« Parce que je le suis. Tu ne travailles pas ? »

« J'ai pris le reste de la journée. Je veux déjeuner avec toi près de la piscine, peut-être aller nager avant ? »

« Vraiment ? » Je saute du lit et sans attendre sa réponse, je cours vers le dressing. « Est-ce que j'ai un maillot de bain ? » Je crie de l'intérieur.

« Oui, probablement le tiroir du bas, c'est là qu'elle a mis mon maillot de bain », explique Julian en s'appuyant tranquillement contre le cadre de la porte.

J'ouvre le dernier tiroir et découvre qu'il y a effectivement, une pile de maillots de bain et de bikinis différents. Je sors celui du dessus, sans me soucier de choisir, je me déshabille aussi vite que je peux, puis j'enfile le maillot de bain.

Julian se déshabille aussi, pas aussi pressé que moi. Je vais de son côté de l'armoire et je sors un maillot de bain. Quand il est complètement nu, je le lui tends, en essayant de ne pas regarder son pénis à moitié dur qui pend entre ses jambes.

« Prête ? » Il sourit après avoir enfilé son short. Clairement, il a vu que je regardais. J'ai l'impression que mes joues sont en feu alors que je hoche la tête.

Nous sortons ensemble de la chambre et Julian me laisse marcher à côté de lui à mon propre rythme, plutôt que de me tirer derrière lui. Je souris, appréciant cette nouvelle liberté mais la clé que je cache est un poids lourd à porter dans mon esprit.

Si j'essaie de m'échapper, tout ça va disparaître. Sa gentillesse, ma liberté...

« Est-ce que tout va bien ? Tu es très silencieuse », demande-t-il en me jetant un regard prudent alors que nous descendons les escaliers.

« Oui, je pense juste à combien c'est agréable. Pouvoir marcher toute seule et aller dehors. » Je rayonne de joie. « J'adore nager mais mon père ne me le permettait pas souvent. »

À la mention de mon père, les yeux de Julian s'assombrissent et ses lèvres se froncent. Ne voulant pas gâcher cette journée, je change rapidement de sujet. « Je peux te demander quelque chose... à propos de la vente aux enchères ? »

« Tu peux mais je ne peux pas promettre de répondre. »

« Les filles qui ont été vendues, que leur est-il arrivé ? Elles n'avaient pas l'air d'être là par leur propre volonté. »

« Je suis sûr qu'elles ne l'étaient pas. Les femmes ne se vendent presque jamais de leur plein gré, bien que j'en ai vues. Les temps sont durs. Quant à ce qui leur est arrivé exactement, je ne peux pas te le dire. C'est à celui qui les a achetées d'en décider. »

« Tu as déjà acheté une fille ? » Je demande mais je baisse les yeux, trop effrayée pour voir le regard qu'il porte.

« Tu connais déjà la réponse. » Il glousse. « Toi. »

« Oh, je veux dire... »

« Non, pas comme ça. Je n'ai acheté que toi et je n'ai pas l'intention d'acheter quelqu'un d'autre si ça t'inquiète. Markus s'en est occupé. »

« Markus ? » Je me souviens que lui et Julian discutaient à la vente aux enchères, leur échange était vif quand je les ai interrompus.

« Oui, il a acheté une des filles. »

« Wow... » Je fais rapidement défiler dans ma tête toutes les interactions que j'ai eues avec Markus, ce qui n'est pas beaucoup. Je ne peux pas dire si c'est le genre de gars qui blesse les femmes. « Je peux la rencontrer ? »

« Non. Ils ne sont pas ici et même s'ils l'étaient, je ne suis pas sûr que j'autoriserais la fille sur la propriété. La plupart des filles vendues sont... » Il s'arrête, réfléchissant à ses mots. « Cassées, on pourrait dire et qui connaît son état mental ? Je ne veux pas d'une fille folle qui se promène ici. »

En fronçant les sourcils, j'acquiesce. « Elle va s'en sortir ? » Je demande alors que nous atteignons la terrasse. Le soleil est haut dans le ciel et j'aime sa sensation sur ma peau. C'est comme une couverture chaude qui m'enveloppe.

Julian hausse les épaules. « Je ne sais pas. Markus est l'un de mes meilleurs hommes. Je lui confie ma vie et la tienne mais je ne connais pas ses relations avec les femmes, donc je ne peux pas te répondre. La fille devrait être reconnaissante, des hommes bien pires auraient pu l'acheter. »

Il ne ment pas. Après la vente aux enchères, j'ai réalisé que j'aurais pu finir entre les mains de quelqu'un de bien pire que Julian. Jusqu'à présent, tout s'est bien passé mais nous ne sommes pas encore mariés et je ne suis toujours pas sûre que ce que mon père a dit soit vrai. Je veux lui demander mais je ne peux pas le faire sans donner la clé que j'ai cachée.

« Ce serait bien d'avoir un ami », dis-je. Il y a un pichet de limonade et deux verres sur la table où le déjeuner sera servi.

« Les amis, c'est surfait », répond-il sèchement, en nous versant à chacun un verre de limonade dans le pichet givré avant de m'en tendre un. « En plus, on dirait que tu t'es fait une amie avec Marie. »

Immédiatement, je me sens mal d'avoir dit cela. Tenant le verre, je réponds : « J'ai Marie et j'aime passer du temps avec elle mais elle travaille presque toute la journée et n'a le droit de me voir que pendant le déjeuner. Ce serait bien d'avoir une autre amie ou au moins d'avoir le droit de voir Marie plus souvent. »

Julian secoue la tête et un sourire à couper le souffle envahit son visage. « Si nécessaire. »

Nous prenons chacun un verre et la limonade glisse dans ma gorge, rafraîchissant mes entrailles. Julian pose son verre sur la table et je fais de même.

« J'ai une autre question. »

« Vas-y. »

« Sais-tu qui a essayé de me tuer ? »

« Malheureusement, je n'ai pas la réponse. Nous sommes tombés sur une impasse mais ne t'inquiète pas. Une telle chose ne se reproduira plus. »

« Je ne comprends toujours pas pourquoi quelqu'un voudrait me tuer. Je n'ai jamais rien fait à personne. »

« Ne t'en fais pas », dit-il comme si ce n'était pas grave du tout. « Viens, je veux te montrer la piscine. « Il attrape ma main et c'est comme si j'avais mis mes doigts dans une prise électrique. La chaleur monte le long de mon bras, se propage dans mon corps et s'installe au plus profond de moi. Je sens l'humidité s'accumuler à chacun de mes pas, les souvenirs de ce qu'il m'a fait l'autre soir, comment il m'a massée, puis fait jouir avec sa langue.

En chassant ces souvenirs de ma tête, je me concentre sur le présent. En descendant les marches en pierre de la terrasse, on aperçoit la piscine.

« Wow, c'est magnifique », je murmure, émerveillée. L'espace est magnifique et la piscine en forme de haricot est si claire que l'on peut voir son reflet dans l'eau.

En me tournant vers lui, je ne peux m'empêcher de glisser lentement mon regard vers son visage, mes yeux s'attardant sur ses tablettes de chocolat ciselées que j'ai envie de toucher.

« Tu viens souvent te baigner ? »

« Pas assez. » Un autre sourire qui vole l'air de mes poumons apparaît et j'ai besoin d'aller dans l'eau pour me rafraîchir parce que quelque chose est en train de m'arriver. Je ne me sens pas moi-même.

« Tu penses que l'eau est froide ? » Je demande, en me déplaçant pour m'asseoir au bord de la piscine, afin de pouvoir balancer mes pieds dans l'eau en premier.

« Non, la piscine est chauffée. »

Bien sûr, c'est chauffé.

En plongeant mes orteils dans l'eau, je soupire presque devant la température parfaite. Ce n'est ni trop froid ni trop chaud, simplement parfait. Sentant le regard de Julian sur moi, je regarde par-dessus mon épaule, protégeant mes yeux du soleil, pour pouvoir le regarder.

« Mets tes pieds dedans. L'eau est incroyable. »

Julian me regarde comme un puzzle dont il n'arrive pas à trouver la pièce manquante. Puis il me surprend en sautant dans l'eau, faisant un énorme plouf au passage. L'eau vole partout et je choisis alors de plonger complètement dans la piscine. En glissant du bord, je m'enfonce dans l'eau, frissonnant légèrement. Plus je m'immerge, plus je me sens en apesanteur.

La piscine est beaucoup plus profonde que je ne l'avais prévu et mes doigts s'agrippent au bord de la piscine pour rester à flot. Lorsque la tête de Julian sort de l'eau, je ne peux m'empêcher de le fixer, hypnotisée par son apparence en cet instant.

Ses cheveux semblent noirs maintenant qu'ils sont mouillés. Des gouttes d'eau coulent le long de son visage aux formes parfaites et j'ai envie de suivre les traces de ces gouttes, de faire courir mes doigts le long de sa joue et de sa mâchoire. Il est comme une peinture que je veux admirer aussi longtemps que possible. En secouant la tête, il me bombarde de gouttes d'eau et je me protège de la main pour ne pas avoir d'eau dans les yeux.

« Arrête de me regarder comme ça et viens nager. »

« Hum, je préfère rester ici au bord de la piscine. Je ne suis pas grande nageuse, j'admets.

Perplexe, il demande : « Tu ne sais pas nager ? »

« Je peux mais pas bien. Comme je l'ai dit, je n'étais pas autorisée à nager souvent. »

« Allez, viens. Laisse-moi voir. Je ne te laisserai pas te noyer. »

« Tu es sûr ? » Je le taquine, tout en me demandant sincèrement s'il le ferait.

Il penche la tête sur le côté et m'étudie, un peu comme je l'ai étudié tout à l'heure mais de façon moins sexuelle.

« Tu me fais confiance ? » demande-t-il en nageant plus près, ressemblant de plus en plus à un requin.

Je réfléchis un moment avant de répondre, ma langue devenant lourde. « Oui. »

« Tu as hésité. »

« Peux-tu me blâmer ? Ce serait très facile de faire croire à une noyade, pas vrai ? »

Les traits de Julian deviennent froids alors qu'il fait du sur-place devant moi. « Spoiler : si je voulais te tuer, mon cœur, tu serais déjà morte. »

« D'accord mais j'ai quand même peur de me noyer. »

« Il ne va rien t'arriver », dit-il, puis je sens ses mains rugueuses sur mes hanches nues, qui me tirent vers lui. « Lâche le bord de la piscine et fais-moi confiance. » En fixant par-dessus mon épaule, je regarde ma main, qui glisse lentement du bord de la piscine. *Faire confiance ou ne pas faire confiance ?* Un souffle chaud parcourt ma joue et mon oreille. « Fais-moi confiance comme tu l'as fait l'autre soir quand tu m'as laissé te dévorer la chatte. »

À ses mots crus, je me tortille dans l'eau, sentant une chaleur pulser dans mon ventre. Comment fait-il ça ? Comment peut-il m'exciter avec rien d'autre que ses mots ?

Je me pousse sur le côté et commence à donner des coups de pied avec mes jambes. Avec mes bras, je pousse l'eau, me maintenant à flot mais à peine. Je suis sûre que j'ai l'air plutôt ridicule en ce moment.

Julian ne semble pas s'en soucier et me tire plus près, me soulevant pour que je n'aie pas le menton dans l'eau. Son visage est à quelques centimètres du mien, les gouttes perlant sur sa peau, me taquinant. Me donnant envie de les lécher. Quelque chose en lui transforme mon sang en lave en fusion.

Je le veux, j'ai besoin de lui et cela me terrifie tellement, car la dernière fois que je me suis autorisée à aimer un homme, il m'a vendue pour dix millions de dollars.

22

JULIAN

Sa langue rose s'élance sur sa lèvre inférieure et je suis tenté de l'embrasser, de mordre cette chair charnue. Ses yeux sont brillants, iridescents et je sais que si je les fixe trop longtemps, je serai aspiré dans leurs profondeurs.

« Qu'as-tu pensé de moi la première fois que tu m'as vu ? » Je ne sais pas pourquoi je pose cette question mais je me suis souvent demandé la réponse. Peut-être parce que la voir pour la première fois a été un moment si profond pour moi. Cela a changé le cours de mon avenir. En un instant, j'ai su ce que je devais faire.

« Honnêtement, je n'ai pas pensé à grand-chose quand je t'ai vu à l'enterrement de ma mère. Je ne me souviens même pas de grand-chose de cette époque mais je sais que tu étais là. Je pensais que tu avais l'air dangereux mais c'était le cas de tous les autres hommes présents. Tes yeux se sont démarqués pour moi, cependant. J'avais l'impression que tu pouvais voir à travers moi. Je pense toujours que tu le peux. » Ses yeux fixent les miens et à cet instant précis, c'est comme si le monde autour de nous disparaissait. Il n'y a que nous, flottant dans une piscine, sans soucis, sans vengeance, sans mafia.

« Et toi ? »

« Je savais que je devais t'avoir. Dès le premier instant où je t'ai vue, j'ai su. » Ce n'est pas un mensonge mais je vais laisser l'autre partie de la vérité de côté pour le moment. La partie où je ne voulais rien d'autre d'elle que de l'utiliser pour ma vengeance. Bientôt, elle découvrira que tout cela n'était rien, une façade et d'ici là, elle sera piégée, mariée et liée par un vœu et le sang. Dans la mafia, il n'y a pas d'issue dans le mariage, il n'y a que la mort.

Je veux lui demander ce qu'elle a pensé de moi la deuxième fois qu'elle m'a vu, la fois où je l'ai arrachée à son père et à tout ce qu'elle a toujours connu mais je connais déjà la réponse à cette question. Je sais qu'elle me détestait et me craignait.

Elle ne m'avait pas regardé comme ça depuis longtemps. Sa peur et sa haine se sont transformées en confiance et en calme. C'est ce que j'attendais, ce que j'espérais mais ce que je n'avais pas vu venir, c'est à quel point j'allais aimer ça.

Je ne peux pas m'empêcher de me demander si je ne pourrais pas avoir les deux. Pourrais-je me venger de son père sans briser sa confiance, sans rompre ce lien fragile qui s'est formé entre nous ? Tuer son père ne serait pas acceptable à ses yeux mais peut-être que si elle était amoureuse de moi, si je la retournais complètement contre son père ? Je pourrais garder *ça,* quoi qu'il se passe entre nous.

Nous avons flotté jusqu'au centre de la piscine. Elena se sert de moi comme d'une bouée de sauvetage, ses doigts s'enroulent autour de mon biceps. Ses yeux plongent dans l'eau et quand elle les relève, je vois de la panique au bord de ses yeux.

« Si je me noie, je reviendrai en tant que fantôme et je te hanterai. » Elle sourit nerveusement.

« Me hanter, hein ? » Je fronce les sourcils et commence à m'éloigner un peu. « Tu dois avoir plus confiance en toi. Après tout, tu vas devenir une Moretti et on n'échoue jamais dans tout ce qu'on entreprend. »

Ses ongles ratissent ma peau alors qu'elle essaie de s'accrocher à moi mais je lui échappe. Elle bouge ses jambes un peu plus vite, faisant du sur-place pour rester à flot. Je ne la laisserais jamais se noyer mais je veux qu'elle ait confiance en elle, qu'elle sache qu'elle peut le faire.

« Je ne suis pas bonne nageuse, Julian. » Elle cligne lentement des yeux et je peux voir la panique qui monte en elle, remplissant ses traits délicats de chaos.

« Calme-toi, concentre-toi sur tes mouvements et respire lentement », lui dis-je mais ses mouvements deviennent saccadés et bientôt elle commence à s'enfoncer dans l'eau comme une pierre, ses émeraudes paniquées trouvant les miennes.

Ne pouvant supporter de la regarder une seconde de plus, j'enroule mes bras autour de sa taille. Je la serre contre ma poitrine et nous guide jusqu'au bord de la piscine.

Elle s'accroche à moi et c'est incroyablement difficile de ne pas remarquer ses seins bien fermes collés à mon torse. Ma réaction à son égard est instantanée et ma queue gonfle dans mon maillot de bain. Ignorant la tige qui se raidit, je la libère et elle s'accroche au bord de la piscine avec des mains tremblantes.

« Tu es prête à sortir et à déjeuner ? »

« Oui », murmure-t-elle.

Un petit souffle doux passe entre ses lèvres quand je l'attrape par les hanches et la soulève hors de la piscine, le son allant directement à ma queue.

Le temps que je sorte de l'eau, Elena est debout, les bras enroulés autour de sa poitrine. Je prends une serviette sur l'une des chaises longues et je l'enroule autour d'elle.

« Merci », murmure-t-elle.

En passant la serviette sur mon visage, mon torse et mes bras, je secoue la tête avant de la jeter sur la chaise. Je me tourne, je prends la main d'Elena et nous allons à la maison mais je m'arrête dans mon élan lorsque je trouve Lucca debout près des portes fenêtres.

Ses yeux rencontrent les miens et je serre les dents. Il sait que je ne parle pas affaires devant Elena et c'est exactement pourquoi il est là. Je ne voulais pas avoir à gérer quoi que ce soit aujourd'hui. Comme nous nous rapprochons, il me fait un signe de tête. Je lâche la main d'Elena et tire une chaise pour elle.

Elle regarde entre Lucca et moi comme si elle pouvait sentir la tension dans l'air avant de s'asseoir.

« Je dois te parler, patron. » Lucca se racle la gorge et détourne le regard de ma future femme.

J'aurais dû savoir que laisser Markus partir en *vacances* était une idée stupide. Tuer Lev va entraîner des répercussions et je ne suis pas sûr que Lucca soit prêt à gérer.

En me penchant, je chuchote à l'oreille d'Elena. « Je serai de retour dans une minute. »

Elle acquiesce et je me dirige vers Lucca, lui serrant une main sur l'épaule et le guidant loin d'Elena pour le ramener dans la maison. Nous n'arrêtons pas de marcher jusqu'à ce que nous soyons au bout de la terrasse, où je sais qu'elle ne peut pas nous entendre mais où je peux toujours la voir.

En fronçant les lèvres, je dirige mon attention vers Lucca. « Qu'est-ce qu'il y a ? »

« Tu n'as pas répondu à ton téléphone. »

« Je suis très occupé et je t'ai dit que je prenais le reste de la journée. »

Lucca ne bronche pas à mon ton dur. Il a été conditionné pour la violence, la douleur, pour un monde dans lequel la plupart ne survivraient pas.

« Je sais et je m'excuse mais tu me botterais le cul si je ne te disais pas que j'ai eu des nouvelles de Lev. Il a mordu à l'hameçon pour la fille et s'est arrangé pour que les services soient achevés ce soir. Il sera à l'hôtel à neuf heures. »

Je n'étais pas un homme patient et encore plus quand je voulais faire couler le sang. Je ne voulais pas laisser Lev me glisser entre les doigts. Je ne pouvais pas me le permettre.

« Putain. »

Je ne voulais vraiment pas gâcher cette soirée avec Elena mais je n'avais pas le choix. Lev allait mourir pour avoir joué avec ce qui était à moi.

« Je serai prêt, bon travail. »

« Bien sûr, patron. « Lucca acquiesce.

Le congédiant, j'ai pris un moment pour rassembler mes propres pensées en m'appuyant sur la balustrade. Tuer Lev pouvait causer des problèmes mais cela allait aussi prouver un point. La rumeur se répandrait dans les familles de la mafia que j'avais tué quelqu'un pour avoir touché à ce qui m'appartenait.

Cela apporterait du bon et du mauvais. Certains me craindraient davantage et d'autres verraient Elena comme ma seule vraie faiblesse. En plus de ça, je ne connais pas la nature de la relation entre Lev et son père, qui pourrait vouloir se venger.

Au fond, ça en vaudrait la peine. Quand Elena était concernée, ça en valait toujours la peine. Elle m'a ouvert les yeux sur certaines choses. Avant elle, je voyais tout en noir et blanc et bien que certaines parties de ma vie seraient toujours vues de cette façon, les parties avec elle dedans devenaient lentement colorées.

En retournant à table, je trouve Elena en train de siroter sa limonade. Elle sourit quand elle me voit et se déplace sur son siège.

« Tu as froid ? On peut aller à l'intérieur et manger ? »

« Non, non. Je veux manger dehors. »

J'attrape son assiette, j'enlève le couvercle des plateaux et trouve des petits sandwichs, des bols de fruits, des biscuits et du fromage et des légumes avec une sauce. Je remplis l'assiette d'Elena et la lui redonne, en essayant de ne pas laisser les informations que je viens de découvrir assombrir ce moment avec elle.

« Tout va bien ? » demande-t-elle en mettant un raisin dans sa bouche.

« Tout va bien », réponds-je un peu plus bourru que je ne le voulais.

Elena tressaille à mon ton et je prends une gorgée de limonade pour m'empêcher de m'excuser. Nous mangeons la plupart du temps en silence et quand il semble qu'Elena ne puisse plus manger une seule bouchée, je me lève de mon siège et lui tends la main.

Je n'ai plus beaucoup de temps à passer avec elle avant de partir, alors je vais compenser mon humeur maussade par un petit plus.

En nous guidant dans l'escalier, Elena enfonce ses talons dans le sol lorsque nous atteignons la dernière marche. Il est évident qu'elle ne veut pas retourner dans la chambre et je ne peux pas vraiment lui en vouloir mais nous ne sommes pas encore mariés et je ne lui fais pas vraiment confiance pour rester en place.

« Quelles sont les autres pièces de cet étage ? » demande-t-elle en me regardant curieusement.

« La plupart sont des chambres d'amis. Il y a une salle de bain, la bibliothèque que tu connais déjà et mon bureau. »

Ses yeux s'illuminent quand je dis *mon bureau*.

« Je peux le voir ? Ton bureau ? »

« Je suppose mais il n'y a rien de spécial. »

Sa curiosité est presque risible. Je n'ai jamais rencontré quelqu'un qui pose autant de questions. Normalement, je serais ennuyé mais avec elle, c'est rafraîchissant.

En marchant quelques mètres de plus dans le couloir, je m'arrête devant la porte de mon bureau, je prends une clé dans ma poche et je la déverrouille. La porte grince lorsque je la pousse et Elena lâche ma main, marchant à l'intérieur toute seule.

Un sourire se dessine sur ses lèvres et ses pieds nus claquent contre le carrelage. Ses doigts courent le long du bord de mon bureau et sur le fauteuil dans lequel Markus se prélasse habituellement.

« C'est là que tu es quand tu travailles ? »

« En ce moment, oui mais parfois je dois sortir et m'occuper de mes affaires. » Et par m'occuper de mes affaires, je veux dire tuer et blesser des gens.

Elle acquiesce et ses yeux se posent sur l'immense fenêtre qui donne sur le jardin. En entrant dans la pièce, je viens me placer à côté d'elle.

« C'est la meilleure vue de toute la maison », dit-elle.

« Je croyais que c'était la terrasse que tu aimais le plus ? » Je me moque d'elle.

« Oui, c'est vrai. Peut-être qu'un jour, tu me laisseras parcourir tout le domaine. »

« Peut-être mais ce ne sera pas sans moi à tes côtés. »

Je la laisse regarder par la fenêtre un peu plus longtemps, puis nous quittons la pièce. Je ferme la porte derrière moi et mets la clé dans ma poche.

« Pourquoi verrouilles-tu la porte si c'est juste un bureau ? »

« Parce que je ne fais confiance à personne. »

De retour dans la chambre, l'humeur d'Elena semble changer. Elle devient timide et je suis perplexe par le changement soudain de son comportement. *Est-ce que c'est quelque chose que j'ai dit ?* Tirant sur la ficelle de son bikini, elle s'avance vers moi, ses hanches galbées se balançant avec le mouvement.

Le tissu glisse le long de sa poitrine, laissant ses seins bien visibles. Un grognement monte dans ma gorge et je serre les mains en poings pour m'empêcher de faire glisser sa culotte le long de ses jambes et de la baiser sans raison.

Putain, elle est si sexy et naïve et tellement douce. Je veux la salir, la faire craquer et voir ce qui la fait mouiller.

Ses cheveux sombres et humides tombent en cascade dans son dos en formant de doux anneaux. Sa peau lisse est crémeuse et ne demande qu'à être léchée. C'est une déesse, une reine.

« Je te veux. » Elle cligne doucement des yeux.

« C'est vrai ? »

Elle acquiesce. « Oui. Je veux... » Ses doigts glissent dans le bas de son maillot de bain et je me force à me taire. Il n'y a aucune chance qu'elle me demande ce à quoi je pense. Son bas de maillot de bain touche le sol et bien qu'il n'y ait pas de bruit, ce simple geste est comme une bombe lâchée sur moi.

« Je veux faire l'amour. »

Poussé de ma position assise, je ressens le besoin de me lever et de bouger, car si je ne le fais pas, je n'hésiterai pas à accepter son offre.

« Pourquoi attendre après le mariage, je veux dire... Je m'en fiche si tu t'en fiches. On a déjà fait... *des trucs*. »

Elle me regarde comme si j'étais son monde et c'est exactement ce que j'ai voulu voir, espéré voir même et le fait que j'allais effacer ce regard de son visage me mettait en colère. Il n'y a pas moyen que je puisse lui donner ce dont elle a besoin maintenant.

« Je n'ai pas le temps pour ça et je n'ai pas la patience non plus, pas aujourd'hui. J'ai un autre endroit où aller. »

Pourquoi diable a-t-elle cette pensée aujourd'hui de tous les putains de jours ? Je l'aurais volontiers fait hier et je le ferais certainement demain mais pas ce soir. Mon besoin de tuer Lev l'emporte sur mon besoin de sexe, même si c'est du sexe avec elle.

Je regarde son visage, la déception et le rejet s'infiltrant dans chaque pore. Je ne peux pas supporter de la voir comme ça, ça me démolit. Elle est blessée, je l'ai blessée.

Rapidement, je disparais dans le dressing et enfile des vêtements secs. Je dois partir, sortir d'ici rapidement avant de changer d'avis.

Sans un mot ou un regard de plus, je traverse la chambre et sors par la porte, la verrouillant derrière moi.

AVEC MON ARME dans une main et la carte-clé dans l'autre, je me tiens devant la chambre d'hôtel où se trouve Lev. Sa voix passe clairement à travers la mince porte et le sang dans mes veines atteint un nouveau point d'ébullition. Tout ce que je peux voir, ce sont les joues pleines de larmes d'Elena et la peur dans ses yeux. Il l'a blessée et maintenant je suis là pour le blesser.

Je fais glisser la carte, pousse la porte et entre avec mon arme levée, le tout en un seul mouvement fluide. Lev se tourne vers moi, l'air choqué, tandis que la fille que nous avons engagée semble soulagée de me voir.

« C'est une erreur, Moretti. Tu commets une erreur. »

« Tu peux partir maintenant, Lola. » À mes mots, Lev pâlit, ses yeux de fouine s'écarquillent et je sais qu'il fait rapidement le rapprochement entre elle et moi.

« Merci, putain, ce type est vraiment un sale type. » La fille attrape son sac à main et grimpe sur le lit au lieu de passer devant Lev pour sortir. Elle se faufile entre moi et sort en courant de la chambre, fermant la porte sur son passage.

Enfin seuls.

« Tu te moques de moi ? »

« C'est drôle, c'est ce que j'ai pensé quand j'ai entendu que tu avais touché quelque chose qui m'appartient. Je sais que tu es stupide mais je ne savais pas que tu étais *aussi* stupide. »

Lev penche la tête en arrière et rit dans la pièce silencieuse.

« Alors, laisse-moi bien comprendre. Tu as laissé une fille à moitié nue assise au bar d'une vente aux enchères et c'est ma putain de faute si elle me faisait de l'œil ? Ce n'est pas ma faute si ta pute ne peut pas garder ses mains loin de moi. Elle voulait ma bite. »

Je vise sa rotule et j'appuie sur la gâchette. L'odeur de la poudre se répand dans mon nez alors que la balle vole dans l'air et atteint sa cible précisément là où je l'avais prévue. Un cri qui n'est que pur bonheur à mes oreilles s'échappe de la gorge de Lev qui s'affaisse immédiatement sur le sol et crie de douleur en s'agrippant à sa jambe.

« Espèce de connard ! » gémit-il en roulant sur le côté. « Tu vas mourir, salaud ! Tu vas mourir ! Tout le monde est après toi de toute façon ! »

« Qui est après moi ? »

Il plisse sa lèvre et me fait un demi-sourire. « Tout le monde ! Romero a mis un contrat sur ton cul. Dix millions. Et pour adoucir le tout, il donne la pute avec. J'espère que tu ne l'as pas épuisée, parce que je suis impatient de... »

Je ne cligne pas des yeux. Je ne réfléchis même pas. Je lève mon arme, mon doigt appuie sur la gâchette et la balle sort de la chambre, l'atteignant entre les deux yeux, le faisant taire pour de bon.

Son corps s'immobilise, ses yeux deviennent vides et le sang coule autour de sa tête. Je voulais rendre cela douloureux, le faire durer, le voir souffrir mais ce qu'il m'a révélé change la donne.

Ça veut dire que je dois bousculer mes plans.

23

ELENA

La clé semble peser dix kilos dans ma main. J'ai fait les cent pas dans la chambre pendant des heures pour essayer de décider quoi faire. Je pensais que Julian et moi nous rapprochions, qu'il pouvait vraiment y avoir quelque chose entre nous mais après aujourd'hui, je ne suis plus sûre de rien.

Rien n'a de sens. Aucune de ses actions ne font sens. Il m'achète, il me touche, puis me rejette l'instant d'après. Il se passe quelque chose et je ne peux pas rester coincée dans cette pièce plus longtemps sans rien faire. Et si mon père disait la vérité ? Julian pourrait être dehors à tuer mon père et revenir à la maison pour finir le travail.

Ou peut-être que Julian ne veut tout simplement pas faire l'amour avec moi. Il a déjà dit qu'il ne pensait pas que je pouvais le gérer, gérer ses besoins sinistres. Et s'il allait faire l'amour avec quelqu'un qui le peut ?

Ces deux hypothèses me font tourner la tête. Chaque pensée est pire que la suivante et je ne veux pas croire que l'une ou l'autre soit vraie mais que suis-je censé penser ? Y a-t-il une troisième option et serait-elle meilleure ? J'aimerais pouvoir appeler mon père. Je pense que si je pouvais lui parler librement, il me dirait la vérité. Il me dirait ce qui se passe vraiment. Julian ne le permettra pas et même si par miracle, il était d'accord, ce serait sous surveillance et mon père ne me dirait jamais ce que je veux savoir avec Julian qui me surveille.

Puis une idée m'est venue. Peut-être que je pourrais me faufiler dehors et trouver un téléphone. Je pense qu'il y en a un dans la cuisine. J'ai vu une des servantes parler au téléphone avant et ça avait l'air d'être une ligne fixe. Après tout, il doit bien y avoir un téléphone quelque part dans cette maison.

En regardant par la fenêtre, je vois des éclats de lumière orange à l'horizon.

C'est maintenant ou jamais.

En courant dans le placard, je trouve une paire de baskets et je me glisse dedans. Mon cœur s'emballe lorsque je traverse la chambre et m'arrête devant la porte. J'amène la clé à la serrure, je me demande brièvement si elle va même fonctionner. Je ne comprends toujours pas comment mon père a pu mettre la main là-dessus.

Tous mes doutes se dissipent lorsque la clé glisse dans la serrure avec facilité. Je la tourne et entends la serrure se désengager. Mes poumons brûlent alors que je retiens ma respiration. En tournant la poignée en laiton, je tire lentement sur la porte pour l'ouvrir. Il y a un petit grincement mais aux premières heures du matin et dans le couloir silencieux, il semble beaucoup trop fort.

J'ai l'impression d'être dans un rêve. Comme si à tout moment, j'allais être réveillée et découvrir que j'espérais seulement que la clé avait fonctionné et que j'étais libre de la chambre.

En passant la tête par la porte, je jette un coup d'œil dans le couloir pour m'assurer que personne ne vient des deux côtés. J'attends encore quelques instants, profitant de ce temps pour rassembler tout mon courage. Après un temps, je sors et ferme la porte derrière moi.

Sur la pointe des pieds, je me déplace dans les couloirs semi-obscurs. La maison est immense mais j'ai fait assez attention pour savoir comment m'y retrouver.

Je me rends dans la cuisine sans rien entendre ni voir, ce qui me pousse à me demander si je suis vraiment seule. Comme une aiguille qui éclate un ballon, cette pensée s'échappe de ma tête lorsque j'entends deux voix masculines dans la maison.

La panique me tenaille, menaçant de pétrifier mes membres mais je les force à bouger. Dépassant la peur, je fais de mon mieux pour garder une respiration régulière et me cacher derrière le plan de travail de la cuisine.

Pour la première fois ce soir, je pense aux répercussions que je pourrais subir. Que se passera-t-il si on m'attrape et pourquoi diable n'y ai-je pas pensé ? Est-ce que Julian va me faire du mal ? Il ne l'a pas fait mais je l'ai aussi écouté. Il me menace à plusieurs reprises mais dit que tant que j'obéis, on ne me fera pas de mal.

Plus les voix se rapprochent, plus ma peur augmente de façon exponentielle. Je me mets en boule et souhaite que le sol m'avale. À chaque seconde qui passe, les hommes se rapprochent, jusqu'à ce qu'ils soient assez proches pour que je puisse distinguer ce qu'ils disent.

« Pourquoi boss est aussi pressé tout à coup ? »

« Il a hâte de voir la famille Romero morte à jamais. »

Non ! Ce n'est pas possible. Mon cœur s'arrête dans ma poitrine et les battements sont remplacés par une douleur profonde. Fermant les yeux, je chasse les larmes, regrettant de ne pas être restée dans la pièce. L'ignorance est une bénédiction, je suppose. Je ne sais pas pourquoi je pensais que les choses étaient différentes. Peut-être parce qu'il a été si attentionné ? Je repense à la façon dont il s'est occupé de moi après la vente aux enchères et m'a donné une chance de passer du temps dehors.

J'écoute les pas des hommes qui passent devant la cuisine et continuent à marcher dans le couloir, dans la direction où je viens d'arriver.

Quand tout redevient calme et que je suis sûre qu'ils sont partis, je sors de ma cachette et j'examine les lieux. La cuisine est propre, immaculée même et pire que tout, je ne vois pas de téléphone.

Merde.

Maintenant, plus que jamais, j'ai besoin de parler à mon père. Je dois le prévenir et si je ne peux pas l'appeler, cela signifie que je dois sortir d'ici.

Je me précipite vers la porte de la terrasse, je la déverrouille et l'ouvre juste assez pour que mon corps puisse s'y glisser. L'air frais du matin emplit mes poumons et pendant une fraction de seconde, je me sens vraiment libre.

« Tu vas quelque part ? » La voix sinistre de Julian rencontre mes oreilles. Son ton sombre et retenu promet un monde de souffrance. Une main s'enroule autour de mon cœur. En fermant les yeux, je me maudis d'avoir été aussi stupide et d'avoir cru que je pouvais m'échapper.

Lentement, je me tourne pour lui faire face. Le diable, c'est à ça qu'il ressemble. A deux doigts de me couper l'herbe sous le pied. Je dois réfléchir... Je dois... Je déglutis bruyamment, une excuse se trouve sur ma langue mais je ne peux pas inspirer assez d'air pour former les mots.

« On dirait que tu as peur que je te tue maintenant. »

N'est-ce pas là tout le problème ? Ma famille est morte, y compris moi. J'ai une énorme boule dans la gorge qui ne veut pas laisser passer un seul mot mais apparemment, mes jambes fonctionnent encore parce que l'instant d'après, ma réaction de combat ou de fuite se déclenche. Mon subconscient choisit la fuite et avant que je puisse m'en empêcher, je suis en train de courir.

Poussant mes jambes aussi vite que je peux, je le dépasse et traverse la terrasse. Espérant que mes jambes plus courtes soient au moins plus rapides que celles de Julian. Je descends en courant les escaliers de marbre, qui sont mouillés par la rosée du matin. Quand il ne reste plus que trois marches, je saute par-dessus, mes talons s'enfonçant dans l'herbe douce avant de repartir pour un nouveau sprint.

Je pense que j'ai peut-être une chance mais ce n'est pas le cas. Pas contre Julian. Je fais encore un mètre et demi avant que son torse ne me heurte le dos, ses bras épais m'encerclant. Je suis en train de courir et l'instant d'après, je suis dans les airs, en direction du sol.

D'une manière ou d'une autre, il réussit à nous faire tourner tous les deux à mi-chemin, de sorte que j'atterris sur lui au lieu de l'inverse mais l'impact seul me fait perdre l'air de mes poumons.

Le temps que je parvienne à inspirer à nouveau l'air dans mes poumons, on m'arrache du sol comme une poupée et on me jette par-dessus l'épaule de Julian.

« Tu n'aurais vraiment pas dû faire ça », grogne-t-il en marchant dans l'herbe jusqu'à la maison. Je ne me bats même pas contre lui, il n'y a aucun espoir, aucun intérêt.

Enfouissant mes doigts dans le dos de sa chemise, j'agrippe le tissu comme s'il s'agissait d'un radeau de sauvetage, espérant que ce qu'il a prévu pour moi sera rapide et sans douleur.

Ha, c'est un vœu vain.

Julian ne s'arrête pas et ne parle même pas pendant qu'il traverse la maison et je pense que c'est ce qui est le plus effrayant. Son silence. C'est le calme avant la tempête car je sais ce qui va se passer ensuite.

Il me punira, ou peut-être même me tuera ?

Arrivée à la porte de la chambre, je tremble. Il pousse la porte avec son pied et entre à grands pas dans la pièce, me déposant sur le matelas. Dès que mon dos touche les draps, je me précipite en arrière.

Julian ne se laisse pas faire et m'attrape par la cheville, me tirant vers lui. Je donne des coups de pied du mieux que je peux mais je suis facilement maîtrisée par sa force.

Penché sur mon visage, je peux voir la déception face à la trahison dans ses yeux. Les orbes sombres et ternes brûlent d'une rage à peine contenue.

« Tu pensais vraiment que tu pourrais quitter cette propriété sans que je te trouve ? Hein ? Comment es-tu sortie de la pièce ? Qui t'a aidée ? Marie ? Elle t'a donné une clé ? »

Immédiatement, une autre sorte de peur m'envahit. S'il lui fait du mal, je ne sais pas ce que je ferai.

« Quoi ? Non ! Non, Marie n'a rien fait, je le jure ! »

« Qui alors ? »

« Mon père. Il a envoyé une femme dans les toilettes de la vente aux enchères. Elle m'a donné une clé, je l'ai mise dans mon soutien-gorge et je l'ai cachée... »

Ses yeux bleus orageux retiennent les miens, un millier d'émotions tourbillonnant dans leurs profondeurs.

« Pourquoi... Pourquoi as-tu essayé de t'échapper ? Pour retourner auprès de lui, un homme qui t'a vendue à moi ? » Ses jambes me maintiennent en place et ses doigts s'enfoncent dans mes bras avec une force meurtrière. On dirait qu'il est au bord de la folie, prêt à plonger dans des eaux inconnues. Je ne veux pas savoir ce qu'il a prévu pour moi mais à ce moment-là, je ne peux pas penser rationnellement.

La colère et la tristesse se mélangent, ne font qu'un et je craque. « Tu l'as forcé ! Tu l'as forcé à me vendre ! Et qu'est-ce que ça peut te faire ? Pourquoi est-ce que je voudrais rester ici avec toi ? En quoi es-tu meilleur ? »

« Tu es si naïve, une fille si stupide. Ton père ne se soucie pas de ce qui t'arrive. Il te vendrait à n'importe qui, au plus offrant, même s'il est cruel avec toi. »

« Tu mens ! Mon père m'aime. Il veut que je revienne ! Il l'a dit lui-même. »

« Ton père ne veut pas que tu reviennes. Il a lancé un contrat sur moi, promettant dix millions et *toi* comme prix à celui qui me tuera en premier. Il se fiche de ce qui t'arrivera tant que tu n'es pas avec moi. »

Secouant la tête, j'essaie de donner un sens à ce qu'il me dit mais ça ne colle pas. « Pourquoi ? Rien de ce que tu dis n'a de sens. »

« Il ne veut pas que je t'aie par dépit. Il me déteste, c'est tout. »

« C'est pour ça que tu veux nous tuer ? Tu nous détestes tellement que la mort est la seule solution ? »

« Oh, douce Elena. Qui a dit que je voulais te tuer ? J'ai de bien meilleurs plans pour toi. Je me soucie seulement de tuer ton père mais pas avant qu'il nous regarde nous marier, te faisant complètement mienne. Il ne supporte pas de me voir avec toi, pas parce qu'il t'aime mais parce que je lui ai pris quelque chose. Je t'ai pris à lui et maintenant tu es à moi et je pense qu'il est temps que tu te le mettes dans la tête. »

Il s'éloigne de moi mais maintient sa prise, m'enfonçant plus profondément dans le matelas. Ses mains me déshabillent rapidement, arrachant ma chemise et mon soutien-gorge d'une main tout en me maintenant de l'autre. Je peux sentir le tissu se détacher, l'air frais contre ma peau et pendant un moment, je suis gelée, puis comme si quelqu'un claquait des doigts devant mon visage, le froid relâche son emprise sur moi. Mon cœur bat la chamade dans ma poitrine, chaque battement m'ébranle.

« Qu'est-ce que tu fais ? » Je coasse, la peur me consumant.

« Tu voulais que je te baise il y a quelques heures, non ? Ou c'était du vent ? Tu pensais que le sexe allait me déstabiliser ? Tu pensais pouvoir l'utiliser contre moi ? » Il m'étudie un moment et continue : « Je te donne juste ce que tu as demandé. »

« Pas comme ça », gémis-je en me débattant contre sa prise, qui se resserre au fur et à mesure que je m'agite.

« Dommage, tu as perdu ma pitié et ma patience quand tu m'as trahi. »

« Je suis désolée », je sanglote, je pousse sur son torse mais c'est comme essayer de déplacer une montagne et je n'ai pas la force nécessaire. Même si je me débats, il parvient à baisser mon jean avec facilité et arrache ma culotte comme si elle était en papier.

En regardant mon corps maintenant nu, il sourit. Le regard qu'il me lance me fait froid dans le dos et je sais que ce qui va se passer ensuite nous changera à jamais.

« Tu n'es pas désolée mais tu le seras à la fin de la nuit. »

La fureur me brûle les entrailles. « Je te déteste ! Je te déteste tellement ! Je savais que tu ferais ça. Je savais que tu me ferais du mal, quoi qu'il arrive. »

« Je ne t'ai pas encore fait de mal, n'est-ce pas ? Je n'avais pas l'intention de te faire du mal du tout... »

« C'est des conneries ! » Je crie. « Tu as toujours voulu me faire du mal. Tu attendais juste le bon moment. Tu attendais que je *désobéisse* comme si j'étais un putain de chien ! Tu m'enfermes dans une cage, tu me traites comme un animal et tu attends de moi que je n'aie ni volonté ni sentiments. » Je courbe les lèvres. « Tu es exactement comme lui. Comme l'homme que tu détestes ! »

En une fraction de seconde, sa main est enroulée autour de ma gorge, serrant juste assez pour m'avertir. « Ne me compare jamais à ton père », dit-il en se penchant vers moi, son nez pressé contre ma joue. Je ne devrais pas continuer, je devrais me mordre la langue et la fermer mais je ne peux pas. Je ne le ferai pas. Je suis fatiguée d'être traitée comme un paillasson.

« Alors n'agis pas comme lui. »

Ses traits se tordent et ses yeux se vident comme s'il devenait quelqu'un d'autre.

« Je t'ai prévenue. Je t'ai prévenue depuis le jour où tu es arrivée ici. Tu penses que j'ai été cruel avec toi ? Tu n'as pas vu une once de ma cruauté. »

Il me lâche mais juste assez longtemps pour me retourner sur le ventre. Il déplace son poids sur moi mais garde une main posée sur ma nuque, me maintenant en place. Des objets s'entrechoquent alors qu'il attrape quelque chose dans le tiroir de la table de nuit mais je ne peux pas lever la tête suffisamment pour voir de quoi il s'agit.

Un instant plus tard, je le sens... le métal froid et impitoyable qui entoure mon poignet. Avant que je puisse réagir, il se met en place. Je retire mon autre poignet mais il l'attrape et me met les menottes avec facilité.

Il s'éloigne complètement de moi maintenant mais à ce stade, je n'ai nulle part où aller. Je suis entièrement nue avec mes mains menottées dans le dos. Si je n'étais pas impuissante avant, je le suis sans aucun doute maintenant.

Il m'attrape par les chevilles et me tire au bord du lit, de sorte que je sois penchée en avant, les jambes pendantes et les fesses en l'air, exposées à son regard.

Je retiens mon souffle quand je sens sa main courir sur mon postérieur.

« Ne fais pas ça », j'implore, incertaine de ce qu'il a l'intention de faire.

« Il y a des conséquences à tes actions. Je pourrais te faire du mal de bien pire façon que ce que je vais faire. » Sa voix bourrue me fait frissonner et le choc me traverse quand, un instant plus tard, sa paume s'abat sur mes fesses.

La gifle est aussi douloureuse que choquante et une légère piqûre parcourt ma joue. Il répète l'action et l'air s'échappe de ma poitrine à la gifle suivante. Mes tripes se serrent. Les larmes me piquent les yeux, je ne veux pas pleurer, je ne veux pas le supplier d'arrêter parce que je ne veux pas être faible mais tout ce qu'il a fait, c'est me donner deux fessées et mon cul brûle déjà.

À la gifle suivante, je gémis et même si la douleur irradie sur mon cul, une chaleur se forme au plus profond de mon être. C'est écœurant qu'un acte aussi odieux me donne encore plus envie de lui. Mon corps perfide a besoin de son contact sans en comprendre les conséquences. Il me brisera, me déchirera, m'enlèvera tout ce que j'ai de bon, m'enfermera dans une cage et jettera la clé. Il l'a déjà fait et il fera pire maintenant que j'ai essayé de m'échapper.

Je ne peux même pas comprendre ce qui se passe ensuite. Mon cul palpite tandis qu'il me donne dix autres claques sur chaque joue. Ce n'est pas censé procurer du plaisir, ça, je le sais. La piqûre et la douleur qui courent le long de mon cul s'intensifient encore et lorsqu'il a terminé, je sanglote dans le matelas.

J'ai peur, mon cul brûle mais il y a plus sous la douleur et je déteste le sentir, je déteste qu'il fasse ressortir le pire en moi. Je ne veux pas de lui, cet homme qui prévoit de tuer mon père et d'utiliser mon corps pour ce qu'il veut mais je le veux. J'ai toujours envie de lui, je veux qu'il me touche davantage.

La confiance fragile que nous avions semble s'être brisée en deux. J'ai peut-être causé une partie de ça mais c'est lui qui a donné le coup de grâce.

Même dans le sillage de la douleur, il masse ma chair endolorie et je tressaille à son contact, essayant d'ignorer la façon dont il ne se soucie de moi qu'après m'avoir infligé de la douleur.

Je le sens se déplacer derrière moi ; un frisson me parcourt à l'idée de ce qui va se passer ensuite. Ses mains sont de chaque côté de mes fesses, pétrissant la chair tendre. Lorsqu'il écarte mes joues, je sursaute, prête à crier mais je sens alors son souffle chaud se répandre sur ma peau.

Avant que je puisse demander ce qu'il fait, je sens sa langue chaude et humide. Je dois me mordre la joue si fort que je peux goûter le sang, juste pour ne pas gémir. Il fait glisser sa langue en moi. Il joue avec mon clito et lèche lentement vers le haut, sur mon entrée mais il ne s'arrête pas là. Il continue jusqu'à ce qu'il fasse le tour de mon autre trou.

Je veux objecter, je veux lui dire d'arrêter mais la vérité est que je dois me forcer à ne pas cambrer davantage par envie, par besoin. Comment quelque chose de si mauvais, si sale, peut être si bon ?

Enfonçant mon visage dans le matelas, je prie pour qu'il n'entende pas mon gémissement étouffé lorsqu'il enfonce le bout de sa langue dans l'anneau serré. Tout mon corps se ferme, suppliant de jouir alors que mon cœur devient fiévreux

Et puis... il s'éloigne. L'air frais s'engouffre dans ma chair chauffée tandis qu'il se lève. Ses mains quittent mes fesses et parcourent mon dos jusqu'à atteindre mes épaules.

« C'était destiné à te punir. »

« Je te déteste... » Je grogne dans les draps, luttant contre son doux contact. Je ne veux pas de sa gentillesse. Je ne veux rien d'autre que d'être laissée seule, pour pouvoir oublier que j'ai commencé à aimer mon ravisseur alors que j'aurais dû essayer de m'enfuir depuis le début.

« Tu es sûre ? Ou tu détestes simplement que je ne te laisse pas jouir ? »

« Je te déteste ! »

« Eh bien, j'ai hâte de voir à quel point tu me détestes après. » Le ton de sa voix me terrifie et lorsqu'il me renverse, je grogne et lui donne des coups de pieds pour l'éloigner.

En gloussant, il me maîtrise facilement, me tire du lit et me pousse à genoux. Il m'attrape par le menton et me force à le regarder, lui et rien d'autre. Mes cils sont lourds de larmes.

Mes larmes et ma douleur ne semblent pas avoir d'effet sur lui, cependant.

« Je vais utiliser ta bouche et tu vas me laisser faire. »

Frénétiquement, je fouille son visage, essayant de trouver ne serait-ce qu'une parcelle d'émotion à laquelle je pourrais m'accrocher mais son masque est ferme et en place. L'homme que j'ai appris à connaître, dont j'ai commencé à démêler la carapace, a disparu.

Ses yeux bleu orage sont sans vie, ses traits plus aiguisés comme le tranchant d'un couteau pressé contre ma gorge, il va me trancher la gorge et regarder le sang colorer le sol.

Il attrape sa ceinture et la défait rapidement, puis son pantalon qu'il jette au sol. Il est complètement nu en dessous et son pénis dur comme de l'acier se dresse comme un gratte-ciel entre nous. Comment peut-il être excité après m'avoir fait du mal ?

« Julian... » Son nom s'échappe de mes lèvres comme une prière. Pourquoi je prie, je ne sais pas. Plus ? Moins ? Les deux ?

« Mords-moi et je ferai mal à Marie. » L'avertissement est clair. Je ravale la bile et la peur qui montent dans ma gorge.

« S'il te plaît », je gémis, mes yeux se baissant vers la tête de son pénis. Il est gonflé et une perle de liquide blanc scintille contre lui. Il se caresse avidement et relâche mon menton, déplaçant sa main dans mes cheveux.

Il saisit des mèches et mon cuir chevelu brûle quand il me tire en avant.

« Ouvre », ordonne-t-il d'un ton bourru.

Mes lèvres tremblent mais je fais ce qu'il dit, effrayée par ce qui pourrait arriver ensuite si je ne le fais pas. Tenant ma tête en place par mes cheveux, il se guide vers ma bouche.

Ses yeux sont fixés sur ma bouche, mes lèvres et il observe attentivement son gland qui disparaît entre mes lèvres.

La peur et l'excitation se mélangent et font des étincelles comme de l'essence, rencontrant une allumette. Sa chair douce glisse sur ma langue et même si je ne devrais pas, mes lèvres se referment autour de la tête et je suce. Je ne suis pas sûre de ce que je dois faire. Je suis simplement mon instinct. Lui faire plaisir n'est pas ma priorité et pourtant, je veux tellement lui faire plaisir que c'est tout ce que je ressens.

« Putain », gémit-il en resserrant sa prise sur mes cheveux.

Il glisse vers l'avant, s'enfonçant plus profondément dans ma bouche et en quelques secondes, il est au fond de ma gorge. Je m'étouffe autour de son corps, essayant de m'éloigner, ayant l'impression qu'il va m'étouffer mais une seconde plus tard, il se retire, me donnant une chance de respirer et j'inspire de l'air frais dans mes poumons.

Des larmes coulent de mes yeux et il recommence le même geste, cette fois un peu plus vite que la première fois.

« Je vais te baiser la gorge, fort et vite », prévient-il, me faisant peur, me faisant trembler. Il se retire brièvement, me donnant une chance de dire quelque chose.

« Je ne sais pas si je peux... » Je pleurniche, en essayant de secouer la tête mais il n'écoute pas.

« Tu peux, fais-moi confiance. » Il pousse à nouveau dans ma bouche, ses poussées sont dures et rapides, ce qui m'empêche de respirer mais ne me limite pas complètement. Je m'étouffe autour de son corps et je sens de la salive couler sur le côté de ma bouche et sur mon menton. Il utilise ma bouche et ma gorge sauvagement mais garde les yeux sur moi et d'une certaine manière, je me sens plus connectée à lui, liée à lui.

La chaleur se répand dans mon corps et je frotte mes cuisses l'une contre l'autre, espérant le moindre frottement. Je déteste avoir envie qu'il me touche en ce moment, qu'il me donne du plaisir comme je sais que ma bouche lui en donne.

« Une bouche si chaude et si petite. », grogne-t-il, « Tu es si jolie avec ma queue dedans. »

« Mmm », je dis, autour de sa longueur, mon corps réagissant sans réfléchir.

Julian sourit comme le diable qu'il est. « Je parie que ta chatte est toute mouillée, suppliant mes doigts d'être à l'intérieur. Pas vrai ? » Ses poussées sont plus rapides maintenant, ses couilles claquent contre mon menton. Ma propre excitation recouvre mes cuisses et j'ai honte de la façon dont je le désire.

« Tu es trempée, je le sais. Même si tu ne veux pas l'être, tu apprécies ça. Ton corps sait que je ne prendrais jamais plus que ce que tu peux me donner. »

Il a raison, même si je suis terrifiée, je sais au fond de moi qu'il ne prendra pas plus que ce que je peux lui donner et c'est ce qui est le plus tordu dans tout ça.

Je ne devrais pas vouloir cette punition mais une partie sombre et cachée de moi le veut.

« Suce », ordonne-t-il et je creuse mes joues, le suçant comme si sa queue était une glace.

Sa tête bascule en arrière et son corps entier vibre, tous les muscles parfaitement sculptés de son corps se contractent, se bloquent avec plaisir.

Ejaculant dans ma bouche, j'essaie d'avaler sa libération salée mais il y en a trop et je m'étouffe. Doucement, il se retire de ma bouche.

« Avale le reste », grogne-t-il, en lâchant mes cheveux et en attrapant mon menton. Je fais ce qu'il dit et ses yeux brillent de joie en regardant ma gorge travailler. Il étudie mes traits et, avec ses pouces, essuie les larmes de mes yeux.

Il lèche le côté de ma bouche, ses dents mordent ma lèvre inférieure.

Mes entrailles se tordent et un sanglot s'échappe de ma gorge alors que tout me revient, la brume lascive se dissipant de mes yeux. Je ne voulais pas que ça arrive, pas vraiment et c'est arrivé. Je l'ai laissé m'utiliser, laisser me prendre et me punir et pire que tout, j'ai aimé ça.

« S'il te plaît, laisse-moi partir », je murmure, voulant me recroqueviller sur moi-même. Je ne sais pas quoi ressentir ou penser, seulement que c'est mal. Ce que nous avons fait, les pensées qui tourbillonnent dans ma tête, tout est mal.

Quelque chose se reflète dans ses yeux et me renvoie à moi. Il a l'air désolé mais ça ne peut pas être vrai. Il voulait ça, il voulait que je souffre. Il voulait me punir et il a aimé ça et une partie de moi a aimé ça aussi.

Avant que je puisse saisir le regard, son visage s'éteint à nouveau et il fait ce que je lui demande. Il me soulève et me dépose sur le lit.

Je me laisse retomber sur le matelas et me mets en boule. En rampant sur le lit, il me prend dans ses bras, même si je tressaille à son contact. Sa poitrine est nue maintenant. Il embrasse mon front humide et m'apaise, me serre contre lui et cela ne fait que me faire le détester un peu plus.

Son odeur masculine me submerge, me calme. Comment peut-il faire ça ? Me blesser une seconde et me calmer à la suivante ?

« Shhh, tout va bien. »

« Non, pas moi », je pleurniche dans son torse nu, la chaleur de sa peau m'irradie. J'ai l'impression d'être un iceberg qui se fond lentement dans l'abîme.

« Je ne t'ai pas fait de mal. Je t'ai punie et je sais que tu as aimé ça aussi. » Il me rappelle à nouveau la réaction de mon corps traître à son égard. Ses doigts épais passent dans mes cheveux, faisant picoter mon cuir chevelu.

« Je te déteste », je chuchote.

« Parfois, je me déteste aussi. Tu vas t'en sortir. »

Il me tient dans ses bras un peu plus longtemps, chuchotant des mots doux dans mes cheveux et je le laisse faire. Je le laisse m'apaiser, me tenir, même après ce qu'il a fait. Il ne me lâche pas avant que le dernier sanglot n'ait secoué mon corps.

Me reposant sur le matelas, il descend du lit et fouille dans le tiroir, posant une deuxième paire de menottes à côté de moi. Je ne parle pas et ne le regarde même pas pendant qu'il me roule sur le ventre, me détache une main, me remet sur le dos et ramène mes bras au-dessus de ma tête, fixant une extrémité de la menotte à la tête du lit, puis répétant l'action avec l'autre menotte et l'attachant à mon poignet libre.

Je m'affaisse du mieux que je peux contre les oreillers, mes poignets me font déjà mal à cause de la position et mes fesses brûlent contre les draps mais je ne veux pas qu'il le sache.

Nous sommes ennemis maintenant et il ne mérite plus de savoir ce que je ressens. Tout ce qu'il mérite, c'est ma haine et ma colère et c'est tout ce qu'il aura de moi.

M'ignorant complètement, il entre dans le dressing et en ressort tout habillé peu de temps après. Je fais semblant de dormir et je retiens les larmes qui menacent de couler jusqu'à ce que j'entende la porte se refermer derrière lui. Puis je laisse les larmes couler, souhaitant que les choses soient différentes.

24

JULIAN

Elle m'a trahi. J'aurais dû le voir venir mais j'étais tellement occupé par ma vengeance que je l'ai manqué.

En repensant à ces derniers jours, je me demande ce qui était vrai et ce qui était faux ? Voulait-elle vraiment que je la baise, aimait-elle vraiment passer du temps avec moi ? N'a-t-elle jamais eu confiance en moi, même un tout petit peu ? Je ne sais pas et la vérité, c'est que je pense que je ne le saurai jamais maintenant.

En entrant dans la cuisine, je trouve Marie et notre nouvelle cuisinière, Céleste, en train de discuter d'une sorte de nouveau café en ville.

« Ils ont les meilleures pâtisseries et les meilleurs cafés au lait, je ne sais pas ce qu'ils mettent dedans mais il faut qu'on aille jeter un œil », gazouille Marie.

Céleste - qui a à peu près le même âge que Marie - frappe sa main devant elle en signe d'excitation. « Je me demande jusqu'à quelle heure ils sont ouverts, on pourrait peut-être y aller après le travail ? »

« Le petit-déjeuner est prêt ? » Elles sursautent toutes les deux au son de ma voix, ce qui me fait réaliser à quel point je dois paraître dur.

« Oui », dit Marie, visiblement perturbée par ma présence. Elle remplit rapidement le verre sur le plateau avec du jus de pomme, sa main tremble tellement qu'elle en renverse la moitié au passage.

« Je vais le prendre. » Marchant plus loin dans la cuisine, j'attrape la nourriture, sans manquer la façon dont Marie tressaille à mon mouvement. Bien, elle devrait avoir peur.

Sur le chemin du retour vers la chambre, ma colère concernant la trahison d'Elena ne fait qu'augmenter. Elle m'a menti, m'a caché des secrets et a ensuite essayé de s'enfuir et de retourner chez l'ennemi. Et je suis là, à me demander si elle aimerait une putain de pâtisserie du nouveau café.

Cette femme me rend fou, me tape sur les nerfs et il est temps que je lui rende la monnaie de sa pièce.

Tenant le plateau dans une main, je déverrouille la porte avec l'autre, puis la pousse avec mon épaule. Elena a l'air aussi pitoyable que lorsque je l'ai laissée il y a quelques heures. Je ne voulais pas partir, je voulais rester et la tenir dans mes bras mais cela aurait été contre-productif.

J'avais besoin qu'elle se noie dans ses émotions, qu'elle laisse sa colère mijoter un peu et que je me donne une chance de me calmer parce que j'avais vraiment, vraiment envie de la baiser et je savais que si je ne partais pas, je l'aurais fait.

Elle me regarde brièvement avant de détourner la tête.

Je m'assieds sur le côté du lit et pose le plateau entre nous. Je détache un morceau de gaufre à la myrtille et le lui tend.

« C'est l'heure de manger. »

« Détache-moi alors », dit-elle en regardant ailleurs.

« Non, je te nourris. »

« Je n'ai pas faim, alors. »

« Je ne vais pas te détacher de sitôt. Tu vas me laisser te nourrir, ou tu ne mangeras pas du tout. » J'ai l'impression qu'elle essaie de me pousser dans mes retranchements juste pour voir si je vais encore craquer.

Elle secoue la tête mais ne me regarde toujours pas directement. « Tu es malade, tu le sais, non ? Qu'est-ce qui ne va pas chez toi ? »

« Personne n'est un saint. Maintenant, vas-tu manger, ou as-tu besoin d'un peu plus de temps pour te calmer ? »

« Je dois aller aux toilettes. »

Soupirant, je secoue la tête et sors la clé pour la détacher.

Quand elle a les mains libres, elle frotte ses poignets rouges et se précipite hors du lit, disparaissant dans la salle de bains. Elle claque la porte derrière elle comme une adolescente en colère et je ne peux m'empêcher de sourire à cette idée.

Elle revient quelques minutes plus tard et je dois détourner le regard parce qu'elle est nue et ça me fait de nouveau chier. J'ai atteint ma limite aujourd'hui. Si je craque encore, je la prendrai comme un animal.

« Je peux au moins mettre des vêtements ? »

« Habille-toi », je fais signe à l'armoire. « Je choisirais quelque chose de confortable si j'étais toi. Tu vas être attachée au lit pendant un moment. »

« Évidemment », se moque-t-elle dans son souffle tout en piétinant dans la pièce.

Elle revient habillée d'un pantalon de yoga et d'une chemise trop grande qui tombe sur une épaule. Je peux encore voir ses tétons qui se pressent contre le tissu mais au moins sa chatte est couverte maintenant.

« Prête à manger ? » Je demande, en la menottant au lit.

Maintenant que je suis plus près, je peux voir que ses yeux sont rouges et que la peau qui les entoure est gonflée, ce qui me fait comprendre qu'elle n'a pas cessé de pleurer. J'essaie d'ignorer l'émotion qui monte en moi, en la voyant comme ça. Elle m'a trahi, alors pourquoi pleure-t-elle ? Parce qu'elle s'est fait prendre ?

Je sais que ce que j'ai fait l'a choquée parce que ça m'a choqué aussi mais je ne lui ai pas fait de mal. Je n'ai pas pris plus qu'elle ne pouvait me donner et elle ne m'a jamais demandé d'arrêter. Elle avait peur, elle hésitait mais même si elle était en colère, elle en voulait. Elle voulait que je continue. Cette vérité me dit qu'une partie d'elle me fait confiance et je m'accroche à ce fait autant que possible.

« Je peux me nourrir toute seule », siffle-t-elle comme un chaton.

« Je sais que tu peux mais tu ne le feras pas. Je te l'ai dit, je te nourris, ou tu n'auras rien à manger du tout. »

La détermination brille dans ses yeux. « Je préfère mourir de faim que de te laisser me nourrir. »

On peut tous les deux jouer à ce jeu, la question est de savoir combien de temps elle peut tenir.

« Très bien. » Je souris amèrement, détestant qu'on en soit arrivé là.

Prenant le plateau, je sors de la chambre, sans même lui accorder un second regard. Dans le hall, je reste là, à fixer la porte en bois. Je suis tenté de retourner dans la chambre et de lui enfoncer la nourriture dans la gorge mais elle a fait son choix. Elle veut jouer la dure, alors nous jouerons comme il se doit.

En redescendant, j'entre dans la cuisine et je pose le plateau sur l'îlot. Marie ne lève pas les yeux de ce qu'elle est en train de préparer mais je peux la voir m'observer du coin de l'œil. Je ne peux pas imaginer ce qu'elle pense que je suis en train de faire à Elena. La battre ? La violer ? Elle ne demandera jamais, même si elle est curieuse ou inquiète, car elle a bien trop peur de ce qui pourrait arriver si elle joue les indiscrètes. Pourtant, ses yeux accusateurs me donnent envie de m'en prendre à elle.

Avec tout ce que j'ai découvert la nuit dernière avant de tuer Lev et ensuite la merde avec Elena, je n'ai pas eu un moment pour respirer ou penser. Si je n'étais pas rentré à la maison plus tôt, qui sait ce qui se serait passé ? Qui aurait mis la main sur elle ? Je l'aurais retrouvée de toute façon, le dispositif de repérage que j'avais implanté dans sa bague traquée mais si j'avais été trop lent ? Et si elle avait enlevé la bague ?

L'idée que quelqu'un d'autre la touche, ou lui fasse du mal, me donne envie de mettre le feu au monde entier. Peindre le monde en rouge avec le sang de mes ennemis. Ils viennent tous pour moi maintenant. Romero a commis une erreur colossale en mettant ma tête à prix, car si quelqu'un me blesse, il blessera aussi Elena.

Je remonte à l'étage et vais directement dans mon bureau. Je n'ai pas dormi de la nuit mais il est hors de question que j'aille me coucher de sitôt.

Je ferme la porte, me dirige vers la cave, prends un verre en cristal et une bouteille de whisky puis me verse une bonne dose.

Enfoncé dans le fauteuil en cuir derrière mon bureau, je regarde fixement le liquide ambré. Ai-je fait une erreur en tuant Lev ? Sa famille va certainement me chercher pour m'interroger, peut-être même essayer de m'attaquer pour avoir tué leur fils. Je doute très rarement de moi-même mais voilà que je commence maintenant.

Je ne peux pas imaginer ne pas tuer cet enfoiré, surtout après qu'il ait touché Elena mais je me suis mis à nu sans raison. J'ai montré ma seule et unique faiblesse. Je ne sais pas pourquoi je perds autant de temps à penser à ses sentiments et ses désirs. Rien de tout cela ne compte, pas vraiment, ou ça ne devrait pas. Se débarrasser de ces sentiments ne marche pas. Je suis sous le charme de la belle brune autant qu'elle l'est par moi.

Je ne veux pas qu'elle déteste notre mariage mais je ne veux pas non plus qu'elle s'enfuie. Je ferai tout pour la garder en sécurité et la protéger, surtout de son père, qui veut la vendre au prochain criminel sans pitié. Même si cela fait qu'Elena me déteste, je sais que je vais quand même tuer son père. Il a tué ma mère. Une vie pour une vie est un paiement digne et juste.

Je ne peux pas croire que Romero ait convaincu Elena que j'allais la tuer. Une partie de moi comprend son besoin de fuir, de se protéger. C'est courageux et ça la fait paraître forte plutôt que faible mais c'est très frustrant quand il y a des gens pires dehors qui attendent de me la prendre.

En sirotant mon whisky, je le laisse me réchauffer de l'intérieur tout en réfléchissant à ce que je vais faire avec Elena. Je dois lui dire que le mariage a été avancé, même si cela n'a pas beaucoup d'importance pour elle, j'en suis sûr.

Je suis censé m'en foutre qu'elle me déteste ou pas mais c'est le cas. Je veux qu'elle me désire, qu'elle ait envie de moi et maintenant pour d'autres raisons que la vengeance. Cette partie a changé... ou peut-être qu'elle a toujours été là, juste cachée sous la surface, cachée sous un mensonge.

Une partie d'elle me veut déjà mais ce qui s'est passé aujourd'hui nous a fait reculer. Je me demande ce que mon père penserait ? Ce qu'il attendrait de moi ? Il aimait tellement ma mère et même si c'était un homme impitoyable, que beaucoup craignaient, il avait un faible pour elle.

Il m'a appris la compassion et l'amour mais aussi à ne jamais laisser l'ennemi gagner et Elena par association est l'ennemi.

On frappe à la porte et je me retourne dans mon fauteuil. « Entrez », dis-je à celui qui est de l'autre côté, sachant que c'est un de mes hommes.

La porte s'ouvre et Lucca entre dans la pièce. C'est difficile de croire qu'il est si jeune quand on voit sa détermination, ses compétences et la façon dont il se comporte. Si son père était encore en vie, je crois qu'il serait extrêmement fier.

« Nous avons doublé la sécurité et surveillons la situation avec Romero, patron. Si quelque chose change, je t'en ferai part. »

« Très bien », dis-je en prenant une autre gorgée de whisky.

« Il est un peu tôt pour boire, tu ne trouves pas, patron ? » Il se moque et je tourne mon regard d'acier vers lui une fois de plus.

« La matinée a été difficile », lui dis-je, me surprenant à partager ce détail avec lui.

« Pas aussi difficile que de te voir en tant que marié. »

Je regarde mon annulaire, sachant que bientôt il y aura une bague qui y reposera. Mon père a pris ses vœux au sérieux et je pense qu'il attendrait la même chose de moi.

« Ce sera différent, oui mais rien ne changera dans la façon dont je dirige cette organisation. Je serai toujours le même connard que je suis maintenant. Peut-être même pire. »

« Ah oui ? Je ne m'attendais pas à ce que ça change. » Lucca ricane.

« Pourquoi ? Tu es inquiet ? »

Lucca secoue la tête. « Non, tu as toujours été bon pour ma famille et tu es un homme honnête qui tient sa parole. Les autres se sont juste demandés si ça te changerait. Tuer Lev pourrait déclencher une guerre quand sa famille découvrira que c'était nous. »

« Rien n'a changé et rien ne changera. *Si* ou *quand* la famille de Lev décide d'attaquer, nous serons prêts. Je suis le capo et je dis ce qui doit être fait, maintenant dégage d'ici » je grogne, la frustration montant. La pression sur mes épaules est immense et je me demande si je fais le bon choix. Même si ce n'était pas le cas, je ne peux pas laisser Elena partir.

J'ai déjà eu un aperçu d'elle et maintenant je veux tout, chaque parcelle de son être.

L<small>E DÉJEUNER</small> se termine de la même façon que le petit déjeuner, avec une Elena têtue. Elle refuse de manger et me regarde d'un air mauvais, comme si j'avais donné un coup de pied à son chien. Je suis tenté de lui dire qu'elle est très sexy même en colère mais j'ai l'impression que ça ne ferait qu'empirer les choses.

Lorsque l'heure du dîner arrive, je me dirige vers la chambre avec le plateau, bien décidé à la faire manger cette fois-ci. Même si je dois lui enfoncer la nourriture dans la gorge, elle va manger. Dès que j'entre, ses yeux émeraudes se rétrécissent.

« Il n'y a que toi que tu blesses à te priver de nourriture comme ça. »

« Je te fais mal aussi », dit-elle doucement avec un sourire sur les lèvres.

Je serre le plateau un peu plus fort, l'imaginant comme sa gorge. Elle me pousse dans mes retranchements et bientôt je ne serai plus responsable de ce qui arrivera.

« Non, du tout. Tu as besoin d'aller aux toilettes ? » Je demande, en posant le plateau au bout du lit.

Elle hoche la tête et je récupère la clé dans ma poche. Je détache une main, puis l'autre. Je recule d'un pas, lui laisse de la place pour passer mais au lieu de ça elle me fait une peur bleue en se jetant du lit et en fonçant sur moi comme un animal sauvage. Levant les mains, j'essaie de me protéger et de la maîtriser mais elle agit comme un animal sauvage.

« Pourquoi tu m'as laissée ici pour baiser quelqu'un d'autre ? », grogne-t-elle.

Mais de quoi parle-t-elle ?

Je n'ai même pas le temps de demander qu'elle attaque à nouveau. Ses petites mains n'ont peut-être pas beaucoup de force mais ses gifles piquent et quand ses ongles m'attrapent au cou, s'enfonçant dans ma peau, je siffle. Mes mains entourent ses deux poignets et je les presse contre sa poitrine.

« De quoi tu parles, putain ? » Je grogne, sentant le sang chaud sur ma peau. Ma queue est si dure qu'elle se presse contre la fermeture éclair de mon pantalon, voulant se déchaîner. Sa violence ne fait que me donner encore plus envie d'elle.

L'horreur remplit ses yeux tandis qu'elle fixe mon cou.

Et oui, regarde ce que tu as fait, ma reine.

« L'autre nuit... tu es parti, tu es parti toute la nuit. Tu ne voulais pas de moi, alors tu es allé ailleurs. »

Une ampoule s'allume au-dessus de ma tête. Je ne peux pas empêcher mes lèvres de se relever sur les côtés. « La jalousie te va très bien et je dois dire que si ça doit toujours te faire agir de cette façon, je pourrais te rendre jalouse plus souvent. »

« Je ne suis pas jalouse », dit-elle avec colère, en se débattant contre moi.

Je lui ris au visage. « Tu l'es et c'est bien. J'aime bien ça. Ça m'excite, ça me donne envie de te déshabiller et de te goûter partout. »

Le feu dans ses yeux m'interpelle. « Comme si j'allais te laisser faire ça, sachant que tu es avec quelqu'un d'autre. »

Froissant ma propre lèvre, je la tire contre mon torse et presse mon sexe contre elle. « Si tu veux savoir, je n'étais avec personne d'autre. Je m'occupais de mes affaires. Il n'y a que ta chatte qui me fait cet effet, douce Elena. » Je lui mords le lobe de l'oreille et le plaisir emplit ma poitrine lorsqu'elle laisse échapper un doux gémissement.

« Tu n'étais pas avec quelqu'un d'autre ? » murmure-t-elle, presque comme si elle ne le croyait pas. Je savais en partant qu'elle se sentait rejetée mais je devais partir et m'éloigner de la pièce et d'elle avant de faire quelque chose que je ne pourrais pas finir.

« Non. Absolument pas. J'ai refusé parce que j'avais du travail qui devait être fait et ça ne pouvait pas attendre. J'ai dû me forcer à quitter cette pièce, me forcer à ne pas me jeter sur toi et te baiser follement. »

Je relâche ses poignets quand je vois ses traits s'adoucir. Elle a vraiment cru que j'étais parti jouer avec quelqu'un d'autre. Faisant un pas en arrière, elle me regarde encore une fois, quelque chose de proche de la culpabilité clignotant dans ses yeux. Avant que je puisse m'accrocher à ce regard, elle se précipite dans la salle de bain et ferme la porte derrière elle.

En soupirant, je me dirige vers le lit et m'assois. Je porte ma main à mon cou, je trace les marques en relief avec un doigt et je souris. *Super, juste au moment où les dernières griffures avaient guéri.*

Féroce, déterminée et tellement belle. En retirant ma main, je vois une petite tache de sang sur mes doigts.

Quelques instants plus tard, Elena retourne sur le lit, s'y glisse et s'installe à sa place habituelle. Je sens son regard sur mon cou alors que je lui remets les poignets en place. Elle n'a pas abandonné, c'est évident mais elle a fini de se battre pour le moment.

« Veux-tu manger ? » Je demande, en déplaçant le plateau entre nous.

« Oui », murmure-t-elle.

Je grimace presque en retirant le couvercle de son assiette. L'odeur savoureuse des tomates et de l'assaisonnement italien remplit mes narines - spaghetti avec boulettes de viande.

Les yeux d'Elena se voilent et elle se lèche les lèvres. Elle doit être affamée. J'attrape la fourchette, je fais tourner quelques nouilles et une tranche de boulette de viande dessus et je la porte à ses lèvres roses.

Manger ne devrait pas être considéré comme sexuel mais la façon dont ses lèvres passent sur la fourchette alors qu'elle dévore la nourriture que je lui offre, m'excite au plus haut point.

Nous continuons ce mouvement, je la nourris et lui offre des petites gorgées d'eau entre les bouchées et elle mange jusqu'à ce que l'assiette soit vide. Elle s'appuie sur les oreillers et gémit. Je déplace le plateau et le pose sur la chaise longue.

« Je suis si pleine que je pense que je vais exploser. »

« J'ai décidé d'avancer le mariage. Il aura lieu dans quelques jours et j'espère que d'ici là, tu te comporteras mieux. »

Début Sauvage

« Quelques jours ? » Elle grince. « Pourquoi l'avoir avancé ? »

« Ton père et sa mise à prix. Tu seras ma femme à la fin de la semaine. »

Elle ne dit rien à ce sujet, non pas que son objection change quoi que ce soit. Je l'épouserais même si elle me suppliait de ne pas le faire, bien que bizarrement, elle ne m'ait pas du tout combattu sur ce point. Être enfermée dans la chambre, menottée et piégée, oui mais tout ce que je lui ai demandé de faire, elle l'a fait.

En me déshabillant, j'entre dans la salle de bains. Je mets la douche en marche et je saute dedans, me lavant rapidement les cheveux et le corps. Quand j'ai fini, je sors de la salle de bains sans même une serviette autour des hanches.

Elena fait comme si elle ne me regardait pas mais je peux sentir ses yeux se promener sur mon corps nu et je jure que je peux voir ses joues devenir roses même de loin. Elle est une énigme. Un instant, elle veut que je la touche et l'instant d'après, elle veut m'arracher les yeux.

Je prends un caleçon, l'enfile et retourne au lit. Je me glisse sous les draps et me détourne d'elle.

« Bonne nuit, Julian », souffle-t-elle en tirant sur les menottes. « Au moins l'un d'entre nous est à l'aise. »

« Sois une bonne fille et les menottes ne seront peut-être plus nécessaires. »

« Qu'est-ce que tu veux dire par là ? »

« Il ne sera peut-être plus nécessaire de te tenir captive tout le temps, seulement quand je le désire. »

« Quelque chose ne tourne pas rond chez toi. » Elle se tourne et se retourne, ébouriffant les draps dans ses mouvements.

« Tu as beaucoup à apprendre, ma chérie », je chuchote et j'éteins la lumière, plongeant la pièce dans l'obscurité.

« Toi aussi, comme apprendre à écouter. »

En me retournant, je lui fais face et même s'il fait sombre, je peux encore distinguer certains de ses traits. « Tu as fui, sachant que je te punirais pour ça. On dirait que la seule personne qui ne sait pas écouter, c'est toi. »

Elle soupire. « J'ai fui parce que je pensais que tu allais me faire du mal et je n'allais pas fuir au départ. »

« Alors qu'allais-tu faire ? »

« Je pensais que tu étais avec quelqu'un d'autre et j'étais bouleversée. Tu m'as rejetée et puis j'ai entendu tes hommes parler... ils ont dit que tu avais accéléré tes plans. Je pensais que tu allais me tuer ou faire quelque chose de bien pire. J'ai paniqué. »

Je ne l'admis pas à voix haute mais je la comprenais. Au fond, je comprenais pourquoi elle avait fui mais ça ne voulait pas dire que ce n'était pas une gifle pour moi. Si ça avait été pendant la journée, ou si un de mes hommes l'avait trouvée, ça aurait pu très mal tourner.

« Je comprends mais une punition est une punition. » Tassant mon oreiller, je pose ma tête dessus et fais de mon mieux pour ignorer la chaleur de son corps qui m'appelle.

Je ne dis rien d'autre et laisse mes yeux se fermer. Mon corps me démange, voulant se rapprocher d'elle, la tenir dans mes bras mais ces derniers temps, mon toucher ne lui plaisait plus. Et je suis las de la combattre. Je veux juste dormir.

Finalement, sa respiration s'équilibre et je décide de me laisser aller à l'épuisement également.

Le son de quelqu'un qui pleure emplit ma tête, me tirant d'un sommeil brumeux. De doux gémissements emplissent mes oreilles et je me retourne pour trouver Elena, les yeux serrés, luttant contre les menottes, son petit corps tremblant.

Un cauchemar. Elle fait un cauchemar.

Doucement, je m'agrippe à ses épaules et lui donne une petite secousse. Un sanglot s'échappe de ses lèvres et ses pleurs s'amplifient lorsque ses yeux s'ouvrent.

Je me surprends à la serrer dans mes bras, à la rapprocher plutôt qu'à la repousser. Mes yeux sont rivés sur son visage, observant les larmes qui coulent sur ses joues comme des gouttes de pluie sur une fenêtre. Depuis qu'elle est ici, elle n'a jamais eu l'air aussi brisée qu'en ce moment et les émotions qui tourbillonnent dans ses yeux s'accrochent à moi, plantant leurs griffes dans mon subconscient.

Sa vulnérabilité se fait sentir et je ne peux rien faire d'autre que de la prendre par la joue et d'essuyer ses larmes. Ma bouche émet des sons doux, les bruits que j'expulse sont si étrangers, je ne savais même pas que je pouvais les faire.

Au bout d'un moment, elle cesse de pleurer mais je continue à caresser sa joue, aimant la sensation de sa peau sous ma main.

« De quoi rêvais-tu ? » Je croasse, me demandant ce qui pouvait bien la bouleverser autant.

« Ma mère », murmure-t-elle. « Dans le rêve, j'étais encore là, dans la salle de bain. Quand elle s'est suicidée... et que je l'ai trouvée. Il y avait tellement de sang, sur la baignoire, sur son corps, sur mes mains. Je peux encore voir le regard vide dans ses yeux, sentir la froideur de sa peau. »

J'avale, prenant tout ce qu'elle dit. Je suis choqué, principalement parce que ce n'est pas l'histoire que son père a racontée aux autres. Selon lui, elle est morte dans un accident de voiture. Pourquoi mentirait-il sur une chose pareille ? Cela faisait tourner les roues dans ma tête et me rappelait encore plus quel porc était Romero. Il cache quelque chose et je vais le découvrir.

« Elle me manque tellement, Julian et j'aimerais qu'elle soit là maintenant. J'aimerais qu'elle soit à notre mariage. » Elle se remet à pleurer et ses émotions brisées me touchent, me tiraillant le cœur. « Elle aurait voulu être là. Je le sais. Elle m'aimait. Bien plus que mon père. » Elle renifle avant de continuer. « Après sa mort, tout a changé. J'avais l'habitude de sortir, de cuisiner, d'aller faire les courses et puis il m'a enlevé tout ça. »

Chaque mot qu'elle prononce résonne en moi. Je ne veux pas être comme son père. Je ne veux pas l'enfermer dans une cage mais je ne peux pas faire autrement. Je ne peux pas risquer qu'elle parte ou que quelqu'un la trouve. Elle a atteint une partie de moi que personne n'a jamais atteint et aussi terrifiant que cela soit, je ne peux pas la laisser partir. Je ne la laisserai pas partir. Je vais tuer, détruire et la retenir contre sa volonté si nécessaire.

Elle est à moi jusqu'à la mort.

« Dors, je vais éloigner les cauchemars », je murmure dans ses cheveux, mes lèvres effleurant son front.

« Me laisseras-tu un jour partir ? »

« Te détacher du lit, oui. Me quitter ? Jamais. Si jamais tu t'éloignes de moi, je te traquerai, te retrouverai et te ramènerai ici. Le jour où tu as signé ton nom sur ce contrat est le jour où tu es devenue mienne. Je ne te laisserai jamais m'échapper. Je ne te laisserai jamais partir. »

Le silence s'installe et même si elle ne dit rien, je sais qu'elle est encore éveillée. Je l'ignore et la serre dans mes bras jusqu'à ce que nous nous endormions tous les deux.

25

ELENA

Julian m'a laissée attachée à ce lit depuis deux jours maintenant. Mes poignets sont douloureux et mes bras me font mal à force de rester dans la même position. Je pensais qu'après le cauchemar et la façon dont il me tenait, il me libérerait mais non.

Ce qui est encore pire que d'être mal à l'aise, c'est la solitude. La seule personne que j'ai vue ou à qui j'ai parlé est Julian et il ne reste pas longtemps quand il est ici. Cela a probablement quelque chose à voir avec le fait que je lui crie constamment dessus et que je le repousse. Je le déteste et j'ai envie de lui tout à la fois. Je déteste ce qu'il me fait mais j'ai aussi envie de son corps, de son âme. J'attends désespérément son contact. La façon dont il me tenait et réconfortait rendait mon corps confus.

Je sais que c'est en partie parce qu'il est le seul contact humain que j'ai. Mais je ne peux pas m'empêcher de me demander si c'est plus que ça. La façon dont il me touchait, me punissait... dont il m'utilisait. C'était... inattendu. Pas la partie de lui agissant de cette façon, la partie de moi aimant ça.

Il doit y avoir quelque chose de fondamentalement mauvais en moi. Comment puis-je apprécier ce qu'il m'a fait ? Comment mon corps peut-il en vouloir plus ?

N'ayant rien d'autre à faire que de penser à Julian et à ce qu'on a fait, je suis dans un état de besoin constant. Mon corps est chaud et chaque fois qu'il me laisse aller aux toilettes, je trouve ma culotte trempée.

Je tourne la tête pour vérifier l'heure. Il devrait bientôt être de retour avec mon dîner. Juste au bon moment, mon estomac grogne.

En regardant les minutes passer, j'attends qu'il ouvre la porte.

Quand je l'entends enfin approcher, je me maudis d'avoir senti l'excitation monter en moi. *Oui, il y a vraiment quelque chose qui ne tourne pas rond chez moi.*

Le verrou se débloque et la porte s'ouvre, révélant Julian dans toute sa gloire. Comme prévu, il tient un plateau de nourriture. Ce que je n'avais pas vu venir, c'est qu'il était en tenue de sport.

Son costume et sa cravate habituels ont disparu et il porte un short de sport et un T-shirt. Les deux sont couverts de sueur et collent à ses muscles comme une seconde peau. Je peux voir chacun de ses muscles se contracter tandis qu'il s'avance vers moi. Ma bouche devient sèche et mes cuisses se frottent l'une contre l'autre, recherchant désespérément la moindre friction. J'ai tellement envie de lui et je déteste avoir envie de lui.

« J'ai perdu la notion du temps à la salle de gym. »

J'ouvre la bouche mais rien ne sort. Tout ce que je peux faire, c'est fixer son torse, en me demandant ce que ça ferait de passer mes doigts dessus.

« Tu le fais encore. » Il glousse en s'asseyant sur le bord du lit.

« Q-Quoi ? »

« Tu me regardes comme si tu voulais que je te baise. »

« Peut-être que c'est vrai... »

Début Sauvage 217

« Ne sois pas allumeuse, Elena. » Julian secoue la tête, l'air déconcerté. « Maintenant, sois une bonne fille et laisse-moi te nourrir. » Il prend la fourchette, pique un petit morceau de poulet et quelques morceaux de pommes de terre écrasées.

J'écarte mes lèvres juste assez pour qu'il puisse glisser la nourriture entre elles. Puis, je referme mes lèvres et le laisse faire glisser la fourchette, me laissant la bouche pleine de nourriture. Je le regarde me regarder manger. Son regard ne quitte jamais mes lèvres.

Nous répétons le processus quelques fois de plus, chaque fois plus érotique que la suivante. Qui aurait cru que se nourrir pouvait être aussi... sensuel ? Lui qui prend soin de moi comme ça, de mes besoins, il y a quelque chose de primitif là-dedans.

Ce sentiment qu'il prend soin de moi et le souvenir de la façon dont il a utilisé mon corps, est une combinaison dangereuse. Je dois arrêter de revivre ce souvenir. C'était une punition, après tout.

Après la quatrième bouchée, je secoue la tête. Indiquant que j'ai fini.

« Tu as à peine mangé », dit-il en regardant l'assiette.

« Je sais, j'ai juste... » Je sais que ce changement de conversation va le surprendre mais j'ai pensé à ça toute la journée et je ne peux pas garder ces pensées pour moi plus longtemps. « Pourquoi veux-tu attendre le mariage pour faire l'amour ? » C'est une question que je me pose depuis un moment. Julian ne me semble pas être un homme religieux, il doit donc avoir une autre raison.

« La tradition surtout. Pas de raison précise. »

« Je ne veux pas attendre », j'ai lâché. « Je veux le faire maintenant. Aujourd'hui. »

Les sourcils de Julian se rapprochent et il me regarde d'un air perplexe. « Pourquoi ? Le mariage est dans quelques jours seulement. Pourquoi maintenant ? »

En levant mon menton, je le regarde dans les yeux. « Parce que je veux que ce soit mon choix. » Je n'avais pas réalisé à quel point c'était vrai avant que les mots ne quittent ma bouche. Oui, je suis super excitée, comme une chatte en chaleur mais je veux aussi que ce soit à mes conditions. « Toute ma vie, chaque choix m'a été enlevé. Cette fois, je veux avoir le choix. Je veux décider quand je vais donner ma virginité. »

Inclinant la tête, il me fixe comme si j'étais une équation mathématique qu'il essayait de résoudre. « Tu es sûre de ça ? Je ne vais pas te détacher. »

« Je m'en fiche. Je veux que ce soit mon choix. »

« Bien mais à une condition. » Ses lèvres s'inclinent en un sourire en coin. « Avoue que tu as aimé ce que je t'ai fait l'autre jour. »

Réprimant un soupir, je demande : « Quelle partie ? »

« La partie qui t'a plu. »

Tout.

Trop embarrassée pour le dire, je choisis de minimiser. « Quand tu... tu sais... m'as léchée... là. »

« Tu veux dire quand j'avais ma langue sur ton petit trou du cul serré ? »

Je suis presque sûre que mes joues sont rouge vif, en tout cas, j'ai l'impression qu'elles sont en feu. Baissant les yeux sur la couverture drapée sur mes genoux, je parviens à murmurer : « Bizarrement, ça aussi. »

J'ai honte d'admettre à quel point j'ai aimé tout ce qu'on a fait.

« Je pense que je devrais peut-être retirer ce que j'ai dit sur toi la dernière fois. Je pensais que tu ne pouvais pas gérer mes besoins sombres et sinistres. Je pense que tu seras capable de les gérer très bien. Plus encore, tu vas les apprécier. »

Il se lève et pose le plateau sur le dessus de la commode. Je suis sur le point de lui demander ce qu'il fait. *Il n'a pas intérêt à partir.* Ma question reste bloquée dans ma gorge lorsqu'il commence à se déshabiller, faisant passer son T shirt par-dessus sa tête, il le jette négligemment sur le sol. Puis il baisse son short et l'enlève également.

Il ne porte pas de sous-vêtements et mes yeux sont rivés sur son pénis déjà dur, qui se balance d'un côté à l'autre tandis qu'il revient vers moi. Il retire la couverture de mes jambes et plonge ses doigts dans mon legging, le baissant, ainsi que ma culotte.

« Tu es sûre de toi ? C'est ta dernière chance de te rétracter », prévient-il en grimpant sur le lit, en écartant mes jambes et en s'installant entre elles.

« Tu ne vas vraiment pas me détacher ? »

En souriant, il secoue la tête, non. « J'aime que tu sois attachée et sans défense. »

« Tu penses que je serais moins impuissante si je n'étais pas attachée ? »

Julian montre son cou. « Dois-je te rappeler les profondes griffures sur mon cou ? »

« J'étais juste effrayée et en colère. »

« Et tu n'as pas peur maintenant ? » Il plie mes genoux et m'écarte encore plus, exposant mon sexe à lui autant qu'il le peut.

Je déglutis. « Pas comme je l'étais avant. » La vérité est que j'ai toujours peur mais c'est une autre sorte de peur maintenant. Avant, je craignais d'être blessée physiquement. Je craignais d'être violée, battue et partagée entre les hommes.

Maintenant, je crains d'être seule, d'être trompée, qu'on me mente et qu'on me jette comme si je ne comptais pas. Je crains de ne pas être suffisante, de ne pas être à la hauteur de ce qu'il pense que je suis ou de ce dont il a besoin que je sois.

Il fouille dans sa poche et mes entrailles se serrent lorsqu'il sort la clé de mes menottes et les défait. Dès que mes poignets sont libres, je me penche en avant et passe mes bras autour de son cou. Je m'accroche à lui comme un singe et le tire en avant jusqu'à ce que nos lèvres se touchent presque.

« Je te veux. » Je respire contre ses lèvres et je soulève mes hanches, essayant de guider sa pointe dans mon sexe. Le regard de Julian erre sur mon visage pendant une fraction de seconde et je m'inquiète de savoir s'il va se retirer et mettre fin à tout ça mais ensuite il vient sur moi, ses lèvres se pressent contre les miennes. Le baiser est une punition, des dents, de la colère et de la luxure. Un cyclone tourbillonnant de destruction qui attend de se produire.

Je me noie dans le baiser, je gémis alors que ses mains se déplacent sur ma peau, touchant quelque chose en moi qui n'a jamais été touché auparavant. J'ai besoin et je veux tout ce qu'il est prêt à me donner. Les choses que je ressens en ce moment sont terrifiantes. C'est comme se tenir au bord d'une falaise, sachant que la seule chose que vous pouvez faire est de sauter.

Me sauvera-t-il ou sera-t-il ma damnation ?

Je gémis quand il se retire et échappe à mon emprise en se glissant sous mes bras.

« N'arrête pas, s'il te plaît. » J'ai l'air aussi désespérée que je le suis, j'en suis sûre.

Julian ricane en se mettant à plat ventre et en me tirant vers l'avant, son visage est si près de mes lèvres que je peux sentir son souffle chaud contre elles. « Je n'y compte pas. Même pas si tu me supplies. »

En m'appuyant sur l'oreiller, j'arque le dos et soulève les hanches lorsqu'il enfouit son visage entre mes jambes. Sa langue bouge de façon experte et il me lèche du cul jusqu'au clitoris avant de redescendre.

Il a à peine commencé que je sens mes jambes trembler, la pression dans mon corps augmentant à chaque frôlement de sa langue.

« Oh oui, utilise ma bouche. Tu as si bon goût. Je te veux, te dévorer jusqu'à ma mort. » Ses mots ne font que m'encourager et je passe mes doigts dans ses cheveux noirs, maintenant sa tête en place, aimant le contrôle qu'il a sur mon corps. Ses lèvres bougent lentement, grignotant et goûtant chaque centimètre de ma chatte et quand il fredonne son approbation, le son vibre en moi.

L'excitation recouvre l'intérieur de mes cuisses, me faisant savoir à quel point je suis excitée. C'est comme si quelqu'un avait ouvert un robinet en bas. Happée par la sensation de sa langue contre ma chatte, je m'enfonce de plus en plus profondément, mon corps se resserre, une chaleur le traverse.

En suçant mon clito entre ses lèvres, je m'écroule, en chute libre dans l'abîme du plaisir. Mes jambes tremblent et je flotte loin de mon corps pendant une seconde alors que mes yeux se ferment.

Mais Julian n'en a pas fini, il enfonce deux doigts dans mon sexe étroit, entrant et sortant à un rythme effréné.

« Jouis pour moi, ma belle, jouis sur ma main, enduis mes doigts, serre-les, montre-moi que tu as besoin de ma queue. »

La façon dont mon corps réagit à son contact est choquante et alors qu'il me soutire un autre orgasme, j'ai l'impression que le paradis et l'enfer se rencontrent. Ma bouche s'ouvre et une froideur m'envahit, me faisant mal aux tétons.

J'ai besoin de lui d'une manière que je ne peux même pas exprimer avec des mots.

J'explose, je me jette sur ses doigts, je serre, je le pousse presque à bout. Ma respiration est erratique et chaque contact est intensifié. Quand il retire ses doigts de moi, j'ouvre les yeux et je le regarde.

C'est comme deux nuages d'orage suspendus au-dessus de ma tête. Je peux voir le monde entier dans ces deux orbes, voir à quel point je compte pour lui. La vulnérabilité qu'elles renferment me fait trembler jusqu'à la moelle.

Se hissant sur ses genoux, il prend sa queue dans sa main et je baisse les yeux vers lui. Il est si épais et si long. La peur ronge une partie de mon état euphorique et même si j'ai fait ce choix, je me demande pendant une seconde si je commets une erreur.

« Si tu as peur que ça te fasse mal, je peux te promettre que ça ira. Tu es plus que prête pour moi. Je t'ai préparée et maintenant je vais te prendre, comme je t'ai prise à ton père. »

Mon monde entier bouscule frénétiquement. Un léger souffle passe d'entre mes lèvres lorsqu'il se déplace entre mes jambes, une main me prenant l'arrière de la tête tandis que l'autre le guide vers mon entrée.

Je me resserre, mes muscles se contractent alors qu'il fait glisser son gland dans mon jus et sur mon clito. Le contact avec mon clito allume un feu à l'intérieur de moi. Il suffit d'une étincelle pour allumer un feu de forêt et Julian est mon étincelle.

En déposant un baiser sur mon menton, il pousse contre mon entrée, la tête épaisse de sa queue glisse à l'intérieur et je me mords la lèvre, attendant avec impatience qu'il me pénètre. J'enroule mes bras autour de lui, le rapprochant et il glisse un peu plus profondément.

L'air s'échappe de mes poumons et nos regards se croisent. J'enfonce mes ongles dans sa peau tandis que mes hanches se soulèvent, mon corps essayant d'échapper à cette intrusion trop complète.

« Tellement serrée et parfaite », murmure-t-il.

En se penchant, sa bouche chaude entoure l'un de mes tétons et je miaule dans la pièce à cause des sensations qui m'envahissent. Sa langue effleure la pointe dure, puis il la mordille, ses dents effleurant la chair sensible, me détournant de la douleur dans mon cœur.

Mon sexe s'adapte lentement à la plénitude et Julian gémit.

« Je vais commencer à bouger. » Il soupire contre ma peau. Je peux voir la sueur perler sur son front, ses épaules se resserrer, les muscles se contracter, laissant deviner à quel point il est tendu. Il se retient pour moi, me donne une chance de trouver du plaisir même dans la douleur. Ça me donne envie de lui rendre la pareille, de lui prouver à quel point je le veux. Je soulève mes hanches, cherchant sa poussée alors qu'il se retire et revient, ses couilles se pressant contre mon cul.

Le plaisir et la douleur entrent en collision comme un phénomène cosmique, une étoile qui naît.

Sa main dans mes cheveux se resserre et il soulève ma tête, rapprochant nos fronts. Nos souffles chauds se mêlent dans l'espace qui nous sépare, son odeur virile m'entoure. Ses yeux se fixent sur les miens et il grogne, accélérant son rythme, balançant ses hanches vers l'avant, possédant une autre partie de moi sans le savoir.

Mes lèvres s'écartent et un gémissement s'échappe, ça ne ressemble à rien de ce que j'ai pu ressentir auparavant.

Une obscurité se lit dans ses yeux et il commence à bouger plus rapidement, en faisant bouger ses hanches, me pressant plus fort contre le matelas. L'air s'échappe de mes poumons alors que le plaisir et la douleur se mélangent, ne faisant qu'un.

« Putain, oui... Je peux te sentir te serrer... » Julian se retrousse les lèvres et s'enfonce en moi, encore et encore, en faisant pivoter ses hanches et en remontant ma jambe un peu plus haut, en enfonçant sa queue profondément, si profondément que j'ai l'impression qu'il me casse en deux.

Un orgasme se construit en moi mais il est hors de portée.

« J'ai besoin de plus », j'halète, j'ai vraiment envie de jouir.

Sachant exactement ce dont j'ai besoin, il glisse une main entre nos corps et presse son pouce contre mon clito. C'est juste la bonne quantité de friction et combinée à ses poussées brutales, j'explose, serrant sa queue si fort que ses traits sont remplis de douleur.

Il me pousse à travers mon orgasme, s'acharnant sur moi jusqu'à ce qu'il trouve sa propre libération, ses yeux s'enfonçant dans les miens. L'intensité qui s'y trouve m'arrache l'air des poumons. Je peux voir dans son âme et ça me donne encore plus envie de lui.

« Je... je t'aime », je murmure les mots qui sortent de moi comme un évier qui déborde.

Ses lèvres effleurent les miennes et je sens sa libération chaude et collante s'écouler de moi et descendre le long de son corps.

« Je sais », dit-il en faisant glisser un doigt sur le côté de mon visage.

Lentement, il se retire de moi et je grimace, me déplaçant inconfortablement contre les draps. En regardant entre mes jambes, il me fixe et je baisse les yeux pour voir ce qu'il regarde. Ma bouche s'assèche lorsque je vois la preuve de ma virginité et nos jus combinés sur mes cuisses et le drap.

« Viens, ma reine », il me tend la main, détournant mon attention des draps.

« Ta reine ? » Je place ma main dans la sienne.

« Oui, ma reine. » Il dépose un doux baiser sur ma main, ses yeux scintillent comme des joyaux rares.

L'air entre nous est différent et j'ai l'impression de lui avoir donné la partie la plus sacrée de ce que je suis, attendant de lui qu'il la protège et la garde. La gardera-t-il ? Me protégera-t-il ? Je sais qu'il me protégera contre ses ennemis, même contre mon père mais qui me protégera de lui ?

Julian n'aime pas. Il prend juste et pendant que je suis exposée à lui, une partie de lui se cache toujours. Comment faire pour qu'il se libère et m'aime en retour ?

26

JULIAN

Les douze dernières heures ont été un tourbillon. Quand je l'ai amenée ici, j'espérais qu'elle finirait par venir à moi de son plein gré mais je ne m'attendais pas à ce que ça arrive si vite. Une fois de plus, elle m'a prouvé que j'avais tort. Non seulement elle est venue à moi plus tôt que je ne le pensais mais elle s'est donnée à moi complètement.

Alors que je me remémore le souvenir de son corps sous le mien, la chaleur de sa chatte lorsqu'elle palpite autour de ma queue, j'essaie de comprendre ce qui la motive. Essaie-t-elle de me faire tomber amoureux d'elle ? Elle prétend m'aimer mais est-ce que je l'aime ? Suis-je même capable de cette émotion ? Peut-être mais ce serait stupide de ma part. Je ne peux pas l'aimer mais je suis d'accord pour qu'elle m'aime. Ça s'inscrit parfaitement dans mon plan. Je dois juste me contrôler. Dès qu'Elena découvrira mon plan, elle ne me regardera plus jamais de la même façon. Il n'y a aucun moyen qu'elle m'aime après que j'en ai fini avec son père.

Ce qui me fait penser au fait qu'elle ne m'a pas reparlé de ma volonté de tuer son père. Ne m'a-t-elle pas pris au sérieux ?

Elena remue à côté de moi, son corps est resté collé au mien toute la nuit, cherchant ma chaleur, ma protection. Je ne nierai pas que j'aime l'avoir à mes côtés tout comme j'aime être en elle.

« Salut », je chuchote, en balayant les mèches soyeuses de son visage.

« Hey », murmure-t-elle, ses yeux s'ouvrent.

Un coup retentit contre la porte, interrompant notre moment d'intimité. Ça doit être le petit-déjeuner. En descendant du lit, je cours dans le dressing et enfile un caleçon, puis je me précipite vers la porte. Marie me regarde d'un air ahuri, ses yeux balayant mon corps presque nu avant de fixer le sol.

« Voici votre petit-déjeuner, monsieur », murmure-t-elle.

Je lui prends le plateau et ferme la porte sans un mot de plus. Elle n'a probablement jamais vu un homme nu, ou à moitié nu d'ailleurs.

En apportant le plateau sur le lit je vois Elena étalée contre les draps. Ses magnifiques seins en évidence, ses tétons raides et roses, suppliant d'être dans ma bouche.

« Je n'arrive pas à croire que tu aies répondu à la porte comme ça », murmure Elena.

Elle se redresse dans le lit, tirant le drap sur sa poitrine, couvrant ses seins voluptueux. Redirigeant mon attention sur son visage en forme de cœur, je pose le plateau sur le matelas.

« Ce n'est pas différent que de porter des shorts. » Je hausse les épaules, en me demandant si ça ne l'a pas rendue jalouse. Elle est tout aussi territoriale que moi, on dirait.

En retournant les tasses, je nous sers du café.

« Tu ne m'as pas attachée », fait-elle remarquer.

« Tu voulais que je le fasse ? »

« Non, je... ça veut dire que j'ai le droit de me nourrir à nouveau ? »

« Si tu le veux. Bien que, je pense que tu appréciais que je te nourrisse autant que moi. »

« Peut-être... » Elena attrape sa tasse, verse un peu de sucre et de crème avant de mélanger le tout. C'est étrange que même les petites choses qu'elle fait me fascinent. Perdu dans mes pensées, j'ai tendu la main, en mettant quelques mèches de cheveux derrière son oreille. Elle me regarde par-dessus le rebord de sa tasse, ses yeux brillent et sa peau semble avoir un nouvel éclat. Elle boit son café à petites gorgées, le vert de ses yeux étant plus brillant que jamais.

« Tu sais que je pensais ce que j'ai dit avant. Je veux tuer ton père. »

« Beaucoup ont essayé... » Elle hausse les épaules. « Je suppose que je l'ai entendu trop de fois pour m'inquiéter. »

« Tu penses que je vais échouer ? » Je lève un sourcil.

« Je ne veux pas que quelqu'un soit blessé. Ni lui, ni toi. Pourquoi veux-tu sa mort ? Que s'est-il passé entre vous ? »

« C'est une longue et sinistre histoire. Certainement pas digne d'un petit-déjeuner. »

Elena soupire comme si elle allait continuer à poser des questions mais elle acquiesce. Je retire le couvercle d'une des assiettes et trouve une omelette et un muffin anglais. Je remplis d'abord son assiette puis la mienne.

Elle commence à couper toute son omelette en petits carrés et pose son couteau. Ce n'est qu'à ce moment-là qu'elle commence à manger, en n'utilisant que sa fourchette. C'est étrange comme ces petites choses, ses petites bizarreries me fascinent. Je les absorbe toutes et les classe, construisant une base de données sur tout ce qui concerne Elena dans ma tête.

« Tu étais doux hier soir, pendant... le sexe et maintenant tu me regardes comme... eh bien, comme tu ne m'as jamais regardée auparavant. Tu es sûre que ton corps glacial est dénué de cœur ? »

Je glousse. « Il y a un cœur en moi mais il n'entre en jeu que lorsque j'en ai besoin. Maintenant, mange, à moins que tu ne préfères autre chose pour le petit-déjeuner ? » Je la taquine, en faisant glisser mes yeux sur son corps recouvert de draps.

Même si l'acte est fait et que j'ai mis ma langue, ma queue et mes doigts en elle, ses joues sont encore rouges.

Elle se mord la lèvre inférieure, l'air un peu gênée. « C'est peut-être un peu tôt. Je suis encore assez endolorie. »

Un sentiment de culpabilité venant de nulle part me frappe dans la poitrine. J'étais doux avec elle mais j'aurais pu faire mieux. Il n'y avait pas besoin de se ruer sur elle comme un animal sauvage mais dès que j'ai senti son sexe soyeux et humide étrangler ma queue, j'ai perdu le contrôle. Je n'ai jamais baisé lentement avant et je n'ai jamais baisé une vierge non plus. C'était une première pour moi et lorsque j'étais en elle, j'étais comme possédé par le besoin de la sentir jouir autour de moi.

« Comme prévu. Je te taquine, je ne m'attends pas à ce que tu sois prête avant notre nuit de noces. »

Je retire le couvercle de l'autre plat et nous grignotons des fruits frais. Elena me regarde curieusement du coin de l'œil, ces orbes émeraudes se déplaçant sur ma peau, mémorisant mon corps.

« Tu as fini ? » Je demande une fois rassasié.

« Oui. J'ai l'impression que depuis que je suis ici, j'ai pris cinq kilos. »

Elle a probablement raison mais je préfère me taire. Elle avait l'air mince comme un fil de fer le jour de son arrivée. Je ne veux surtout pas l'offenser à propos de son poids, surtout quand j'aime son corps tel qu'il est en ce moment. J'ai des projets pour aujourd'hui et je ne veux pas gâcher notre moment.

« L'autre soir, quand tu as fait ton cauchemar et que tu m'as parlé de ta mère, ça m'a fait penser à quelque chose. » J'ai posé ma tasse sur le plateau. « Je sais ce que c'est que de perdre un parent et je sais que tu aurais souhaité que ta mère soit là pour le mariage et comme elle ne peut pas l'être, je voulais au moins te donner autre chose. »

La façon dont elle me regarde me donne envie de retirer le drap et de la baiser. Aussi tentant que cela puisse être, cela ruinerait ce que j'ai prévu, alors je ravale mon envie. On pourra toujours jouer demain et le jour suivant...

« Quoi donc ? » demande-t-elle, curieuse.

« Va t'habiller et tu verras bien. » Sans se soucier de sa nudité, elle rejette les couvertures en arrière, faisant presque tomber les affaires sur le plateau et bondit du lit. Mes yeux se dirigent directement vers son petit cul serré et une image me vient à l'esprit.

Son ventre est plein de ma semence, ses yeux brillent et son sourire est grand. Elle me regarde comme si j'étais son monde.

Mon estomac se tord et une amertume remplit ma bouche. *L'amour.* C'est à ça que ressemblait cette image. Secouant cette idée de ma tête, je me pousse du lit et me glisse dans le dressing aussi. Quand j'entre, elle est à moitié habillée et sautille d'excitation.

Je prends mon temps pour m'habiller, je veux faire durer l'attente. Une moue se forme sur ses lèvres roses alors que je boutonne les derniers boutons de ma chemise.

« La patience n'est pas ton fort. » Je glousse.

« Pas quand tu me poses des énigmes comme ça. Je suis curieuse de nature et ce n'est pas comme si tu étais souvent gentil. »

« Touché. » Je souris.

Est-ce que notre relation a changé ? Nous voilà à discuter. Voire même à flirter.

« C'est vrai et tu le sais. »

Je finis de m'habiller sous ses yeux et déverrouille la porte. Je lui prends la main et l'emmène en bas. En passant devant la cuisine, j'entends Marie et Céleste rire de quelque chose. Elena regarde curieusement dans la pièce.

Je n'avais pas prévu de m'arrêter mais Elena a l'air si excitée de voir Marie que mes jambes sont bloquées. S'arrêtant à côté de moi, elle lève les yeux vers moi avec une expression pleine d'espoir. Je sais même sans demander ce qu'elle veut. Cela fait des jours qu'elle n'a pas pu interagir avec Marie et elle a besoin de l'attention de quelqu'un d'autre que moi.

Je ne devrais pas m'en soucier mais son bonheur compte pour moi, alors je décide de lui donner ce qui, je le sais, la fera sourire de joie.

En me raclant la gorge, j'attire l'attention des deux femmes. Surprises, elles arrêtent de rire, tournent sur elles-mêmes et se redressent un peu plus quand elles réalisent que c'est moi. Le regard de Marie passe brièvement de mon côté, là où se tient Elena et un petit sourire se dessine sur ses lèvres. Quand je regarde ma future épouse, je la trouve en train d'agiter timidement la main.

« Vous deux, venez avec nous », ordonné-je et je vois les yeux de Marie et de Céleste s'écarquiller d'appréhension. Elles pensent probablement que je vais les tuer, ou Dieu sait quoi. Sans attendre leur réponse, je commence à m'éloigner, entraînant Elena avec moi.

« Où allons-nous ? Je ne suis jamais allée dans cette partie de la maison », murmure Elena, avec une légère pointe d'inquiétude dans la voix.

« Tu verras. »

Je n'ai pas besoin de regarder pour savoir que les deux femmes nous suivent, je les conduis toutes les trois dans le grand salon de l'aile Est du manoir.

Dès que nous entrons, Elena halète.

« J'avais prévu de te choisir quelque chose à porter mais j'ai pensé que tu voudrais choisir toi-même. »

Elle ne dit rien mais le pétillement dans ses yeux en dit long. Elle me serre le bras et je l'accompagne à l'intérieur pour la présenter à la femme plus âgée qui attend près des portants remplis de robes blanches.

« Margaret est couturière. La meilleure, bien sûr. On choisit une robe et elle s'assure qu'elle s'adapte parfaitement à ton corps le jour de notre mariage. »

« Merci », murmure Elena avant de se mettre sur la pointe des pieds et de déposer un léger baiser sur ma joue. C'est si étrange et inattendu, je l'ai presque repoussée.

« J'ai du travail. Je te laisse faire », dis-je avant de me pencher et de murmurer dans le creux de son oreille. « Ne fais rien d'insensé. Cette pièce est lourdement gardée et je te fais confiance. »

Elle acquiesce, ma menace ne l'empêchant pas de sourire largement.

Je me tourne et trouve Marie et Céleste à quelques mètres derrière nous. « Aidez-la à choisir une robe », je leur dis en passant la porte.

J'ai déjà dit aux gardes de garder un œil sur elle, donc je ne m'inquiète pas. Pourtant, ça fait bizarre de la laisser ici. L'anxiété m'envahit lorsque j'entre dans mon bureau.

En secouant la tête, je dois me rappeler que je ne peux pas la garder enfermée dans notre chambre pour toujours, même si cette pensée est très attirante. Je dois au moins la laisser se promener dans le manoir. Je suppose que je ne savais pas à quel point ce serait difficile.

Je prends le téléphone sur mon bureau et passe en revue les contacts jusqu'à ce que le nom de Xander Rossi apparaisse. J'appuie sur le bouton vert.

« Julian », Xander me salue.

« Mon vieil ami, je m'assure juste que tu as eu mon invitation. »

« J'ai eu la première et la deuxième. » Il glousse. « Pourquoi un changement de date à la dernière minute ? Tu as hâte de lui passer la bague au doigt ? »

« Quelque chose comme ça. J'espère que tu pourras toujours te joindre à nous, même avec ces changements de dernière minute. »

« Bien sûr. En fait, nous envisageons de prendre l'avion demain. J'aimerais discuter de quelque chose avec toi et Ella est impatiente de rencontrer ta chère Elena. Tu sais comment elle est. »

« Bien sûr, pourquoi pas. » Alex est l'une des rares personnes que je fréquente et en qui j'ai confiance. On pourrait dire que nous sommes presque des amis. Définitivement des alliés. L'idée qu'Elena le rencontre lui et sa femme est étrangement agréable. Comme si je partageais une partie de moi avec elle.

« Super, je te vois demain. »

On raccroche et je m'adosse à mon fauteuil. Dans deux jours, je serai un homme marié, mettant en œuvre les dernières étapes de mon plan de vengeance. Une partie de moi se sent coupable d'utiliser Elena, de lui enlever sa petite chance de trouver l'amour ou le bonheur mais l'image du corps mort de ma mère envahit mon esprit. Les coups de couteau dans sa poitrine et son estomac me hantent.

Le bonheur d'Elena est un petit prix à payer dans le grand schéma des choses et quand ce sera fini, peut-être que je pourrai encore lui donner un peu de joie mais pour l'instant, le prix est Romero mort tout comme ma mère. La vengeance sera bientôt mienne.

27

ELENA

La pièce ressemble à un océan de robe et je n'arrive pas à comprendre la gentillesse de Julian. Je suis à moitié tentée de lui demander s'il est malade ou si c'est une sorte de blague tordue.

Je ne réalise pas que je suis là, la bouche grande ouverte, jusqu'à ce que Marie s'approche de moi. « Elena. « Elle attrape ma main et la serre. « Voici Céleste, notre nouvelle cuisinière. »

« C'est un plaisir de vous rencontrer, Elena. » Céleste sourit en me tendant la main. Je la prends et lui renvoie son sourire. Elle, tout comme Marie, ne semble pas plus âgée que moi.

« Savez-vous quel genre de robe vous aimeriez ? Robe de bal ? Style sirène ? Forme en trompette ? Robe étui ? » Margaret attire notre attention et pousse ses lunettes plus haut sur l'arête de son nez. Elle me fixe comme une pièce de puzzle qui ne veut pas aller à sa place. « Vous avez le corps d'une sirène, donc vous m'avez l'air indécise. On peut d'abord essayer celle-là. Je veux être certaine que Mme Moretti soit la plus belle le jour de son mariage. »

Choquée, j'acquiesce, ma bouche refusant toujours de fonctionner.

Je ne connais que la robe de bal et la sirène et je sais pertinemment que je ne veux pas ressembler à Cendrillon le jour de mon mariage. Julian a peut-être ses moments de tendresse mais il n'est sûrement pas un chevalier blanc, ce qui tombe bien puisque je ne suis pas une princesse qui a besoin d'être sauvée.

Margaret se déplace dans les portants avant de sortir une robe. Je me tords, regardant par-dessus mon épaule Marie et Céleste, qui ont l'air tout aussi choquées que moi.

« Le décolleté en cœur mettra très bien en valeur votre poitrine et la silhouette générale de la robe donnera à vos hanches un bel évasement, mettant en valeur vos atouts. »

« Vous voulez que je me déshabille ici ? » Je demande.

En gloussant, elle acquiesce. « Oui, ne soyez pas timide, ma chère. Il n'y a rien que je n'ai pas vu avant. »

Je suppose qu'elle a raison. J'enlève mes vêtements, je me déshabille jusqu'au soutien-gorge et à la culotte puis je la laisse m'aider à enfiler la robe. Elle me va comme un gant et je me regarde dans le miroir pendant une longue seconde, les larmes aux yeux. Le décolleté attire l'attention sur mes seins mais la robe en elle-même met bien en valeur mon corps.

« Oh, mon Dieu, Elena, c'est magnifique », se désole Marie.

« Vraiment sublime. Je ne pense même pas que ce soit nécessaire d'en tester une autre. Celle-là est faite pour vous. » Céleste croise ses mains.

Je passe une main sur le devant de la robe. Le haut est perlé et le bas est un peu plus duveteux, fait de tulle et d'une autre matière.

« Elles ne mentent pas, elle est vraiment fabuleuse sur vous. » Margaret croise mon regard dans le miroir et même si la robe me plaît, je décide d'en essayer une autre.

Nous testons une autre robe sirène, difficile à enfiler, que j'aime un peu moins que la première, avant de passer à une robe trapèze, que je trouve hideuse.

« Je pense vraiment que la première était la bonne. »

« Ok alors, maintenant on doit juste choisir le reste. »

« Le reste ? Qu'y a-t-il d'autre ? »

« Ha. » Elle penche sa tête en arrière et rit. « Ne soyez pas idiote. Il y a les sous-vêtements, les chaussures, le voile, les bijoux, les fleurs et peut-être un sac à main ou un léger manteau de fourrure si vous avez froid. «

« Je pensais que vous étiez juste couturière ? »

« J'ai de nombreux talents, ma chère. » Elle me fait un clin d'œil.

Après avoir passé des heures à essayer des accessoires, je suis épuisée mais j'en ai apprécié chaque minute. Après avoir été isolée pendant si longtemps, ces dernières heures ont été plus que géniales. Traîner avec des filles de mon âge est inhabituel pour moi mais c'est une chose à laquelle j'ai aspiré toute ma vie. Je me demande si Julian me laisserait un jour avoir une soirée entre filles. Évidemment, il ne me laisserait pas partir mais peut-être une soirée film et pizza ici ?

J'ai chassé cette pensée aussi vite que je l'ai eue. Je doute qu'il me laisse faire une chose pareille mais je peux toujours rêver, non ?

Margaret remballe toutes ses affaires et me promet que la robe sera terminée demain. Je la remercie abondamment et, lorsqu'elle part, je reste dans le salon avec Marie et Céleste à mes côtés. Le silence règne dans la pièce et je me tourne vers Marie, qui a l'air de vouloir dire quelque chose mais d'avoir peur.

« Est-ce que tout va bien ? » Je demande avec une réelle inquiétude.

« Oui, j'étais tellement inquiète. J'ai entendu les rumeurs selon lesquelles tu essayais de t'échapper et je n'étais pas consciente que tu voulais partir à ce point », admet Marie en fronçant les sourcils. « Je ne savais pas quoi faire ni comment t'aider. Je ne t'ai pas vue pendant des jours et je n'avais pas le droit de te ramener les plateaux. Julian me fait peur et j'ai imaginé le pire... »

« Tu n'as pas à t'inquiéter pour moi. Julian ne me ferait pas de mal et honnêtement, je n'avais même pas prévu de m'enfuir. Je pensais que Julian était avec une autre femme cette nuit-là. J'étais en colère, folle et je pensais de façon irrationnelle. Je voulais juste appeler mon père et puis j'ai entendu les gardes parler et j'ai paniqué. Je te promets que je vais bien. »

« Il n'y a aucune raison de s'inquiéter du bien-être d'Elena », la voix grave de Julian remplit la pièce, nous faisant sursauter toutes les trois.

Les yeux de Marie se baissent vers le sol et son petit corps s'agite à côté de moi. Céleste regarde également le sol mais elle semble moins effrayée, probablement parce que ce n'est pas elle qui a été surprise à parler. Je pose ma main sur l'épaule de Marie et je la serre doucement. Je ne pense pas que Julian lui ferait du mal internationalement mais il m'a laissé croire qu'il pourrait le faire si nécessaire.

« Je... je suis désolée, monsieur. »

« Ne remets pas en question ce que je fais avec ma femme derrière des portes fermées. Tu es une servante dans ma maison et il serait mieux pour toi de t'en souvenir. »

La façon sévère dont il parle à Marie me met en colère. Je me mords la langue, sachant que si je fais une scène, rien de bon n'en sortira. Je ne veux pas le décevoir, surtout après tout ce qu'il a fait pour moi aujourd'hui. Mais je ne vais pas laisser passer ça. Je vais lui parler de la façon dont il s'est comporté à l'instant.

« Bien sûr, monsieur. Je m'excuse. » Les lèvres de Marie tremblent pendant qu'elle parle.

Julian secoue la tête, la frustration emplissant ses traits. Il me tend la main et je la prends, me fondant à ses côtés dès qu'il me remet debout.

« Remettez-vous au travail », ordonne Julian d'un ton bourru avant de sortir de la pièce.

Je fronce les sourcils mais le laisse me guider dans le couloir et dans l'aile de la maison où se trouve notre chambre.

« Pourquoi as-tu été si méchant avec elle ? C'est juste une personne décente et une bonne amie. Elle n'a rien fait de mal. »

« Elle travaille pour moi et c'est ta femme de chambre. Elle ne peut pas être ton amie et je ne veux pas qu'elle se demande ce que je peux ou ne peux pas faire avec toi. Ton bien-être ne la concerne pas. » Il dit ça froidement mais je peux voir qu'il est sur le point de craquer. Je ne devrais pas insister mais Marie est importante pour moi et je ne vais pas le laisser la rabaisser.

Je m'arrête dans mon élan, je plante mes pieds dans le sol, le forçant à s'arrêter également. En s'arrêtant il me domine et peut-être qu'avant, notre différence de taille m'aurait effrayée mais maintenant son obscurité, sa taille et son corps en général me plaisent. En posant une main sur son torse, j'essaie de ne pas penser à la peau qui se trouve en dessous : Ses muscles, ses galbes, la façon dont son corps se moule si parfaitement au mien.

Mon dieu... Je peux sentir mon cœur se resserrer.

« Elle est la seule amie que j'ai. Ce n'est pas comme si je pouvais sortir et en trouver une qui soit à ton goût. Et même si je pouvais, son statut social n'aurait aucune importance pour moi. Ça reste une personne à part entière. Elle est gentille et elle se soucie de moi. Je comprends qu'elle ne devrait pas te questionner et que ce qui m'arrive ne la concerne pas mais ses intentions sont pures et viennent d'un bon fond. »

« Je ne veux pas être interrogé par *mon* personnel. » Sa mâchoire se transforme en acier et ses yeux scintillent de fureur.

« Alors tu ne le seras pas mais ne la traite pas comme si elle n'était pas un être humain », je murmure en déposant un léger baiser contre sa mâchoire. « Elle est loyale envers toi et ce qui s'est passé en est une preuve. Même si elle était inquiète, elle n'a rien fait. C'est suffisant, non ? »

Je ne comprends pas pourquoi je ressens le besoin de l'embrasser et de le toucher si souvent mais cela me procure de la joie. Quand il est près de moi, je me sens vivante. Toute ma vie, j'ai été piégée et c'est comme si je m'en étais enfin libéré. Le regard de Julian s'adoucit un peu lorsque j'attrape sa main une fois de plus et le laisse me guider jusqu'à la chambre.

« Tu veux bien rester un peu avec moi ? Peut-être juste t'allonger dans le lit avec moi ? »

Julian me lance un regard interrogateur et je suis sûre à cent pour cent qu'il va dire non mais il me choque une fois de plus en hochant la tête.

On enlève tous les deux nos chaussures et on se glisse dans le lit ensemble. Je pose ma tête sur sa poitrine et je passe une jambe par-dessus la sienne. Je le veux plus proche. Je n'aurais jamais pensé me sentir en sécurité dans ses bras et surtout pas rechercher le confort de son corps.

En faisant courir une main le long de mon dos, il me fait frissonner.

« Demain, tu rencontreras quelqu'un qui m'est proche. C'est un allié et il a souvent travaillé avec moi. Il amène sa femme. Peut-être que tu peux te faire une autre amie. Leur histoire d'amour est bien plus dysfonctionnelle que la nôtre. »

« Une histoire d'amour ? » Je lève ma tête de son torse et regarde ses yeux calmes. « Je ne pensais pas que les mafieux tombaient amoureux. »

« Tous les mafieux ne tombent pas amoureux. Xander est dur comme de l'acier et cruel lorsque c'est nécessaire. Je suis surpris qu'il ait trouvé quelqu'un qui puisse être la lumière à ses ténèbres. »

La lumière à ses ténèbres...

Peut-être que c'est ce que je vais devenir pour Julian. Peut-être qu'il a juste besoin d'un peu de lumière pour effacer toute l'obscurité de sa vie.

« J'ai hâte de la rencontrer et d'entendre leur histoire », chuchote-je en replaçant ma tête sur son torse. En fermant les yeux, je m'endors facilement, me sentant en sécurité, protégée et chérie.

28

JULIAN

Le lendemain matin, j'ai eu du mal à détacher mon regard d'Elena. Elle porte une robe à fleurs qui s'arrête juste au-dessus de son genou. Je n'arrive pas à regarder ailleurs que ses jambes galbées, les imaginant enroulées autour de mon corps pendant que je m'enfonce en elle.

« A quoi tu penses ? » Elena demande, en mordant dans une fraise.

J'ai décidé que le petit-déjeuner sur la terrasse serait approprié pour aujourd'hui mais maintenant je me demande si nous n'aurions pas dû rester dans la chambre, pour que je puisse la manger à la place.

« Tu ne veux pas savoir. »

Elle cligne lentement des yeux, la luxure tourbillonnant au fond d'elle. « Oh, vraiment ? Dis-moi quand même. »

En me penchant sur la table, je fais glisser un doigt sur sa joue. « Tu n'as fait l'amour qu'une fois et tu penses déjà que tu peux gérer tous mes fantasmes et les choses que j'ai prévues pour toi ? »

Sa petite gorge s'agite et je ris presque.

« Je suis plus forte que j'en ai l'air. » Elle se penche, ses yeux se déplacent vers mes lèvres, la détermination y brille. J'ai hâte de lui faire avaler ses mots, de la voir se briser autour de moi et de me supplier de la libérer.

« C'est un jeu dangereux auquel tu joues, ma future épouse. Tu n'as pas encore vu ce dont je suis capable. » Un petit frisson la parcourt et je ne peux même pas mettre de mots sur l'immense plaisir que je ressens. Savoir que je l'ensorcelle, qu'elle est attirée par moi non seulement physiquement mais aussi sexuellement.

Elle se lèche les lèvres. « Alors montre-moi. »

J'ai mal aux couilles et ma queue pousse contre la fermeture éclair de mon pantalon, maintenant inconfortable. En passant sous la table, je glisse ma main sous sa robe et sur sa cuisse nue. Ses yeux s'écarquillent. L'inquiétude et le besoin tourbillonnent ensemble, ne faisant qu'un.

En remontant jusqu'au sommet de sa cuisse, je regarde son visage tandis que mes doigts effleurent le tissu fin de sa culotte déjà humide.

« Tu es mouillée », je chuchote, en appuyant sur son clito.

Le rouge emplit ses joues et je me demande si elle va m'arrêter. Ses yeux s'élancent sur le paysage vert comme si elle cherchait quelqu'un. Comme si j'allais permettre à quiconque de me voir la toucher. Je leur arracherais les yeux avant que cela n'arrive.

En faisant glisser mon doigt de haut en bas sur le tissu humide, je regarde Elena se tortiller sur son siège, mordant sa lèvre inférieure pour empêcher un gémissement de s'échapper.

« Si j'avais le temps, je te mettrais debout, remonterais cette jolie petite robe sur ton cul, puis j'arracherais ta culotte, te pencherais sur cette table et te baiserais jusqu'à ce que tout le monde dans cette maison entende tes cris. »

« Tu laisserais quelqu'un nous entendre ? » Le choc recouvre ses mots mais la curiosité remplit ses yeux. On dirait que quelqu'un ici à des envies de voyeurisme.

« Entendre, oui. Voir, non. De plus, ce n'est pas comme s'ils ne savaient pas déjà que tu m'appartiens. Et si je te revendiquais et laissais le monde nous entendre, qu'en dirais-tu ? » Je pousse légèrement sa culotte sur le côté et glisse mon doigt à l'intérieur, voulant si désespérément la soulever, placer son cul sur la table et me régaler de sa chatte rose.

« Patron, les invités sont arrivés. » La voix timbrée de Lucca arrête mes mouvements et le regard d'Elena se baisse sur son assiette. Elle n'est pas douée pour cacher ses émotions. On dirait un enfant qui a été pris la main dans le sac.

« Amène-les-nous », lui dis-je en retirant doucement ma main d'entre ses jambes.

Le son des pas lourds de Lucca disparaît et je place un doigt sous le menton d'Elena, le faisant basculer vers le haut, la forçant à me regarder.

« On finira ça plus tard », je dis avant de lui donner un baiser punitif. Quand je me retire, elle semble essoufflée. J'aime ce regard sur son visage.

Quelques instants plus tard, Lucca revient avec Xander et Ella. Je me lève pour le saluer et lui tendre la main. Elena se lève également, l'air nerveuse et incertaine. Dès qu'Ella aperçoit Elena à côté de moi, son visage se fend d'un sourire.

Ella et Xander sont comme le jour et la nuit. Avant de connaître leur histoire, je me suis toujours demandé comment l'homme, maussade et capable de tuer sans pitié, avait fini avec cette femme innocente aux cheveux blonds et aux yeux bleus. C'était comme si le bien et le mal se rencontraient.

« Xander. » Je souris, en serrant sa main fermement.

« Julian », salue-t-il, son regard se portant sur Elena.

« Voici ma future femme, Elena. » J'enroule un bras protecteur autour d'elle et la rapproche de moi. « Elena, voici Xander Rossi et sa femme, Ella. »

Elena leur donne à tous les deux un sourire timide. « C'est un plaisir de vous rencontrer tous les deux. »

« Plaisir partagé », dit Xander.

Ella rayonne à ses côtés, comme si elle était prête à sauter sur Elena. Xander se tourne vers sa femme, ses traits s'adoucissent pendant une milliseconde alors qu'il se délecte d'elle. Qui aurait cru que le sombre roi de l'empire Rossi pouvait être mis à genoux ?

« Pourquoi n'allez-vous pas vous asseoir près de la piscine, pour qu'on puisse parler affaires. » Xander sourit mais c'est un peu comme si un requin vous souriait.

« Avec plaisir », dit Ella joyeusement. Elena s'éloigne de moi, tendue, alors qu'elle lève le menton et offre à la femme de Xander un sourire gracieux.

Nous les regardons s'éloigner ensemble et descendre vers la piscine. Nous prenons place de notre côté, là même où je prenais le petit-déjeuner avec Elena.

« Avons-nous interrompu votre petit-déjeuner ? » Xander interroge de ses yeux sombres sur la table.

« Non, non. Nous avions terminé. Veux-tu quelque chose à boire ? » Je propose.

Xander secoue la tête. « Non, merci. Je suis simplement ici pour voir ce que fait mon cher ami et bien sûr, pour permettre à Ella de rencontrer ta future femme. Elle était tout excitée quand je lui ai dit que nous allions assister à votre mariage. »

« C'est un mariage de pure convenance », dis-je en me rasseyant sur ma chaise, mes yeux se promenant vers la piscine où sont assises Ella et Elena. Je sais que ce que j'ai dit est un mensonge, simplement en sentant le goût amer sur le bout de ma langue. « J'ai besoin de savoir que je t'ai de mon côté face à la famille Romero. Je pourrais également avoir besoin de ton aide pour les armes. »

« Ah oui ? Ça ne ressemble pas à un mariage de convenance. » Bien sûr, cet enfoiré se moque de moi. C'est si évident ? « Et, oui, tu as mon alliance et tu l'auras toujours, contre qui que ce soit. Tu es comme une famille pour moi et ce qui est à moi est à toi. Maintenant, dis-moi pourquoi as-tu besoin d'armes ? »

« Nous allons peut-être entrer en guerre contre Volcove. J'ai tué leur fils l'autre nuit après qu'il ait posé ses mains sur Elena. »

Xander sourit. « Mariage de convenance, hein ? Prêt à faire la guerre pour elle ? Ça semble un peu plus sérieux que ça. »

« Tu n'aurais jamais permis à quelqu'un de toucher Ella ? »

Les traits de Xander deviennent sombres. « Quiconque la touche mourra d'une mort douloureuse de mes mains. »

« Exactement et tu irais à la guerre pour elle. Tu as tué ton père pour elle. » Je lève un sourcil.

« J'ai tué mon père parce que je le voulais. L'empire Rossi devait être à moi. » Je hoche la tête. Xander est un homme bon mais si quelqu'un commet l'erreur de le trahir, il regrettera même d'être né.

« Je vais tuer son père », je lui dis.

« Hm, Ah oui ? Le sait-elle ? »

« Elle en est consciente mais je ne pense pas qu'elle me prenne au sérieux. Je l'ai prise pour me venger. Cette partie-là, elle ne la connaît pas. »

« Mais elle t'atteint, elle se faufile dans ta chair. »

Je regarde la piscine et cet amour profond bat dans mes veines. L'organe dans ma poitrine fait un bruit sourd et je ne me suis jamais senti aussi entier. Elle remplit ce vide que son père a causé.

« Tout sera perdu dès qu'elle découvrira pourquoi je l'ai enlevée et que ses sentiments ne seront jamais réciproques. Elle me détestera intensément. »

« Je te connais depuis ton adolescence, quand tu as pris la relève de ton père. Tu ne veux pas le croire parce que nous sommes des hommes emplis de rage et de soif de sang mais je pense que tu as tort. »

Comme si Elena nous entendait parler d'elle, elle se tourne et me regarde par-dessus son épaule. Ses yeux verts brillent de joie et je me demande si je pourrais supporter de les voir à nouveau remplis de rage, de douleur et de colère.

« Je ne sais pas. » Je secoue la tête, « Je ne veux rien ressentir pour elle. »

« Je pense que tu as dépassé ce stade depuis un moment. Même si tu fais de ton mieux pour le cacher, je vois qu'elle compte pour toi. Tu l'as peut-être prise pour te venger mais les choses peuvent changer. Ça a changé pour Ella et moi, la même chose peut t'arriver à toi aussi. »

Ella et Xander n'étaient pas Elena et moi. Je suis peut-être capable de la rendre heureuse et de lui donner tout ce qu'elle veut et ce dont elle a besoin mais je ne pourrais jamais tomber amoureux d'elle. Ce serait une gifle au visage de ma mère si je tombais amoureux de la fille de l'ennemi.

Il n'y avait pas de place pour l'amour dans notre mariage.

« ELLA A DIT que si tu es d'accord, ils reviendront nous voir avec leurs enfants la prochaine fois. » Elena rayonne en remontant à l'étage.

« Bien sûr, peut-être après notre lune de miel. »

« Attends, on part en lune de miel ? » Elle couine les mots.

« Oui, nous partirons demain après le mariage. » *Après avoir tué ton père.*

« Où allons-nous ? »

« C'est une surprise. Et je sais que tu vas aimer. » Je sais qu'elle aimera. Et la meilleure partie est que je peux lui donner plus de liberté là-bas.

Elle pourra se promener librement dans la maison, peut-être même sur la plage. Je sais qu'elle va adorer, elle va juste *me* détester d'ici là.

Chassant toutes ces pensées indésirables, je me concentre sur le présent. Je m'imprègne de son bonheur, sans savoir quand je verrai ce bonheur à nouveau. Une fois de retour dans la chambre, je ne souhaite qu'une chose : une dernière nuit avec elle sans haine ou culpabilité entre nous. Où il n'y a que nous, pas de nom de famille, pas de contrat.

En ouvrant la porte, je la laisse entrer en premier. Dès que la porte se referme derrière nous, je commence à déboutonner ma chemise. Toute la journée, j'ai pensé à ce moment, à la mettre à nu et à la faire supplier pour ma queue. Maintenant, nous y sommes, la nuit avant notre mariage.

« Déshabille-toi », ordonné-je alors qu'elle se retourne pour me faire face.

Ses yeux verts s'élargissent, le désir s'accumulant au fond d'eux. Elle fait ce que je lui demande, se déshabillant lentement.

« Que vas-tu me faire ? » demande-t-elle innocemment.

« Que veux-tu que je te fasse ? »

« Touche-moi. Embrasse-moi. »

Sa réponse est douce et sucrée, tout comme elle. Je franchis la distance qui nous sépare et laisse traîner une main sur son côté, appréciant la façon dont sa peau tremble sous mon doigt. J'ai besoin d'elle maintenant. J'ai besoin de son goût mielleux sur ma langue. J'attrape sa main, je la tire derrière moi et me dirige vers la chaise longue. Elle va monter ma queue mais d'abord, je vais goûter sa douce chatte.

« Assis-toi sur le canapé et écarte les jambes au maximum. »

Se mordillant la lèvre inférieure, elle me regarde avant de s'asseoir sur le bord du canapé. En écartant ses jambes autant qu'elle le peut, sa petite chatte rose est visible et j'en ai l'eau à la bouche. Une pulsion animale me traverse et je me mets à genoux, la tirant par les fesses jusqu'au bord du coussin. Repoussant ses jambes contre sa poitrine, je la plie à ma volonté, la laissant complètement exposée.

« Je vais te baiser si fort que tu vas me sentir pendant des jours mais avant ça, je vais te faire jouir contre ma bouche. »

Elle halète et s'approche de moi.

Ses petits ongles s'enfoncent dans mon cuir chevelu, me poussant à avancer. Avec deux doigts, j'écarte ses plis et trouve son clito qui ne demande qu'à être touché. Je me lèche les lèvres et j'enfouis mon visage entre ses jambes, passant ma langue contre son bouton d'or.

« Oh, mon Dieu... oui, s'il te plaît, ne t'arrête pas. » Elena halète dans la pièce silencieuse.

Mes mains parcourent son corps, peignant une image d'elle dans mon esprit tandis que je lape sa chatte, la suçant et la mordillant. Quand mes mains atteignent ses seins, je fais rouler ses tétons durs comme des diamants entre mes deux doigts et je savoure les lourds halètements qui franchissent ses lèvres.

En gardant mes mains sur ses seins, je me retire et attire l'attention sur son entrée, plongeant ma langue en elle, la baisant avec.

« Julian... » Elle gémit, frottant sa chatte contre mon visage et j'adore ça. J'adore ses petits gémissements, son parfum et son goût. C'est enivrant et exaspérant et je ne pense qu'à lui faire dire mon nom à nouveau.

« Si tu continues, je vais jouir... »

« C'est le plan », je grogne.

En pinçant ses tétons, je la lèche jusqu'à son cul froncé et je presse ma langue contre l'anneau serré. Un frisson la traverse et je remonte jusqu'à sa chatte et plonge ma langue en elle. Je fais ça deux fois de plus et comme prévu, elle explose. Sa chatte frémit et sa cyprine coule, inondant ma bouche.

« Mmmh », je gémis contre ses lèvres, lapant chaque goutte. Quand j'ai eu ma dose, je me laisse tomber sur le canapé et l'attrape par la taille, la tirant sur mes genoux, la manœuvrant comme si elle n'était qu'une poupée de chiffon. Dans cette position, elle a l'air si incertaine mais si belle.

Ses cheveux bruns encadrent joliment son visage en cœur et ses yeux sont luminescents avec un éclat de plaisir encore dedans. Elle a l'air d'avoir été baisée mais elle ne l'a pas été, pas encore. Plaçant ses mains délicates contre mon torse musclé, elle s'équilibre en soulevant ses hanches.

Ma queue dure comme le roc est au garde-à-vous et je la mets en place, la tête gonflée frôlant son entrée.

« Tu es sûr ? Je pensais que tu aimais le contrôle ? » Elle chuchote alors que la couronne de ma queue plonge à l'intérieur d'elle.

« Je suis toujours au contrôle, ma chérie », lui dis-je en l'attrapant par les hanches et en la pressant sur ma queue - ses lèvres se séparent et forment un O.

Je lui laisse un moment pour s'adapter à ma longueur, savourant la chaleur et le confort de sa chatte. Elle était faite pour moi, putain, faite pour moi. Même si mes muscles me font mal et que ma queue me supplie de la pénétrer, je la laisse sauter de haut en bas sur moi, prenant autant de ma longueur qu'elle veut. Attrapant un de ses seins dans ma bouche, je mords le téton durci et le cri qu'Elena émet de sa bouche parfaite me fait tourner en bourrique.

J'ai besoin de plus.

Mes putains de couilles me font mal et ce rythme lent et traître me tue. J'ai besoin de la baiser, de la sentir se déchirer sur ma queue. Je l'attrape par la nuque, je ramène sa bouche vers la mienne. Je lui donne un baiser fougueux avant d'enrouler mes deux bras autour d'elle et de la serrer contre moi.

Elle lève les yeux vers moi et soutient mon regard tandis que je pousse mes hanches, ma queue heurtant l'extrémité de son vagin. Le plaisir envahit ses traits et je recommence encore et encore, augmentant le rythme jusqu'à ce que je la baise fort et rapidement, utilisant son petit trou serré comme bon me semble.

Il ne faut pas longtemps pour qu'un picotement se forme à la base de ma colonne vertébrale et je sais que je suis sur le point de jouir. Je me frotte contre elle et je fais pivoter mes hanches, en observant son visage lorsque le bout de ma queue touche son point G. Je n'ai pas de temps à perdre.

« Putain, jouis pour moi. Tu dois jouir avec moi. »

Elena n'a pas besoin d'autres encouragements, ses yeux se ferment et son corps tremble dans mes bras. C'est alors que je le sens. Sa chatte pulse autour de moi, se resserrant jusqu'à me faire mal et pourtant, je bouge en elle, la baisant à travers son plaisir et trouvant le mien dans le processus. Quand je ne peux plus me retenir, j'explose comme une fusée, ma chaude libération recouvrant l'intérieur de sa chatte. Son tout petit sexe ne peut pas prendre toute ma charge, alors une partie dégouline sur mes couilles.

« C'était... » Elle se redresse un peu de mon torse et lève les yeux vers moi.

« Incroyable ? » Je dis, en brossant quelques mèches de cheveux qui collent à son front en sueur. La tension dans mes muscles s'est relâchée et je me sens régénéré.

Elle acquiesce. « Oui, incroyable et tellement bon. »

Je souris. « Tu viens juste d'avoir un avant-goût de ce que je veux te faire. Je vais revendiquer chaque trou de ton corps avec ma queue et crois-moi, tu vas en profiter à fond. »

Elle penche la tête sur le côté. « Comment peux-tu en être si sûr ? »

J'effleure mes lèvres contre les siennes. « Parce qu'aussi tordu que cela puisse paraître, je sais exactement ce dont tu as besoin, la bonne quantité d'obscurité pour ta lumière et je peux rendre agréable même les choses les plus douloureuses. Tu verras. »

Elle me regarde avec émerveillement. Un regard que je veux voir chaque putain de jour. Je veux toujours qu'elle me regarde avec besoin et qu'elle sache que je la protégerai des sombres démons de notre monde. Mais je sais qu'à partir de demain, elle ne me regardera plus jamais comme ça. Je doute qu'elle me laisse même la toucher.

En la tenant dans mes bras, je lui chuchote à l'oreille : « J'ai hâte que tu deviennes ma femme demain. »

« Mmmh », dit-elle en se frottant à mon cou.

Si seulement on pouvait rester comme ça pour toujours.

29

ELENA

Assise sur le lit, j'attends anxieusement le retour de Julian. Il a dit qu'il revenait tout de suite mais c'était il y a vingt minutes. L'inquiétude s'insinue en moi. J'espère que tout va bien. Je réagis probablement de façon excessive. Vingt minutes, ce n'est pas si long. En m'occupant, je pense au temps que nous avons passé avec Ella et Xander hier. Pour la première fois, j'ai eu l'impression de vivre une journée normale, comme si nous étions un couple normal. Entendre Ella me raconter l'histoire d'amour entre elle et Xander, comment ils en sont arrivés là, m'a donné de l'espoir pour Julian et moi.

La porte de la chambre s'ouvre brusquement et mes pensées s'évaporent dans les airs. Je me lève d'un bond et passe ma main moite sur le devant de mon pull.

« Est-ce que tout va bien ? » Je demande dès que Julian entre dans la pièce. Ses beaux traits sont tendus, montrant à quel point il est frustré.

« Certains invités sont arrivés un peu plus tôt que prévu. Je devais m'assurer que tout le monde connaisse les règles », explique-t-il.

« Les règles ? »

« Personne ne doit mettre un pied à l'intérieur de la maison. Le mariage et la réception auront lieu à l'extérieur. »

« Oh, d'accord. Qui est ici ? »

« Les maquilleurs et les coiffeurs sont en bas. Ils sont prêts à te recevoir dès maintenant. » Je ne manque pas de remarquer combien Julian est tendu, son corps rigide et sa voix un peu plus austère que d'habitude. Est-il inquiet pour le mariage ? A-t-il des doutes ?

« Tu ne regrettes pas, hein ? » Je murmure les mots, en espérant qu'il dise non.

« Quoi ? T'épouser ? Jamais. C'est la meilleure idée que j'ai jamais eue », dit-il en me tenant la porte ouverte. La tension en moi semble s'apaiser un peu à ses mots et nous sortons ensemble dans le couloir.

« Tu as l'air tendu. »

« Ton père est ici. »

J'inspire lourdement. Ça explique pourquoi il est si tendu.

« Mais, tu l'as invité, non ? »

« Oui mais il n'était pas censé arriver aussi tôt. »

« A-t-il parlé de moi ? Peut-être qu'il veut juste me parler avant le mariage ? » J'essaie de ne pas paraître si impatiente mais ce serait bien d'avoir une petite conversation avec mon père.

« Il n'y a rien à dire », grogne Julian.

« Julian, je sais que tu ne l'aimes pas mais ça reste mon père. Je ne peux rien y faire. Tu devras t'entendre avec lui, un jour ou l'autre. » J'ai besoin de réparer ça, j'ai besoin de les réparer.

« Ne parlons pas de ça », il me grogne presque dessus. « Je ne veux pas gâcher notre mariage. »

Ne pas en parler ? En quoi ça va aider ? « Pourquoi tu le détestes autant, de toute façon ? Tu ne m'as jamais dit ce qui s'est passé entre vous. »

Je peux sentir la colère qui se dégage de lui par vagues et je ne comprends pas pourquoi. Je lui pose juste une question. Nous tournons au coin, sur le point de descendre les escaliers quand nous nous arrêtons brusquement.

« Papa ! » J'halète en accueillant mon père, qui se tient en haut de l'escalier.

« Elena », salue-t-il en me faisant un sourire crispé.

« Comment tu es rentré ici, bordel ? » Julian grogne, me tirant derrière lui.

« Je pense que la meilleure question est, pourquoi tu ne lui as pas encore dit la vérité ? Crois-moi, tu ne veux pas commencer un mariage construit sur des mensonges. Ça ne finit jamais bien. »

La vérité ? Il a dû entendre notre conversation.

« Comme si j'acceptais tes conseils matrimoniaux », répond Julian en ricanant.

« De quelle *vérité* parle-t-il ? » Mon regard se promène entre eux.

« La vérité, c'est qu'il ne t'a enlevée à moi que pour se venger. Il ne te veut pas, Elena. Il veut seulement me blesser. »

« Ce n'est pas vrai », me défend Julian en secouant la tête. Il n'est peut-être pas capable de m'aimer mais je sais qu'il tient à moi et qu'il me désire. À sa manière, il fait de son mieux pour me rendre heureuse et il ne me ferait pas de mal.

« Dis-lui, Moretti, dis-lui de quoi il s'agit vraiment. Dis-lui que ce n'est rien d'autre qu'une vengeance pour ta mère. »

« Tais-toi, tu ne sais rien ! » Julian rugit.

« Sa mère ? » J'ai l'impression de ne connaître que la moitié de l'histoire et maintenant je dois rattraper le temps perdu. Une seconde s'écoule, puis une autre. « Julian, de quoi s'agit-il ? Qu'est-ce qui se passe ? »

« Ton père a tué ma mère », grince Julian entre ses dents. Ses mains se recroquevillent en poings sur les côtés, les muscles se contractent. Les veines apparaissent dans sa main.

Mes yeux trouvent ceux de mon père, la même nuance de vert que je vois quand je me regarde dans le miroir, me salue. « Papa ? » Je le supplie de m'expliquer par ce seul mot tout en espérant que ce n'est pas vrai. Je sais que mon père a fait des choses méprisables mais je ne le vois pas tuer la mère de Julian. C'est forcément un mensonge.

L'inquiétude plisse son front. « Elena, j'aimais beaucoup ta mère. Je n'avais jamais prévu de la tromper mais sa mère m'a séduit. » Mon père lève une main, pointant un doigt accusateur vers Julian. « Elle m'a fait boire et m'a mis dans son lit. Elle m'a piégé pour que je la mette enceinte. C'était la plus grosse erreur de ma vie... »

« Tu es un putain de menteur ! » Julian fait un pas vers lui. Sentant que je dois désamorcer la situation avant qu'elle n'éclate comme un feu de forêt, je m'accroche au bras de Julian, espérant que mon contact le calmera un peu.

« C'est vrai ! Elle n'était rien de plus qu'une vulgaire pute, qui trompait et utilisait les hommes... »

Un souffle s'échappe de mes lèvres lorsque Julian arrache son bras de ma prise et se jette sur mon père comme un lion. Le bras en arrière, il balance son poing et frappe mon père sur le côté de son visage, faisant sauter sa tête sur le côté.

Je suis tellement choquée que je reste là, à regarder ce qui se passe devant moi comme dans un film. Julian est un grand garçon mais mon père aussi et les deux hommes se donnent des coups de poing. Certains avec tant de force que le bruit des os qui se brisent emplit l'espace... ou peut-être que je suis juste sous le choc et que j'entends des choses.

Où sont les gardes et pourquoi je ne peux pas bouger... ou crier à l'aide ?

Je dois faire quelque chose mais mon stupide corps est pétrifié par la peur.

Puis je le vois. Alors qu'ils se battent à mort, mon père sort quelque chose de sa poche. Entre les grognements, les poings qui se balancent

Début Sauvage

dans l'air et les mouvements saccadés de leurs corps, j'ai failli le manquer.

Un petit objet argenté, dont le bord tranchant se reflétait dans la lumière de la fenêtre. *Un couteau ! Il a un couteau.*

En moins d'un clin d'œil, mon corps se dégèle et je me mets en action. Mon père a un couteau et il est sur le point de tuer Julian, l'homme que j'aime. Je ne peux pas le laisser faire. Je ne peux pas le laisser me prendre ça. Sans peur et sans me soucier de mon propre bien-être, je glisse une main entre eux.

Avec mes yeux sur la lame, les deux corps qui m'entourent ne sont plus que des membres flous. Je tends la main pour l'attraper mais avant que je ne puisse m'approcher suffisamment, un coude se projette en arrière et me frappe au centre de la poitrine.

Tout se passe au ralenti. L'impact me fait vaciller en arrière et je trébuche, perdant pied. Je fais un autre pas en arrière pour me stabiliser mais je me rends compte qu'il n'y a rien sur quoi marcher. Je suis en haut des escaliers.

Au milieu du chaos, les yeux de Julian trouvent les miens et je vois dans ses profondeurs bleues quelque chose que je n'avais jamais vu auparavant. *La peur.*

Il se tend vers moi, il étend son bras, il tend sa main. Je lève la mienne, essayant de saisir la sienne. Le bout de nos doigts se touchent mais quand je ferme ma main, ils glissent et je tombe dans le vide.

30

JULIAN

Je suis en vie depuis vingt-huit ans. Presque trois décennies et je peux compter sur les doigts d'une main le nombre de fois où j'ai eu peur, vraiment peur.

Frappé d'une peur si intense que vous ne pouvez plus respirer, que votre cœur s'arrête de battre dans votre poitrine et qu'une douleur se forme dans vos tripes, si profonde que vous pensez qu'elle va vous tuer.

La dernière fois que j'ai ressenti quelque chose de proche de ça, c'était le jour où j'ai perdu ma mère. Je ne craignais pas de mourir mais je craignais de vivre une vie sans elle. Je craignais de vivre dans un monde où personne ne m'aimait inconditionnellement. C'était il y a cinq ans et je ne pensais pas que j'aurais un jour aussi peur, que je ressentirais à nouveau ce genre de perte et d'angoisse.

Je ne savais pas à quel point j'avais tort.

Je le sens maintenant, je le sens dans mon âme.

Au moment où mon coude touche sa poitrine, mon cœur s'arrête de battre. Tout se passe au ralenti à partir de ce moment. Je me tourne, je tends la main vers elle. Chaque fibre de mon corps me dit une chose : *la sauver*. Je dois la sauver.

Début Sauvage

Ma main se tend, mes doigts s'étirent dans les airs et je m'élance vers elle mais il est trop tard. Son beau visage est criblé d'horreur.

Son regard vert s'élargit et sa bouche douce et pulpeuse s'ouvre en un halètement tandis qu'elle tombe en arrière. L'organe dans ma poitrine s'anime, battant si vite que je jurerais qu'il va s'échapper de ma poitrine.

Fais quelque chose ! Je crie intérieurement.

Je me force à aller plus vite, à être plus rapide, plus fort. Je m'élance en avant mais c'est inutile. Mes doigts ne s'agrippent à rien et je ne me suis jamais senti aussi impuissant de toute ma vie.

Impuissant, je regarde avec une douleur profonde son dos heurter les escaliers et elle les dévale. Je ressens chaque choc qu'elle vit, chaque membre qui se tord. Je sens sa douleur si profondément dans mes os que j'ai peur qu'ils ne craquent.

Mon corps bouge tout seul et je me retrouve à courir après elle dans l'escalier tout en la regardant tomber dans les abîmes comme une poupée de chiffon.

Quand elle atteint la dernière marche, son corps devient immobile et je crains le pire. Elle est si immobile, trop immobile. Mes pieds font peu de bruit alors que je me précipite à son secours.

C'est seulement quand je me rapproche que je vois sa poitrine bouger. S'élevant et s'abaissant avec chaque respiration qu'elle prend. Un sentiment de soulagement m'envahit mais il n'est pas assez fort pour calmer le tsunami de peur qui me hante. Elle pourrait encore être en danger. Mon cerveau passe en mode protection. Elle pourrait avoir un certain nombre de blessures internes, une hémorragie cérébrale, des os cassés ou une colonne vertébrale blessée... la liste est longue et à chaque pensée, je deviens plus frénétique. Ce n'est pas parce que je ne vois pas de sang qu'il n'y a pas de problème.

La terreur m'arrache la chair, me déchire de l'intérieur. Tout ce que je peux penser, c'est que je pourrais la perdre, la seule personne qui a le pouvoir de me rendre bon, qui voit le bien en moi quand personne d'autre ne le voit et tout ça à cause de son père. Un homme qui m'a déjà pris tant de choses.

Le goût cuivré du sang explose contre ma langue et je serre les dents.

À genoux à côté d'Elena, je lève une main hésitante pour la toucher mais j'ai peur de le faire. Et si cela la blessait encore plus ? Elle a besoin d'un médecin, d'un hôpital, pas de ma douce caresse.

Détachant mon regard de son corps immobile, je regarde autour de moi à la recherche de mes gardes et je trouve le couloir désert. En jetant un coup d'œil à l'escalier, je réalise qu'il est vide aussi.

Une rage brûle en moi. Ce putain de Romero est parti. Il a laissé sa fille. Il l'a laissée mourir sur les marches de notre maison.

Mes mains tremblent alors que j'attrape mon téléphone dans ma poche. Je ne réfléchis pas, j'agis et je compose le numéro des secours. Dès que quelqu'un répond, je lui donne mon adresse et lui crie de se dépêcher. Je laisse tomber le téléphone sur le sol en marbre et regarde le visage pâle d'Elena. C'est moi qui lui ai fait ça. Je voulais lui faire du mal et maintenant qu'elle est blessée, je ne peux pas le supporter. Ça me tue de la voir comme ça. En serrant ma main en poing, je ressens le besoin de détruire et d'arracher la vie du corps de quelqu'un. Romero va payer.

Des pas s'approchent derrière moi et un moment plus tard, une poignée de gardes apparaissent. Leurs visages normalement sans émotion sont remplis à la fois de peur et de regret.

Ils savent ce qui va se passer. Je vais tous les tuer pour ça, putain.

« Comment Romero est-il entré dans la maison, putain ? Vous n'aviez qu'un seul boulot ! Garder l'endroit sécurisé et s'assurer que personne n'entre. Trouvez-le ! »

Ils disparaissent, se dispersant dans différentes directions alors qu'ils commencent à fouiller la maison. Je laisse les sons autour de moi s'évanouir, le monde entier disparaît autour de nous.

S'il n'y a pas d'Elena, il n'y a pas de moi et je le réalise maintenant.

Tenant la main d'Elena, je lui caresse doucement les cheveux, craignant même de la blesser. Je dois faire quelque chose, n'importe quoi pour me sentir un peu moins impuissant.

Les secondes se transforment en minutes et l'arrivée de l'ambulance me semble une éternité. Un bourdonnement emplit mes oreilles lorsque les portes d'entrée s'ouvrent et que trois ambulanciers se précipitent à ses côtés. Je leur fais de la place en m'écartant du chemin, même si tout en moi me dit de continuer à lui tenir la main.

Ils s'occupent d'elle, leurs mains bougent rapidement et chaque mouvement est précis alors qu'ils lui mettent soigneusement une minerve et glissent la civière sous elle. Ils me posent des questions entre-temps et je réponds comme un zombie.

Je les suis alors qu'ils la portent à l'extérieur et la précipitent à l'arrière de l'ambulance. Pendant une brève seconde, j'envisage de monter dans l'ambulance avec eux mais je sais que je ne ferais que les gêner. Mes sentiments et ma peur sont les choses les moins importantes pour le moment. Je dois m'assurer qu'Elena va bien, qu'elle est toujours avec moi et qu'elle s'en sortira.

En montant dans ma voiture, je me mets derrière l'ambulance et je les suis jusqu'à l'hôpital. Avec la lumière et les sirènes, ils volent à travers les rues et je reste près derrière. Quand j'ai imaginé le jour de notre mariage, je n'ai jamais pensé qu'il serait terminé avant même d'avoir commencé.

En serrant le volant plus fort, il n'y a qu'une seule pensée qui traverse mon esprit, comme une cassette en boucle, alors que je fixe l'arrière de l'ambulance.

S'il vous plaît, faites qu'elle ne meurt pas.

~

Depuis qu'ils l'ont ramenée dans cette pièce, je ne l'ai pas quittée des yeux. Ils ont fait tous les tests que je leur ai demandés mais même moi, je n'aurai pas pu faire fonctionner la machine IRM aussi vite. Maintenant, je suis assis à côté d'elle, je regarde... j'attends qu'elle se réveille, que le médecin revienne avec les résultats des tests. Je me sens comme un avion qui part en vrille et qui pique du nez vers le sol.

Forçant mes pensées à ralentir, je regarde la forme immobile d'Elena. Elle semble paisible, son visage est détendu et sa tête est légèrement tournée vers l'oreiller, comme si elle dormait. J'ai si peur de la perdre. Cette pensée laisse un trou dans ma poitrine.

On frappe doucement à la porte, ce qui m'oblige à détacher mon regard de son corps immobile. La porte s'ouvre et le docteur entre, ses mouvements sont prudents. C'est un homme âgé avec des cheveux grisonnants et des yeux sombres. Apparemment, c'est le meilleur de l'hôpital et il vaut mieux l'espérer.

« M. Moretti, j'ai les résultats des examens de votre fiancée », explique-t-il. « Je suis heureux de vous dire que son IRM est bon, compte tenu de la chute qu'elle a subie. Il n'y a que des blessures mineures. Sa cheville droite est gravement tordue. Nous allons garder le pied en hauteur et lui mettre une attelle pendant quelques semaines. Ses côtes gauches sont abîmées, nous vous recommandons de les envelopper et de les mettre sous glace pour éviter qu'elles ne gonflent mais à part cela, nous ne pouvons pas faire grand-chose de plus pour elle.

Rien à signaler au niveau du crane. Pas de saignement ou de gonflement du cerveau, elle a une commotion cérébrale, ce qui est normal. Encore une fois, c'est quelque chose qui va guérir avec le temps. C'est comme un très mauvais mal de tête. Je recommande qu'elle reste ici en observation pour au moins un jour de plus. »

« Mais elle va s'en sortir ? Se rétablir complètement ? » Les mots s'échappent de mes lèvres.

« Oui, d'ici quelques semaines », confirme-t-il et j'inspire profondément, l'oxygène remplit mes poumons, pour ce qui semble être la première fois aujourd'hui. « Nous allons la garder sous perfusion d'analgésiques pendant qu'elle est ici et bien sûr, nous vous en enverrons aussi chez vous. Son corps va guérir de lui-même mais ça sera très douloureux la première semaine. »

Une profonde possession primitive me déchire. Je vais prendre soin d'elle. Je m'assurerai qu'elle ne bouge que si elle en a besoin. On s'occupera d'elle et son père paiera pour l'avoir blessée.

« Elle a tout le temps du monde pour se remettre », dis-je, un peu plus bourru que nécessaire.

Il fait simplement un signe de tête et sort de la pièce. Je ramène toute mon attention sur l'ange en face de moi. Je la fixe, mon regard brûlant sur son visage. Tout ce que je veux, c'est qu'elle se réveille, qu'elle aille bien. Je sais que le docteur a dit que tout allait bien se passer mais je ne peux pas le croire tant qu'elle n'est pas réveillée.

Quelques instants plus tard, ses yeux s'ouvrent mais sa vision semble floue, comme si elle ne me voyait pas vraiment.

« Hey, tout va bien », je chuchote, en serrant sa main dans la mienne aussi doucement que possible.

« Julian... » Elle coasse et je berce son visage, le tournant vers moi.

« Je suis là, détends-toi. Tu es en sécurité maintenant. Je ne te laisserai pas tomber et je ne laisserai rien t'arriver non plus. Je suis désolé, Elena. »

Ses yeux se referment une fois de plus et elle se rendort.

Je ne me soucie de rien d'autre qu'elle en ce moment et je n'ai jamais pensé que je dirais ça.

31

ELENA

Il y a un bourdonnement insistant, ou peut-être un bip, qui remplit mes oreilles. Je ne sais pas vraiment quoi, tout ce que je sais, c'est que ce son agresse chacune de mes terminaisons nerveuses. Ma gorge se serre et lorsque j'essaie d'avaler, j'ai l'impression que quelqu'un a versé du sable dans ma bouche.

Qu'est-ce qui ne va pas chez moi ?

Quelque chose qui ressemble à un gémissement s'échappe de mes lèvres et alors que j'essaie d'ouvrir les yeux, je ne vois que du blanc - plafond blanc, lumières blanches, murs blancs. Instantanément, je sais que quelque chose ne va pas. Je ne suis pas dans la maison de Julian, notre maison.

Non attendez, on ne s'est pas encore marié parce que... juste au moment où je suis sur le point de m'enfoncer dans mes pensées, ma tête commence à palpiter comme si quelqu'un était en train de la ciseler avec un pic à glace.

En tournant la tête, je trouve Julian assis à côté de moi sur une chaise. Il a l'air trop grand pour ce petit espace. Mon nez se plisse alors que j'inspire et que l'odeur d'antiseptique emplit mes poumons. Au même moment, une douleur aiguë se propage dans mes côtes.

« Ne bouge pas ou respire doucement. Tu as une commotion cérébrale, des côtes meurtries et une cheville tordue. »

J'humidifie mes lèvres, ouvre la bouche pour parler mais je ne trouve pas de mots. Tout ce dont je me souviens, c'est de m'être levée le matin. Le jour de notre mariage et ensuite... plus rien.

« Que s'est-il passé ? » Je coasse. Mon regard descend le long de mon bras, jusqu'à l'endroit où une intraveineuse est insérée. Mentalement, je pense à toutes les choses que Julian vient de dire qui n'allaient pas. Bon sang, j'ai eu un accident de voiture ou quoi ? « Depuis combien de temps suis-je ici ? »

Les superbes traits de Julian se remplissent d'angoisse. « Environ un jour. »

« Que s'est-il passé ? » Je demande à nouveau.

« Tu ne te souviens pas ? »

« Non, je ne me souviens de rien. » Je continue à chercher dans mon cerveau les pièces manquantes du puzzle mais penser me fait mal. Je veux juste me rendormir.

« Tu es tombée dans les escaliers. »

« Oh... » Je visualise les escaliers menant au foyer. Je me rappelle les avoir descendus tant de fois mais je ne me rappelle pas être tombée. « Je ne me souviens pas de ça. »

« Ce n'est pas grave. Tu t'es cognée la tête assez fort. Tout ce qui compte, c'est que tu vas t'en sortir. Le médecin dit que tu vas te rétablir. »

En me relaxant dans le lit d'hôpital, je me sens un peu mieux en sachant ça. Au moins, rien de ce qui s'est passé n'aura d'effet durable sur moi.

« Nous ne nous sommes pas mariés, n'est-ce pas ? »

« Non. » Julian secoue la tête, un fantôme de sourire courbant les lèvres. « On descendait les escaliers pour se préparer au mariage quand c'est arrivé. J'ai essayé de t'attraper mais je n'étais pas assez rapide », admet-il honteusement. La tristesse et la culpabilité dans sa voix sont comme un couteau planté dans ma poitrine. Il s'en veut, je le sais sans même lui demander.

« C'est bon. Ce n'était pas ta faute », j'essaie de l'apaiser.

Il ouvre la bouche et s'apprête à dire autre chose mais il est interrompu par un coup discret à la porte. Un moment plus tard, la porte s'ouvre en grinçant et une petite infirmière entre. Elle doit être nouvelle, car elle ne doit pas être beaucoup plus âgée que moi.

Ses yeux se dirigent immédiatement vers Julian et elle s'accroche au porte bloc qu'elle tient comme s'il s'agissait d'un bouclier. Je ne sais pas pourquoi mais elle a clairement peur de Julian.

Bien sûr, il n'arrange pas les choses en la regardant d'un air renfrogné, les yeux traînant le long de son corps comme s'il la jaugeait.

« Bonjour, Elena », me salue-t-elle lorsqu'elle arrache enfin ses yeux de Julian. Elle essaie de cacher le tremblement dans sa voix mais je peux toujours l'entendre. « Comment vous sentez vous ? »

« Bien, je suppose. »

« Vous avez mal quelque part ? » demande-t-elle en commençant à prendre mes constantes, ignorant complètement la présence de Julian.

« Ma tête me fait un peu mal mais pas tant que ça. »

« Nous pouvons vous donner d'autres médicaments contre la douleur dans environ une heure. En attendant, ce serait bien si vous pouviez prendre l'air, peut-être faire une promenade. Je peux vous pousser dans le fauteuil roulant si vous voulez... »

« Je vais l'emmener faire un tour », dit Julian d'un ton bourru. « Laissez-nous juste le fauteuil roulant. »

« Bien sûr. » Elle hoche la tête et note rapidement ma tension artérielle et mon pouls sur le dossier. « Si vous avez besoin d'autre chose, appuyez sur le bouton juste ici. »

Elle se précipite hors de la pièce comme si elle était pressée de partir. Je ne peux pas m'empêcher de me demander s'il ne s'est pas passé quelque chose quand j'étais dans les vapes mais c'est probablement parce qu'il est si intimidant.

En repensant à la première fois que je l'ai vu chez mon père, j'avais aussi peur de lui. Bien sûr, il me kidnappait, j'avais donc une bonne raison d'avoir peur. En le regardant maintenant, je n'ai plus peur. Je suis tout le contraire en sa présence. Je me sens protégée.

Il n'est peut-être pas un prince charmant mais il me protège toujours et je sais qu'il me donnera toujours ce que je veux et ce dont j'ai besoin.

« Tu veux aller faire un tour ? » Julian demande, interrompant mes pensées.

« J'adorerais ça. »

Julian prend le fauteuil roulant et transpose mon intraveineuse sur la perche qui y est fixée. Puis il m'aide à sortir du lit et par *aider*, je veux dire qu'il me soulève et me dépose dans le fauteuil roulant.

« Je suis peut-être blessée mais mes jambes ne sont pas cassées », je plaisante.

« Je sais mais je ne veux pas risquer que tu tombes. » Il m'aide à me mettre en place, en verrouillant les repose-jambes du fauteuil roulant. « Tu pourrais te blesser davantage et après les dernières vingt-quatre heures, l'idée de te voir à nouveau blessée... »

Son regard est lointain, presque comme s'il revivait ce qui s'est passé. Ma gorge se serre et mon cœur fait des bonds dans ma poitrine lorsqu'il attrape une mèche de cheveux et la glisse derrière mon oreille. C'est un si petit geste mais il me fait chaud au cœur.

« Ne me regarde pas comme ça. » La rudesse de sa voix me fait frissonner mais pas de peur.

« Comme quoi ? » Je cligne des yeux, essayant de me concentrer sur autre chose que la chaleur qui se développe dans mon corps. Je suis peut-être blessée mais je ne suis certainement pas morte. Il s'avère que même souffrante, il me fait tourner la tête.

Se penchant en avant, il me fait un demi-sourire. « Comme si tu voulais que je te baise. Ça n'arrivera pas... du moins pas maintenant. » Ses lèvres effleurent mon front et je frissonne quand il se déplace derrière moi, prenant le contrôle du fauteuil roulant.

La chaleur s'échappe lentement de mon corps alors qu'il me fait rouler hors de la chambre et dans le hall. Son pas est lent, comme s'il n'avait rien d'autre à faire. Le silence dans le hall est assourdissant et je remarque que quelques-uns de ses hommes nous suivent. J'essaie de les ignorer mais c'est difficile quand je sais déjà qu'ils sont là.

Nous passons devant quelques chambres mais il semble qu'il n'y ait personne dedans, je n'ai pas vu une seule infirmière ou un seul médecin passer devant nous. Je n'ai pas passé beaucoup de temps dans les hôpitaux mais de ce que je sais, il y a généralement de l'agitation. Je l'imagine déjà en train d'exiger que l'on me mette dans une aile privée, loin de tout le monde.

« Tu as fait peur aux infirmières et aux médecins pour qu'ils nous donnent notre propre aile ? »

« Evidemment. J'ai choisi le meilleur médecin disponible pour s'occuper de toi et deux infirmières font des gardes pour être disponible à tout moment. »

« Pourquoi as-tu fait ça ? » Je croasse, en serrant les bras du fauteuil roulant.

« Parce que tu es une Moretti et que tu dois être soignée par le meilleur. » Le grognement profond qu'il émet me dit qu'il n'y aura pas de discussion à ce sujet.

« Je ne suis pas encore ta femme », je chuchote.

« Tu le seras bientôt et mariage ou pas, tu es à moi. Ce qui s'est passé ne change rien. »

Que s'est-il passé ?

Je me rends compte alors qu'il ne m'a pas répondu. Il ne m'a pas dit comment je suis tombée dans les escaliers. Que faisais-je ? Qui m'a fait tomber ? Est-ce qu'il m'a poussé ? Quelqu'un d'autre m'a-t-il poussé ? La panique s'empare de moi et la pression sur ma poitrine augmente.

Non. Julian ne me ferait pas de mal mais quelqu'un d'autre aurait pu.

Je me souviens de la fois où quelqu'un a essayé de m'empoisonner. La même personne est-elle venue finir le travail ? Différents scénarios commencent à se multiplier dans mon esprit comme un cancer. Je me force à me calmer et à prendre de petites respirations superficielles, même si mes poumons brûlent et que mon cœur s'emballe.

En regardant droit devant, je vois que nous entrons dans l'atrium de l'hôpital. De grands arbres forment une voûte dans les airs et le bruit de l'eau qui ruisselle emplit mes oreilles. Le soleil brille à travers le plafond de verre, rendant l'espace lumineux et aéré.

Julian continue de me pousser et je me calme un peu lorsque nous atteignons une petite zone de sièges près d'une cascade géante qui se jette dans un bassin peu profond mais de grande taille. Freinant le fauteuil roulant, il se déplace lentement, s'asseyant sur le banc à côté de moi.

Je fixe la chute d'eau, regardant l'eau tomber en cascade sur le bord, se précipitant dans le néant sans s'en rendre compte.

Détachant mon regard de la cascade, je me tourne et mes yeux se heurtent à ceux, sauvages, de Julian. Ses yeux bleus glacés sont hypnotisant, comme des fosses profondes qui mènent au fond de l'océan.

« Que s'est-il passé ? Comment suis-je tombée ? » Je demande, voulant désespérément savoir ce qui m'a amenée ici.

La mâchoire de Julian se resserre, les angles deviennent durs, ses traits s'assombrissent.

« Nous parlerons de ce qui s'est passé quand tu iras mieux et certainement pas ici. » Le sourire crispé qu'il m'offre n'atteint pas ses yeux et le ton tranchant de sa voix est un avertissement.

Cette conversation est terminée pour le moment... mais pas pour toujours.

« Ok », je chuchote et juste à ce moment-là, les battements dans ma tête s'intensifient et je sais qu'il a raison. Maintenant n'est pas le bon moment pour se replonger dans le passé.

Le médecin m'a fait sortir de l'hôpital le lendemain. J'ai l'impression que les infirmières sont contentes qu'on soit partis, ce qui est le cas de Julian. Ils ont dû être assez effrayés.

Julian me traite comme si j'étais en verre. Il me porte pratiquement jusqu'à la voiture, puis de la voiture à la maison quand nous rentrons au manoir - notre maison.

Notre maison. C'est toujours bizarre de penser à cet endroit comme étant ma maison mais la vérité est que ça y ressemble de plus en plus. Quand je vivais avec mon père, je ne me sentais pas chez moi mais plutôt dans une cellule de prison et même si les choses avec Julian n'ont pas été faciles au début, ça s'améliore. Bien mieux que chez mon père, en tout cas.

Julian me porte tout le long de l'escalier et je m'accroche à lui, posant ma tête sur son épaule. Quand nous arrivons en haut, je m'attends presque à avoir un flash-back, peut-être quelques souvenirs qui referaient surface mais rien ne se passe. L'escalier ressemble à ce qu'il a toujours été et je ne me souviens toujours de rien.

Nous arrivons à la chambre et je suis surprise de trouver Marie debout dans la pièce. Elle nous accueille avec un sourire chaleureux et je suis encore plus surprise lorsque je regarde le reste de la pièce.

L'une des commodes a été déplacée et remplacée par une étagère qui est remplie de tous mes livres préférés. Le lit est équipé de coussins et d'un dossier pour m'asseoir confortablement avec le pied levé. La table de nuit a été remplacée par une table qui ressemble beaucoup à celle d'appoint de l'hôpital. Elle est rétractable et se déploie au-dessus du lit comme un plateau.

« Tu seras plus à l'aise comme ça », explique Julian alors que je prends tout en compte. « Marie restera avec toi quand je serai occupé. Tu ne peux pas être seule en ce moment avec ta commotion cérébrale. »

« Oh... ok. » Je ne peux pas m'empêcher de sourire.

Je ne serais pas seule.

Julian m'abaisse doucement sur le matelas et je m'enfonce dans le coussin moelleux avec un soupir. Il n'y a rien de tel que d'être dans son propre lit. J'ai encore mal à la tête et mes côtes me font souffrir mais j'essaie de me concentrer sur les points positifs.

« Je t'ai aussi acheté ça », la voix de Julian s'adoucit et il sort quelque chose de sous la table pour me le tendre. Je regarde fixement l'iPad argenté dans mes mains. « Il n'est pas connecté à Internet mais je l'ai préchargé avec des films, de la musique, des livres et des applications que j'ai pensé que tu pourrais aimer. Cela devrait t'occuper pendant ta convalescence. »

« Merci », je murmure sans quitter l'iPad des yeux. Je suis plus que reconnaissante que Julian ait organisé tout ça. Qu'il m'ait offert ce cadeau et que Marie reste avec moi.

Mais je ne peux pas m'empêcher de secouer le sentiment que j'ai en ce moment. Il y a cette petite voix au fond de mon esprit qui me harcèle, qui me dit qu'il ne fait pas ça parce qu'il le veut mais parce qu'il se sent coupable. Je sais qu'il se sent responsable de ce qui s'est passé mais je n'arrive pas à me dire que c'est peut-être plus que ça ?

M'a-t-il fait du mal ?

La question persiste longtemps après qu'il ait quitté la pièce.

Parce que si c'était le cas, je ne sais pas ce que je ferais.

32

JULIAN

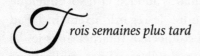rois semaines plus tard

Assis à mon bureau, je regarde le liquide ambré tourbillonner dans le verre de cristal. Zeke Black est assis en face de moi. Xander Rossi dit qu'il est le meilleur dans ce qu'il fait et c'est exactement ce dont j'ai besoin. Quelqu'un d'assez bon pour trouver Romero sans l'effrayer. Je veux qu'on me le ramène vivant.

« Xander m'a dit que tu es compétent. » Je l'ai regardé par-dessus le bord de mon verre.

« *Compétent* est un euphémisme mais je ne veux pas être vantard. » Ses traits sont stoïques.

Zeke est plutôt jeune pour le casier judiciaire qu'il a mais je suppose que je suis moi-même plutôt jeune pour être le chef de cette famille. D'après ce que m'a dit Xander, il a grandi en étant ballotté de famille d'accueil en famille d'accueil. Il a travaillé comme tueur à gages pendant des années et il est très bon dans ce qu'il fait.

« Ça sera un peu différent de ce dont tu as l'habitude. Je ne veux pas qu'il meure. Je veux être celui qui lui portera le coup de grâce. J'ai besoin que tu le trouves et que tu me l'amènes. »

« Tout ce que tu veux. Tu connais mes tarifs. » Je hoche la tête. « Alors nous resterons en contact. Je vais fouiner dans les environs. Si tu as des informations ou si tu connais quelqu'un qui pourrait savoir où il se cache, ce n'est pas de refus. »

J'acquiesce à nouveau et regarde dans son regard sombre. Même en tant que tueur à gages, je peux voir qu'il y a encore une âme en lui. Il n'est pas aussi atteint que Xander ou moi. Pas encore, du moins.

« Je le pense, Zeke. Je le veux vivant. Ne fous pas tout en l'air. »

« Je ne foutrai rien en l'air », grogne-t-il. Il quitte mon bureau sans un mot de plus et son attitude est presque dédaigneuse. Je n'aime pas qu'on m'envoie promener mais je vais faire avec pour le moment.

Même ici, dans ce gigantesque manoir, caché du reste du monde, je n'ai toujours pas l'impression de pouvoir la protéger.

Depuis que nous sommes arrivés chez nous, nous avons eu deux brèches. Des hommes sont morts de mes mains mais je ne pense toujours pas que leur mort soit un paiement suffisant. Je veux me venger et je n'aurai de cesse que tous mes ennemis soient morts, à commencer par Romero.

Tapant mes doigts contre le bois, je serre les dents, la rage me rongeant. Cet enfoiré pourrait être n'importe où et tout ce qu'il fait, c'est se cacher. Il n'a pas essayé de me contacter, même pas pour vérifier si Elena va bien. Pas que je sois surpris qu'il ait fui comme le lâche qu'il est au lieu de s'occuper de sa fille. Très probablement parce qu'il sait que sa fin est proche et que dès que je le trouverai, je lui mettrai une balle dans la tête.

J'ai abandonné l'idée d'un grand mariage. Le besoin de le faire souffrir s'est estompé et tout ce que je veux maintenant, c'est l'effacer de la surface de la terre et avancer dans ma vie.

Alors que mon besoin de faire souffrir Romero a disparu, mon obsession pour sa fille n'a fait que croître. J'ai passé chaque minute où je ne travaillais pas avec elle, à m'occuper de ses moindres désirs et besoins. J'ai pris presque tous les repas avec elle, je l'ai tenue dans mes bras tous les soirs et je l'ai emmenée en promenade autour de la propriété tous les jours.

Elle se remet bien et j'ai apprécié de m'occuper d'elle ces trois dernières semaines. Elle a fait en sorte que je m'ouvre d'une manière que je ne peux même pas exprimer par des mots. J'apprécie ses sourires, ses regards persistants et chaque contact, aussi petit soit-il.

Mon besoin de la consommer, de la mettre à nu et de posséder son corps une fois de plus augmente avec chaque coucher et lever de soleil. Je la veux, j'ai besoin d'elle et dès qu'elle sera en bonne santé, je l'aurai à nouveau. Les secondes défilent alors que j'arrive à la fin de ma journée de travail.

Portant le verre à mes lèvres, j'avale le reste du liquide ambré et le laisse enrober mes entrailles de chaleur avant de le reposer sur le bureau.

Un autre jour sans la moindre piste sur Romero et un autre jour sans ma vengeance. J'essaie de ne pas laisser la colère amère consumer mes émotions en me poussant de ma chaise et en me levant. En fin de compte, j'ai toujours la chose la plus précieuse qu'il possède.

Sa fille.

En sortant de mon bureau, je ferme la porte à clé et descends dans le couloir, m'arrêtant devant la porte de notre chambre. Je saisis la poignée en fer, je la tourne et tire la porte pour l'ouvrir. Lorsque j'entre dans la chambre, Marie se lève d'un bond de la chaise qui se trouve à côté du lit.

« Bonsoir, monsieur », elle trébuche sur ses mots.

« Tu peux disposer. » Je fais fi de sa peur. Elle a peur de moi et à juste titre. Je ne l'aime pas mais je la tolère parce que je sais qu'Elena se soucie d'elle. Elles sont devenues amies et puisque cela rend Elena heureuse, je l'autorise.

« Très bien », elle couine et se précipite hors de la pièce, tête baissée. Avec elle partie, je tourne mon attention vers Elena.

Son adorable petit nez est plissé comme si elle avait senti quelque chose de mauvais.

« Tu n'as pas à la traiter comme ça. C'est mon amie. »

« Je sais et je le tolère mais elle reste une de mes employées et quand je lui dis de partir, j'attends qu'elle le fasse. »

Croisant ses bras sur sa poitrine, elle dit, « Je suppose. C'est juste que je n'aime pas la façon dont elle a peur de toi. »

J'en ris presque. « Beaucoup de gens ont peur de moi. Comme toi autrefois. Je ne lui fais pas confiance, ni à personne d'ailleurs, alors il vaut mieux être craint que pas du tout, car si les gens n'ont pas peur de vous, ils pensent qu'ils peuvent vous faire mal et s'en tirer à bon compte. »

Pendant un instant, nos regards se croisent, son vert éclatant s'oppose à mon bleu glacial. Elle est si belle, fragile comme du verre, un beau bijou. Chaque jour, je me rappelle combien sa sécurité est précieuse, sa vie est entre mes mains et je serai damné si je la laisse tomber.

Bientôt, elle sera ma femme et elle me donnera un héritier.

Le jour arrivera... bientôt, très bientôt.

Rompant le lien, je demande : « Es-tu prête à dîner ? Ou préfères-tu d'abord faire une promenade ? »

« Peut-être une petite promenade avant le dîner ? »

« Comme tu veux. » Je hoche la tête et l'aide à sortir du lit.

Elle passe son bras autour du mien et se sert de mon corps comme appui pour se tenir debout. Cela fait maintenant plus d'une semaine qu'elle n'a pas utilisé le fauteuil roulant. L'attelle qu'elle porte à la cheville lui permet de marcher lentement et sans douleur mais je la retiens toujours. Il y a toujours le risque qu'elle trébuche, tombe et se blesse à nouveau.

« Je pense que je pourrai bientôt faire sans attelle », me dit-elle alors que nous marchons ensemble dans le hall. « Mes côtes ne me font presque plus mal. » L'excitation dans sa voix irradie vers l'extérieur. Je sais qu'elle est prête à ce que j'arrête de la materner, à ce qu'elle fasse les choses par elle-même mais une partie de moi n'en est pas encore prêt. Avec son père dans la nature et des ennemis à gauche et à droite, sa sécurité et ses soins sont de la plus haute importance.

« Je suis heureux d'entendre ça. Je vais demander au médecin de venir jeter un coup d'œil et de s'assurer que tu peux retirer l'attelle avant. »

Je suis peut-être surprotecteur mais je m'en fiche. Devant moi, il y a l'escalier et dans mon esprit, un flash-back de ce jour-là se répète. Sa chute dans les escaliers, l'horreur dans ses yeux et comment son père a essayé de me tuer. Comme si Elena pouvait lire dans mes pensées, elle sort de sa torpeur et tourne la tête pour me regarder.

« Tu ne m'as jamais dit comment je suis tombée dans les escaliers », murmure-t-elle doucement comme si elle s'approchait d'un animal sauvage. « Je sais que tu ne me ferais jamais de mal... Je me sens en sécurité avec toi mais... j'ai l'impression que tu me caches quelque chose. Tu veux bien me dire ce qui s'est passé ? J'ai beau me creuser la tête pour trouver une réponse ou un souvenir de ce jour-là, rien ne vient. Je sais que quelque chose est arrivé ; je peux sentir... »

« Ça n'a plus d'importance maintenant... »

« Ça compte pour moi », crie-t-elle presque avant d'adoucir sa voix. « Quelqu'un a encore essayé de me tuer ? »

« Quoi ? Non. Ta chute était un accident », je lui assure.

Elle se détend à côté de moi mais la façon dont elle me regarde me dit qu'elle veut toujours en savoir plus. Je ne peux pas lui cacher la vérité pour toujours.

« Alors pourquoi tu ne me dis pas comment c'est arrivé ? »

Je serre les dents, ma mâchoire devient de l'acier. « Ton père était ici. »

La confusion se lit sur son visage. « Mon père ? Il était là quand je suis tombée ? »

« Oui. Il était là et il a vu ce qui s'est passé. »

« Pourquoi n'était-il pas à l'hôpital ? Tu l'as fait partir ? » Son ton devient accusateur et la colère me traverse. Je n'arrive pas à y croire. Elle lui fait encore plus confiance qu'à moi et ça me dérange plus que je ne voudrais l'admettre.

Pendant un moment, je ne dis rien. Je suis pris entre l'envie de lui faire voir son père tel qu'il est vraiment et celle de ne pas la blesser. Mon désir de la soumettre complètement l'emporte sur mon besoin de protéger ses émotions et je sais que ce que je m'apprête à lui dire est égoïste mais c'est la vérité.

« Ton père était là. Il t'a vue tomber. Il a vu ton corps sans vie gisant au bas de l'escalier et au lieu de se précipiter à ton secours comme je l'ai fait, il est parti. Il n'a même pas regardé si tu allais bien, n'a pas cligné des yeux, ou fait un geste vers toi. Une seconde, il était là et la suivante, il était parti. »

Tout son corps devient rigide et elle s'arrête de marcher. Je frémis presque en voyant la douleur dans ses yeux. La dernière chose que je veux est de la voir souffrir.

« A-t-il essayé de venir à l'hôpital ? » demande-t-elle, la voix tremblante.

« Non. Il se cache. Personne ne sait où il est... » Et puis ça m'a frappé. « Tu ne saurais pas par hasard où il irait se cacher ? »

« Non », lâche-t-elle, un peu trop vite, avec trop d'enthousiasme.

Elle ment.

Ma maîtrise de soi ne tient qu'à un fil mais je ne dis pas un mot de plus tandis que je la conduis dehors et dans le jardin. Elle ne pose plus de questions et c'est peut-être ce qui la sauve en ce moment.

Elle me ment.

Elle sait où est son père.

Maintenant, il ne me reste plus qu'à trouver comment la faire parler.

33

ELENA

Julian est étrangement calme pendant le dîner et cette tranquillité se prolonge dans la soirée. Après le dîner, nous nous retirons dans notre chambre.

L'inquiétude tourbillonne comme un ouragan à l'intérieur de moi. Il est en colère contre moi. Il n'a rien dit, pas un mot mais je peux le sentir. Je sens la fureur qui s'échappe de lui et qui s'abat sur moi.

A-t-il compris que je mentais ?

De qui je me moque ? Bien sûr que oui.

Mais qu'est-ce que je suis censée faire ? Lui dire où est mon père ? Je ne peux pas faire ça. Peu importe ce que mon père m'a fait, il reste mon père. Dire à Julian où il pourrait se cacher signifierait la mort certaine de la seule famille qu'il me reste. Mon père m'a peut-être trahie mais je ne suis pas comme lui et je refuse de m'impliquer dans leur combat.

Comme un enfant, Julian me laisse assise sur le lit pendant qu'il prend sa douche. Je me glisse hors de mes vêtements et retire aussi ma culotte, puis je me glisse sous les couvertures et je l'attends.

Le lit semble froid et vide quand il n'est pas là. J'ai tellement l'habitude de dormir dans ses bras, je ne pense pas pouvoir m'endormir sans lui.

Cette idée m'effraie. Je n'ai jamais voulu devenir dépendante de lui mais avec le temps, il a brisé mes murs et m'a montré un aperçu de qui il est vraiment.

La porte de la salle de bains s'ouvre quelques minutes plus tard et Julian entre dans la pièce, complètement nu. Ses cheveux bruns sont encore humides et des gouttelettes collent à sa peau bronzée. En baissant le regard, je vois qu'il est en pleine érection. Sa queue est si dure qu'elle pointe jusqu'à son nombril.

Trois semaines. Cela fait trois semaines qu'il n'a rien fait, à part un doux baiser ou une douce caresse. Le voir nu maintenant, prêt à me baiser, me réchauffe le cœur.

Mon pouls s'accélère et pas seulement à cause de sa nudité. Ses yeux sont sombres, son regard sévère. Il irradie la colère.

J'avais raison. Il est en colère.

Comme un lion, il rôde vers moi et je ne peux nier que la façon dont il me regarde m'excite encore plus. C'est à la fois effrayant et excitant.

« Pourquoi le protèges-tu ? Il ne se soucie pas de toi comme je le fais. »

« Je ne le protège pas », dis-je en grinçant alors qu'il tire les couvertures en arrière, exposant mon corps. Mes tétons se durcissent face à l'air frais. J'essaie instinctivement de reculer et de m'asseoir mais Julian saisit ma cheville blessée et me tire vers lui.

« Mensonges », siffle-t-il entre ses dents comme un serpent.

Tout ce que je peux faire, c'est haleter quand il se jette sur moi, sa main encercle ma gorge, serrant juste assez pour que je sache qu'il a le contrôle. Sa bouche chaude entoure un de mes tétons dures et sa langue s'y frotte avant que ses dents ne me mordillent la peau.

Une douce chaleur inonde mon corps, se heurtant à la peur et à une douleur fulgurante lorsqu'il mord plus fort. Levant mes mains, voulant les placer sur son torse, j'espère retrouver au moins un peu de contrôle. Mais il m'attrape les poignets et les coince au-dessus de ma tête avec une de ses grandes mains tout en gardant l'autre sur ma gorge.

« Julian », je gémis.

« Dis-moi ce que je veux savoir », murmure-t-il contre ma peau, déposant des baisers sur ma poitrine et sur ma gorge. Mon cœur s'emballe sous ma peau, tonnant si fort que c'est presque tout ce que je peux entendre.

« Je ne sais rien... » Je lui dis et je gémis quand il s'éloigne et me regarde fixement. Son regard bleu glacé me cloue au matelas et pour la première fois depuis des semaines, un frisson de peur me parcourt l'échine.

« J'obtiens toujours ce que je veux. Retourne-toi », ordonne-t-il avec force. Je n'hésite même pas à me rouler docilement. « Laisse tes mains au-dessus de ta tête et cambre-toi. »

Je suis son ordre sans réfléchir, même si j'ai peur de ce qu'il va me faire. Je le regarde prendre un oreiller et le poser sous mon ventre avant qu'il ne place une main entre mes omoplates et me pousse vers le bas.

Je suis surprise quand il se lève du lit mais je ne bouge pas. Je l'entends prendre quelque chose dans la commode. Quelques instants plus tard, il est de retour à mes côtés. Il prend un de mes poignets et avant que je ne comprenne ce qui se passe, mes mains sont menottées aux montants du lit.

« Qu'est-ce que tu fais ? » Je demande.

« Ne parle que si c'est pour répondre à mes questions », grogne-t-il, sa voix est rauque, sombre et ça met en alerte. Ce n'est pas le Julian en qui j'ai confiance. Ce n'est pas la personne douce et attentionnée que je recherche pour ma sécurité. C'est le Julian que j'ai trahi, qui est prêt à me blesser pour arriver à ses fins.

Je ne suis pas préparée à ce qui va se passer. Je sais jusqu'où il ira, pour obtenir ce qu'il veut. Et en ce moment, il veut mettre la main sur mon père.

Perdue dans mes pensées, je laisse échapper un glapissement de surprise quand il écarte mes jambes et remonte sur le lit derrière moi.

« Une si jolie chatte. C'est bien dommage de devoir te punir ainsi. »

« Je ne sais pas où il... » Je n'ai même pas le temps de finir ma phrase que je sens son dos contre le mien, son poids s'appuie sur moi et sa queue dure s'enfonce en moi. Son énorme main fait le tour de ma nuque et il serre ma chair en signe d'avertissement.

« Ne parle pas, sauf si c'est pour me dire où se cache ton père », grogne-t-il en me serrant fort avant de se retirer complètement.

Je ne devrais pas être excitée. Je devrais être terrifiée. Pourtant, la chaleur entre mes jambes augmente et je me sens de plus en plus humide. Il me fait avoir besoin de lui, le désirer, même dans les moments où je ne devrais pas. Il est une drogue dont je ne pourrai jamais me défaire et j'ai honte de l'admettre, car le fait de le désirer autant que je le fais me rend vulnérable.

« Maintenant, voyons combien de fois je peux t'amener au bord du précipice avant que tu ne perdes la tête. » La noirceur de sa voix recouvre ma peau et je frissonne.

Un instant plus tard, il est entre mes jambes, son souffle chaud se répandant contre mon entrée. Même la sensation qu'il me procure ainsi me fait palpiter et me presser contre son visage, cherchant à me libérer. Cela fait trois semaines. Trois semaines sans orgasme, sans plaisir.

« Je crois que tu oublies la leçon. C'est une punition. Si tu veux jouir, alors tu devras me dire où est ton père », grogne Julian contre mon sexe, puis le monde autour de moi s'efface.

Je m'agrippe aux draps et me tortille contre son emprise. Ses doigts s'enfoncent dans ma chair tandis qu'il me maintient ouverte. Sa bouche me dévore, se régalant comme une bête sauvage. Sa langue se glisse dans ma chatte et il me baise pendant quelques longues secondes avant de passer à mon clitoris. Il est sans pitié et même si j'essaie de retenir le plaisir qui menace de m'engloutir tout entière, je n'y arrive pas.

Mon estomac se serre et les éclairs de plaisir commencent à me traverser. Je me sens au bord de l'orgasme et, sans me soucier de rien, je repousse son visage, en frottant ma chatte contre sa bouche pour tenter de jouir.

C'est ma plus grosse erreur, car Julian n'est pas prêt de me laisser jouir. Je le sais, je peux le sentir. Une seconde plus tard, il prouve qu'il a raison et s'éloigne, me laissant endolorie et froide.

« Julian », je gémis de frustration, sachant que si je lui dis ce qu'il veut savoir, il me laissera jouir, tout en sachant aussi que je signerai la mort de mon père en faisant ainsi.

Sa bouche est remplacée par deux doigts, qui tracent mon ouverture.

« Dis-moi où est ton papa et je te ferai jouir si fort que tu oublieras ton nom. »

« Je ne... »

« Si tu le dis. » Bien que je ne puisse pas voir son visage à cet instant, je sais qu'il y a un sourire cruel sur ses lèvres. Je vais payer pour lui avoir menti, payer de mon corps, de mon esprit et de mon âme.

Il enfonce deux doigts dans mon entrée déjà trempée. Comme une chatte en chaleur, je cambre sur sa main et je suis récompensée par un gloussement.

« Ça craint quand tu veux tellement quelque chose, que c'est à portée de main mais que tu ne peux pas l'avoir, n'est-ce pas ? »

« Tu es... » J'halète alors qu'il se déplace plus rapidement, me faisant oublier l'insulte que j'étais sur le point de proférer.

« Pas une menteuse comme toi, ça c'est sûr. » Il déplace ses doigts de plus en plus vite et mon sexe palpite de plus en plus.

« Oh, mon Dieu », j'halète, le prévenant une fois de plus que je suis sur le point de jouir. Une erreur stupide de ma part car ce n'est clairement pas ce qu'il veut.

Comme le bâtard qu'il est, il arrête de me baiser avec ses doigts et ralentit à rien de plus qu'une caresse, arrêtant l'accumulation de plaisir en un instant.

La frustration monte en moi et ma tête tourne. J'ai besoin de jouir, j'en ai tellement envie que je pourrais me frotter au matelas à ce stade et prendre mon pied.

« Si tu veux jouir, tu sais ce que tu dois faire. » Julian se glisse entre mes lèvres humides et frotte des cercles doux contre mon clitoris.

« S'il te plaît... s'il te plaît... » Je supplie, me noyant dans ma folie.

Enduisant ses doigts de mon excitation, il revient à mon entrée et enfonce ses deux doigts en moi. Il recommence à me baiser et pendant un moment, je me perds dans le plaisir qui recommence à monter. Peut-être va-t-il enfin me laisser jouir ? Pris dans mes propres pensées, je ne remarque pas le bruit d'une bouteille qui s'ouvre.

Une seconde plus tard, quelque chose de froid coule dans la fente de mon cul. Portée par les vagues de plaisir qui parcourent ma chatte, je ne réalise pas ce qui se passe jusqu'à ce que je sente quelque chose sonder mon trou du cul.

La panique s'empare de mon corps et je me crispe. « Détends-toi... » me rassure-t-il et après quelques secondes, c'est ce que je fais.

Avec ses doigts toujours en moi, il me caresse de l'intérieur vers l'extérieur, ce qui m'empêche de me concentrer sur son pouce, qui appuie doucement sur mon trou du cul. Lorsque son pouce glisse à l'intérieur de mon cul, il y a un léger pincement mais à part cela, il n'y a que du plaisir et un profond gémissement s'échappe de mes lèvres.

Julian enlève sa main de ma chatte et attrape ma hanche à la place, me maintenant vers le bas, afin qu'il puisse continuer à jouer avec mon cul.

Je me demande comment je peux être aussi excitée par un doigt dans mon cul mais cette question m'échappe lorsqu'il commence à me baiser le cul avec son pouce.

Ses coups sont précis, peu profonds et procurent un tout nouveau plaisir.

« Ton cul est magnifique avec mon pouce à l'intérieur. J(ai tellement hâte de le voir étiré par ma queue. » Je ne sais pas comment mais ses mots m'excitent encore plus. En faisant entrer et sortir son pouce de mon cul un peu plus rapidement, la spirale de la luxure se resserre dans mes tripes. Il se retire pour remplacer son pouce par deux doigts, m'étirant encore plus.

« Je ne te laisserai pas jouir, même si tu me supplies. Pas avant que tu me dises ce que je veux entendre. »

Il ravale ses mots un instant plus tard, car avant que je puisse l'anticiper, je jouis. Mon corps entier se tend et se casse comme un arc trop serré.

Mon noyau se resserre et je serre les doigts de Julian, les retenant à l'intérieur de mon corps, ne voulant jamais les lâcher. Le plaisir inonde chaque orifice et je tremble contre le matelas. Mes paupières se ferment et une bouffée de chaleur recouvre ma peau.

« Putain... » J'entends Julian grogner derrière moi. « Je ne m'attendais pas à ce que tu jouisses aussi vite après que j'ai baisé ton cul. Je suppose que je vais devoir changer de tactique. »

Pendant ce qui semble être une éternité, il me baise avec ses doigts, me faisant jouir deux fois de plus. Ma chatte a à peine fini de convulser qu'il me pénètre avec sa queue tout en continuant à garder ses doigts dans mon cul.

Je chevauche une vague de plaisir béate, mon corps entier s'affaisse en avant et la sueur perle sur mon front. En me retournant, je regarde Julian par-dessus mon épaule. Le regard dans ses yeux est féroce et je sais qu'il ne va pas lâcher. Il veut des réponses, des réponses que j'ai et il est prêt à me baiser jusqu'à la soumission pour les obtenir.

« Penche-toi en arrière et rebondis sur ma queue », ordonne-t-il. Je me déplace lentement, mon corps est une flaque de sueur. Comme je ne bouge pas assez vite, je reçois une claque sur le cul, ce qui fait que ses doigts qui sont dans mon cul se glissent un peu plus profondément à l'intérieur.

Je pousse contre lui et commence à monter lentement sur sa queue, mes fesses frappant contre son aine.

« Parfait. Je pourrais jouir dans ton petit trou serré en ce moment même. »

« Oh oui ! » Je gémis.

Mon sexe est sensible et mon corps entier plane dans le plaisir.

Je ne suis pas sûre de pouvoir supporter un autre orgasme mais il semble que je n'aie pas le choix. Tous les muscles de mon corps se contractent et quand je sens que Julian ajoute un autre doigt aux deux autres qui sont déjà dans mon cul, je m'effondre, un cri franchissant mes lèvres.

Je suis ivre de plaisir et défoncée par le toucher de Julian. Il me baise avec ses doigts dans mon cul pendant un temps encore, puis remplace ses doigts par le gland de sa queue.

« Tu ne pourras pas rentrer. » J'ai du mal à sortir les mots alors que le plaisir et la douleur se mêlent.

« Oh que si. Tu es faite pour moi. Ton cul va prendre ma queue. »

C'est la seule réponse que j'obtiens avant qu'il ne commence à me pénétrer lentement, poussant dans mon cul. Pendant un bref instant, la pression est trop forte et je gémis, me débattant contre son emprise.

Plaçant une main sur ma nuque, il me maintient en place et commence à bouger, remplaçant la douleur sourde par un plaisir brûlant. Tout ce que je peux sentir, c'est lui. Son odeur m'entoure, son corps se moule au mien. Nous ne sommes qu'un en cet instant.

Son rythme s'accélère et le bruit de ses couilles contre ma peau remplit la pièce. Il grogne, me baise lentement, même si je sais qu'il veut s'enfoncer en moi encore et encore. Il amène deux doigts sur mon clito, il tourne autour de la chair trop sensible et je commence à trembler une fois de plus.

« Oh, mon Dieu... »

« Dis-moi où il est, dis-le-moi, bébé, dis-le-moi, pour que je puisse remplir ton cul de mon sperme... » Le plaisir devient douleur quand il pince le minuscule bouton.

« Julian », je gémis, me débattant contre les draps, faisant en sorte que sa queue s'enfonce davantage et se frotte contre quelque chose d'incroyable dans mon cul. « Je... Je n'en peux plus... Je ne peux pas jouir à nouveau. » Mon corps est douloureux, mon cœur se serre.

« Tu peux et tu le feras. Tu continueras à jouir jusqu'à ce que tu me le dises ; jusqu'à ce que tu ne puisses plus marcher, ou jusqu'à ce que je décide que tu as été assez punie. Maintenant, prends ma bite dans ton cul. » Il pousse plus fort et mes yeux roulent à l'arrière de ma tête.

Avec sa queue dans mon cul et ses doigts sur mon clito, je suis submergée. Le sentiment est si intense que je ne sais pas combien de temps je peux le supporter.

Puis il attrape une poignée de cheveux et me tire la tête en arrière.

Comme une droguée, j'ai besoin de son contact et quand il me pince à nouveau le clito, la douleur et le plaisir s'entrechoquent si profondément. Je jouis une dernière fois. C'est rapide et puissant comme un coup de poing mais ça laisse mon clito si sensible que ça fait presque mal.

Non, pas presque... ça fait mal. C'est trop. J'essaie de m'éloigner, de fermer mes cuisses mais les doigts de Julian sont implacables. Tout mon corps est secoué comme si je recevais une décharge électrique mais Julian me retient davantage, sa main sur ma nuque, m'enfonçant dans le matelas.

J'ai l'impression que je suis sur le point d'imploser et c'est là que je sais qu'il a gagné.

« La maison de la plage... il sera à la maison de la plage », je m'écrie.

Ses doigts quittent mon clito et le soulagement m'envahit un instant avant que la culpabilité ne me frappe.

Il jouit un moment plus tard, remplissant mon cul de son sperme collant et s'effondrant sur moi.

Il m'embrasse sur l'épaule et me murmure : « Gentille fille. »

« Nous avions l'habitude d'y aller quand j'étais enfant », j'admets honteusement. « S'il te plaît, ne le tue pas. »

« Je dois le faire. »

« S'il te plaît, non. Je ne peux pas être avec l'homme qui tue la seule famille qu'il me reste. »

« Et je ne peux pas laisser vivre l'homme qui a tué les miens. »

34

JULIAN

À mes mots, elle devient complètement silencieuse. Je ne voulais même pas le dire. Ma confession s'est juste échappée. Cela n'enlève rien à l'honnêteté de mes mots, cependant.

En me levant et en me dégageant de son corps, je me déplace pour m'asseoir sur le bord du lit. Ma queue est encore dure, elle glisse hors de son petit trou du cul serré. Elle ne bouge pas quand je me lève et commence à défaire ses menottes. Libre, elle reste allongée sur le ventre alors que je vais dans la salle de bain chercher un gant de toilette pour la nettoyer.

Elle gémit lorsque je passe le tissu chaud entre ses jambes mais ne dit rien. Un fois propre, je la retourne sur le dos, pour pouvoir regarder son visage. Ses yeux se heurtent aux miens et je vois le tourbillon d'émotions qui se reflète en moi. Dans ses profondeurs, je pourrais me noyer des milliers de fois.

Confusion, appréhension, peur. Elle digère ce que je lui ai dit. Elle essaie d'imaginer que son père a tué quelqu'un que j'aimais.

« Il a tué ta famille ? » demande-t-elle enfin.

« Il a tué ma mère... et le bébé qu'elle portait. »

Ses grands bleus s'élargissent et les larmes coulent en cascade sur les côtés de ses joues. Je regarde les gouttelettes, détestant qu'elle pleure pour moi.

« Je ne peux pas l'imaginer faire quelque chose comme ça. »
La colère pointe le bout de son nez. « Je peux t'assurer qu'il l'a fait. Il l'a tuée. Il l'a même admis. » Je fais de mon mieux pour passer outre le fait qu'elle défende son père mais c'est difficile, si difficile, surtout après la façon dont il a fui quand elle est tombée. S'il était la moitié de l'homme qu'elle pense qu'il est, il serait venu à son secours. « Ce n'est pas un homme bon, Elena », j'ajoute.

« Toi non plus », réplique-t-elle et je ne peux rien y redire.

« Je sais que je ne le suis pas. Je n'ai jamais prétendu l'être non plus. Pourtant, il y a des limites que même moi je ne franchirai pas. Je ne tuerais jamais une femme enceinte. Il n'y a aucune raison d'argumenter à ce sujet. Ton père va mourir, que tu le veuilles ou non et je serai celui qui le tuera. »

L'angoisse envahit son visage. « Peut-être que c'était une erreur ? Ou peut-être que c'était un accident ? »

« Ce n'était pas le cas. Ton père n'est pas l'homme que tu penses qu'il est. Tu sais qu'il a dit à tout le monde que ta mère était morte dans un accident de voiture ? C'est un menteur et un meurtrier. Et n'oublie pas qu'il t'a vendue à moi, un homme qui, il le sait, le déteste. »

« Oui et tu m'as achetée ! N'oublions pas ça non plus. Tu m'as achetée comme si j'étais un objet en magasin. Puis tu m'as enfermée dans cette pièce. J'étais enchaînée à ton lit ! Tu tues des gens, tu mens et tu voles. Tu es tout autant un criminel que lui. »

Tous les muscles de mon corps tremblent, je suis tellement en colère. En colère contre elle pour avoir pris son parti. En colère contre son père pour avoir tué ma mère. Et en colère contre moi pour avoir laissé tout ça arriver. Malheureusement pour Elena, elle est la seule ici à diriger ma colère.

« Tu peux me dire tout ce que tu veux mais ne me compare pas à lui ! Je n'ai rien à voir avec ton père », dis-je à travers mes dents serrées. Mes mains sont serrées en poings si fort que mes ongles s'enfoncent douloureusement dans mes paumes pour évacuer un peu de ma rage.

Son beau visage devient d'une pâleur fantomatique et sa bouche s'ouvre comme si elle était sur le point de dire quelque chose mais aucun son n'en sort. Il n'y a rien à dire et même si c'était le cas, j'ai dépassé le stade du raisonnement.

« Je me fous de ce que tu dis. Je vais tuer ton foutu père. Je vais t'épouser et tu seras à moi. Tu vas m'obéir et faire ce que je dis, ou je vais t'enchaîner au lit pour le reste de ta putain de vie. Ne me tente pas, Elena. Si tu veux voir à quel point je peux être un monstre, alors essaye de m'arrêter. »

J'attrape mon pantalon sur le sol, je l'enfile et quitte la pièce en claquant la porte avec une férocité qui fait trembler les murs. Mes doigts tremblent et la rage bouillonne tandis que je fais glisser le verrou en place et marche dans le couloir, loin d'elle. J'ai besoin de respirer un peu, de m'éloigner avant de faire quelque chose que je pourrai regretter.

∼

APRÈS AVOIR FRAPPÉ contre le sac de frappe de la salle de sport pendant une heure et pris une douche froide dans la chambre d'amis, je me sens un peu plus calme.

J'ai été dur avec Elena tout à l'heure, peut-être même trop dur mais j'avais besoin qu'elle voit son père pour ce qu'il était vraiment. J'ai besoin qu'elle accepte que je sois celui qui mette fin à la vie de son père et je refuse de me sentir mal à ce sujet. Elle devrait le haïr pour l'avoir laissée pour morte en bas des escaliers, pour me l'avoir vendue mais il semble qu'elle soit bien plus loyale que je ne l'aurais cru.

Avec le temps, elle comprendra.

Avant de retourner dans la chambre, je m'arrête à mon bureau et appelle le père Petro. Il est tard et je sais que mon appel risque de le réveiller mais je n'ai pas la patience d'attendre demain matin pour l'appeler.

« Allô ? » répond-il après que le téléphone ait sonné pendant ce qui semblait être une éternité.

« Père Petro, c'est Julian Moretti. Je m'excuse de cet appel tardif mais j'ai besoin que vous veniez à mon domaine demain matin. Le mariage que vous deviez célébrer il y a trois semaines va avoir lieu. Ça ne peut plus attendre. »

« Je comprends », murmure-t-il et je peux presque le voir hocher la tête à travers le téléphone. « Je serai là à neuf heures du matin, c'est bon ? »

« Parfait. Passez une bonne nuit, mon père. » En terminant l'appel, je me sens un peu plus léger qu'avant. Gribouillant une note, je redescends les escaliers et m'arrête dans la cuisine pour laisser un mot à Céleste et Marie, leur ordonnant qu'elles se préparent à une cérémonie sur la terrasse juste avant le petit-déjeuner. J'ai déjà informé Lucca des changements, ce qui signifie que tout est en place.

Demain. Demain, Elena deviendra ma femme.

Elle sera liée à moi jusqu'à la mort, liée par un vœu incassable.

Je m'accroche à cette pensée, la laissant me calmer lorsque j'entre dans notre chambre peu de temps après. Elena est allongée sur le lit, la lampe sur la table de nuit est allumée. La douce lueur illumine toute la pièce. Mes yeux se déplacent vers sa silhouette, qui est enveloppée dans une couverture.

Le gant de toilette et les menottes sont sur le sol à côté du lit, un rappel de ce que je lui ai fait plus tôt - ma queue frémit dans mon short à ce souvenir. Je ne m'attendais pas à ce qu'elle jouisse par voie anale, surtout que c'était sa première fois mais bordel que c'était excitant. Ce n'est rien d'autre qu'un autre rappel de combien elle est parfaite pour moi.

Aucune autre femme ne pourra jamais rivaliser avec elle. C'est pourquoi elle sera à moi. Pour toujours. A partir de demain.

« Je sais que tu ne dors pas », dis-je en enlevant mon short et mon T-shirt.

« Je n'ai jamais dit que je dormais », dit-elle sans me regarder. « Que suis-je censée faire à part rester au lit si tu m'enfermes dans la chambre ? »

En souriant à sa réponse, je me glisse dans le lit à côté d'elle. Son corps se raidit lorsque je l'attire contre moi. Elle essaie de me repousser mais cela ne fait que me pousser à la serrer plus fort. Enfouissant mon visage dans ses cheveux, je respire profondément, laissant son parfum succulent apaiser les racines de ma colère. Chaque fois que je la vois, je pense à son père et je me rappelle qu'il est là, vivant et que je n'ai pas réussi à honorer ma mère.

« On se marie demain, dans la matinée », je lui chuchote à l'oreille.

« Quoi ? Demain ? » Elle couine.

« Oui. Tu te réveilleras demain matin, tu mettras ta robe de mariée et tu promèneras ton joli - et pas si vierge - cul en bas pour devenir ma femme. »

« Mon père va-t-il venir ? »

« Non. Les invités seront là. Il n'y aura que nous. »

Il y a un long moment de silence et je suis presque triste qu'il n'y ait pas d'autre combat. L'idée de la soumettre à nouveau par le sexe fait durcir ma queue une fois de plus.

« Pourquoi as-tu voulu m'épouser si mon père a vraiment tué ta mère ? » Sa question fait tout s'évaporer et une fois de plus, je suis sur les nerfs. Je n'aime pas ressasser cette vérité sordide. Je ne veux pas qu'elle connaisse mon histoire, pas encore.

« Je t'ai désirée dès que je t'ai vue à l'enterrement de ta mère. » Ce n'est pas un mensonge mais ce n'est pas non plus toute la vérité.

« Et ça ne te dérange pas que je sois sa fille ? »

« Non, je ne me soucie pas d'où tu viens. Je te veux dans ma vie. Tu es une Moretti maintenant, mon épouse, ma reine. La femme qui portera et mettra au monde nos héritiers. »

Un autre moment de silence s'étire avant qu'elle n'interrompe le silence par une autre question.

« Tu as toujours l'intention de tuer mon père ? »

« Oui. »

« Comment veux-tu que je prononce mes vœux si je sais ça ? Si je sais que l'homme qui sera mon mari prévoit de tuer mon père ? »

« Je m'en fiche car tu prononceras tes vœux quoi qu'il arrive. Tu deviendras ma femme demain matin et ton père mourra de mes mains. Quand ? Je ne sais pas mais ça arrivera et si tu fais quoi que ce soit pour essayer de m'en empêcher... » Je n'ai pas besoin de la menacer davantage. Elle sait ce qui se passera si elle ne fait pas ce que je veux. J'aimerais ne pas avoir à lui forcer la main. J'aimerais qu'elle dise simplement ses vœux parce qu'elle le veut. Parce qu'elle me veut.

La seule pensée qui me soulage est de savoir qu'un jour, elle chérira nos vœux. Elle finira par comprendre que c'était la bonne chose à faire.

Elle verra que je ne faisais ça que pour nous, pour elle.

Son père ne l'aime pas. S'il l'aimait, il ne me l'aurait pas donnée.

35

ELENA

En regardant mon reflet, un sentiment étrange m'envahit. Je pensais que Julian était ivre quand il est venu dans la chambre hier soir et a dit que nous allions nous marier mais il s'avère qu'il n'était ni ivre, ni menteur. Je suis là, dans une robe de mariée et je suis sur le point de me marier avec un homme qui m'a achetée pour dix millions de dollars. Un homme, que j'ai bêtement pensé pouvoir aimer. Il ne sait rien de l'amour. C'est une vengeance, c'est tout ce que c'est. Il ne veut pas de moi comme je veux de lui. C'est une façade, un mirage. Parfois, j'espère pouvoir lui faire oublier son envie de vengeance mais il ne s'arrêtera pas tant que mon père ne sera pas mort.

« Tu es prête ? » Julian appelle à travers la porte fermée de la salle de bain et mes pensées s'évaporent comme des grains de sable dans un sablier.

« Oui », je lui réponds. Avec précaution, je me dirige vers la porte et l'ouvre juste assez pour jeter un coup d'œil par la fente. « Ça ne porte pas malheur de voir la mariée dans sa robe ? »

« Je ne t'ai pas vue dans ta robe le jour de notre premier mariage et regarde ce que ça a donné. » Il pince les lèvres.

Je suppose qu'il a raison. Qu'est-ce qui pourrait bien arriver de pire ?

En ouvrant complètement la porte, on voit tout le corps de Julian. Il se tient à quelques mètres de moi dans un smoking ajusté. Il a l'air vif, espiègle et dangereux. Ma bouche devient sèche et je ravale ma langue, de peur qu'elle ne glisse comme celle d'un chien face à un os. Ses yeux bleu marine me regardent de la tête aux pieds, s'imprégnant de l'image qu'il a devant lui.

« Tu es... à couper le souffle. » Il se lèche les lèvres et je suis surprise par l'authenticité de son compliment. Il y a une sorte d'adoration dans son ton que je n'ai jamais entendu auparavant. C'est particulièrement surprenant après tout ce qu'il m'a dit hier soir et la façon abrupte dont il est parti et revenu pour m'annoncer que nous allions nous marier.

Parfois, je pense que Julian a une double personnalité. Ou peut-être qu'il n'est qu'un monstre à l'intérieur et que cette version attentionnée de lui est une façade. Quoi qu'il en soit, je suis sur le point de l'épouser. L'épouser avec toutes ses facettes.

« Viens. Le père Petro nous attend », il me tend le bras. Je réduis la distance entre nous et passe mon bras autour du sien, frissonnant lorsque ma main frôle la sienne.

Mon estomac se retourne comme si j'étais sur des montagnes russes. Je suis sur le point de me marier.

Julian m'entraîne dans l'escalier, me serrant très fort dans ses bras pendant que nous descendons le long escalier. Quand nous atteignons la dernière marche, je soupire presque. Maria arrive au bout du couloir et mes pensées divergent.

« Oh, Elena. Tu es superbe », rayonne-t-elle, en me regardant de haut en bas. « Tiens, je t'ai fait ça. » Elle me tend un magnifique bouquet de fleurs.

« Merci, Marie. » Je souris joyeusement, reconnaissante qu'elle soit là. Au moins, j'ai une amie présente à mon mariage. Une personne que j'aurais invitée dans tous les cas.

Julian écarte Marie d'un geste de la main et je dois serrer les dents pour m'empêcher de lui dire quelque chose. Je ne comprends pas son dégoût pour elle. Oui, elle est son employée mais elle est aussi humaine. J'espère qu'après notre union, j'aurai mon mot à dire sur la façon dont les choses se passent au manoir.

Nous continuons à marcher dans la maison et c'est comme si nous allions à un enterrement. Arrivés à la terrasse, Julian ouvre les portes-fenêtres et l'air frais du matin embrasse ma peau.

Dès qu'on sort, j'oublie tout. Tous mes soucis, mes peurs et mon anxiété à l'idée d'épouser Julian s'évanouissent. Une arche blanche est installée au bord de la terrasse, des roses blanches y sont tressées. L'ensemble est pittoresque et fantaisiste.

Derrière elle, le soleil s'étend au centre du ciel bleu, illuminant la scène. Le temps n'aurait pas pu être meilleur. En détournant mon regard du décor, je constate que le prêtre est déjà debout sous l'arche, un sourire amical ornant ses lèvres lorsque nous nous approchons et nous arrêtons devant lui.

Je ne m'attendais pas à ce que mon mariage se déroule de cette façon. J'ai toujours pensé que mon père me conduirait à l'autel. Même si je n'avais jamais imaginé que ça se passerait comme ça, je dois admettre que c'est magnifique.

Pendant que le prêtre célèbre la cérémonie, Julian tient ma main libre d'une main de fer tandis que je m'accroche au bouquet de l'autre.

Le père Petro lit quelques passages de la bible sur le fait de se chérir et de se protéger mutuellement. Je me demande si notre mariage sera un jour comme celui des autres. Débordant d'amour et de joie. J'espère que ces choses pourront trouver leur chemin dans notre union.

Après avoir prononcé nos vœux, qui sont génériques, nous répétons ceux du père Petro. Nous échangeons les alliances à la toute fin et mes doigts tremblent lorsque je glisse l'alliance en argent sur le doigt de Julian. Je n'arrive pas à croire que je suis mariée.

« Par la présente, je vous prononce mari et femme. Vous pouvez maintenant embrasser la mariée. »

Julian se tourne vers moi, aussi intimidant qu'il l'était le soir où il s'est présenté dans le bureau de mon père. Je me tourne, il fait de même et je déglutis en levant mon regard pour rencontrer le sien. Il me regarde comme si j'étais sa proie et je suppose que dans un sens, je le suis.

Baissant la tête, il se penche et pose ses lèvres sur les miennes, scellant nos destins par un baiser. Le baiser est doux et gentil, complètement différent de ce à quoi je m'attendais mais encore une fois, je suis officiellement la propriété de Julian maintenant. Je suis Mme Moretti.

« Félicitations. » Le père Petro sourit alors que nous brisons le baiser. Mes lèvres sont brûlantes et mon corps tout entier tremble.

« Merci », murmure Julian et attrape ma main, la serrant fort comme s'il avait peur que je m'enfuie. Il nous guide en bas des marches et vers la piscine, où je vois qu'une table est dressée avec une variété de fruits, de pâtisseries et d'autres produits pour le petit-déjeuner.

« Mme Moretti », dit Julian en souriant et en m'aidant à m'asseoir.

« Que se passe-t-il ensuite ? » Je demande. A-t-il déjà trouvé mon père ? Va-t-il me l'annoncer d'un moment à l'autre ? La culpabilité me ronge de l'intérieur. Je suis mariée et mon père n'était même pas là pour en être témoin.

« Maintenant, on prend le petit-déjeuner et on se prépare pour notre lune de miel. »

« Lune de miel ? » J'essaie de ne pas paraître aussi choquée que je le suis. « On va partir en lune de miel ? »

Julian sourit, montrant ses dents blanches étincelantes. « Oui, nous logeons dans une maison privée sur une plage isolée, où nous passerons les trente prochains jours ensemble. Je veux te donner un peu de liberté et te laisser t'amuser. Je pense que cela nous fera du bien et nous donnera aussi l'occasion d'apprendre à nous connaître un peu plus. »

C'est comme si je me réveillais dans une autre dimension. Je n'arrive pas à croire ce que j'entends et pendant une brève seconde, je le regarde simplement avec stupéfaction.

« Tu sembles choquée, peut-être préfères-tu être enfermée dans notre chambre ? »

« Non... » Ce mot m'échappe et j'attrape le verre de jus d'orange pendant que Julian prend mon assiette et la remplit de nourriture. « Je suis juste surprise, c'est tout. Après la façon dont les choses se sont terminées hier soir, je ne m'attendais pas à quelque chose comme ça... »

« Tu es ma femme et je veux que tu sois heureuse. Ce voyage te permettra la liberté que tu cherches, sans que je m'inquiète que quelqu'un te fasse du mal ou que tu t'enfuies. »

Et juste comme ça, je réalise que la liberté qu'il me donne est un faux sentiment d'espoir. Il ne me fait pas confiance, pas vraiment. Il me donne la liberté mais seulement dans la mesure où il l'autorise et à ses conditions. Mon estomac se retourne et l'idée de manger me donne la nausée.

« Je pensais qu'en nous mariant, tu me ferais plus confiance et me laisserais plus de liberté. »

« C'est le cas. » Il prend une fraise et me tend mon assiette, qui est chargée de nourriture.

« Seulement à tes conditions, cependant, n'est-ce pas ? » Je me moque avec colère.

J'étais si stupide de penser que me marier arrangerait les choses. J'étais idiote de croire que Julian Moretti, le loup noir des bas-fonds de la mafia, tomberait amoureux de moi. Tout ce qu'il veut, c'est me contrôler. Rien n'a changé.

« Tout est à mes conditions, *femme*, tu devrais le savoir maintenant. Quand ton père sera pris en charge et que je n'aurai plus rien à craindre, tu pourras être libre. Maintenant mange, nous avons une longue journée devant nous », m'ordonne-t-il comme si j'étais une enfant et je suis tentée d'objecter mais à quoi cela me servirait-il ? Ne pas manger ne fera de mal à personne, sauf à moi.

À contrecœur, je prends un fruit dans l'assiette.

Un instant plus tard, Lucca s'approche de la table et Julian s'excuse, me laissant seule à table et j'espère ne pas y voir une habitude. J'ai déjà perdu ma mère et mon père va bientôt suivre. Et je ne sais pas comment faire pour sortir ce besoin de vengeance de la tête de mon mari.

Y a-t-il un avenir d'amour et de bonheur pour nous, ou étions-nous condamnés dès le départ ?

36

JULIAN

Je regarde fixement la bague en argent à mon doigt. Elle se reflète dans la lumière et semble étrange, presque irréelle. Je suis un homme marié. Marié à la fille de l'ennemi. Marié à une femme qui ne sait rien de la vérité et sur la raison pour laquelle je l'ai prise. Un homme éthique ressentirait de la culpabilité mais je ne ressens rien de tel. Maintenant, je tiens dans la paume de ma main tout ce à quoi Romero tient.

Marie fait nos valises et Elena s'assied sur le lit et la regarde. Elle a essayé d'aider mais je l'ai arrêtée. Je paie Marie à l'heure pour faire les choses que je veux qu'elle fasse. Elena a besoin de se faire à cette idée.

Appuyé contre le mur, je regarde les deux femmes parler et rire en buvant un verre de whisky. Il est tôt, je sais mais un mariage se fête toujours avec un verre de whisky. Vêtue d'une robe de ville qui épouse ses courbes pulpeuses et met en valeur le galbe parfait de ses seins, je dois me retenir d'emmener ma femme dans la salle de bains et de la baiser contre le miroir pour consommer notre mariage comme il se doit.

Femme. C'est ma femme maintenant. Cela semble surréaliste, presque comme si ce matin était un rêve.

Marie garde la tête baissée, les yeux fixés sur le pliage des derniers vêtements pour nos valises tandis que je regarde Elena. L'idée de quitter ce manoir et d'aller sur l'île me rend nerveux mais je sais qu'Elena en a besoin et une partie de moi en a besoin aussi.

Personne ne pourra l'atteindre là-bas et toute chance qu'elle s'échappe est extrêmement improbable. De plus, ici, tout sera géré et pris en charge. Lucca tiendra le fort et Zeke cherche Romero, donc j'ai un peu de temps pour me détendre et me concentrer sur nous. Tout ira bien.

J'ai juste hâte de partir d'ici et de rejoindre l'île. Après avoir descendu le reste du liquide ambré dans mon verre, je m'approche et pose le verre en cristal sur la table de nuit. Le bruit fait sursauter Marie et je me mords l'intérieur de la joue pour retenir un sourire en coin.

« Va t'assurer que tes affaires sont emballées et prêtes à partir. Nous prenons en charge le reste, ici », je la congédie. Ses yeux se baladent entre Elena et moi avant de s'enfuir comme une petite souris timide.

« Est-ce que tu prends plaisir à effrayer tout le monde ? » Elena pose la question dès que Marie est sortie de la pièce. Le défi dans ses yeux brille comme le soleil qui filtre à travers la fenêtre.

« Veux-tu la réponse honnête ou celle qui te fera te sentir mieux ? »

« Peu importe. » Elena roule les yeux vers moi.

« La peur garde les gens disciplinés. Je te l'ai déjà dit. » Je m'approche du lit et ferme la valise. « Tu as faim ? Le vol durera une heure, puis un bateau nous emmènera sur l'île. Donc, il faudra attendre un moment avant de dîner. »

« L'île ? » Elle se redresse.

« C'est le seul mot que tu as entendu dans cette phrase ? »

« En quelque sorte. » Elle sourit largement. « On va sur une île ? Quelle île ? Où est-elle ? »

« C'est une île privée dans les Caraïbes. Nous prendrons l'avion pour Saint Martin et de là, un bateau nous emmènera sur l'île. Tu es déjà allé aux Caraïbes ? »

« A ton avis ? » Elle fronce les sourcils. « Le plus loin que j'ai été de la maison, c'est Orlando. Mes parents m'ont emmenée à Disney pour mon huitième anniversaire. »

« Tu vas adorer et je serai heureux de t'emmener voir le monde si c'est ce que tu veux. » Elle me lance un regard incertain, comme si elle ne croyait pas à ce que je disais. « Où aimerais-tu aller ? »

« Je sais que c'est cliché mais j'ai toujours voulu aller à Paris. »

« Alors nous irons à Paris. Peut-être à l'automne prochain. » Son sourire s'élargit à mon mot et je planifie déjà les détails dans ma tête. « Viens, allons prendre un déjeuner léger avant de partir. »

Elena se lève du lit. Je l'ai laissée enlever l'attelle après avoir appelé le médecin et confirmé qu'elle n'en avait plus besoin. Elle enroule son bras autour du mien comme elle l'a fait plus tôt ce matin mais ça semble déjà différent maintenant. Plus naturel, plus familier, comme si son bras était fait pour le mien... pour toujours.

Je regarde ses cheveux de jais danser dans le vent tandis que le bateau glisse sur l'eau avec grâce. Je n'ai pas pu détacher mes yeux d'elle de toute la journée. Pas parce que je m'inquiète de la voir courir mais parce que je ne l'ai jamais vue aussi heureuse. Je n'ai jamais vu cette lueur d'excitation dans ses yeux ou ce sourire permanent sur ses lèvres. Son visage s'illumine à chaque fois que nous voyons quelque chose de nouveau et je n'en ai jamais assez.

Si je pouvais, je passerais les cent prochaines années à voyager avec elle, simplement pour la voir ainsi. Je veux son bonheur, la voir sourire pour toujours. Une nécessité que je n'avais pas vue venir mais qui s'est imposée à moi.

« Tu as froid ? » Je demande quand je vois qu'elle tremble légèrement.

« Un peu mais je vais bien. Je veux rester ici. Je me sens si libre avec le vent dans mes cheveux comme si je pouvais aller n'importe où. »

« On peut rester. » J'enroule mon bras autour d'elle et l'attire à mes côtés. Marie et Céleste sont sous le pont et je préfère passer du temps avec ma femme seule de toute façon.

La sécurité est déjà mise en place sur l'île. J'aurai moins d'hommes là-bas qu'autour du manoir mais comme l'île elle-même est sécurisée et que personne ne sait où nous sommes, nous n'avons pas besoin d'autant d'hommes.

« Waouh. » Elena couine à côté de moi lorsque l'île apparaît. Elle se trouve à moins d'une heure de bateau du continent mais elle est suffisamment éloignée pour être isolée. Elle n'est même pas cartographiée sur les cartes.

« Oui, c'est ça. Notre maison pour un mois. »

« Je suis si excitée… » Elle regarde l'île avec émerveillement et je passe le reste du trajet à la regarder.

Dix minutes plus tard, nous arrivons au petit quai de notre plage privée. J'aide Elena à descendre du bateau et l'accompagne sur le rivage.

Deux de mes hommes nous saluent et montent à bord du bateau pour récupérer nos bagages tandis que je me dirige vers la maison avec ma femme.

Dès que nous entrons dans la maison, l'arôme du poulet fraîchement rôti nous accueille. J'ai engagé deux femmes de ménage supplémentaires, qui sont arrivées hier, pour m'assurer que tout était parfait et prêt à notre arrivée.

« Prête à manger ? »

« Oui. Non. Je veux dire, je suis affamée mais je veux aussi me promener et découvrir l'île. »

« Faisons une visite rapide avant de nous asseoir pour le dîner alors. »

Nous nous promenons dans la maison, regardons dans chaque pièce. Elena se comporte comme un enfant le matin de Noël et chaque nouvelle pièce est un nouveau cadeau qu'elle déballe.

« C'est magnifique. »

« C'est vrai », je dis, en la regardant droit dans les yeux. « Maintenant, mangeons. »

Nous retournons à la salle à manger, qui est déjà prête pour nous. Une grande composition florale au centre de la table, avec divers aliments répartis autour.

Notre premier dîner officiel en tant que mari et femme.

« Apportez-nous du champagne », ordonne-je. Quelques minutes plus tard, on nous apporte deux flûtes et une bouteille. Je l'ouvre d'un coup sec et nous verse à chacun un verre. « Profite tant que tu le peux. »

« Qu'est-ce que tu veux dire ? » Elena plisse le nez.

« Tu pourrais tomber en enceinte bientôt et alors tu ne pourras pas boire pendant neuf mois. »

« Oh » Elena regarde la table, en mordant sa lèvre inférieure. « Je sais que ce n'est pas le bon moment mais quand je suis allée aux toilettes sur le bateau, j'ai réalisé que mes règles avaient commencé. »

La déception m'envahit. En partie parce que nous ne pourrons pas avoir la nuit de noces parfaite que j'avais prévue mais surtout parce que le fait qu'elle ait ses règles signifie qu'elle n'est pas encore enceinte. Je ne m'attendais pas à ce qu'elle le soit après que nous n'ayons fait l'amour qu'une poignée de fois mais ça m'attriste quand même de devoir attendre plus longtemps.

« Je suis désolée », pleurniche Elena.

« Il n'y a pas de quoi être désolée. J'attendrais aussi longtemps qu'il le faudra pour te reprendre, surtout après ce que je t'ai fait subir hier. Je suis sûr que tu as besoin de repos de toute façon. »

Le visage d'Elena devient cramoisi à mes mots. Non pas parce qu'elle n'est pas habituée à mes propos mais parce qu'une des servantes temporaires est dans la pièce, en train de nous apporter des rafraîchissements. Son embarras ne fait que me faire sourire. La femme de chambre semble également un peu troublée mais elle est assez intelligente pour ne rien laisser paraître.

Le reste du dîner se passe agréablement sans incident. Quand je ramène Elena dans la chambre, je m'attends à ce qu'elle veuille se coucher tout de suite. Au lieu de cela, elle m'a poussé dans la salle de bain.

« Je veux prendre une douche. » Vu la façon dont elle me tire, je suppose qu'elle s'attend à ce que je la rejoigne. Je m'y plierai volontiers.

J'ouvre l'eau et l'aide à se déshabiller avant d'enlever les miens. La douche est aussi grande et luxueuse que celle de la maison. Il y a plus qu'assez de place pour nous deux avec les deux pommeaux de douche.

En passant sous le jet, je ferme les yeux et laisse l'eau chaude couler sur mon visage. Je sursaute presque quand Elena arrive derrière moi et passe ses petites mains sur mon dos.

Je me tourne, lui fais face et ouvre les yeux. Elle a une lueur d'espièglerie dans le regard et pendant un instant, je me demande ce qu'elle prépare. Cette pensée, ainsi que toutes les autres, disparaissent lorsqu'elle s'abaisse sur ses genoux et enroule ses doigts délicats autour de ma queue déjà dure.

« Putain », je gémis quand elle se penche en avant et me prend dans sa bouche chaude. Ses lèvres douces se referment autour de mon corps et sa langue de velours court le long de ma queue. Je pose une main sur le mur carrelé frais à côté de moi, ressentant le besoin de m'arc-bouter tandis que j'enfouis mon autre main dans ses cheveux noirs.

Elle se déplace lentement et sensuellement sur ma longueur, me prenant profondément jusqu'à ce que j'atteigne le fond de sa gorge avant de se retirer complètement. Sa main reste enroulée autour de la base de ma queue alors qu'elle continue de me sucer comme une pro.

Il ne me faut pas longtemps avant de sentir mes couilles se resserrer et le picotement à la base de ma colonne vertébrale.

« Je vais jouir... avale », j'ai craché entre mes dents serrées, m'accrochant à peine.

Elle gémit et hoche la tête autant qu'elle peut avec ma queue dans sa bouche. Je peux sentir la vibration de son gémissement dans tout mon corps.

J'essaie de ne pas serrer ses cheveux, de la laisser garder le contrôle mais quand je sens mon orgasme monter, je ne peux plus résister. J'enroule mes doigts autour de ses cheveux et je ferme mon poing, la maintenant en place pendant que je lui envoie des jets de ma semence au fond de sa jolie bouche.

Elle continue à sucer jusqu'à la toute dernière goutte et je suis content d'avoir gardé une main contre le mur pour me soutenir parce que, putain, mes jambes pourraient lâcher.

Lâchant ma queue, elle se remet gracieusement sur ses pieds, se léchant les lèvres comme si elle avait pris beaucoup de plaisir.

« Désolée, mon utérus a gâché notre nuit de noces. » Elle sourit effrontément.

« J'accepterai ces excuses de ta bouche tous les jours. » Me redressant, j'attrape ses hanches et la rapproche de moi, moulant ses courbes douces contre mon corps.

En me penchant je prends ses lèvres, la dévore comme si c'était la seule chose dont j'avais besoin pour survivre. Je plonge ma langue à l'intérieur d'elle, me goûtant moi-même. La combinaison de nos goûts est si enivrante que ma queue durcit de nouveau. Putain, je ne me lasserai jamais d'elle.

Jamais.

37

ELENA

Trois jours. C'est le temps que nous avons passé sur l'île. C'est étrange de se réveiller tous les jours dans un endroit aussi beau et de pouvoir marcher dehors et sur la plage, surtout après avoir été enfermée dans une chambre et n'avoir eu le droit de sortir que lorsqu'on me l'autorisait.

Nous prenons le petit-déjeuner ensemble dans le petit coin qui donne sur la plage. Je peux entendre les vagues qui se précipitent vers le rivage sablonneux. Cet endroit est magnifique au-delà des mots mais comme tout dans ma vie, il y a de l'obscurité et du contrôle cachés sous ce beau décor. J'aimerais qu'il n'y ait aucune restriction au mariage de Julian et moi. Que je puisse être libérée de toutes mes chaînes.

« Tu n'as pas faim ? » Julian demande, interrompant mes pensées.

En levant les yeux de mon assiette encore presque entièrement remplie, je constate qu'il me regarde. Son regard sombre est pénétrant, comme s'il pouvait voir à travers moi et dans mon esprit. Mes yeux se posent sur la bague scintillante qui orne son doigt. Je n'arrive toujours pas à croire que nous sommes mariés. Qu'il est à moi et que je suis à lui. Je suis mariée à un mafieux, un criminel qui sait comment me plier à sa volonté.

« Mon estomac est un peu noué », je dis, ce qui n'est pas entièrement un mensonge.

Julian fronce les sourcils. « J'ai du travail mais je peux toujours m'y atteler demain ou plus tard. Je ne veux pas te laisser seule si tu ne te sens pas bien. » Sa protection suinte de lui, chargeant l'air autour de nous. Pourtant, je sens que j'ai besoin de m'éloigner un peu de lui.

« Non, non. Je veux me promener le long de la plage, découvrir un peu l'île. Ce n'est pas souvent que j'ai l'occasion d'aller quelque part seule », je te taquine.

Un sourire effleure ses lèvres un instant avant qu'il ne boive un verre de son jus d'orange. Un homme aussi cruel et sombre que lui ne devrait pas avoir le droit d'être aussi sexy. Je me surprends à toujours le regarder, lui et la façon dont il me tient, son odeur et son goût. Tout en lui m'excite. Je ne devrais pas vouloir de l'homme qui m'a tout pris et pourtant, je ne peux pas non plus nier mes sentiments.

« Tu n'es jamais seule, où que tu ailles, je serai toujours là. Ou du moins pas loin derrière toi. » Ce n'est pas seulement une déclaration mais un avertissement. Il me surveillera, où que j'aille. Je ne serai jamais libre.

« Oui, j'ai compris. Tu me surveilles. »

« Exact », sa voix tombe et je frissonne à sa profondeur.

Une partie de moi est peut-être furieuse de la façon dont nous nous sommes rencontrés mais tout en sachant qu'il ne reculera devant rien pour mettre fin à la vie de mon père, je ne peux pas nier l'attirance que j'ai pour lui.

Avec Julian, il n'y a pas d'option, pas d'alternative. Il détient tout le pouvoir et je suis esclave de chacun de ses mouvements.

« Je vais explorer l'île », dis-je en me levant de mon siège.

La chaise racle le carrelage et les sourcils de Julian se froncent. « Tu essaies de t'enfuir ? Je suis sûr que je n'ai pas besoin de te rappeler qu'il y a... »

« Il n'y a aucun moyen de quitter l'île. » Je termine sa phrase, en essayant de ne pas paraître moqueuse. « Tu n'as pas besoin de me le dire dix millions de fois. Je pensais que j'étais ta femme. Je commence à croire que je suis toujours prisonnière. » Je joue l'insolente.

Julian jette sa serviette sur la table. « Très bien, vas-y ma reine. Sache que je te surveillerai. »

Je résiste à un roulement de yeux et me tourne pour m'éloigner mais je suis tirée en arrière, une seconde plus tard, mon dos heurtant un torse musclé. La main de Julian s'enfonce dans mes cheveux corbeau et il tire ma tête en arrière. Sa prise est ferme, il contrôle la situation et je frissonne devant le pouvoir qu'il détient. Ses dents effleurent mon oreille et son odeur enivrante m'entoure. Danger et cannelle, c'est ce qu'il sent.

« J'espère que tu prévois de te changer avant de quitter cette chambre. »

Quelque chose en moi me donne envie de tenter la bête, de repousser les barreaux d'acier qui me retiennent en cage. « Et que ferais-tu si je te disais que non ? »

En un clin d'œil, il a relâché sa prise sur mes cheveux et m'a retournée pour me mettre face à lui. L'air s'échappe de mes poumons quand il me pousse contre le mur. Le sourire sur mes lèvres s'efface lorsque sa grande main entoure ma gorge et que nos regards se croisent. Sa prise est comme celle d'une manille de fer autour de mon cou. N'importe qui d'autre serait en train de pisser dans son pantalon et de demander pardon mais je tiens bon et reste calme. Je me rappelle que je suis son égal, pas un paillasson sur lequel il peut marcher.

Comme un loup sauvage, ses lèvres se retroussent et il grogne les mots suivants.

« Je t'enchaînerais à mes côtés et ne te laisserais jamais hors de ma vue. Voilà ce que je ferais. »

« Ce n'est pas déjà le cas ? » Je riposte en le regardant droit dans les yeux.

Se focalisant sur moi comme si j'étais une proie, ses lèvres effleurent presque les miennes lorsqu'il dit : « Tu te trompes si tu crois que je te traite mal. Maintenant change-toi ou je t'enferme dans cette chambre pour le reste de la journée. Nous sommes peut-être sur une île mais mes hommes sont toujours là et s'ils voient ne serait-ce qu'un centimètre de chair qu'ils ne devraient pas voir, je leur mettrai une balle entre les yeux. Veux-tu être responsable de la mort de quelqu'un ? »

« Non », le mot s'échappe de mes lèvres.

« Alors change-toi et disparais de ma vue avant que je te baise jusqu'à ce que tu me supplies d'arrêter et crois-moi, je ne serai pas tendre. »

Même si je suis tentée de le voir faire, je veux explorer l'île. Ses lèvres se posent sur les miennes et c'est le plus doux des baisers. Tendre, comme s'il me disait un secret avec ses lèvres. Je suis épuisée et confuse et mes genoux tremblent, me tenant à peine debout.

« D'accord », je marmonne et un moment plus tard il me libère comme si j'étais un fer à repasser chaud sur sa peau. Je lève une main et me frotte la gorge tandis que mon cœur bat la chamade dans ma poitrine. Je peux encore sentir sa poigne. Mes poumons brûlent comme si j'avais retenu ma respiration et je soupire bruyamment dans la pièce.

« Un des gardes a emmené Céleste sur le continent pour se ravitailler. Seuls Clyde et Marie sont ici en ce moment » explique Julian. « Si tu as besoin de quelque chose, je peux toujours leur envoyer un message. »

« Je n'ai besoin de rien », dis-je, la voix toujours haletante.

Après un dernier regard, je traverse la pièce et me dirige vers le pied du lit où se trouve ma valise. Ce n'est pas comme si je portais quelque chose de trop révélateur, un short de nuit et un haut à bretelles mais je ne vais pas le pousser ou lui donner une autre raison de m'enchaîner au lit, car il le fera. Je n'ai aucun doute sur le fait qu'il fera tout son possible pour me rappeler le pouvoir qu'il détient.

Du coin de l'œil, je le vois se détourner. Il sort son téléphone, accordant toute son attention à l'appareil. Rapidement, je me change de mon pyjama et enfile un short et un débardeur habillé. J'envisage momentanément de mettre un maillot de bain mais je m'en abstiens. Je ne vais pas aller seule dans l'océan, surtout pas quand je ne sais pas bien nager.

Julian a le nez plongé dans son téléphone, alors je me glisse hors de la pièce sans me faire remarquer. Je bouillonne d'excitation en marchant dans la maison.

L'île n'est pas très grande mais j'ai l'intention d'en fouiller chaque centimètre. J'aime être avec Julian mais je veux plus de liberté et je dois voir mon père. Pour le prévenir de ce qui est à venir. Après tout, Julian me pardonnera de m'être échappé.

Le manoir est situé sur la plage et est le point central de l'île. Julian prétend qu'il n'y a qu'un seul moyen d'entrer et de sortir de l'île mais je ne le crois pas. Et s'il y avait une urgence ? Chaque fenêtre par laquelle vous regardez montre l'océan et la plage. C'est paisible et une partie de moi veut rester ici, dans cette bulle de perfection, pour toujours.

En dévalant les escaliers, j'entre dans la cuisine qui est vide. Les portes fenêtres qui mènent à l'extérieur sont grandes ouvertes, laissant entrer la brise de l'océan. *Où dois-je aller en premier ?* Je passe les portes et regarde des deux côtés. Je ne vois rien d'autre que la plage à des kilomètres à la ronde.

L'air est salé quand je le respire à plein poumons et j'aime ça. J'aime la liberté qui m'entoure, le son de l'océan et la sensation de mes orteils dans le sable. Au hasard de mes choix, je vais à gauche et m'éloigne du manoir.

En marchant le long de la plage, l'eau se rapproche et finit par s'écouler sur mes pieds. L'eau est froide et un frisson me parcourt l'échine. Je ne sais pas combien de temps j'ai marché avant d'arriver à une petite zone envahie par les arbres et la végétation. Je ne vois presque pas le petit hangar à bateaux qui se dessine entre les feuilles vertes.

J'envisage de faire demi-tour parce que la dernière chose que je veux faire, c'est de me créer des ennuis mais une petite voix me dit d'en-

Début Sauvage

quêter davantage.

Julian a dit qu'il n'y avait pas d'autres bateaux sur l'île. Est-ce qu'il mentait ? Ou ce hangar à bateaux est-il vide ? Peut-être que ce n'est pas du tout un hangar à bateaux ?

La curiosité prend le dessus et je continue à marcher vers elle. Mes pas sont hésitants et la peur me tenaille au plus profond de mes tripes. Cela pourrait n'être rien, juste une petite dépendance abandonnée, ou cela pourrait être quelque chose de plus grand que ça.

Juste un petit coup d'œil à l'intérieur, je me dis. Je veux juste savoir ce qu'il y a à l'intérieur.

En m'approchant, en m'enfonçant dans les broussailles, je réalise à quel point ce bâtiment est vieux et délabré. Les lattes de bois sont affaiblies et la peinture qui les recouvre est écaillée par les éléments. En souriant à moi-même, j'ai l'impression d'avoir trouvé un trésor.

Je parie que Julian n'a aucune idée que c'est ici. J'arrive à la porte et tire sur la poignée qui tient à peine. Je découvre qu'elle n'est pas fermée à clé et qu'elle est entrouverte. Les charnières grincent quand je tire la porte et passe la tête à l'intérieur.

Mes yeux s'écarquillent en voyant le bateau à moteur à l'intérieur du bâtiment en bois. Je pourrais partir tout de suite, sans un mot, prendre de l'avance. C'est ce que je devrais faire mais au fond de moi, je sais que je ne peux pas.

Je ne peux pas quitter Julian. Je veux prévenir mon père et j'en ai l'intention, pour lui dire de me laisser tranquille, que je suis heureuse là où je suis mais je ne peux pas partir, pas encore.

Je fais un pas en arrière, je laisse la porte se refermer et j'ai l'impression de me trahir un peu en retraversant le feuillage dense pour rejoindre la plage.

Une prise de conscience m'envahit et je réalise que je suis partie depuis un certain temps, alors au lieu de poursuivre mon aventure, je rentre à la maison.

Je vais peut-être croiser Marie et on pourra faire quelque chose ensemble. Faire des cookies ou regarder la télé ? Le secret de ce que j'ai trouvé pèse lourdement sur mes épaules, comme une pile de briques.

Je remonte l'arrière du manoir, suivant par le même chemin que j'ai emprunté plus tôt, quand j'entends ce qui ressemble à une bagarre dans la cuisine. Je n'ai pas encore atteint les portes-fenêtres pour voir l'intérieur, donc je n'ai aucune idée de ce qui se passe mais mon cœur bat la chamade dans ma poitrine et mes jambes s'emballent lorsque j'entends une voix masculine grave.

« Tu vas faire ce que je dis, ou je dis à Julian que tu es une espionne... » Je connais cette voix. Elle appartient à l'un des gardes de Julian, Clyde, je crois.

« S'il vous plaît, ne faites pas ça... » Marie pleure doucement et je sais que ce qui se passe est mauvais.

Je me précipite dans la cuisine, mon sang bouillonne et je suis prête à me battre. Lorsque je repère Marie face à moi, ses yeux sont écarquillés par la peur et des larmes coulent librement sur ses joues.

Clyde tire sur ses vêtements comme si elle était une poupée de chiffon.

« Je vais te baiser et tu vas aimer ça. Est-ce que tu me comprends ? » La voix de Clyde est nauséabonde et je déteste devoir ralentir mes pas. Mes yeux se dirigent vers le bloc de boucher posé sur le comptoir près de la cuisinière et je ne pense même pas, je réagis simplement.

Me dirigeant vers le bloc de boucher, j'attrape le premier couteau que mes doigts touchent, qui se trouve être aussi le plus grand. La lame brille dans la lumière et mes mains tremblent tandis que la rage mijote juste sous la surface.

Faisant le tour de l'îlot, je lève le couteau au-dessus de ma tête au moment où il glisse une main sous la robe de jeune fille de Marie. Tout ce que je vois, ce sont ses joues pleines de larmes, la douleur dans ses yeux.

Je mets tout ce que j'ai dans ce coup et le couteau le traverse comme du beurre chaud et se plante dans son dos.

Immédiatement, il se retourne vers moi, la fureur dans les yeux, ses lèvres se retroussent et il rugit de rage. J'attrape le couteau, essayant de l'arracher de son dos mais une douleur aiguë parcourt ma main lorsque ma paume entre en contact avec la lame au lieu du manche.

« Tu vas payer pour ça, espèce de petite salope », grogne-t-il et avant que je puisse comprendre ce qui se passe, son poing vole vers mon visage.

Le coup atterrit sur ma joue avec l'intensité d'une maison qui s'effondrerait sur moi et me fait presque tomber à terre. Je parviens tant bien que mal à garder pied, même si la douleur irradie sur ma joue et que le sang remplit ma bouche.

Clyde fait un pas menaçant vers moi, ses yeux brillent d'une rage rougeoyante. Il lève sa main comme s'il allait me frapper une fois de plus et mes yeux se ferment comme par instinct.

Oh, mon Dieu.

Le coup ne vient jamais. Le silence nous entoure et c'est alors que j'ouvre à nouveau les yeux et que je trouve Clyde sur le sol, les yeux vides et Marie debout devant moi.

« Il va me faire payer. » Sa voix n'est rien de plus qu'un tremblement et je sais qu'elle a raison. Julian la tuera pour ça, même en sachant que ce n'est pas sa faute.

J'ai mal au visage et ma main palpite, me rappelant la coupure fraîche qui s'y trouve. Du sang chaud coule le long de mes doigts et sur le carrelage blanc, où une tache de sang encore plus grande se forme sous le corps de Clyde.

Instantanément, je sais ce que je dois faire.

J'attrape un torchon de cuisine et l'enroule autour de ma main aussi serré que possible. « Viens. Je vais te faire sortir d'ici. Il ne peut pas te faire de mal si tu disparais. »

Il s'avère que mon plan de garder le bateau pour une autre fois était un bon choix. Marie a besoin d'être sauvée bien plus que moi.

38

JULIAN

« Il n'y avait aucun signe de sa présence là-bas. Pas récemment, du moins. » Explique Zeke au téléphone.

« Il a dû prévoir qu'Elena m'en parlerait. » Je me penche en arrière dans le fauteuil en cuir. « Continue à chercher. Il ne peut pas se cacher de nous pour toujours. Je le ferai sortir de sa cachette. »

« Ne t'inquiète pas. Je vais le trouver. En fait, tu l'auras d'ici la fin de la semaine », m'a-t-il promis.

« J'attends avec impatience notre prochaine conversation », dis-je avant de raccrocher le téléphone. Je dois dire que je suis impressionné par sa confiance. Espérons juste qu'il puisse vraiment tenir ses promesses. Je veux Romero mort et enterré. Je le veux hors de la vie d'Elena. A mes yeux, elle ne sera jamais en sécurité tant qu'il respire.

Je ferme l'ordinateur portable et me lève de ma chaise. C'est presque l'heure du dîner et je ne veux pas laisser ma femme attendre. *Ma femme.* C'est dingue à quel point j'aime cette histoire de mariage. Quand j'ai choisi d'épouser Elena, je n'avais jamais envisagé de prendre soin d'elle, de la vouloir autant à mes côtés. D'une certaine manière, elle m'a changé, m'a fait voir les choses sous un jour différent. Elle apporte une bonté à mon âme que je pensais ne jamais retrouver.

Dès que je sors de mon bureau, un sentiment de malaise m'envahit. Je ne peux pas expliquer pourquoi, quoi ou comment, tout ce que je sais, c'est que les petits poils de ma nuque se hérissent. Mon rythme cardiaque s'accélère et ma respiration devient irrégulière.

La peur se glisse le long de ma colonne vertébrale et s'installe sur ma peau comme une fine couche de sueur. Je peux compter sur une main le nombre de fois où j'ai eu peur dans ma vie.

Quelque chose ne va pas.

La maison est complètement silencieuse, trop silencieuse. Le silence est assourdissant.

Frénétiquement, je me mets à bouger, à courir dans la maison comme un poulet à qui on a coupé la tête, à vérifier chaque pièce. Elle a dit qu'elle allait juste faire un tour.

« Elena ! » Je crie dans le vide mais le silence m'entoure toujours. Je continue de bouger jusqu'à ce que j'aie vérifié toutes les pièces de l'étage et me retrouve à me précipiter en bas. Je suis à deux doigts d'appeler les gardes quand je tourne le coin menant à la cuisine et m'arrête brusquement.

Mes pieds et mon cœur s'arrêtent en même temps que je vois Clyde, un de mes gardes, mort sur le sol de la cuisine. Il est face contre terre, avec un couteau planté dans le dos, une flaque de sang l'entourant comme une tache d'encre noire sur le carrelage blanc.

Non, non, non. C'est comme si je vivais un cauchemar récurrent. Ça ne peut pas être réel. Personne ne sait que nous sommes ici. Personne n'aurait pu le savoir.

« Elena ! » Je crie à nouveau, espérant un résultat différent maintenant. J'espère qu'elle se jette dans mes bras mais les secondes passent et elle n'est toujours pas là.

Je suis tellement choqué que pendant un instant, j'oublie son traceur. Je sors mon téléphone, mes doigts glissent sur les boutons et je tape le code pour le déverrouiller aussi vite que possible. Naviguer pour ouvrir l'application afin de la retrouver est une souffrance alors que la rage qui couve en moi bat pour sortir. Cela me semble une éternité avant que l'emplacement ne se charge.

Puis il émet enfin un signal et la carte s'allume sur l'écran, un point rouge mobile indiquant sa position exacte.

La colère inonde mes veines, se précipitant dans mon corps comme un raz-de-marée qui frappe le rivage. Elle est dans l'océan, se dirigeant vers le continent. Quelqu'un l'a kidnappée. Quelqu'un l'a prise et je ne l'ai même pas réalisé.

Ils l'ont enlevée sous mon nez, ont tué un de mes hommes et ont fui l'île avec elle. Échec. Je suis un putain d'échec. J'ai échoué à la protéger une fois de plus. Instantanément, un million d'images terribles entrent dans mon esprit.

Les mains de quelqu'un d'autre sur Elena, la blessant, la faisant souffrir, la violant... la tuant. La colère devient presque insupportable, comme si on me plantait un couteau dans la poitrine, encore et encore et je l'utilise comme un carburant pour me précipiter dehors, vers le hangar à bateaux.

Mes pieds martèlent le sable et j'ai failli tomber un millier de fois alors que la brise de l'océan fouette mon visage et mes cheveux. Les muscles de mes jambes brûlent alors que je me pousse à courir plus vite que je ne l'ai jamais fait auparavant.

À mesure que je me rapproche du hangar à bateaux, caché au fond d'un petit carré d'arbres et d'herbes hautes, je vois la porte s'ouvrir et l'horrible sensation que j'éprouve dans mes tripes ne fait que s'étendre. Quand j'y arrive, mes pires craintes se réalisent.

Le sable sous mes pieds cède et je tombe à genoux.

Le bateau de secours est parti.

Elena est partie.

Ma femme est partie.

39

ELENA

Je commets une erreur.

Je commets une grosse erreur.

La voix dans ma tête ne cesse de répéter la même chose mais il est trop tard pour revenir en arrière. Marie a raison, Julian va la blâmer et très probablement la tuer pour ce qui s'est passé. Elle n'est pas en sécurité et je ne pourrai pas vivre avec moi-même si quelque chose lui arrive, pas quand je suis celle qui l'a tué.

Bien sûr, elle pleure encore, ses bras serrés autour de ses jambes tandis qu'elle se balance d'avant en arrière avec le mouvement du bateau.

« Tout va bien se passer, Marie », dis-je doucement, en essayant de la calmer. « Écoute, on est presque sur le continent. On va trouver un moyen de te ramener à la maison et ensuite je retournerai sur l'île pour tout expliquer à Julian. Tout va s'arranger. »

Ses yeux remplis de larmes rencontrent les miens et la peur que je vois au fond d'eux me fait mal au cœur. Elle a tellement peur. La peur que je vois dans son regard rivalise avec tout ce que j'ai bien pu ressentir et il n'y a rien que je puisse lui dire pour l'apaiser.

Pire encore, mon mari est la cause de sa peur et je ne suis pas sûre que je puisse l'empêcher de lui faire du mal, c'est pourquoi nous faisons ce que nous faisons maintenant. Si je peux l'éloigner et la cacher, il y a peut-être une chance que tout aille bien.

« Ah, je pense que tu ferais mieux de t'accrocher parce que je ne sais pas comment arrêter ce bateau », je préviens Marie alors que nous nous rapprochons. Je coupe le moteur et nous laisse flotter un peu mais apparemment, je ne l'ai pas fait assez tôt. Notre bateau frappe le côté de la jetée dans un grand bruit. Mon corps est secoué dans tous les sens.

Marie s'accroche au bord du bateau et nous maintient contre la passerelle. Je sors la première, puis je l'aide. Marie attache le bateau pendant que je resserre mon bandage de fortune autour de ma main coupée. Quand nous avons toutes les deux fini, nous jetons un premier coup d'œil.

« Allons par-là », je montre la route. « C'est de là que nous venons. Nous devons juste trouver un téléphone, pour que tu puisses appeler ta famille. »

« Tu devrais juste rentrer, Elena. Je te promets que tout ira bien à partir d'ici. Tu dois y retourner avant que Julian ne découvre ta disparition. »

Je ne vais pas mentir, l'idée est tentante, surtout en sachant que les conséquences seront terribles. « Je ne veux pas te quitter... »

« Tu as déjà fait tellement pour moi. S'il te plaît, rentre. Je ne veux pas que tu aies des problèmes pour m'avoir aidé... »

« C'est eux ! » Une voix masculine interrompt notre conversation.

Nos deux têtes se lèvent dans la direction d'où viennent les cris. Quatre hommes en uniformes courent vers nous comme si nous avions enfreint une loi inconnue.

« Police ! Stop ! » Quelqu'un d'autre crie.

Tout ce que je peux faire, c'est rester là comme un cerf pris dans les phares d'une voiture qui arrive. Ils ne peuvent pas être après nous. Nous n'avons rien fait de mal.

Est-ce que la police nous arrête ? Un instant plus tard, j'obtiens ma réponse lorsque l'un des officiers m'attrape et me plaque au sol, me tirant les bras derrière le dos et me passant des menottes aux poignets. Tout est surréaliste et je ne sais même pas quoi dire ou faire.

Un moment je parle à Marie, le suivant je suis arrêtée et mes mains sont menottées ensemble.

Mais qu'est-ce qui se passe ?

~

Nous sommes dans une cellule de détention depuis un moment maintenant et toujours pas une seule personne ne nous a dit pourquoi nous avons été arrêtées. Personne ne s'est non plus occupé de la coupure que j'ai à la main et j'aurais bien besoin de Tylenol et d'une poche de glace pour mon visage, qui est encore douloureux.

Marie a pleuré presque tout le temps et tout ce que je peux faire, c'est la tenir dans mes bras et lui dire que tout va bien se passer. Dieu merci, ils nous ont mis dans la même cellule, au moins. Je ne sais pas ce que j'aurais fait s'ils nous avaient séparées.

Des cris résonnent dans le hall et je m'accroche à Marie de toutes mes forces.

Quelqu'un est venu nous apporter de l'eau il y a peu de temps. Je leur ai demandé de passer un coup de fil mais ils ont refusé. Ils nous ont dit d'attendre et de nous taire. Je voulais dire quelque chose comme 'Si vous nous faites du mal, mon mari vous tuera' mais j'ai réussi à me mordre la langue.

Penser à Julian me fait mal à la poitrine. Tout ce que je voulais, c'était un peu de liberté et dès que je l'obtiens, je m'attire des ennuis.

Il ne me fera plus jamais confiance.

En fait, je parie qu'il pensera le pire. Il croira que j'ai essayé de m'enfuir.

Les bruits de pas qui se rapprochent et le cliquetis des clés me mettent en alerte. Marie et moi nous levons, les yeux rivés sur la porte et je refuse de la lâcher.

Un des officiers apparaît en premier. Une seconde plus tard seulement, Julian apparaît derrière lui. Marie commence à trembler dans mon étreinte et je passe ma main sur son bras dans l'espoir de la calmer mais quand mes yeux se fixent sur ceux de Julian, je commence à trembler moi-même.

Je ne l'ai jamais vu comme ça. Ses yeux sont emplis d'émotions. La colère, la déception et la douleur nagent à la surface mais il y a plus. Une profondeur dont j'ignorais l'existence. Il y a une peur brute et c'est presque comme s'il craignait que...

L'officier déverrouille la porte à barreaux métalliques et nous fait signe de sortir. Je suis tentée de m'enfoncer les pieds dans le sol car je sais que lorsque nous serons de retour sur l'île, l'enfer va se déchaîner.

« Toi. » Julian désigne Marie, dont les tremblements ne font que s'intensifier sous son regard puissant. « Sois heureuse que je ne te tue pas maintenant. Sors de ma vue. Je ne veux plus jamais te voir ni t'entendre. C'est compris ? »

« Tu n'as même pas... » Je commence à la défendre mais Julian me coupe, son regard comme un rasoir, tranchant l'air.

« Et toi, tais-toi. Je m'occuperai de toi plus tard. » Le ton dédaigneux et l'angoisse brute dans sa voix sont comme une flèche qu'on lance dans mon cœur. J'ai mal physiquement et je ne parle pas de ma main ou de mon visage, je parle de mes entrailles qui se tordent de douleur.

« Tu comprends ? » demande-t-il encore à Marie.

« Oui. » Marie hoche furieusement la tête.

Je la serre une dernière fois dans mes bras avant qu'elle ne passe devant Julian et disparaisse. Je m'approche de Julian, partagée entre l'envie de le gifler et celle de tomber dans ses bras.

Soit l'officier de police a été payé, soit il ne se soucie pas de la menace que Julian vient de proférer, car il referme simplement la cellule et s'en va en sifflotant.

Julian saisit ma main blessée et je grimace au contact. Il commence à me raccompagner hors du poste de police sans un mot de plus. Personne ne nous arrête ou ne nous dit rien et je me demande combien d'argent cette petite mascarade lui a coûté.

Un SUV noir attend sur le trottoir et nous montons à l'intérieur sans un mot. Ce n'est que lorsque nous sommes installés et que la voiture commence à rouler que je trouve le courage de parler.

« Je ne te quittais pas si c'est ce que tu penses. »

« Ça y ressemblait », grogne Julian, sans même me regarder. « Combien de temps as-tu planifié ça ? »

« Je n'ai rien planifié ! »

« Où allais-tu ? »

« Je n'allais nulle part ! » Ma voix s'élève à chaque mot.

« Tu allais chez ton père. » Il répond à sa propre question et je suis tentée de lui dire qu'il est idiot.

« Est-ce que tu m'écoutes au moins ? » Je grogne.

La voiture s'arrête et je ne pense pas avoir fait entrer la moindre information dans le cerveau de Julian. En regardant par la fenêtre, je découvre que nous sommes de retour à l'embarcadère. Comme un enfant, il m'attrape la main et me traîne hors de la voiture. Je le laisse me conduire sur un bateau et m'asseoir à côté de lui, surtout parce que je n'ai nulle part ailleurs où aller.

Nous sommes tous les deux en colère en ce moment et si nous voulons nous en sortir, nous devons d'abord nous calmer. En utilisant tous les efforts que j'ai, je me tais pendant le reste du trajet jusqu'à l'île. Je regarde l'eau et la laisse me calmer, en espérant que Julian sera calme quand nous serons de retour à la maison de la plage.

Le bateau nous dépose et opère un demi-tour, nous laissant seuls sur la plage, Julian et moi. Mes lèvres se séparent et je suis sur le point de dire quelque chose quand il se penche et me soulève, me jetant sur son épaule comme un sac de pommes de terre.

Je ne comprends vraiment pas son besoin d'affirmer son caractère alpha sur moi.

« Julian. » Je soupire. « S'il te plaît, écoute-moi. »

Il reste silencieux, marche à l'intérieur et se dirige directement vers la chambre. Il enfonce la porte, le bois craque et cède sous son pied. Tant pis. Il semble que le silence n'ait fait qu'empirer les choses. En entrant dans la chambre et en passant par-dessus les éclats de la porte, il me jette sur le lit.

Je rebondis sur le matelas et atterris au milieu d'une pile d'oreillers moelleux. Je n'entends que le bruit de mon sang dans mes oreilles et je sens le battement de mon cœur dans ma poitrine. La peur et la colère s'entrechoquent en moi et je ne sais pas laquelle des deux va l'emporter.

« Julian... » Je recommence mais il est clair que mes mots tombent dans l'oreille d'un sourd.

C'est un volcan, à deux doigts d'entrer en éruption et je ne peux rien faire d'autre que de m'asseoir et de regarder, en espérant que le feu en lui ne me brûle pas trop. Il tourne sur lui-même avec un grand rugissement, il balance ses bras et frappe le mur le plus proche. Ses poings traversent la plaque de plâtre comme s'il était Hulk. Il retire son poing, juste pour frapper à nouveau le mur quelques centimètres plus loin sur la droite.

Je ne peux que le fixer, sachant que si je me lève pour essayer de l'arrêter, les choses ne feront qu'empirer. La commode devient sa prochaine cible. La saisissant par les côtés avec une poigne de fer, il la renverse et la jette sur le côté comme un déchet. Ses muscles se gonflent, son corps suinte la rage. Un par un, il s'attaque à chaque meuble de la pièce jusqu'à ce que l'espace entier ne soit plus que débris. Des morceaux de bois et de cloisons tombent comme des paillettes autour de nous.

Comme une statue, je reste assise sur le lit, impuissante au centre de la tempête.

Le chaos m'entoure alors que je suis complètement immobile, vide face au désordre.

Puis, comme si l'œil de la tempête s'était posé sur moi, il reste immobile. Ses narines se dilatent et ses poings se serrent. Ses veines se gonflent d'une colère rougeoyante.

Son regard se pose sur moi et de la glace descend le long de ma colonne vertébrale quand je vois la noirceur dans ses yeux. L'homme que j'ai appris à aimer a été remplacé par une bête et je ne suis pas sûre de pouvoir sortir de cette pièce vivante.

« Nous pouvons en parler. Laisse-moi t'expliquer... » Je commence mais le regard menaçant qu'il a dans les yeux me vole l'air des poumons et le reste de mes mots se loge dans ma gorge.

Franchissant la distance qui nous sépare en trois grandes enjambées, il se tient devant moi comme s'il était un dieu grec. J'ai assez de bon sens pour me taire et je le remercie car quelque chose me dit que Julian n'hésiterait pas à m'étrangler.

La peur me traverse avec l'intensité d'un éclair et les poils de ma nuque se hérissent. Il se penche en avant et attrape ma chemise à pleines mains, me tirant au bord du lit dans le processus.

Serrant les dents comme un animal, il ricane : « Je ne veux pas parler... je veux te faire mal. »

Ses mots attisent un feu de désir et de colère en moi et sans réfléchir à mes actions, je lève la main et le gifle. Un pic de douleur embrasse ma paume et le visage de Julian se coupe sur le côté à cause de l'impact.

Ce qui se passe ensuite est quelque chose que je n'aurais jamais pu prévoir. Au lieu de me frapper en retour ou de me faire mal, il m'embrasse. Ses lèvres se pressent contre les miennes avec une chaleur haineuse. La saveur cuivrée du sang explose contre ma langue quand la sienne entre dans ma bouche. Je jure que je sens chaque goutte de douleur, de colère et de peur dans ce baiser.

C'est comme s'il essayait de m'étouffer avec. Le baiser devient tout autre chose lorsque le monde qui nous entoure commence à s'estomper et que nous commençons à tirer sur les vêtements de l'autre. Le tissu se déchire et les boutons volent et je ne suis que vaguement consciente de ma nudité lorsque Julian me repousse contre le lit et grimpe sur moi.

Une grande main entoure ma gorge, tandis qu'il coince mon corps nu sous lui. Mon sexe se serre et mes tétons se durcissent tandis qu'il serre un peu plus ma gorge fine, ses yeux ne quittant jamais les miens. Il me pousse, cherchant à voir jusqu'où je peux aller.

« Fais-moi mal. Fais-le. Je sais que tu en as envie. » Je fais sortir les mots en serrant les dents. Même si je suis en colère contre lui, ça m'excite aussi. Je soulève mes hanches même si elles sont coincées sur le lit par le poids de son corps.

« Je veux... Je veux t'étrangler pour avoir été aussi stupide. Pour avoir pensé que tu pouvais partir et que je ne te retrouverais pas », siffle-t-il puis il se penche, appuyant son nez contre le mien. Ses narines se dilatent comme un taureau prêt à charger. J'ai envie de le pousser dans ses retranchements, de le mettre en colère parce qu'au moins, quand il est comme ça, je peux voir à quel point il tient à moi. Je peux voir qu'il me désire, même s'il ne le dit pas toujours.

« Si ce n'était pas pour la police, j'aurais pu. Je serais déjà loin maintenant. » C'est le mauvais choix et celui qui pourrait finir par me brûler mais je veux le sentir maintenant, sentir sa peur, sentir l'amour qu'il refuse d'admettre pour moi.

Comme une branche qui se balance dans la tempête, il craque. En un instant, il me soulève et inverse nos positions. Le monde autour de moi tourne pendant un bref instant, puis il reprend sa prise sur ma gorge et me place au-dessus de lui.

En me tortillant contre sa queue épaisse, je miaule dans les airs.

« Tu veux ma queue, hein ? Tu veux que je te remplisse ? Que je touche cet endroit au fond de toi que personne d'autre ne touchera. Tu penses que tu peux t'enfuir mais tu reviendras. Il n'y a rien de tel que ce que nous partageons et si tu crois que je laisserais un autre homme toucher ce qui est à moi, tu es aussi folle que moi. Je le tuerais et ensuite je te baiserais juste à côté de son corps encore chaud. Tu es à moi. Tout à moi. Chaque putain de centimètre de toi et je vais punir ton petit trou. Te rappeler à qui tu appartiens, ma femme. »

Sans aucun avertissement, il resserre sa prise sur ma gorge et me pénètre d'un seul coup, sa queue glissant jusqu'au fond. Les muscles de mon corps frémissent et même si je suis couverte d'un besoin brut, il y a une pointe de douleur qui suit.

La douleur s'estompe lorsqu'il commence à bouger, me baisant avec une ardeur qui me fait me demander s'il va vraiment m'étrangler. Ses coups de reins sont précis, comme s'il se tenait en équilibre sur le bord d'une lame, sachant qu'un seul glissement fera couler le sang.

« A moi ! », grogne-t-il dans mon oreille, serrant ma gorge encore plus fort.

L'air de mes poumons est coupé mais le plaisir qui me parcourt est tout l'oxygène dont j'ai besoin. Julian me baise comme s'il me détestait et c'est la chose la plus exaltante au monde. Mes orteils se recroquevillent et ma colonne vertébrale se raidit à chaque rebondissement de sa queue qui m'envoie vers un nouveau sommet de plaisir.

Je suis proche, si proche putain et puis il se retire. Comme un sauvage, il me soulève et me jette sur le lit. Je gémis à la perte de sa queue en moi. Puis c'est l'extase quand je le sens se déplacer derrière moi et que sa queue glisse profondément en moi une fois de plus.

« Dis-le. Dis que tu es à moi. » Je peux voir les nerfs de son cou palpiter. La prise qu'il a sur mes hanches est meurtrie alors qu'il force sa queue en moi encore et encore.

Comme je ne réponds pas assez vite, il attrape une poignée de cheveux et me tire la tête en arrière et d'une certaine manière, le mouvement fait pénétrer sa queue plus profondément en moi.

Il est tout ce que je peux sentir, ressentir et goûter.

« Putain, dis-le. Dis-moi à qui tu appartiens. A qui est cette chatte ? À qui appartient ce corps ? Dis-le, Elena. Dis-le, que je puisse sentir cette chatte rose et serrée frémir autour de ma queue. »

En serrant les dents, j'essaie de lutter contre l'orgasme qui monte à chaque coup de pénétration. J'essaie d'ignorer son souffle chaud contre ma peau, son odeur profonde et dangereuse qui emplit mes narines à chaque respiration mais je ne peux pas lui échapper. Je suis à Julian Moretti. Il possède mon corps, mon cœur, mon esprit et mon âme.

« Allez, bébé, dis-le, pour que je puisse te laisser jouir.. » Ses dents mordent fort mon oreille et je me serre autour de sa queue. « Oui, juste comme ça. Dis-moi à qui tu appartiens. Sinon, je vais me retirer et me répandre dans ta gorge. »

L'idée de ne pas jouir est dissuasive et c'est le dernier coup de pouce dont j'ai besoin pour admettre que je suis complètement conquise par cet homme.

« Toi. Je suis à toi. Je t'appartiens », je crie dans la pièce démolie, la tête renversée en arrière, le cou douloureux et les doigts agrippés aux draps. Un moment plus tard, Julian relâche sa prise sur mes cheveux. Ses mains se posent sur mes hanches et il m'enfonce dans le matelas. Je m'agrippe aux draps pour me maintenir en place tandis que la tête de lit s'écrase contre le mur, encore et encore.

Je m'effondre, mon orgasme m'envahit férocement, me coupant le souffle. Mes yeux se ferment et je n'entends que les battements de mon propre cœur. Alors que le plaisir s'estompe, je découvre que Julian est toujours en train de me baiser. Il continue à me posséder, me forçant à avoir trois orgasmes de plus avant de se laisser aller à la jouissance, peignant l'intérieur de mon utérus de sa chaude libération.

Affalé contre moi, je sens sa peau gorgée de sueur contre la mienne et une sensation de chaleur se répand dans mes membres. Dans ses bras, rien au monde ne peut m'atteindre. Il est mon protecteur et mon sauveur.

Pendant un court moment, nous restons tous les deux allongés là, essayant de reprendre notre souffle. En se dégageant de moi, il tombe sur le matelas à côté de moi mais me tire ensuite contre son corps. Il me fait m'allonger sur lui, ma tête reposant sur sa poitrine tandis qu'il dessine des cercles dans le bas de mon dos. Toute la colère qui le consumait il y a une heure a disparu maintenant.

« Je n'essayais pas de m'enfuir. Clyde essayait de blesser Marie. Il l'avait plaquée contre le comptoir avec sa main dans sa robe. Il allait la violer si je ne l'arrêtais pas », je murmure, en tournant mon visage pour poser ma joue contre le matelas de l'autre côté, afin de pouvoir voir son visage. « Je n'ai pas réfléchi. Tout ce que j'ai fait, c'est réagir et quand je l'ai vu mort sur le sol et Marie en pleurs, disant que tu la tuerais... Je savais qu'elle avait raison. Je devais la faire sortir de l'île. »

« Tu me crois si faible ? Que je la tuerais pour avoir dit non à un de mes gardes ? »

Je ne sais pas. Il n'aime pas Marie et ses hommes sont au-dessus des servantes et des cuisinières.

Il soupire. « Je peux voir sur ton visage la réponse à ma question. »

« Je suis désolée. Tu n'aimes pas Marie et j'avais peur pour elle. Je n'allais pas te quitter. Je te le jure. Je veux être ici avec toi. »

Il y a un long moment de silence et je me demande à quoi il pense. Passant une main dans ses cheveux en sueur, il me fixe, le regard pénétrant. « Tu aurais dû venir me voir et me dire ce qui s'est passé. Tout ce que ce départ a fait, c'est te mettre en danger. Et si je n'avais pas reçu d'appel ? Je ne t'aurais jamais trouvée et Dieu sait ce qui aurait pu se passer. » L'angoisse dans sa voix me colle à la peau.

« Je sais. Je suis désolée », je m'excuse presque honteusement.

« Je sais que tu l'es. Je peux le voir dans tes yeux et c'est la seule raison pour laquelle tu n'es pas enchaînée au lit et que je ne te donne pas une fessée jusqu'à ce que ton cul soit rose et douloureux. Je comprends que tu aies eu peur mais je suis ton mari et il t'est arrivé suffisamment de mauvaises choses récemment. Je ne peux pas risquer de te perdre. Tu es plus importante pour moi que tu ne le penses. Quand j'ai découvert que tu étais partie... la trahison m'a transpercé et j'ai eu l'impression de ne plus pouvoir respirer. »

J'attrape sa main et je la serre. « Je n'allais pas partir, Julian. »

« Je sais... » il porte ma main à ses lèvres et les effleure contre mes jointures. « Ne refais pas une chose pareille. Je ne suis pas sûr d'être capable de le supporter. »

« Je ne suis pas sûre que nos meubles y résisteront non plus. Regarde l'état de cette pièce. »

« Ce ne sont que des objets. Mais toi, regarde-toi. Ta main et ta joue... »

« C'est bon. C'est juste une coupure et une contusion. » Ma main ne saigne plus depuis un moment et avec tout ce qui se passe, je l'ai complètement oubliée. « Ça ne fait même plus mal. »

« Tu sais que si Clyde n'était pas déjà mort, je l'aurais tué. »

« Je sais... »

40

JULIAN

Nous sommes partis le jour suivant. La lune de miel était gâchée et il n'y avait aucune chance que nous puissions profiter du reste du séjour. Elle m'a dit qu'elle n'avait pas l'intention de me quitter et je la crois mais elle n'avait toujours pas assez confiance en moi pour la protéger, elle et Marie, de mon garde véreux. Elle s'est mise en danger pour protéger son amie et je n'étais pas d'accord avec ça. J'avais l'impression de ne pas être un bon mari.

Nous voilà de retour à la maison en tant que jeunes mariés.

Elena m'en veut toujours d'avoir viré Marie et je pense en fait à la réembaucher juste pour faire sourire ma femme à nouveau.

Comme promis, j'ai donné à Elena quelques libertés mais pas assez pour la rendre heureuse. Je la laisse se promener dans la maison comme elle le souhaite mais seulement avec deux gardes ou moi à ses côtés. Elle utilise cette liberté pour passer beaucoup de temps dans la cuisine, à regarder Céleste cuisiner, à discuter avec elle de musique, de films et de desserts. Il lui manque l'étincelle de joie qui fait d'elle ce qu'elle est et je peux le voir à des kilomètres.

Je sais qu'Elena recherche la normalité. Elle veut juste agir et vivre comme une personne normale mais malheureusement, ce n'est pas quelque chose que je peux facilement lui donner. Je ne peux pas la laisser sans protection, jamais. Son père est toujours dehors et comme tout criminel, j'ai une longue lignée d'ennemis qui attendent de trouver ma seule vraie faiblesse.

Comme la plupart du temps, je la trouve dans la bibliothèque. Elle est lovée sur l'une des chaises longues, le nez plongé dans un livre. C'est généralement un roman d'amour mais de temps en temps, je la vois avec un thriller. Son besoin de lire et d'élargir son esprit me donne encore plus envie d'elle.

Quand elle remarque ma présence, elle ferme le livre et le laisse tomber sur ses genoux tandis que ses lèvres se réduisent en une ligne fine comme si elle était déçue de me voir. Je serais offensé si je ne voyais pas que c'était une mise en scène. Même quand elle est en colère contre moi, elle cherche mon corps, se blottit contre moi la nuit, se fond dans mon toucher et gémit quand je lui vole un baiser. Une partie de son comportement est faux mais une autre est réelle. Marie lui manque et elle veut être libre mais elle ne le sera jamais.

« Ne fais pas la moue, ma femme. Un sourire te va beaucoup mieux. »

« Alors donne-moi une raison de sourire », dit-elle en plaisantant. « Emmène-moi à un rendez-vous. »

Je lève les sourcils pour la regarder. « Un rendez-vous ? Tu sais que je ne fais pas ça. »

« Alors, je n'ai aucune raison de sourire », dit-elle presque dramatiquement. Son froncement de sourcils s'accentue et je lève presque les yeux au ciel. Je vois en elle la jeune femme que j'ai épousée.

« Bien, je t'emmènerai à un rendez-vous », j'accepte avant de reprendre mes esprits.

Maintenant, ce sont ses sourcils qui se lèvent de surprise. « Genre, un vrai rendez-vous ? Tu vas m'emmener à un vrai rendez-vous, comme celui d'un couple normal ? »

« Je ne sais pas ce que tu considères comme normal mais oui, si c'est ce qui te rendra heureuse... »

« Oui ! » Elle saute de son siège et se précipite en avant et dans mes bras. « On peut y aller maintenant ? »

« Je suppose que c'est le bon moment. » L'inquiétude s'insinue dans mon corps et je dois me calmer. C'est juste un rendez-vous. Que pourrait-il bien se passer ?

L'HÔTESSE nous conduit à une table isolée dans le coin le plus sombre du restaurant, comme je lui avais demandé. Je garde la main d'Elena enveloppée dans la mienne, la tirant près de moi. J'ai deux pistolets attachés à l'intérieur de ma veste et un couteau à chaque cheville. Je suis peut-être trop préparé mais si quelque chose arrive, je veux savoir que je peux nous protéger.

Elena est rayonnante, souriant d'une oreille à l'autre. Elle a choisi une robe simple mais élégante pour le dîner et je n'ai pas pu détacher mes yeux d'elle.

« Est-ce que ça correspond à l'idée que tu te fais d'un *rendez-vous* ? »

« Oui ! C'est parfait. » Ses yeux brillent de joie et je vois mes propres lèvres se relever sur les côtés.

La serveuse vient et je commande de la nourriture pour nous deux, ainsi qu'une bouteille de vin. Quand elle est partie, nous laissant seuls, j'ai reporté mon attention sur Elena.

« Etant donné que je sais que ça te ferait plaisir, je pense à réengager Marie. Je sais qu'elle te manque et ça te permettrait de te sentir normale. »

Elena glousse et ma queue tressaille. « Est-ce que tu négocies avec moi, mon cher mari ? »

« Ce n'est pas un marché. Tout ce que je veux, c'est que tu sois heureuse. Il est évident qu'elle te rend heureux. Par conséquent, je vais la ramener au manoir. »

« J'adorerais ça. Je dois admettre que j'étais vraiment en colère quand tu as mis fin à notre lune de miel et que tu l'as renvoyée. » Elle baisse les yeux sur la nappe comme si elle avait trop honte pour me regarder.

« Je me rattraperai », je lui dis avant que la serveuse ne vienne avec la bouteille de vin. Elle nous verse deux verres et laisse la bouteille dans un bac à glace sur la table.

« Aux nouveaux départs », je trinque, en fixant les yeux vert d'Elena.

Nos verres s'entrechoquent et mon regard est attiré par ses lèvres roses et pulpeuses qui touchent le bord du verre. Je veux les goûter, les mordre, la marquer, pour que tout le monde sache qu'elle est à moi. La possessivité que je ressens envers elle est quelque chose qui ne s'estompera jamais.

Mon besoin de l'enfermer et de la garder loin de tout le monde l'emporte sur toute pensée rationnelle. Chaque partie de moi me dit de l'enfermer dans une cage et de jeter la clé mais en faisant cela, je prends les choses que j'aime tant chez elle et je les vide de leur vie.

Quand il s'agit d'Elena, je sais que je ferais tout pour la garder à mes côtés. Est-ce de l'amour ? Ou est-ce juste un besoin anormal de contrôle ?

Je sais qu'elle m'aime maintenant mais m'aimera-t-elle encore quand je mettrai fin à la vie de son père ?

Quand tous les dominos tomberont et que le sang de mes ennemis sera versé, voudra-t-elle encore de moi ? Je suppose que seul le temps nous le dira. Cela n'a pas d'importance. Je ne la laisserai jamais partir, je ne la laisserai jamais me quitter.

« C'est sympa. J'aimerais qu'on puisse faire ça plus souvent », murmure-t-elle en buvant une autre gorgée de son vin.

« Dès que ton père sera hors d'état de nuire, nous pourrons le faire. Après l'incident sur l'île, je pensais que quelqu'un t'avait kidnappée. Je revivais le moment où tu étais tombée dans les escaliers du manoir. Je ne veux plus jamais ressentir ça. » J'attrape sa main sans réfléchir et je m'y accroche.

« On peut changer le cours des choses. Je peux dire à mon père de nous laisser tranquilles, lui dire que je veux être avec toi et d'arrêter d'essayer de me reprendre. »

J'en ris presque. « Ça ne marche pas comme ça. Ton père est aussi déterminé à te récupérer que je le suis à te garder. Cela ne peut que se terminer par un bain de sang. Il n'y a pas d'autre solution. Ton père n'aurait jamais dû revenir sur notre accord. »

Le visage d'Elena s'empourpre. « Je ne veux pas que l'un de vous soit blessé. »

Elle ne sait pas à quel point son père est un homme horrible. La différence entre lui et moi est que je ne prétends pas ou ne cache pas ce que je fais à Elena. Elle sait que je suis un tueur, un criminel qui a fait des choses horribles. Son père a passé sa vie entière à la protéger.

La serveuse nous interrompt, apportant notre nourriture, m'empêchant de répondre à ce qu'elle a dit. Mais peut-être que l'apparition de la serveuse n'est pas une si mauvaise chose. Je ne veux pas gâcher davantage notre rendez-vous en parlant de son père.

« Mangeons. Nous pouvons parler de ça plus tard. » Je me force à sourire.

Elena acquiesce et nous reportons notre attention sur nos raviolis faits maison. Nous nous empiffrons, mangeons et buvons et la conversation disparaît lentement de mon esprit. Lorsque nous avons terminé notre repas, je suis prêt à retourner au manoir et à me blottir contre ma femme dans le lit. Je suis satisfait des choix que j'ai faits aujourd'hui, de l'avoir emmenée dîner et d'avoir même proposé à Marie de récupérer son travail.

Les choses devraient revenir à la normale pendant un petit moment, ou du moins jusqu'à ce que Zeke trouve Romero, puis tout explosera à nouveau.

Je paie notre repas et laisse un pourboire sur la table.

« En venant ici, j'ai vu ce petit artisan à un pâté de maisons d'ici. On peut y aller et prendre une glace ? » Elena plaide, battant ses cils noirs vers moi.

« Tu as encore de la place dans ton estomac pour du dessert ? » Je demande, étonné.

Les lèvres d'Elena se courbent en un sourire. « J'ai toujours de la place pour un dessert. S'il te plaît ? » Sa voix prend un ton séduisant. Bon sang, quand on sera à la maison, il faudra que je l'attache au lit et que je la baise pour la soumettre à nouveau.

« Très bien, on peut aller manger une glace », j'accepte finalement, en faisant comme si elle avait gagné une guerre.

« Je suis si excitée. Je n'ai pas mangé de glace depuis mes dix ans. » En un instant, une émotion dont je n'avais pas conscience m'envahit et je me jure de faire tout ce qui est en mon pouvoir pour qu'elle soit heureuse, pour qu'elle ait tout ce qu'elle veut et ce dont elle a besoin.

Prenant sa main dans la mienne, je nous conduis hors du restaurant. Je ne réalise pas à quel point je suis négligent lorsque nous quittons le restaurant et commençons à descendre la rue vers le marchand de glaces. Je suis tellement pris par la joie sur le visage d'Elena et le bonheur qui irradie d'elle, que je ne remarque pas l'homme qui nous suit à courte distance derrière nous, pas avant qu'il soit presque sur nous.

Lorsque nous passons devant une ruelle sombre, j'attrape Elena par le bras et l'entraîne dans la ruelle, dans l'espoir d'éloigner le type de nous.

« Qu'est-ce qui se passe ? » Elena demande, sa voix est un murmure d'inquiétude.

« On est suivis », je grogne et je jette un coup d'œil par-dessus mon épaule pour voir si le connard nous suit toujours. Chaque terminaison nerveuse de mon corps est à vif. Je vais protéger Elena, ou je mourrai en essayant. Son père ne mettra pas la main sur elle. Elle est à moi.

En fouillant dans ma veste, je sors une arme. Un léger souffle s'échappe des lèvres d'Elena lorsque ses yeux se posent sur le métal brillant du lampadaire fluorescent.

Les pas claquent sur le trottoir derrière nous et devant, je repère une benne à ordures. Je pousse Elena dans le coin et place un doigt sur mes lèvres pour lui dire de se taire. Elle acquiesce, son corps mince tremble de peur ou peut-être d'adrénaline. Je vois une lueur d'excitation dans ses yeux et pendant un moment, je n'arrive pas à y croire.

Elle ne peut pas vraiment être excitée à l'idée que je tue quelqu'un, pas vrai ? Parce que c'est ce qui va se passer si cette personne ne fait pas demi-tour.

Protégeant son corps avec le mien, je la plaque contre le mur de briques et j'écoute les bruits de pas qui se rapprochent. Le sang me monte aux oreilles et je laisse tout ce qui m'entoure se fondre dans l'obscurité. A cet instant, il n'y a que moi, le chasseur et la proie.

Mon doigt se déplace vers la gâchette de mon arme et lorsque la personne surgit au coin de la rue, je lève mon arme et tire une balle dans chacune de ses rotules. Comme une poupée, il tombe au sol dans un cri, son propre pistolet lui échappe de la main et heurte le trottoir.

Me précipitant vers lui, je suis obsédé par le besoin de le faire payer. Il n'a même pas fait quelque chose, il nous a simplement suivis mais le fait qu'il avait une arme et qu'il était après nous est une intention suffisante pour moi. Si on lui avait donné l'occasion, il aurait blessé Elena.

J'attrape cet enfoiré par le devant de sa chemise, le soulève du sol et lui grogne à la figure : « Qui t'envoie ? »

La douleur est peinte sur ses traits et pourtant, il arrive encore à sourire comme un connard. Son sourire m'énerve, alors je ramène mon poing en arrière et le frappe en plein dans la bouche. Sa tête tombe sur le côté. Ses dents jaunes sont maintenant couvertes de sang et en scrutant son visage et son cou, je découvre qu'il a un tatouage sur le côté de son cou.

C'est le blason de la famille Romero.

Putain.

« C'est Romero qui t'envoie ? » Je demande mais je connais déjà la réponse.

« Tu peux aussi bien me tuer parce que je ne dirai pas un putain de mot », ricane-t-il mais ma patience est assez mince. Je pourrais demander à mes hommes de venir le chercher et de le ramener à la maison pour le torturer mais ça ne servirait à rien.

« Comme tu veux. Si tu ne veux pas parler, alors tu es inutile à mes yeux. » Je lève l'arme, j'appuie le canon sur son front et j'appuie sur la gâchette. Ses yeux perdent vie et je m'éloigne de lui.

Je me retourne, jette un coup d'œil par-dessus mon épaule et trouve Elena qui me regarde avec prudence et curiosité, rien de l'inquiétude ou de la peur que je m'attendais à voir dans ses yeux. Je suis surpris, choqué même. Peut-être qu'elle s'habitue à cette vie.

« Tu l'as tué ? » murmure-t-elle. En regardant entre le mort et moi. Je m'attends à ce qu'elle soit terrifiée, qu'elle tremble ou qu'elle pleure mais à la place, elle a juste l'air surprise.

« Oui. » Je remets mon arme dans ma veste et prends mon téléphone portable dans ma poche. « Tu digères ça bien, mieux que je ne l'aurais cru. »

Ses yeux brillent comme des joyaux. « Je n'ai jamais pensé que j'aurais l'occasion de te voir en action comme ça. Je veux dire, c'est terrifiant mais c'est aussi excitant. Comment savais-tu qu'il était après nous ? »

« Quand on est arrivé dans la ruelle, il nous suivait et avait une arme. De plus, le tatouage sur son cou me dit tout ce que j'ai besoin de savoir. C'est un des hommes de ton père. Envoyer quelqu'un d'aussi négligé est vraiment une insulte. »

L'inquiétude s'installe au fond de mes tripes. Si quelqu'un peut nous attaquer à l'extérieur comme ça, que pourrait-il se passer à la maison ? Un seul voyage à l'extérieur de la maison et j'ai dû tuer un homme. Cela me dit aussi que nous sommes surveillés et si nous sommes surveillés, ce n'est qu'une question de temps avant la prochaine attaque.

Comment puis-je protéger Elena si nous ne pouvons même pas quitter la maison pour un simple dîner ? Il n'y a pas d'autre moyen de contourner ça. Elle ne sera pas en sécurité tant que mes ennemis et son père ne seront pas pris en charge. Je les tuerai tous pour la protéger.

41

ELENA

Depuis la nuit dans la ruelle, Julian a été plus vigilant. Il me garde presque toujours dans son champ de vision maintenant et travaille dans la bibliothèque ou notre chambre au lieu de son bureau. Pendant qu'il travaille, je m'assois généralement à côté de lui et je lis ou regarde un film sur mon iPad.

La sécurité a été renforcée et davantage de gardes patrouillent dans la maison, ce qui, je suppose, a quelque chose à voir avec l'attaque lors de notre dîner.

Heureusement, Marie est revenue au manoir et j'ai quelqu'un avec qui passer du temps, les fois où il doit s'éloigner ou partir.

J'aimerais que les choses avec mon père et Julian se tassent. Je ne nie pas que voir mon mari tuer pour me protéger m'a excitée plus que de raison. Je suis sûre qu'il y a quelque chose qui cloche chez moi, sinon pourquoi serais-je excitée par le sang et les balles ?

En jouant avec mon déjeuner avec ma fourchette, je lève les yeux et trouve Marie qui me regarde de l'autre côté de la cuisine. Elle sourit quand je la surprends en train de me fixer. « Peut-être qu'on pourrait aller nager dans la piscine cet après-midi ? » Je lui propose.

« Je t'emmène », la voix de Julian résonne dans la cuisine, me faisant sursauter.

« Hey », je le salue en reprenant mon souffle. « Tu as fini de travailler ? »

« Pour te voir en bikini ? Oui. » Il me fait un clin d'œil et un sourire se répand sur mon visage.

« Je peux t'apporter ton déjeuner sur la terrasse », propose doucement Marie. Elle a toujours peur de Julian, même si elle est très reconnaissante d'avoir retrouvé son travail.

« Oui, fais donc », sa voix devient tranchante lorsqu'il parle à Marie, puis s'adoucit à nouveau lorsqu'il tourne son attention vers moi. « Viens. Allons faire trempette. »

Alors qu'on monte vers notre chambre, le téléphone de Julian se met à sonner.

Dès qu'il répond, son attitude enjouée change et instantanément, je sais que quelque chose de terrible va se produire.

« Que veux-tu dire par il est avec les Volcove ? C'est là qu'il s'est caché pendant tout ce temps ? » Les yeux de Julian se tournent vers moi et toutes les pièces du puzzle se mettent en place.

Oh, mon dieu, non... il a trouvé mon père.

Mon cœur s'emballe dans ma poitrine et j'ai l'impression qu'il devient de plus en plus difficile de respirer. Il a trouvé mon père. Il a trouvé mon père et il va le tuer.

« Oui, d'accord... N'y va pas seul. Je vais réunir une équipe. Attends mon signal. » Julian termine l'appel et remet le téléphone dans sa poche. « Je suis désolé. Je vais devoir remettre ça à plus tard pour la piscine. » Il sort les mots entre ses dents.

Son comportement a complètement changé. Devant moi se tient un homme de pouvoir, d'une violence impitoyable et il va mettre le monde à sang devant mes yeux.

« Tu as trouvé mon père, c'est ça ? »

« Oui. » Au moins, il ne ment pas. « Il était chez les Volcoves. Sais-tu qui ils sont ? »

Je secoue la tête.

« Lev Volcove est l'homme qui t'a fait peur à la vente aux enchères. Celui qui t'a griffé la jambe. »

Un frisson parcourt ma colonne vertébrale rien qu'en pensant à lui. Pourquoi mon père s'entourerait-il de ces gens ?

Les mots suivants de Julian me choquent au plus haut point. « J'ai tué Lev pour t'avoir touché. Sa famille est au courant. Ton père s'est allié avec eux car ils veulent ma tête sur un pique. » La gravité de la situation me frappe comme un train de marchandises.

« Laisse-moi lui parler, dis-lui que je suis heureuse ici », j'implore, doutant qu'il l'envisage. « La dernière chose que je veux, c'est que quelque chose arrive à l'un de vous deux. »

Julian s'éloigne comme si je le crucifiais avec mes mots. « Rien de ce que tu diras ou feras ne me fera changer d'avis. Si ton père t'aimait vraiment, il serait resté et se serait assuré que tu ailles bien mais au lieu de ça, il a mis sa queue entre ses jambes et s'est enfui. Il y a un prix à payer pour blesser ceux que j'aime et son temps est écoulé. »

J'ai les larmes aux yeux et je sais que ça va mal finir. J'ai l'impression que mon cœur est déchiré en deux. J'aime Julian mais j'aime aussi mon père, même s'il m'a vendue à l'ennemi. On ne peut pas choisir qui on aime et je suis prise en étau entre les deux hommes les plus importants de ma vie.

« Je vais en finir aujourd'hui. » La noirceur de sa voix se répand comme une tache d'encre sur du papier. Je dois tout faire pour rester debout devant lui et quand il me tourne le dos et commence à s'éloigner, quelque chose en moi se brise. C'est comme si, une fois de plus, il choisissait son besoin de faire payer mon père plutôt que moi. Son besoin de vengeance l'emporte sur l'amour qu'il a pour moi et je sais que je dois faire quelque chose, avertir mon père, lui dire d'y mettre fin avant que Julian n'en ait l'occasion.

Dès que Julian est hors de vue, les rouages dans ma tête commencent à tourner. Je considère mes options. Il n'y en a pas beaucoup. Quitter le terrain pour chercher mon père me mettra encore plus en danger et causera de plus gros problèmes entre Julian et moi. Mais je dois faire quelque chose, car je ne peux pas rester là pendant qu'il réunit un groupe d'hommes.

Tournant sur mes talons, je me précipite hors de la pièce mais je m'arrête une fois que j'ai atteint le montant de la porte. Je comprends alors. Je ne peux pas partir mais je peux l'appeler. Je peux le prévenir.

Les seuls téléphones dans la maison sont ceux des gardes mais je parierais n'importe quoi qu'il y a un téléphone dans le bureau de Julian. Je pourrais l'utiliser. Enfin, si la porte n'est pas verrouillée. En sortant de la chambre sur la pointe des pieds, je regarde des deux côtés du couloir.

Ne voyant personne, je m'engouffre dans le hall et me précipite vers la porte du bureau de Julian. Priant comme je ne l'ai jamais fait auparavant, je m'accroche à la poignée en fer forgé et la tourne.

Je m'attends à moitié à ce que quelqu'un saute dans le couloir et me trouve ou à ce que la porte soit verrouillée mais rien ne se passe. Un souffle passe et la poignée continue de tourner. La porte s'ouvre en grinçant lorsque je la pousse légèrement. Mon cœur galope comme un cheval dans ma poitrine alors que je me glisse à l'intérieur de la pièce. Je n'ose imaginer la punition que je recevrai si Julian découvre ce que je fais.

La peur de me faire prendre ne l'emporte pas sur la peur pour mon père. J'accepterai n'importe quelle punition si cela donne à mon père une chance de s'échapper.

En me dirigeant vers l'énorme bureau, je trouve le téléphone, l'unique ligne fixe de cet endroit après que Julian ait fait enlever celle de la cuisine. Mes mains tremblent violemment lorsque je saisis le récepteur et le porte à mon oreille. J'entends la tonalité, j'appuie sur les touches et compose le numéro de mon père.

L'inquiétude s'accumule comme une taupinière à l'intérieur de moi. Le téléphone sonne, sonne, sonne et juste au moment où je pense qu'il ne répondra pas, j'entends sa douce voix filtrer dans le récepteur.

« Allô ? »

« Papa ! » Je crie, « Tu dois arrêter ça. Tu dois arrêter de me chercher, d'essayer de me sauver. Je suis heureuse ici. J'aime Julian. »

« Ne dis pas ça. Tu ne peux pas l'aimer. Il t'a fait un lavage de cerveau, il t'a prise seulement pour se venger, c'est tout. Il ne t'aime pas, Elena. Tu dois t'échapper. Trouve un moyen de sortir et je te trouverai, où que tu sois. »

Les muscles de ma gorge se resserrent, ce qui m'empêche de respirer. « Une vengeance ? Il m'a pris pour se venger ? » Je n'arrive pas à me faire à ses mots. Je sais que Julian croit que mon père a tué sa mère mais quand même...

« Oui, il ne t'aime pas. Il ne t'a enlevée que pour se venger de moi. Je viens pour toi. Je vais réparer tout ce que j'ai fait de mal. Bientôt, tu seras libre, ma chérie. Libérée de la cage dans laquelle il t'a mise. »

Mon cœur se brise dans ma poitrine. « Tu mens. Julian te déteste peut-être mais il m'aime. Il m'aime. Ce n'est pas une vengeance. »

« Ça l'est et je suis désolé que tu aies été entraînée là-dedans. »

Avant que je puisse répondre, la porte grince derrière moi et je me retourne pour trouver Julian dans l'entrée. Son regard est sombre, pénétrant mais avec les émotions qui bouillonnent en moi, je suis loin d'avoir peur. Je suis en colère, triste et choquée mais plus que tout, je suis blessée.

Je raccroche et me tourne pour lui donner toute mon attention. Les lèvres tremblantes, je demande : « C'est vrai ? Tu m'as enlevée pour te venger ? C'était pour te venger de mon père ? »

Il fait un pas vers moi et je fais automatiquement un pas en arrière, en essayant de garder le plus de distance possible entre nous.

« Oui... c'est vrai. » Alors que les mots parviennent à mon oreille, je peux sentir mon cœur se fendre dans ma poitrine. Brisée, je me sens brisée.

« Tout n'était que mensonge ? Notre mariage est un mensonge... »

« Non. Je t'ai prise pour me venger au début mais je veux vraiment que tu sois ma femme. Tu es plus qu'une vengeance pour moi maintenant », me dit-il et je le crois presque... presque.

« Si tu as renoncé à la vengeance et que je compte vraiment pour toi, alors prouve-le. Ne t'en prends pas à mon père. Ne le tue pas. »

« Je ne peux pas faire ça. Il doit mourir », dit-il sans même y penser. C'est la confirmation dont j'ai besoin pour savoir que mon père avait raison. Julian ne m'aime pas. Il ne se soucie que de sa vengeance. J'étais juste trop stupide pour le voir jusqu'à maintenant.

42

JULIAN

La culpabilité se développe comme un cancer, s'engouffrant dans mes veines et pompant dans mon cœur. Je me sens coupable d'avoir fait du mal à Elena. Elle n'a pas souri, ne s'est pas penchée sur mon toucher, ou n'a pas cherché ma compagnie depuis deux jours. Et je déteste ça.

J'ai l'impression de la perdre et ça me met plus à cran que le fait que Zeke et une équipe de mes meilleurs hommes attaquent Romero ce soir.

« *Notre mariage est un mensonge...* » Je peux entendre ses mots dans ma tête. Mon besoin de faire payer son père m'a coûté la dernière chose importante dans ma vie : elle.

Je pensais que le retour de Marie améliorerait les choses, détendrait l'atmosphère lorsque les choses se gâteraient mais il semble qu'Elena se soit encore plus refermée sur elle-même et je ne sais pas comment l'atteindre. Elle s'efface chaque jour, s'éloigne de moi, s'enfonce dans le sable.

Son silence me rend fou et j'envisage même de laisser vivre son père pour lui prouver que les choses ont changé, que je l'aime et que notre mariage est réel.

Au début, la vengeance était le moteur qui me poussait à la vouloir mais ça ne l'est plus depuis longtemps. Depuis que j'ai failli la perdre, je ne veux que la mort de son père. Pas seulement pour me venger mais aussi pour la protéger. Pour m'assurer qu'aucun de nous n'ait jamais à regarder par-dessus son épaule en se demandant si quelque chose allait arriver. Maintenant, je dois juste faire en sorte qu'Elena me croit.

Elle s'est cachée dans la bibliothèque, je sais qu'elle ne veut pas être près de moi mais j'en ai assez.

« Je veux que tu sois posté à l'extérieur de chaque pièce où elle entre et sort, que je sois à l'intérieur ou non », dis-je avant de me diriger vers la bibliothèque.

« Oui, monsieur », répond Lucca. Il s'est bien comporté en tant que second mais pour être honnête, j'ai hâte que Markus revienne.

J'ai fait de mon mieux pour donner de l'espace à Elena mais c'est difficile de la laisser hors de ma vue tout en sachant que Romero et la famille de Lev travaillent ensemble et sont après nous. Espérons que cela se termine ce soir, en attendant, je serai en état d'alerte. Surtout aujourd'hui, alors que je n'ai que quelques hommes pour garder la maison. Appelez ça de la paranoïa si vous voulez... J'appelle ça protéger ce qui m'appartient.

L'enceinte des Volcove est bien fortifiée et il va falloir beaucoup d'hommes pour les faire tomber. Je voulais être là mais j'ai décidé qu'il était plus important de rester avec Elena.

Lorsque j'entre dans la grande bibliothèque, je trouve ma femme assise sur le rebord de la fenêtre. Son attention est rivée sur le livre posé sur ses genoux tandis que la mienne est attirée par la façon dont ses cheveux brillent dans la lumière du soleil. Elle est belle comme le péché et j'aurais dû savoir le jour où j'ai forcé sa main à signer qu'elle deviendrait ma perte.

« Tu as passé une bonne journée ? » Je demande quand elle lève enfin les yeux du livre qu'elle tient dans sa main.

« Mmmh. » Elle hoche la tête et ferme le livre.

Elle ne veut même pas me regarder, encore moins parler.

« Allons dîner, je veux te parler de quelque chose. »

Elle se lève du rebord de la fenêtre et pose son livre comme si elle allait revenir le lire plus tard. En marchant vers moi, elle s'arrête juste devant moi.

Ses yeux sont baissés et fixent mon torse. Je sais qu'elle fait ça parce qu'elle est blessée mais deux jours de ce comportement, c'est tout ce qu'elle aura. J'en ai assez. Ma culpabilité est noyée par ma colère qui ne cesse de monter et son indifférence n'aide pas. Je veux que ma femme revienne, qu'elle soit blessée ou non.

« Regarde-moi », ordonne-je mais elle secoue la tête en signe de défi, comme un petit enfant qui refuse de suivre les instructions.

Je l'attrape par le menton et je lui fais relever la tête pour qu'elle n'ait pas d'autre choix que de me faire face. Elle me regarde fixement, comme si elle était sur le point de s'énerver, peut-être de me griffer à nouveau mais alors que j'attends de lui donner une chance de le faire, elle ne bouge pas.

« Arrête de faire la gueule. Je n'aime pas ta façon d'agir ces derniers temps. »

« Vraiment ? » Elle se moque et croise ses bras délicats sur sa poitrine. « Le fait que je ne t'aime pas ne va pas dans le sens de ton plan de vengeance ? Pauvre de toi... » Elle se montre condescendante et même si j'admire sa bravoure, je ne le supporte pas. Je ne laisse pas mes hommes ou qui que ce soit me parler comme ça. Je ne laisserai pas ma femme le faire non plus.

« Ton comportement est inacceptable », dis-je en resserrant ma prise sur son menton. « Je t'ai déjà dit que les choses ont changé. Il est temps pour toi de te rappeler ta place... qui est à mes côtés en tant que femme. Maintenant, allons dîner sur la terrasse, pour que nous puissions parler un peu plus. »

Elle hoche la tête autant qu'elle peut et je la relâche. Prenant sa main, j'entame notre descente des escaliers. Elle ne s'accroche pas à moi en retour, refusant d'enrouler ses doigts autour des miens. Sa main fine reste flasque dans la mienne.

Je me sens comme un volcan prêt à entrer en éruption. C'est ma femme et pourtant, elle agit comme si elle était dégoûtée par ma seule présence.

Nous marchons en silence et j'utilise ce temps pour laisser mariner dans ma tête ce que j'ai l'intention de dire. Je sais que je fais un acte de foi ici mais si c'est ce qu'il faut pour la garder à mes côtés et heureuse, je suis prêt à le faire... prêt à dire les mots que je n'ai pas dit depuis que je suis un petit garçon.

Arrivé sur la terrasse, je tire une chaise et Elena s'y assoit presque immédiatement. Une image d'Elena dans sa robe de mariée défile devant mes yeux tandis que je regarde l'endroit où se trouvait notre arche de mariage il y a seulement quelques jours. J'aimerais pouvoir revenir à ce jour.

« De quoi veux-tu parler ? » Elena demande, son attitude froide se fissurant légèrement alors que j'entends une touche de défaite dans sa voix.

« Elena, tu es ma femme parce que je veux que tu le sois. Je ne t'ai pas menti, pas vraiment. Quand je t'ai vue à l'enterrement, j'ai su dès l'instant où j'ai posé les yeux sur toi que je devais t'avoir. Oui, je me suis dit que c'était pour me venger et peut-être que ça en faisait partie mais ce n'était pas la seule raison. Et maintenant, la vengeance n'a rien à voir avec le fait que je te veuille. Je te veux à cause de toi. Parce que tu es la chose la plus importante pour moi. »

« Si c'était vrai, alors tu ne voudrais pas tuer mon père. »

« Et je ne le ferais pas s'il n'essayait pas activement de me tuer et de te prendre à moi. Que crois-tu qu'il t'arriverait si je n'étais plus là ? Il y en a d'autres, bien pire que moi. Il t'a vendue à moi. J'imagine qu'il te vendrait à quelqu'un d'autre si je n'étais plus là. Quelqu'un comme Lev. »

Juste comme ça, le masque de colère et de défi qu'Elena avait soigneusement placé sur son visage tombe. Ne laissant derrière elle que de la peur acide et du chagrin.

« Je ne veux pas que tu meures », admet-elle et la peur que je ressens depuis ce coup de fil commence enfin à s'atténuer. « Je ne veux pas te perdre, ni perdre mon père. »

« Tu es ma femme et je te protégerai à tout prix. Même si cela signifie faire quelque chose que tu n'aimes pas. Je ne cesserai jamais de m'assurer que tu es en sécurité et tant que ton père est dehors, tu n'es pas en sécurité. Il ne se soucie pas de toi. Et quand on aura des enfants ? Tu crois qu'il arrêtera d'essayer de s'en prendre à moi ? »

« Je ne comprends pas. » Elle secoue la tête, toujours pas prête à admettre la faute de son père.

« Elena, je... » Les mots sont sur le bout de ma langue. *Je t'aime.*

Avant que je puisse trouver le courage de prononcer les mots à haute voix, j'entends des éclats de verre au loin. Je suis debout quand j'entends les premiers coups de feu. La chaise cogne contre le sol et mes entrailles se tordent au son.

Putain ! Où diable est Lucca ? Où sont les gardes ?

Je prends mon arme dans mon étui et tire Elena derrière moi avec ma main libre. A cet instant, je ne pense qu'à sa sécurité. Je dois l'emmener dans un endroit sûr. Sur le patio, nous sommes exposés. *Putain !*

« Reste près de moi ! » J'aboie par-dessus mon épaule et je commence à marcher à l'intérieur.

Elena serre le tissu de ma chemise comme si elle avait peur, son corps est proche du mien alors que nous rentrons dans la maison. Je dois l'emmener dans mon bureau. Il fait office de chambre forte, il est à l'épreuve du feu et des balles. J'ai juste besoin de l'amener à l'intérieur...

Nous n'avons même pas atteint le bas de l'escalier avant qu'une explosion ne se produise, nous faisant basculer. Une seconde, nous nous dirigeons vers les escaliers et la suivante, nous sommes projetés au sol par l'onde de choc de l'explosion.

Mes oreilles bourdonnent, ma tête palpite et mes poumons brûlent mais je ne pense qu'à Elena alors que j'essaie frénétiquement de retrouver mes repères. Cherchant autour de moi, je suis désespéré de la trouver, de la tenir près de moi mais elle n'est pas là.

Où est ma femme ?

Je ne peux pas la perdre.

Je dois la sauver.

43

ELENA

Le chaos le plus total règne autour de moi. Avant même de comprendre ce qui se passe, je suis projetée au sol, incapable de maintenir ma prise sur Julian. Mes mains se tendent vers lui mais ne saisissent que de l'air. Je vacille, j'essaie de m'orienter mais j'ai l'impression d'être sur un bateau, mon corps se balançant d'avant en arrière sur l'océan.

Puis on me tire le bras et on me met debout. Je sais immédiatement que ce n'est pas Julian, simplement à la façon dont les doigts de l'homme s'enfoncent douloureusement dans ma peau et à la façon dont il me secoue négligemment, sans se soucier de me faire mal.

Il me faut un moment pour retrouver mes repères, me débarrasser du bourdonnement dans mon oreille et me stabiliser sur mes jambes. Lorsque la poussière autour de nous se calme et que la pièce redevient visible, je réalise que c'est encore pire que ce que j'aurais pu imaginer.

Julian est au sol et se remet sur ses pieds. Mon père se tient de l'autre côté de la pièce, les yeux rivés sur Julian.

Mon regard fait le tour de la pièce, je ne connais pas la plupart des hommes mais tous ont sorti leur arme et l'ont pointée sur mon mari, ce qui me fait dire qu'ils sont nos ennemis. Je me retourne pour regarder l'homme qui a une prise mortelle sur mon bras. Je n'ai jamais vu cet homme non plus mais il me regarde comme s'il savait qui j'étais, presque comme si nous avions une affaire inachevée.

« Tu vas payer pour ce que ton mari a fait à mon frère. Je te ferai payer et ton pitoyable mari nous regardera de bout en bout. » Il glousse mais c'est tout sauf un rire joyeux et je sais qui il est, le frère de Lev.

Mes instincts se manifestent et je tire mon bras en arrière pour m'éloigner de lui. Je recule rien qu'à son contact. La peur tourbillonne comme une tempête imminente au-dessus de ma tête. Je veux m'éloigner mais sa prise se resserre au point de devenir presque douloureuse et la réalité de la situation me frappe de plein fouet.

« Papa », j'essaie d'attirer l'attention de mon père. « S'il te plaît, arrête ça. » Mes supplications tombent dans l'oreille d'un sourd et le sol sous mes pieds tremble.

« Tu peux l'avoir. Considère-la comme un cadeau. Une vie pour une vie. Elle ne m'est plus utile. » Mon père m'écarte sans un seul regard. J'entends ses mots mais je ne comprends pas leur sens. Mon cerveau n'arrive pas à comprendre ce qu'il dit. Ce n'est que lorsque l'homme qui me tient commence à m'éloigner que tout prend sens.

« Que veux-tu dire par je ne te suis plus utile ? » Les mots s'échappent de ma gorge et c'est comme s'il avait tiré une flèche dans ma poitrine.

Il ne me regarde même pas quand il parle. Il ne me regarde pas dans les yeux. *Lâche.* « Je n'ai plus besoin de toi. J'ai Julian. Tu étais simplement un pion pour l'occuper. »

J'ai envie de le frapper.

« Tu n'étais pas censé tomber amoureuse. Je pensais que tu étais plus forte que ça, plus résistante. » Le rire amer qu'il émet me donne envie de me jeter sur lui. « Tu t'es fait ça toute seule. »

Julian avait raison. Tout ce temps, il avait raison. J'étais juste trop stupide et naïve pour le voir. Mon père menait la danse et je n'étais qu'un pion. Une autre pièce sur son échiquier qu'il pouvait déplacer exactement où il voulait et sacrifier le moment venu.

« Merci, Romero, je vais bien m'amuser avec celle-là. »

« Non ! » La voix de Julian résonne dans la pièce avec une autorité sinistre. Tous les yeux sont sur lui, y compris les miens. « Ne la touche pas ! »

Julian se jette sur nous et tout se passe au ralenti. Du coin de l'œil, je vois mon père lever son arme et tirer le premier coup sans hésitation.

« Non ! » Je crie mais personne n'entend mes supplications. C'est comme si personne ne se souciait de mon avis et j'en ai assez. Fatiguée de vivre dans cette cage, fatiguée d'être bousculée et fatiguée de ne pas avoir le contrôle de ma propre vie.

Julian tombe à genoux, se tenant l'épaule d'une main. Sa chemise blanche s'imbibe de sang en quelques secondes et tout ce que je veux faire, c'est courir vers lui et répondre à ses besoins mais au lieu de me rapprocher, je ne fais que m'éloigner davantage.

Je me débats autant que je peux, je donne des coups de pied, je crie comme si ma vie en dépendait, car c'est le cas. Si je ne me libère pas et ne m'échappe pas, autant me mettre une balle entre les deux yeux. Mon père ne se soucie plus de moi. La seule personne au monde qui compte maintenant est cet homme à genoux.

Soudain, je suis libre. Les mains cruelles disparaissent de mon corps. En tournant sur mes talons, je trouve Marie au dos de l'homme, ses bras minces sont enroulés autour de son cou et on dirait qu'elle essaie de l'étouffer.

Je sais ce que je dois faire avant même de m'en rendre compte. J'attrape son arme, je tourne autour de lui et j'appuie sur la gâchette.

Le temps ralentit. Je peux presque voir la balle voler dans l'air et entrer dans la poitrine de mon père.

Pour la première fois ce soir, ses yeux trouvent les miens et il me regarde vraiment. Je ne sais pas ce que je m'attendais à voir quand nos yeux se sont enfin rencontrés. Peut-être de la culpabilité, de la tristesse, de la peur ? Je ne vois rien de tout ça. Tout ce que je vois c'est de la surprise. Comme s'il n'arrivait pas à croire que je lui ai tiré dessus et que c'est ainsi que sa vie va se terminer. Pas de la main de son ennemi mais de la main de sa propre fille.

Je continue à le fixer dans les yeux, incapable de détourner le regard. Je vois la vie le quitter. Je vois ses yeux si semblables aux miens se vider. Son corps tombe au sol et mon esprit s'éclaircit.

Ce n'est pas fini.

Je me repositionne et pointe l'arme vers l'un des autres hommes. Mes mains tremblent et une peur comme je n'en ai jamais ressenti auparavant s'épanouit dans ma poitrine. Je pourrais mourir mais je préfère mourir que d'être enlevée à l'homme que j'aime.

Tous les autres bougent avec moi, pointant leurs armes sur moi plutôt que sur Julian. Julian utilise ça à son avantage et attrape l'arme de mon père au sol. Deux autres coups de feu sont tirés et c'est fini.

Tous les hommes qui menaçaient nos vies sont à terre, morts... y compris mon père.

Je jette un coup d'œil à l'endroit où Marie se battait avec le frère de Lev et je le trouve gisant au sol tandis que Marie et Céleste se tiennent au-dessus de lui. Céleste tient un couteau ensanglanté dans sa main.

Elle me regarde et sourit, littéralement.

« Personne ne s'en prend à ma famille. »

Je veux aller la serrer dans mes bras et lui dire combien je l'aime mais je ne pense qu'à Julian. Je me précipite à ses côtés et commence à appliquer une pression sur sa blessure. Il gémit et serre les dents, sortant son téléphone.

« Nous devons appeler une ambulance », je dis, en espérant que c'est ce qu'il fait.

« Non, je demande à un de nos médecins de venir me recoudre. On ne peut pas aller à l'hôpital pour une blessure par balle. Trop de questions. »

« Ok. » Je hoche la tête. Je n'aime pas ça mais je comprends. « Où sont tous les gardes ? » Mes yeux dardent dans la pièce comme s'ils allaient apparaître de nulle part.

« Je ne sais pas », grince-t-il en composant le numéro du médecin.

« Allô ? » Une voix grave que je reconnais passe dans le combiné.

« Doc, j'ai besoin de vous maintenant. Je me suis fait tirer dessus. »

« J'arrive... »

Dès que la ligne est coupée, Julian appelle Lucca. Ça sonne pendant un très long moment. Si longtemps que je ne pense pas qu'il va répondre. Si je n'étais pas si consumée par l'inquiétude pour Julian, je serais probablement inquiète pour Lucca.

« Hey », répond-il enfin.

« Putain, tu es où ? » Julian hurle dans le téléphone.

« Je suis désolé... Je n'avais pas le choix. »

« Tu m'as trahi ! Tu les as laissés entrer ?! »

« Je suis désolé », répète Lucca. « Ils ont quelqu'un que j'aime. »

« Ce n'est pas une putain d'excuse ! Tu as juré de protéger cette famille. Tu as juré de protéger Elena avec ta putain de vie ! Tu as prêté serment, Lucca. »

« Bien avant ça, j'ai juré de protéger quelqu'un d'autre... » La ligne se coupe et Julian jette son téléphone à travers la pièce. L'appareil entre en collision avec le mur et se brise en morceaux.

« Ce bâtard va payer pour ça. Je vais le tuer pour nous avoir trahis, pour t'avoir mis en danger. »

« C'est bon. Ça va aller », je chuchote à voix basse dans son oreille, ma voix tremble alors que je garde mes mains pressées sur son épaule.

« Putain, je suis désolé. « Julian secoue la tête. « Est-ce que tu vas bien ? Es-tu blessée ? » Ses yeux balaient mon visage, puis descendent lentement vers le reste de mon corps.

« Je vais bien. C'est toi qui t'es fait tirer dessus. »

« C'est passé au travers. Rien de grave. Je serai de retour à la normale dans quelques jours. Je m'inquiète seulement pour toi », avoue Julian et pour la première fois depuis la nuit où il m'a enlevée, je le crois de tout cœur.

Céleste apparaît à côté de nous avec des serviettes propres et une trousse de premiers soins. Je lève les yeux, m'attendant à ce que Marie soit là aussi mais je ne la vois nulle part.

« Marie attend le docteur à la porte », explique Céleste. « Si cela vous va, je vais la rejoindre. »

« Oui, vas-y. Je m'en occupe », lui dis-je et elle se précipite à l'entrée.

À l'aide des serviettes qu'elle a apportées, je recouvre la plaie et exerce une pression aussi forte que possible. Je jette un coup d'œil au corps de mon père étalé sur le sol.

« J'aurais aimé que tu ne fasses pas ça », avoue Julian et je sais ce qu'il veut dire. Il ne voulait pas que je tue mon père. Une partie de moi pense que c'est peut-être parce qu'il voulait le faire lui-même, tandis que l'autre partie pense qu'il pourrait être inquiet de la culpabilité que je pourrais ressentir un jour.

« Je croyais que tu voulais le tuer ? »

« Oui et je suis heureux qu'il soit parti mais je ne voulais pas que tu sois celle qui appuie sur la gâchette. Je n'ai jamais voulu te voir avec du sang sur les mains, surtout pas quelqu'un que tu aimes. Je ne veux pas que tu portes ce genre de culpabilité en toi. »

Je pense à ses mots et à ce que j'ai fait.

C'est peut-être parce que je suis sous le choc mais en ce moment, je ne me sens pas coupable. Je ne me sens pas coupable d'avoir tué l'homme qui m'a vendue, traitée comme du bétail et jetée comme une ordure à la toute fin. Je ne me sens pas coupable d'avoir tué l'homme qui était censé m'aimer et qui, au lieu de cela, ne se souciait que de lui-même.

« La seule chose dont je me sens coupable, c'est de ne pas t'avoir cru plus tôt. Tout ce que tu as dit était vrai. Il ne m'a jamais aimée. » La vérité pèse lourdement sur moi. Il ne m'a jamais aimée.

« *Je* t'aime. » La voix grave de Julian interrompt mes pensées.

« Tu m'aimes ? »

« Oui, je t'aime, Elena. J'aurais dû te le dire plus tôt. Je t'aime. Je t'aime depuis longtemps et j'ai été lâche de ne pas l'admettre avant. J'étais convaincu que je pouvais m'empêcher de tomber amoureux de toi. J'avais tellement peur de tomber amoureux de toi, de devenir vulnérable, que je n'ai pas réalisé que je l'étais déjà. » Mon cœur s'emballe dans ma poitrine.

En me penchant, je dépose un baiser sur ses lèvres.

« Je t'aime aussi, tellement fort et je ne douterai plus jamais de toi. Je suis ta femme et à partir de maintenant, je me comporterai comme telle. Je serai à tes côtés pour toujours. »

Toujours.

ÉPILOGUE

Elena

Je regarde fixement ma petite bosse qui s'arrondit. *Je suis enceinte.* Je n'arrive toujours pas à y croire. Peu de temps après la fusillade avec mon père, Julian et moi avons découvert que nous allions avoir un bébé. Et chaque jour, je regarde mon ventre avec émerveillement, le voyant grandir. Et dire que Julian et moi serons parents dans six mois. Moi, la princesse de la tour d'ivoire qui a trouvé la liberté auprès de son ravisseur. Lui, le mafieux qui ne montre que sa force et jamais sa faiblesse.

L'imaginer avec nos enfants, serré autour de leurs petits doigts. Ça me rend folle d'excitation. Je sais qu'il sera un père formidable, même s'il ne croit pas encore en lui-même.

« Tu sembles stressée. Quelque chose ne va pas, ma belle ? »

Je secoue la tête. « Non, tout va bien. C'est juste que je ne suis pas habituée à la bosse ou à la façon dont mon corps change. Certains jours, je me sens énorme et d'autres, je n'ai pas du tout l'impression d'être enceinte. »

Julian franchit l'espace qui nous sépare et m'entoure de ses bras. Ses mains viennent se poser délicatement sur mon ventre et mon estomac palpite comme s'il y avait un millier de papillons à l'intérieur.

« Personnellement, j'aimerais te voir nue dans la maison mais à moins que tu ne veuilles que je tue tous les habitants du manoir, je ne pense pas que ce soit une bonne idée. »

En me retournant dans ses bras, je lève les yeux vers lui. « Je suis d'accord. J'ai eu ma dose de sang pour un moment. »

Une ombre traverse le visage de Julian. Depuis la trahison de Lucca, il est encore plus méfiant envers ses hommes. Je sais qu'il pense que si Markus était là, mon père ne serait jamais entré mais il ne serait pas mort non plus. On serait toujours sur les nerfs, à se demander quand aurait lieu la prochaine attaque. Il dit que Lucca est un traître mais je comprends pourquoi il a fait ce qu'il a fait. Je ne peux pas reprocher à quelqu'un de protéger quelqu'un qu'il aime.

Je ferais la même chose.

« Je serai toujours là pour te protéger. Rien ne pourra jamais arriver à toi ou à notre enfant. »

« Tu ne peux pas me protéger de tout, Julian. »

« Je peux et je vais le faire. »

Tout ce que je peux faire, c'est rouler des yeux. « Où allons-nous dîner ? » Je demande, voulant changer de sujet.

« Notre endroit préféré, bien sûr. » Il me fait un clin d'œil et m'emmène dehors, sur la terrasse.

Dès que nous sortons, je suis surprise. La table est décorée comme d'habitude mais il y a des bougies placées tout autour et le long de la rampe. Les lumières extérieures sont éteintes, donc la seule lumière provient des centaines de bougies.

« Comme c'est romantique. Je ne te pensais pas capable de ce genre de choses. » Je souris.

« On m'a aidé. En plus, c'est une nuit spéciale. »

« Ah oui ? »

« Oui, assieds-toi. » Il tire une chaise pour moi et je la prends, me demandant de quoi il pourrait bien vouloir me parler.

« Qu'y a-t-il, Julian ? Est-ce que tout va bien ? »

« Oui. » Il prend le siège en face de moi. « Je réalise que j'ai toujours fait des choix pour toi et avant cela, ton père faisait de même. Je sais que tu as envie d'être libre et même si je ne peux pas te donner toute la liberté que tu mérites, je veux te demander... Que veux-tu, Elena ? »

Pendant un moment, je ne peux que le regarder fixement. *Qu'est-ce que je veux ?*

Ces mots me sont étrangers. Personne ne m'a jamais demandé ce que je voulais. Alors, qu'est-ce que je veux ?

« Je veux être avec toi. »

« Et ça ne changera jamais. » Julian me fait un sourire. « Mais quoi d'autres ? Que veux-tu faire de ta vie ? Veux-tu aller à l'université ? Faire des études ? Veux-tu faire carrière, ou te contenter d'être une épouse et une mère ? Je ne veux pas que tu te sentes piégée et je ne veux pas contrôler chaque partie de ta vie. Je veux que tu aies des espoirs et des rêves, que tu sois libre autant que je peux te le permettre, sans risquer ta sécurité. »

« Je ne sais pas quoi dire... » Sérieusement, je suis sans voix. « Honnêtement, je n'y ai jamais pensé. »

« Eh bien, tu as tout le temps du monde maintenant. »

Le téléphone de Julian sonne, nous interrompant. Il jure dans son souffle et secoue la tête.

« Evidemment, c'est maintenant qu'il appelle... » il grogne. « Content d'avoir de tes nouvelles, comment va ta... » Il fait une pause et la voix à l'autre bout se fait entendre. « De quoi tu parles ? Attends... Je vois.

Oui, je suppose que je peux aider. » Julian raccroche le téléphone et se tourne vers moi, une lueur diabolique dans les yeux. « C'était Markus. Il a besoin d'aide. Il a tué quelqu'un. »

Fin

Printed in France by Amazon
Brétigny-sur-Orge, FR